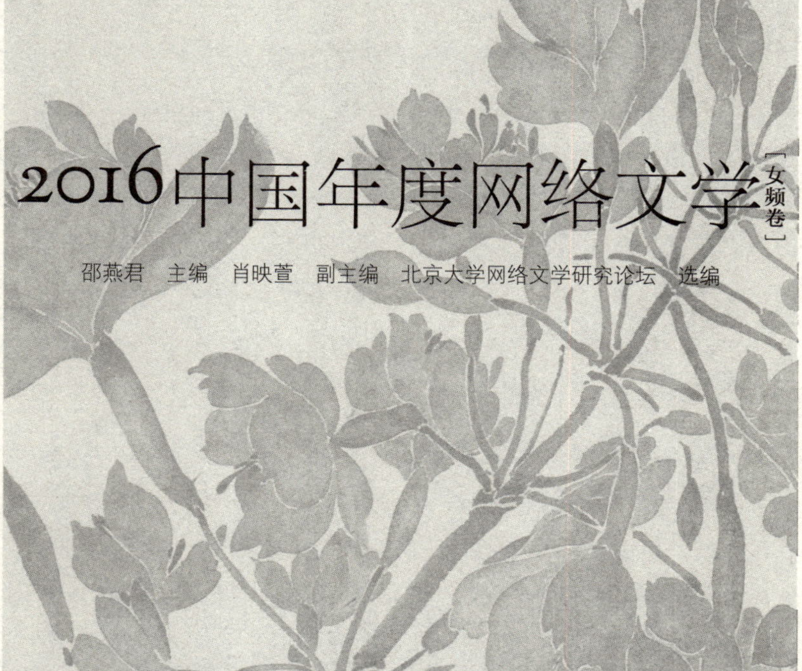

# 2016中国年度网络文学［女频卷］

邵燕君　主编　肖映萱　副主编　北京大学网络文学研究论坛　选编

漓江出版社

## 北京大学网络文学研究论坛

北京大学网络文学研究论坛成立于2015年3月31日，主要成员是北京大学中文系教师和研究生。

### 本年度编选者主要阵容为：

**女频卷：**

**执笔者：**薛静　肖映萱　王玉王　高寒凝　陈子丰　韩思琪　陆正韵

**参与者：**叶栩乔　邢玉丹　彭笑笑　金恩惠　杨采晨　李文玉　黄馨怡　李皓颖　刘心怡　余萌萌　金鸽　王瀚慧　张萌　向秋菊　马琳　勾彦殳　范雯玲　向安然　杨茜　孙亦薇　魏雅玲　郑颖锹　辛天屹　张蕊捷　冯嘉苗　范雯玲　岑婧云　孟然　谭紫欣　林颖敏　胡玉洁　王睿妍　刘一然　金灿熙　王博雅　张琳　王月

**男频卷：**

**执笔者：**吉云飞　李强　高寒凝　王玉王　陈子丰　杨梦皎　张芯　田彤

**参与者：**王恺文　王鑫　邢玉丹　杨采晨　孙凯亮　农昌荣　刘家铭　张萌　梁承哲　王浩　陈若谷　陈汝嫣　谢宇程阳　吕宸　王璐薇　郝子涓　余栢耀　张蕊捷　南洪植　张全峰　周一帆　龚翰文　陈智信　王君竹　何智业　唐骞　周伯洲　王思萌

主编

**邵燕君：**北京大学中文系副教授。2004 年创立北大评刊论坛，2015 年创立北京大学网络文学研究论坛，任主持人。2010 年开始转向网络文学研究，现任中国作家协会网络文学委员会委员。著有《倾斜的文学场——当代文学生产机制的市场化转型》《新世纪文学脉象》《网络时代的文学引渡》《新世纪第一个十年小说研究》等专著；主编《网络文学经典解读》（北京大学出版社 2016 年 3 月）。曾当选 2006 年度青年评论家；获《南方文坛》2005 年、2006 年、2011 年、2012 年四届年度论文奖，《中国现代文学研究丛刊》2016 年度优秀论文奖，2013 年第二届唐弢青年文学研究奖；2016 年专著《网络时代的文学引渡》获中国文艺评论年度优秀著作奖。

副主编

**肖映萱：**1992 年出生，北京大学中文系博士研究生。北京大学网络文学研究论坛女频主编。中国作协“2016 年度中国网络小说排行榜半年榜”、第二届“网络文学双年奖”（浙江省网络作协主办）初评评委。在包括《中国现代文学研究丛刊》《南方文坛》《文艺报》在内的核心期刊发表论文近十篇。曾获 2014—2015 学年度北京大学学术“创新奖”。2016 年 10 月作为“90 后”青年批评家代表，登上《名作欣赏》“未来批评家”专栏。

# 目录

contents

# 导言:“古典时代”迈向“巅峰”,“二次元”[1]展开“新纪元”

——2016年度中国网络文学新趋向

邵燕君　吉云飞　肖映萱

2016年岁末，有两个颇具新闻效应的文化交流事件与中国网络文学的发展内在相关。一个是阅文集团与北美最大的中国网络文学翻译网站Wuxiaworld（武侠世界）宣布，签署十年翻译和电子出版合作协议，开启了中国网络小说对外输出的新模式。一个是日本著名独立动画制作人新海诚的电影新作《你的名字》热映，不但在日本获得年度票房冠军，也成为迄今为止中国内地票房最高的日本电影。

之所以说这两个似乎比较“外围”的事件与中国网络文学发展内在相关，是因为，前者让我们看到，对于中国网络文学的定位，必须在全球媒介革命的视野中进行——百万级的“老外”爱看中国的网络小说，并且是自发翻译、追更阅读，这一惊喜的发现极大提升了中国网络文学界的文化自信。借助媒介革命的力量，中国的类型小说弯道超车，居于世界领先地位。[2]与此同时，我们也必须看到，中国网络文学全世界“风景独好”的文化奇观背后，是中国在印刷文明时代类型文学生产机制的缺失和网络时代影视、ACG文化生产机制的落后。《你的名字》的热映显示，那个源于美国、产于日本、对包括网络文学在内的中国网络文化产生极深影响的“二次元”文化，终于破壁而出，不但破了“次元之壁”，也破了国族之壁，从而进入主流大众文化。经过被称为“二次元”年的2015年，中国网络文化的新纪元已然开启，以“网络性”为核心属性的网络文学自然会被席卷其中。

或许我们可以说，中国网络文学“野蛮生长”的前二十年是得天独厚的黄金时代，也是媒介转型的过渡时代，我们这里姑且称之为“网络文学的古典时代”，

---

① “二次元”（にじげん；nijigenn）这个词源自日本的御宅族文化，它在日文中的原意是“二维空间”“二维世界”，本是一个几何学领域的术语。但作为一个在网络部落文化中获得广泛使用的词语，“二次元”既可以用来指称ACG所创造的二维世界，也可以用来指称ACG爱好者或者由ACG爱好者构成的亚文化社群，还可以用来指称ACG及相关产业所形成的文化产业链条。此外，在宽泛的意义上，“二次元”还可以泛指受到ACG文化影响的各种网络文化。参阅林品、高寒凝：《“网络部落词典”之一：二次元·宅文化》，《天涯》2016年第1期。

② 参阅邵燕君、吉云飞：《美国网络小说“翻译组”与中国网络文学“走出去”——专访Wuxiaworld创始人RWX》，吉云飞：《“征服北美，走向世界”：老外为什么爱看中国网络小说？》，《文艺理论与批评》2016年第6期。

它正在走向“巅峰”，出现经典性的作家、作品；与此同时，随着“网络性”的深入，“二次元”文化也逐渐渗透其肌理。在2016年的创作潮流中，这两种态势交错并行，呈现出高度、深度，以及媒介灵敏度。

## 一　高度："巅峰""名著"，以及"爱"

2016年2月，知乎社区上出现一个提问："《赘婿》《雪中悍刀行》和《将夜》是否是目前为止网络文学的巅峰表现？"这一"巅峰之问"到年底已有上百个回答，在以网络文学为主题的问答里，算是相当热闹的。这说明，在主流文学界做"高峰/高原"之论的同时，网文圈内部也开始了对网络小说经典化的讨论。

在斩获主流文学界多项大奖[①]之后，猫腻的经典性地位已经基本被主流文坛认可。在2016年9月中国作家协会公布的"2016年中国网络小说排行榜半年榜"上，猫腻的《将夜》（2011）和《择天记》（2014）分别高居"完结榜"和"未完结榜"榜首位置，获得了评委一致的高度评价。相对于猫腻，愤怒的香蕉虽然在主流文学界声名不显，但在网文圈内也有着极高口碑，被认为是继猫腻之后又一位有"大师品相"的作家。本年选2015年推荐了猫腻的《择天记》，2016年度以愤怒的香蕉的《赘婿》为"男频卷"首推篇目。

愤怒的香蕉（网文界惯称香蕉）是网文圈中罕见的立志"写名著"的作家，他受五四新文学观念影响极深，作为一位有经典抱负的网络大神，一直在为创作出自己"心目中那本完美的书"做准备，"到目前为止，我的每本书都是练笔"。不过在香蕉看来，"经典"与"完美"一定得是从网文的土壤里生长出来的。香蕉认为"在文学概念里，有关读者的一面，它才是王道正宗"，哪怕只是为了启蒙大众的引导需要，网络小说多年来积累的写作经验也必须得到充分的尊重，更何况类型小说的固定套路本就是千淘万漉的结果，每一种得以长期流行的网文形式也都是其来有自且各具意味，直指欲望天性乃至世道人心的。

从开始写网络小说起，香蕉就在自觉地"寻找传统文学和网文的平衡点"，并

① 2013年《间客》获首届"西湖·类型文学双年奖"银奖，2015年《将夜》获首届"网络文学双年奖"金奖。猫腻也以《将夜》获2015"腾讯书院文学奖·类型小说"的年度作家奖。前两项大奖的主办方分别为浙江省作家协会、浙江省网络作家协会，腾讯书院奖评委也由主流评论家构成。

以他特有的“执拗劲”践行自己的文学观，十年如一日地“苦更”与“慢更”，每一部小说都在稳定的进步之中。《异域求生日记》（2007）初步显示出他结合网络小说和传统小说写法的意识和能力；《隐杀》（2007）则开始奠定作者的个人风格，使他拥有了第一批核心读者；到《异化》（2009）时，他已被认为是都市类的小众大神；而连载至今已五年多的历史小说《赘婿》（2011）更创造了一个商业和口碑上的奇迹——香蕉曾略带自嘲又不无自豪地说，“唐家三少去年赚了一个亿，而我一个月更新十二章拿到了月票榜第八”——这一近乎前所未有的反网文一般商业规律的成就[①]，正是《赘婿》在网文评价体系内部“巅峰”地位的最佳注脚。

《赘婿》是一部极富野心的大作。单从网文内部类型小说发展脉络而言，它集历史类生活文、武侠文、官场文、争霸文之所长，堪称历史类小说的集大成者。更为难得的是，作者以网络小说为根基，又志在超越网文本身的规约，打通了网络小说与中国古典小说和五四新文学以来的现代小说之分野。前两部，以“红楼风”写“宅斗/种田文”；三、四部，以“水浒风”写“武侠文”；五、六、七部，以“三国风”写“官场/军事文”；第八部以后，以“革命史诗小说”写“争霸文”。作者不但充分吸收了各种文学资源，也继承了五四以来的启蒙文化、革命文化的思想资源，并立足于一个“网络人”对自身所处时代命运的思考，探讨个人与家庭、国家、天下的关系。这使《赘婿》的意义超越了网文本身，可放置到中国小说的整体发展脉络中去考察。

在同被列为“巅峰”的三部作品中，烽火戏诸侯的《雪中悍刀行》（2012—2016，纵横中文网）最富争议性。称道的人深为其才情所折服，不满的人则认为其空有才情，如著名网评家安迪斯晨风就称该书是“把主菜扔了用花椒大料陈皮熬了一锅汤”（见安迪斯晨风新浪微博，2016年10月21日）。有趣的是，无论是激赏者还是批评者，都属于网文读者中的同一人群——“老白”，无论从阅读经验还是欣赏水平，“老白”都远胜于“入坑”不久的“小白”，属于网络读者中相对精英的一群，他们多年来忠诚地订阅、打赏、评论，是支持网络文学走到今天的重要力量。其实，那些高评《雪中悍刀行》的“老白”未必不知道这本书的毛病，比如情节不够结实，人物不够扎实，但他们选择原谅，就像选择忍受香蕉的“龟速更新”，因为，他们太希望看到网文中出现“巅峰之作”了，哪怕只是“高逼格”。这群

① 在网络文学VIP收费制度主导下，没有足够的更新量就几乎不可能有好成绩，而《赘婿》只有同期上榜作品更新量的三分之一甚至五分之一。

精英读者正是孕育网文大师的土壤，也是网络文学从“高原”走向“高峰”的不竭动力。

“女频”文中，最能代表2016年度最高水平的当属希行的《君九龄》和吱吱的《慕南枝》。它们像是两朵绽放在起点女生网中的并蒂牡丹，引领着宫斗、宅斗类型的主流。2015年度我们推荐了希行的《诛砂》，2016年度选本以吱吱的《慕南枝》为“女频卷”首推篇目。

吱吱称得上是目前起点女生网的“当家大神”。2010年她就凭《庶女攻略》“一书封神”，这部披着“言情”皮的“职场”文，突破了以往以恋爱为核心的女频穿越模式，女主十一娘秉承“把老公当老板”的信条，凭借现代律师的理智、洞察与辩才，在以宅院为名的职场中牢牢掌握着自己的命运。六年来《庶女攻略》一直雄踞“起点女频书友推荐榜”第一位，背后是无数职场女读者的忠诚守卫。“把老公当老板”向她们提供了一种忘却爱情、只求生存的人生“攻略”，给她们疲惫的身心注入一管强心剂。然而在新作《慕南枝》中，吱吱却重提爱情神话。当宫斗的大幕已然拉开，只待女主姜宪从容收割时，一个名叫李谦的傻小子从天而降，如爱神般掳走了姜宪。已经从十一娘成长为皇后、太后的姜宪重回少女的春心，在“清醒”的人们满腹狐疑的目光中轻盈地登上南瓜车。这样的回马枪大概只有吱吱这样的大神杀出，读者才会自然跟进。大概“一个人的胜利”终究是没有什么意思，又或许，爱，就是不能忘记的。

与《慕南枝》同样引人注目，甚至终结了《庶女攻略》长达六年的霸榜奇迹的，是希行的《君九龄》。与《诛砂》一脉相承，希行在这部作品中，仍然做出了女性对爱的另一种选择：自爱。希行笔下的女主人公，都像是特立独行的技术人才（例如带着现代医疗知识穿越的“医女”），她们坚信一技之长足以立身，即使不谈爱情，依然可以活得精彩。如果说《慕南枝》演绎了一把浪漫主义，《君九龄》则是在现实主义的道路上顽强推进。看似各表一枝，实际上却是花开并蒂。女性独立，道阻且长，需要上下左右，反复求索。

也是在“自爱”的脉络中，晋江纯爱（耽美）大神priest在今年的言情新作《有匪》中做出了可敬的尝试，并且，将“自爱”推向了“人间爱”的大境界。这部武侠小说的女主角周翡，一出场就一剑劈开了情与爱的小世界，只身踏入豺狼当道的江湖，以瘦弱肩膀挑起守护、拯救他人的重担。作为拯救者而非被拯救者的形象，驱逐了女侠固有的性别属性所包含的弱者身份，但周翡身为女人的性别困境经验又时时刻刻隐匿在她强大的身影之下，使全文始终处在一种深层不安的动荡背景中。或许是这种内在的矛盾，又或许是尝试新类型，使《有匪》在行文和叙事上远不及 priest 此前的耽美创作那样圆熟完满。但对 priest 的铁杆粉丝来说，她们在周翡身上看到了自己，深深的代入感让她们仍然觉得这篇文很“好看”。

本年度我们推荐的《末日乐园》（须尾俱全，起点女生网），同样也探讨了重新界定女性与人性的问题，并借助“末日求生”的极端场景，将这一探讨推进了很远。

当然，除了关于爱情的探讨，还有很多作品是简简单单谈恋爱的，其中不乏佳作：《我们微笑着说》（霜华月明，云起书院）以一种自省的自传口吻，把我们带回了中学时代的青涩校园；《打火机与公主裙》（Twentine，晋江文学城）认认真真地写爱情本身，从生命和本能的角度，重新回归本源，感受爱意；《千秋》（梦溪石，晋江文学城）则借助“侠士”与“魔头”的对峙，试图回答三观不同如何相爱的难题。

无论是“相爱”“自爱”乃至“人间爱”，在优秀的作品中，我们都看到女性清醒的自我意识，坚定的自我选择，所谓网络女性主义，其先进性正表现在每一种选择都有自己的部落空间。

## 二　深度：“行业文”“小众文”与“网文中的现代派”

志在攀“巅峰”、有能力写“名著”的作家毕竟是极少数，大多数有追求的网文作家走的是更精专的路数。“专业化”是近年来网文发展的一个重要趋向，当人们的基础欲望在各类爽文的套路中得到充分满足之后，那些原本当作 YY 背景的世界被一笔一画地描绘出来。在一个“靠谱”的世界里 YY，这样的“爽”是更高级的“爽”。而一边“爽”还能一边“涨姿势”，更是何乐而不为？

近几年，在“专业性”方向上最成果斐然的是“历史穿越文”中“历史研究范儿”的一脉，以阿越的《新宋》（2004）为先河，以三戒大师的《官居一品》（2009）、随风轻去的《奋斗在新明朝》（2011）、贼道三痴的《雅骚》（2012）等为代表，这批历史题材的精品网文的陆续登台，让出身草莽的网络文学越来越“讲究”和“体面”起来。2015 年度年榜推荐的《宰执天下》（Cuslaa 哥斯拉，纵横中文网，2010年至今）和《清客》（贼道三痴，创世中文网，2013—2015），正代表了目前这一脉创作中的“巅峰表现”。

本年度，我们推荐的《花与剑与法兰西》（匂宮出夢，起点中文网，2014年至今）是一部“历史研究范儿”的“欧穿文”。小说让一个当代中国人穿越到七月王朝的法国，呈上了一幅19世纪法国的全景风情画。这是一部特别有“干货”的小说，使用“注释体”，频繁插入重大历史事件、民俗风尚、爵位制度、语言文化等的解释“词条”，行文模仿法国浪漫主义、现实主义小说语调，激活了历史真实的无穷魅力。老实说，从拉开的框架来看，这部小说的写作有着无限的可能性。因为法兰西不仅是浪漫之都也是革命之都，一个来自启蒙理想破灭时代的穿越者置身于法国大革命和巴黎公社之间的风云历史，可以有多少大命题可以探讨？作者也显示了这样的野心，甚至让穿越者夏尔成为路易·波拿马的重臣，会见大仲马、雨果、马克思并与之畅谈，挥洒出历史可以充分参与、尽情想象的豪情。可惜，真正做起来，仍是力不从心。将“历史研究范儿”真正落实进“历史研究”，将爽文模式与浪漫主义小说和现实主义小说连通，需要的思想能力和文学功力确实不是一般作家能抵达的。小说前期将日本恋爱游戏的套路引入历史小说的爽文模式中，取得了不错的效果，但后期由于作者无力真正处理一系列重大的历史命题，从浪漫主义、现实主义一路滑行到自然主义，这一爱情支线最终喧宾夺主，在不少读者对历史主线过于写实以致“比较闷”“不够燃”的抱怨中成了故事的主要亮色。尽管如此，该文仍有可贵的突破之处。作者将目光投注在拿破仑和俾斯麦之间这段相对平淡的法国历史，避开了“欧穿文”在地理上偏向德意志、古希腊与罗马，在架构上偏向军事斗争与帝国争霸的窠臼，并且凭借厚重而缜密的考据功力，区别于同样“法穿”题材的一般性“燃文”（如《以革命的名义》，管杀不管填，起点中文网，2013），在“历史研究范儿”的“欧穿文”中当有探路之功。

说到行业知识与爽文模式的对接，女频中这几年做得最好的是“医女文”。自2003年韩剧《大长今》在中国大陆的热播，“医女”元素就进入了早期古言文的书写，它一直是宫斗、宅斗大潮之下的重要推力①。2015年以来，起点女生网、潇湘书院榜单上越来越多的“医女文”，预示着“医女”继“庶女”“嫡女”之后，成为

① 潇湘书院2013—2015作品粉丝榜前十都有“医女文”，如2013年吴笑笑的《神医世子妃》，2014年沧海明珠的《侯门医女》，2015年姒锦的《御宠医妃》。

接棒的热门元素。2016 年 2 月的电视剧《女医·明妃传》虽非网文改编，但也一定程度上表明了“医女”题材在 IP 改编方面的潜力。而现代的“医生文”，甚至自带更高的社会关注度，同样可能成为网文的下一个 IP 热点。

作为“医女文”的代表，希行可以说是这一类型代名词式的大神（因文中医学内容详细，被很多读者猜测其职业是医生），从《名门医女》（2013）、《娇娘医经》（2013），到《诛砂》（2015）、《君九龄》（2016），她的女主人公雷打不动都是“医女”。无论是穿越而来的现代女医生，还是带着上辈子习得的医术重活一次的重生之人，这些“医女”都凭借自己的一身本领，行走于世家宅院、皇宫朝堂。与普通的“医生文”不同，一旦放置在古代的背景下，“医女”就成了一个独立的类型元素。一方面，“医”的特殊技能如同外挂金手指，使女主角一路过关斩将、复仇打脸，对接了网文最经典的升级、打脸爽文模式；另一方面，正是因为有这一技之长得以立身，希行的女主角获得了独立的前提，才能跳出情情爱爱的苑囿，把爱情当作一种可有可无的选项；再加上，相对其他的宫斗、宅斗元素，“医女”因其背后丰富的专业知识体系，在进入宫斗、宅斗的网文套路之后，总能给读者带来新鲜的“干货”，因而能如此经久不衰。

在都市言情方面，自 2014 年净网行动之后，在一片“拉灯”之叹下，于聚光灯下上演繁华的“娱乐圈文”就成为主打。然而，光有颜值是不够的，“娱乐圈文”也需要与“行业文”结合才能“又美又专”。如琅俨《我有四个巨星前任》（晋江文学城）代表的足球文，成功地将足球这一十分男性向的体育竞技项目带进了女频读者的视线；荔箫《盛世妆娘》（晋江文学城）为代表的美妆文，把美妆这一网络新兴文化和“妆娘”（美妆博主）这一职业引入了网文书写，虽然最终对美妆文化的挖掘大多只停留在品牌、产品的罗列，但不失为一次别开生面的介绍；水千澈《重生之国民男神》（潇湘书院）为代表的粉丝追星文，则第一次把目光从舞台上的明星身上，转向了舞台下的粉丝，把“饭圈”生态（粉丝群体生存状态）搬进“娱乐圈文”，给近年来在青少年间火爆升温的爱豆文化（idol，音译词，指年轻的职业化的偶像明星）以文学赋形，《国民男神》也由此成为 2016 年潇湘书院最大的黑马。

在“都市兵王”“乡村医生”“霸道总裁”霸榜的同时，中国网络小说也在处理着中国“第六代电影”所营造的文艺幻梦，以 1997 年大陆影视圈为故事起点的《文艺时代》（睡觉会变白，2014—2016）为中国“第六代”电影树碑立传，以“演技”丰富了“升级”“制霸”的模式，以堪称专业化的细节知识让“爽感”颇具“文艺范儿”——小说甚至成了故事版的观影指南——经此路径，“娱乐圈文”与“小众文”连通，以“小清新”著称的“豆瓣文青”也终于与以“情怀”自命的“网文文青”相逢一处。

当下大火的《修真四万年》(卧牛真人，起点中文网,2015 年至今）则引“科幻”入“修真”，提供了修真小说的另类可能。在修真小说在“大道无情”“以力证道”的“太上绝情”的个人主义路上走得太极端过后，设定了一个修真世界在放肆生长、崩毁又重生之后，竟从中孕育出了现代科技文明，将小说的故事放置在了一个拥有现代化政治经济制度的未来修行文明之中，而非前现代的修真世界。作为一部修真与科幻的类型融合之作,《修真四万年》在借用诸多经典科幻母题(如末日、太空探索、生物恐怖等）的同时，亦吸纳和沿袭了科幻小说以文明整体为尺度思考问题的视野。

“专业化”虽然在整个网络文学创作中属于“小众文”，但仍是其中面向“大众化”的一脉。网文作家中还有人更加剑走偏锋、孤芳自赏，比如，徐公子胜治的《太上章》(起点中文网，2014 年至今）以几百万字演绎《道德经》，偏离“以爽为本”的“网文大法”，重拾传统的“文以载道”，虽然不甚成功，但未必此路不通；知秋的《十州风云志》(起点中文网,2012—2015,2016 年有番外）虽是脱胎于武侠，继承自章回体，但其“现代感”倒显得比 20 世纪 80 年代的“先锋小说”更真切些：撕开一切伪装，反复用那露出来的恶心乃至恶毒的人间事挑衅读者，但这种恶心又没有走向艾略特那空无一物的“荒原”或者卡夫卡那徘徊无地的“城堡”，反而是上承自孔子以来的看重现世生活的中国民间传统，又把那丑恶中的盎然生机描绘得动人心魄，堪称“中国式的现代派”，“网文里的恶之花”。两位“远古级大神”(在网文 VIP 机制建立之初就已经成名的大神）的高蹈之作颇有些“精英文学”“纯文学”的气质，但这气质却是从网络文学中土生土长出来的。这说明，人类的精神追求和文学探索不会因媒介的变革而中断。虽因商业化主导，中国的网络文学囿于类型小说的大众性，但总有大神敢任性。

## 三　灵敏度:“虚拟现实”“数据库式写作”与“虚拟现实主义”

网络文学的核心属性是其网络性，其灵敏度首先体现在对于新媒介的敏感上，甚至不是即时反应，而是先行一步。

2016年被称为VR（虚拟现实）元年，“虚拟现实”第一次走进大众视野。然而，满怀兴奋的人们也被一再告知，真正想拥有饱满的VR体验，在技术上尚有待时日。而在“纸上谈兵”的网络小说中，VR的世界已经建构了十年。2005年左右，以玩家进入神经连接游戏、展开虚拟世界冒险为主要内容的网络小说已经出现，《高手寂寞》（兰帝魅晨，2005）、《蜀山》（流浪的蛤蟆，2006）便是早期的代表作。此后，这类作品日益丰富，形形色色的主人公在游戏中占据各式各样的位置，重新定义着虚拟与真实、人与非人（数据）之间的界限。

借助VR元年之势，三天两觉的《惊悚乐园》（2015年至今）在2016年大放异彩，这篇以“近未来”神经连接游戏为背景的网游科幻小说长期占据起点中文网游戏类月票榜第一名。所谓神经连接游戏，实际上就是理想化的VR游戏，玩家不再凭借键盘、手柄等外接设备操作游戏角色，而是直接将意识连接进网游虚拟世界，从而获得高拟真的游戏体验。《惊悚乐园》中那些关键性命题——衍生者（数据衍生的智慧体）的生存权、后人类情景下人的定义与尊严、虚拟与真实的界限等等——实际上是早已内置于此类网游文脉络之中的，经过多年积累，终于在《惊悚乐园》中得到了更加自觉、更加精彩的表述。

随着ACG一代的成长，游戏、动画、漫画共同建构的二次元数据库作为一种全新的生活经验集合，成为网络文学越来越常见、越来越重要的创作资源。时至今日，作者已经不需要再花费篇幅去解释一个系统、一张地图、一个副本、一次穿越/重生/读档重来，当这些字眼出现时，读者脑海里的一整套游戏经验立刻被激活，它们足以填补所有被省略的文本世界设定。与此同时，小说的线性叙事、时间结构、意义结构，也通通成为“前游戏”时代的旧标签，彻底被碎片拼贴、空间结构、无尽的任务等游戏的常见手法揉烂捏碎。

“无限流”就是这一“数据库”写作的绝佳标本。“无限流”的核心设定是某种超自然力量让现实世界的人“被选中”前往由各种流行文本（包括但不限于影视、游戏、漫画）所构筑的虚拟世界去永不停歇地冒险与轮回，打通了玄幻、科幻、魔法、修仙、武侠等不同的小说类型。不过杂糅过多元素的“数据库式写作”也导致了“无限流”的先天不足：故事缺乏贯穿全书的核心动力，各个副本世界只是被强行堆砌到一起，本身并没有内在的关联。“升级流”小说饱受诟病的“换地图”模式在“无限流”里成了最基本的设定，这样的写法固然能带来一时的新鲜，但并不能持久保鲜。小说需要不断安排人物进入不同副本世界来保持惊奇感，但人物疲于在不同的副本中奔波，导致每个世界的剧情，都只能走马观花式地简单素描，这让“无限流”更像一个一个单独剧情连缀而成的短篇小说集——读者甚至可以直接跳过自己不喜欢的剧情世界而几乎不影响阅读的流畅感。

不过《无限道武者路》（饥饿2006，起点中文网，2009年至今）这部出自非职业作家之手、堪称“旬刊”（平均约十天一更）的兴趣之作，却一步步迎难而上，甚至展现出了“无限流”转型的某种新可能。《无限道武者路》尝试着去真正缝合各个副本世界乃至它们背后所代表的流行文化，借用多元宇宙的设定去容纳所有剧情世界，创造出一个包含无数平行位面的宏伟宇宙，也顺应了当代流行文化突破地域藩篱完成某种虚幻的全球体系的潮流。作者像一个修补匠，通过人物的穿针引线来完善设定，将原来分属欧洲神话、埃及神话、中国神话的元素成功融入一个体系。从另一个角度来说，《无限道武者路》的设定又回到了“无限流”诞生之前的宏大叙事，而非典型的碎片化式“数据库式写作”。但这种回归，是在无数“无限流”作品开疆拓土之后的重新整合，是用一个更加宏阔的多元宇宙包纳了内部的各种或大或小的叙事，使之拥有了某种新的哪怕仍是虚幻的总体性。

男频如此，女频亦如此。越来越多女性玩家能够直接将游戏经验转化为文字，游戏的经验和思维进入网文主流，已经成为常识和常态。对于女性问题的探讨，也得以在这一维度重新展开。如须尾俱全的《末日乐园》将无数个末日副本平行排列在宇宙图景之中，主角在一个接一个的末日世界中穿梭，末日之外并无“常日”，而是跳脱历史的永恒荒芜。这是游戏经验在文学作品中一次非常精彩的转换，作者得以在一个消弭了历史维度的场景中，尝试重新去定义“人性”和“女性”——正是在这一意义上，网文真正成了“游戏场”，具有鲜明的实验性。在人心莫测的末日世界中，主人公林三酒一直坚持着不滥杀、不忘恩、不抛弃弱者的人性底线，这之所以能被读者自然而然地接受，背后是女频近年来一系列“反丛林法则”的创作实践。而这种足以温暖人心的倔强温柔，才是高度内在于女频网文之中的“女性特质”。

随着“二次元”世界被川流不息、无穷无尽的“段子”“梗”密密实实地充满起来，“数据库式写作”成为一种全新的写作模式。发布在铁血网的《永不解密》（2015年至今）就很好地吸收了网络“军迷知识”（“军迷”即爱好军事相关内容的军事迷、军事粉丝），这些“军迷知识”不是单纯的军事知识或爱国思想，也包括“军迷”在漫长交流中形成的情感共识和创作成果（包括著名动漫《那年那兔那些事儿》等）。作者风卷红旗长期混迹于铁血论坛、北朝论坛等“军迷”聚集区。《永不解密》最初在龙的天空论坛和北朝论坛上发布时也得到了这些论坛读者的大力支持。在“数据库”模式之下，资料要素（“军迷知识”“梗”）的每一次出现都构成一个足够让读者“爽”起来的小叙事。读者消费的不再是一个军事斗争表现爱国的宏大故事，而是军事小说里“军迷”感兴趣的各种要素本身。

拉棉花糖的兔子的《天庭出版集团》（晋江文学城，2016）也是一部基于“数据库”模式的同人写作[①]。女娲、神农、东海龙王等中国远古神话中的人物接踵亮相，以一个又一个的搞笑段子，和形似论坛、贴吧的行文方式，对当下的网络流行文化进行了一次 cosplay（角色扮演）式的重现。这是真正属于 ACG 一代的网文，只有极熟悉“二次元”世界的网络达人才能创作得出，也唯有 ACG 一代的读者，才能 get 到笑点。

从现实到虚拟现实，从“宏大叙事”到“数据库式写作”，从现实主义到虚拟现实主义，人类进入后现代，特别是网络时代以来，认识世界、体验世界、表现世界的方式，发生了根本性的变化。对于这些变化，沿用传统的现实主义、现代主义的文学理论无以解答。笔者认为，针对目前中国网络文学的“二次元化”，最有现实针对性和理论阐释力的理论是东浩纪分别于 2001 年、2006 年出版的《动物化的后现代——御宅族如何影响日本社会》《游戏性写实主义的诞生：动物化的后现代 2》[②]。在这两本著作里，东浩纪以 20 世纪 60 年代以来在日本兴起的御宅族文化，尤其是 20 世纪 80 年代以来建构了网络文化的“第三代御宅族”为考察重点，提出一系列突破性理论，如“大叙事凋零以后的宏大非叙事”“从故事消费到数据库消费”“作为角色小说的轻小说”“游戏性的写实主义”等，对于当下中国网络文学的发展新趋向有极珍贵的理论参照价值。中国网络文学的发展本来就深受日本御宅族文化影响，经过 20 年的发展，呈现出的状态和遇到的问题，与进入网络时代的日本御宅族文化有颇多共通之处。而基于最近 20 年网络文学的飞速发展和中国网络文学的特殊繁荣形态，中国经验势必对这一理论的发展提供新的沃土，也对我

① 《天庭出版集团》作为一篇“洪荒”文，是晋江文学城划分的“同人/衍生”版块特有的“同人”类型。这一类型的同人写作把中国古代神话传说中的时代通称为“洪荒”，以神话传说中的人物和事件作为二次创作的原作基础。

② 目前两本著作都只有台湾译本。《动物化的后现代——御宅族如何影响日本社会》，译者褚炫初，台北，大鸿艺术股份有限公司 2012 年；《游戏性写实主义的诞生：动物化的后现代 2》，译者黄锦容，台北，唐山出版社 2015 年。

们本土研究者提出新的挑战。

其实，不管理论研究者的脚步是否跟得上，网络文学都在以网络速度发展着。2016 年 11 月，晋江同人区刚刚加入了“轻小说”的类别，并将同人区由原来的“非原创小说”“衍生小说”进一步改名为“衍生 / 轻小说”。这再度证明了重度“宅”、重度“二次元”势力的深入扩大。可以想见，等到中国的漫画、动画、游戏，以及影视业的产业水平逐渐跟上网络文学发展的脚步，在“IP 导向”之下，网文“二次元化”的程度会进一步加深。

网络文学向“二次元”方向的发展，正充分说明了网络文学的新媒介属性。网络文学之所以被人们解读为“通俗文学的网络版”，其实是出于其作为“印刷文明遗腹子”的惯性。从某种意义上说，那些显示了网络文学高度和深度的经典性作品，代表的是网络文学“古典时代”的成就。仅仅经过不到 20 年的发展，出身于草根的网络文学就能积蓄起迈向“巅峰”的力量，这实在令人欣慰。但“巅峰”往往意味着转折——或许这样的“巅峰之旅”还要持续几年——与此同时，新纪元也正在“二次元”世界中渐次展开。

# 慕南枝

吱　吱

吱吱，起点女生网大神级作家，2008年开始在网上写作，擅长穿越/重生、宫斗/宅斗题材。吱吱的风格和文笔在创作之初就已趋于成熟，迅速积累起大量粉丝。代表作《庶女攻略》(2010)盘踞起点女生网读者点击榜、推荐榜总榜第一长达六年，是网络文学宅斗类型无法绕过的经典，吱吱也因此获得起点2011年度最受欢迎作者金奖。目前还有《金陵春》(2014)、《慕南枝》(2016)、《九重紫》(2012)同时位列推荐榜总榜前十。

《慕南枝》于2016年3月28日开始连载，截至2016年12月31日尚未完结，字数已过百万。连载期间，一直处于月票榜前两名，并跃居网站历史推荐总榜第五。相比于吱吱此前的作品，《慕南枝》在宅斗角力权衡的“智”中，开始挖掘家庭内部的“情”，特别是夫妻之间历经现实淬炼的“爱”。在螺旋上升的网络女性主义中，吱吱正尝试超越自己建立的“独”的法则，在新的高度上寻找与爱人、家庭“合”的可能。

【标签】古代言情　架空　宅斗　重生　种田

【简介】

前世，嘉南郡主姜宪嫁与皇帝赵翌。身为皇后，宫闱乱事让她气愤；赵翌死后，国家朝局让她烦忧；扶植继子赵玺登基，最后却被赵玺毒杀，更让她困惑又寒心。

重生回承欢太皇太后膝下的少女，姜宪决心扭转命运，活个明白。经过调查，她迅速发现皇帝赵翌早就与乳母方氏通奸，而记在他人名下的赵玺，实则是这二人苟合的产物。皇帝年少，太后专权，预知皇帝即将武力迫使太后还政，姜宪悄然布局，让娘家镇国公府明里支持皇帝，亲信势力则暗中帮助太后，令双方相互制衡，自己则抢先选婿，免于入宫。正当皇亲国戚为姜宪婚事再次展开较量之时，前世提刀入宫的叛军、今生政坛边缘的草根李谦，却为不可抑止的爱意铤而走险，将姜宪抢回山西。太皇太后下旨：李谦行径，要么赐婚，要么赐死。姜宪最终决定改变计划，放下旧怨，嫁给李谦，赌这一把。

成婚后的姜宪，发挥出前世垂帘听政的治国之才。姜宪为李家整顿内务、梳理外交，帮助在外征战的李谦选择势力据点、笼络天下人才，两人同心协力让家族蒸蒸日上。但是朝堂之上，皇帝赵翌的统治让国家日益混乱，姜宪想过平安喜乐的小日子，而天下却呼唤着李谦走出家门，成为乱世枭雄……

选文出自《慕南枝》第一百九十章至一百九十六章，李谦将姜宪抢到山西的途中，在寺院中和前来营救姜宪的亲人、皇族、未婚夫过招周旋。姜宪面对心意坚定的李谦、关心爱护自己的亲人好友，在太皇太后“赐死”与“赐婚”两道懿旨中，选择了后者。

**【节选】**

## 第一百九十章　风云

姜宪看着再也忍不住，“啊”的一声叫出声来，提了裙摆就往外走。

刘冬月急急地跟上。

院子里的李谦和姜律都已听到姜宪的声音。

李谦手下微滞，姜律已连退几步。

姜宪出现在穿堂的门口。

她面色苍白，目光冷峻，神色焦虑，举手投足间却一派落落大方，冷静沉稳，尽显大家气度，令人侧目。

李谦一愣。

姜律的软剑却蛇般游了过去，剑尖笔直，直取李谦的喉头。

姜宪顿时脸色又白了几分，捂着胸口，连尖叫也不敢。

她就知道，她不应该出现的。

李谦无论如何也会让阿律几分的，绝不会真的去取阿律的性命。

姜宪泪盈于睫，恨不得上前去帮李谦挡了那一剑。

李谦或者是恼了姜律的偷袭，或者是和姜律游斗得太久，这一次他没有避让，而是肩膀快如闪电般地向旁边微倾，躲过了姜律的剑尖，不退反进，顺着软剑刺过来的痕迹向前，一刀抵在了姜律的肩膀上。

姜宪闭上了眼睛。

觉得自己刚才脑子进了水。

怎么会觉得李谦不会伤害阿律……

然后耳边就响起了一阵惊呼。

难道李谦他把阿律……

姜宪忙睁开了眼睛。

就看见一根白蜡长棍横挡在了姜律的肩头，抵住了斩马刀的刀尖。

姜宪顺着那长棍望了过去。

穿着白色武士装的赵啸面色铁青，下颌微扬，神色倨傲地单手执棍站在姜律和李谦的中间。

赵啸竟然赶了过来。

姜宪讶然。

钟天逸不是说大同的官兵都被李谦的人挡在了山下吗？那赵啸是怎么进来的？还突然间就闯了进来，为姜律解了围。

她不由得打量四周。

并没有看见赵啸的随从或是侍卫。

也就是说，赵啸是单枪匹马一个人闯进来的……

姜宪心中默然。

难怪前世赵啸能雄霸闽南！

不管怎么说，她和赵啸也算是未婚夫妻了，她这个时候若是再流露出分毫对李谦的关心都是对赵啸的侮辱，她无意折赵啸的面子。

姜宪退后几步，躲在了门扇后面。

院子里的人也被这猝变惊得停止了打斗。

众人的视线都落在了赵啸的身上，就连钟天逸和王瓒也满脸严肃地望着赵啸。

“李大人，许久不见！”赵啸的目光却慢慢地从李谦手中的刀上移到了李谦脚下那双半新不旧的水牛皮靴子上，然后又慢慢地重新回到李谦的脸上，这才挑着眉道，“你以逸待劳，胜之不武。不如让我代姜世子会会你好了，不知道李大人敢还是不敢？”

李谦闻言只是微微地笑，看上去神色间还带着几分和煦之色，可眼底却迸射出一丝冷意，如风雪压境，让人心中一寒。

姜律带来的几个侍卫甚至被李谦的气势压得垂下了眼帘。

姜律不禁目光凝重，阻止道：“赵啸，多谢你千里相助，只是这件事我和李谦早有约定……”

“阿律哥，”赵啸看了姜律一眼，道，“我是姜家的女婿，姜家的事就是我的事。我怎么能够袖手旁观！”

自姜宪失踪之后，赵啸动用了手中所有的力量，跟着姜家忙前忙后的，可姜家有了姜宪的下落却没有通知赵啸，如今又被赵啸抓了个现行，姜律就算讲究兵不厌诈，脸上也不由得发烧，何况他刚才差点就败在了李谦的手里，他怎么好意思拒绝赵啸。

他低低地说了声“你小心点”，就退到了王瓒的身边，扶住了好像站着都很吃力的王瓒。

王瓒没有拒绝，半靠在姜律的身上，目光炽热如火地望着赵啸和李谦，好像希望他们立刻就能分出胜负来似的。

李谦像没有感受到王瓒的目光般，提着刀，摆了个请的手势。

赵啸冷笑，腿微微下蹲，扎了个马步，长棍已虎虎生威地朝着李谦横扫过去。

李谦一改和姜律争斗时的朴实无华，长吟一声，飞身跃起，刀刃如霜，杀气凌人地朝赵啸劈了过去。

院子里霎时寒气四溢，笼罩四野。

众人打了个寒战，齐齐后退，把庭院的空地都让给了两人。

赵啸高喝一声“好刀法”，旋身而起，长棍在空中画个弧，迎刃而上。

院子里响起碎金裂石之声，如敲打在众人的胸口，让人窒息。

李谦朗笑，道：“世子爷也不差！没想到我和世子爷相识七八年都不知道世子爷原来是南少林寺的传人，靖海侯府真是深藏不露啊！”

“你没有看出来，那只能说明你眼拙！”赵啸应道，手下却毫无停顿之意，一挑不成改直刺。

李谦笑道：“现在看出来也不迟啊！”

他的话音刚落，气势一变，刀势狂烈如火般冷酷肃杀地朝赵啸劈去。

那从刀势中透露出来的暴戾血腥之气迅速浸透在了庭院的角角落落。

众人心中凛然。

姜律和钟天逸却脸色大变，姜律更是低声惊呼：“李谦这是要杀了赵啸吗？”

“不……会吧?！”王瓒道，朝钟天逸望去。

钟天逸此时已经没有了刚才和他打斗时的闲适，而是面色严肃、聚精会神地盯着李谦和赵啸，眼也不眨一下，好像这样就能看清楚李谦到底要干什么。

王瓒心里突突的，悄声对姜律道：“赵啸也不是李谦的对手吗？”

姜律脸色隐隐有些发青，压低了嗓子道：“李谦是见过生死的人，说不定还是从死人堆里爬出来的，赵啸毕竟身份尊贵，千金之子坐不垂堂……单讲武技李谦怎么能比得过得了南少林秘传的赵啸……”

王瓒听明白了。

单讲武技李谦不如赵啸，可若是生死之搏，赵啸却不如野草般长大的李谦。

“那怎么办？”王瓒急急地问姜律。

按照他们和李谦的协议，如果他们输，就只能自己离开。

姜宪怎么办？

姜律也没有想到最后会落得这样一个结局。

他捏了捏拳，很想光秃秃说一句“我们先回去，找我爹出面收拾他”，可他只要一想到姜宪可能离他只隔着个穿堂，不过一射之地的距离，这种话他就说不出口来。

姜律凝视着被一排弓弩手挡着的穿堂。

风吹过，好像看见了绯色的裙裾。

他心跳如雷。

难道姜宪就在那门后不成？

姜律手心全是汗。

思忖良久，他下定决心般地面色一沉，朝着福升点了点头。

## 第一百九十一章　际会

福升会意。

高大的身子突如闪电般朝穿堂扑过去。

那些弓弩手却丝毫不乱，“嘭”的一声弩箭齐发。

站在庭院里的人无一幸免。

包括战成一团的李谦和赵啸。

两人都不得不停下来先挡过朝他们射来的箭。

有几个避之不及的已捂着中箭的地方倒在了地上，有些虽然灵敏地避开了却依旧神色惊恐。

这里面有姜律的人也有李谦的人。

福升更是如断了线的风筝般从半空中落下。

姜律大喝一声，面色黑如锅底地一跃而起，落在了福升的身边。

隐约间，他好像听到了女子的惊呼声。

可福升的肩膀、大腿和腰间共中了三箭，箭入三寸，痛得福升满头冷汗，人已经昏厥过去。姜律哪里还顾得上其他，一面检查着福升的伤势，一面轻声地喊着福升的名字。

福升挣扎着睁开了眼睛。

姜律松了口气，忙嘱咐随行懂医的侍卫帮着福升治疗，转念想到刚才的情景，他气极而笑，冲着继续和赵啸打斗在一起的李谦高声骂道："李谦，你他妈的发什么疯？无差别的攻击！你就不怕把自己给射死！"

李谦正如姜律所料，越战越勇，刀势由之前的平和中正变得风起云涌，如被激怒的猛兽，一改从前驯服的假象，突然间露出凶狠狰狞的面目，张开了血盆大口，和赵啸纠缠在了一起，不死不休。

赵啸显然不适应这种打法。

一寸长一寸强。

他从开始的略占上风到了如今的被动反击，脸色很是难看。

听了姜律的话他甚至不敢回头看姜律一眼，生怕被李谦寻到可乘之机。

李谦却轻松如昔，闻言高声笑道："我不是早就告诉过您，不要试图越过穿堂。谁也不行！哪怕是我自己。要么战死在这里，要么我们一起尝尝药林寺的素斋。"

姜律睁大了眼睛。

他从李谦的举止和言语中看到了认真。

李谦，他是真的准备不成功便成仁，宁愿和他死战到底也不愿意妥协，放姜宪离开。

为了一个女人，值得吗？

姜律生平还是第一次遇到这样的人。

他的心情十分微妙。

"你他妈的疯了！"他情不自禁地喃喃自语道，"你到底知不知道自己在干什么？事情闹大了，你就是死也留不住保宁的……"

王瓒的手攥成了拳，指甲深深地陷进了掌心。

虽然姜律没有告诉他姜宪为什么会落在李谦的手里，他也没有问，但并不代表他什么也不知道。

李谦喜欢保宁。

求而不得，索性抢亲！

猜测被证实。

痛得他的心都麻木了。

李谦真的宁愿死也不愿意放开姜宪吗？

他怎么能这么大的胆子？

他就不怕连累家族吗？

他就不怕让姜宪的名声受损吗？

王瓒想到他跪在母亲面前，求母亲为他求娶姜宪时母亲眼中的泪水和不能满足子女的愧疚与痛苦。

他混混沌沌的，不知道自己身在何处。

是不是因为他的胆小怕事，他才会和姜宪走到了今天这一步呢？

王瓒隐约有点明白，更多的，却是不敢想，不愿意去想……

懵懵懂懂，时间好像过去了很久，又好像只是一瞬间，他耳边突然传来姜律的暴喝声："李谦，尔敢！"

王瓒回过神来，就看见赵啸丢棍翻身连打几个滚，才堪堪避开了李谦那犹若狮子搏兔般的雷霆一击。

如果说之前姜律只是感觉到李谦不会放过赵啸，那此刻，任何人都不会怀疑，李谦存心要将赵啸斩于刀下。

姜律脸色发青，喝道："李谦，我与你一战！"

李谦笑着转身，锦帛般绚丽的晚霞给他镀上了一层金光，他神色温和地站在那里，犹如闲庭信步般悠然自得，眉宇间没有一丝杀意和戾气，却让人心生寒意，仿佛置身于三九寒冬的冰窟窿，控制不住地打着寒战。

姜律的面色更差了，他强打精神高声道："怎么，你不敢吗？"

李谦哂笑，道："你明知道我敢还是不敢，何必多此一举！"

姜律明白他的意思。

如果不是看在姜宪的分上，他刚才根本就不可能和他游斗那么长的时间。

他面色一红。

赵啸已站起身来，脚尖一勾，白蜡长棍飞身而起，落在了他的手里。

“李谦！”他沉声道，神色冷傲，目光深邃，语气平静，“今天我们只有一个人能走出去。”

夺妻之恨，不共戴天！

李谦淡淡地望着赵啸，眼底杀意纵横。

姜律心中暗叫“不好”，刚要阻止两人继续争斗下去，赵啸已纵身而起，长棍如深谷风吼般朝着李谦挥去。

李谦迎身而上，刀势狂烈，却又带着惊涛骇浪般的激荡跌撞，连绵不绝。

两相碰撞，赵啸屹立不动，李谦却连退三步。

姜律心中一松。

赵啸嘴角淌出一丝血迹。

胜负已分！

“赵啸！”姜律神色俱震。

赵啸已道“再来”，举棍朝李谦扫去。

却已没有半点刚才的气势，如垂暮老人，迟缓而沉重。

李谦莞尔，平平横出一刀，却如秋尽冬来，木叶凋零，蕴含着重重杀机。

“赵啸！”姜律提剑冲了过去。

两人对李谦形成了夹击之势。

李谦回头，不躲不闪，淡漠地望着姜律。

姜律心惊。

知道这是个绝好击杀李谦的机会，却又不愿意变成自己从前最瞧不起的卑劣小人……他有一瞬间的犹豫。

耳边突然传来曹宣声嘶力竭的吼声：“住手！都给我住手！我有圣旨！赵啸、李谦、姜律，你们接旨，快接旨！”

众人都被这声音给吼蒙了，齐齐循声望去。

只见一个有着一双艳光潋滟的眼睛的俊美男子，由一个貌似李谦护卫的男子扶着，风尘仆仆、气喘吁吁地拖着两条腿走了过来。

那样一双漂亮的桃花眼，不是曹宣还有谁？

几个人心中都横生疑窦，却又都不愿意第一个出面询问。

李谦、赵啸、姜律等就这样静悄悄地看着曹宣。

别人怎么想姜律不知道，姜律却在心里暗暗地骂着李谦，不是说把人拦在了山下，谁也别想上来吗？怎么先是来了个赵啸，现在又来了个曹宣……他那是菜园子门吧？看着挺牢固的，想进来的人总有办法进来……

李谦面无表情，看了扶着曹宣上来的男子一眼。

那是他的心腹随从卫属。

他安排他守在山脚，阻拦大同那边的增援。

卫属却把人给带到这里来了。

## 第一百九十二章 传旨

卫属并不是个不知道轻重的人。

他朝着李谦几不可见地点了点头。

李谦不动声色，静观其变。

曹宣两天两夜没有合眼，觉得自己累得随便找个地方都能趴下了。

他哪里还有精神去观察众人的神色，原地团团地转着圈儿，喃喃道："怎么没有椅子？我要坐一会……"

赵啸双手抱肘，冷眼旁观。

姜律正在为因曹宣的出现而没有让他被拖入欲望的深渊而庆幸、心虚，见状不由掩饰般地上前朝着曹宣就是一脚，道："你他妈带的圣旨呢？先读完了圣旨再找地方歇着。"

曹宣被踢得一个趔趄差点就摔在地上，还好卫属眼明手快将他扶住了。

"这圣旨不是给你们的。"曹宣因此而清醒了很多，道，"嘉南在哪里？这道圣旨是给嘉南的！"

众人愕然。

李谦朝卫属望去，眉目间有些明显的不悦。

卫属再次无声地点了点头，示意李谦少安毋躁。

姜律则比李谦表现得明显多了，他皱着眉问曹宣：“到底是怎么一回事？是皇上的圣旨还是太后的懿旨？怎么是你来传旨？我长这么大还没有见过圣旨不能当众宣读的！应该是口谕吧？”

王瓒闻言立刻反应过来，忙道：“曹宣，这件事与曹家无关。你别无中生有！皇上那里责怪下来，自有我和阿律哥顶着。你还是站到一旁去，等会和我们一起回京就是了。刀枪无眼，你可别伤着自己。”

言下之意，不要说是懿旨了，就算是圣旨，如果内容荒诞，得不到他们的承认，他们一样不会遵照执行的。

赵啸此时也反应过来，冷笑道：“曹宣，你别弄得大家都烦你。”

威胁的味道十足。

曹宣在心里苦笑。

还真让自己猜对了。

姜家就有这么大的胆子！

如果事情得不到姜律的认可，姜律根本不会接旨。

而且还得罪了赵啸。

自己这是典型的吃力不讨好！

可这关系到姜宪的终身幸福，除了姜宪，谁也没有办法代替她做决定。

这件事无论如何也要先和姜宪商量。

如果是平时，曹宣肯定要和颜悦色地想办法说服姜律，可现在，他又困又累又渴又饿，实在是无力也无心和姜律、赵啸纠缠。他掐了自己两下，觉得脑子又清醒了几分，他索性扯着大旗做虎皮，道：“我是受了太皇太后的懿旨来见嘉南的。这件事镇国公也知道。两位长辈都让我把圣旨直接交给嘉南。”然后他又对姜律道：“阿律，嘉南自幼被先帝抱着坐在金銮殿上用玉玺盖着奏折玩，你觉得她会不认识我手中的到底是懿旨还是圣旨吗？何况见过嘉南之后，圣旨上写的是什么，如果不给你们看，你们会凭着我的三言两语就遵照执行吗？”

我这不是怕你代表曹太后而来，用花言巧语打动姜宪，放了李谦一马吗？

姜律下意识地想着，话到了嘴边还好及时地咽了下去。

他要是这么一嚷，任谁也会猜姜宪是和李谦私奔了。

这让赵啸颜面何存?

他的嘴抿成一条缝。

王瓒却觉得曹宣的话有道理，觉得姜宪并不是那样无知的女子，就算曹宣居心叵测，嘉南也不是那么好糊弄的，他跟着姜律，什么也没有说。

赵啸却隐隐生出几分不安来。

李家是曹太后的人，来宣旨的又是曹宣，如果圣旨的内容对李谦有利，曹宣应该当众宣布才是。如果对自己有利，曹宣为什么又来宣旨呢?

李谦想到人是卫属带过来的，有恃无恐。

一时间几个人诡异地保持了沉默。

曹宣却知道这件事拖不得。

赐婚意味着姜宪选择了李谦，这让赵啸颜面何存?赵啸不是普通的侯府世子。靖海侯手握重兵，称雄闽南，在这个关口传出婚变的消息，谁知道赵啸和靖海侯会有怎样的反应?

赐死就意味着李谦和李家的反抗。

刚才上山的时候卫属可没有少在他耳边说李谦怎样怎样厉害，他也亲眼看见李谦的人把姜律的援兵堵在了山脚，而且刚才他要是没有看错，赵啸和姜律好像两人在打李谦一个人，也就是说，李谦是赢家……如果他把赐死李谦的那份圣旨拿出来，他们走不走得下这药林寺还难说。

曹宣执意要见姜宪:“嘉南在哪里?”

姜宪被那阵箭雨吓了一大跳，此时心里还怦怦乱跳，庆幸着曹宣的及时到来。

曹宣的话她听了个一清二楚。

如果不是碍着赵啸，她早就冲了出去接旨了。

听曹宣的意思，圣旨是太皇太后让曹宣带过来的，应该对她有利才是，为何曹宣不当众宣读圣旨却要让自己接旨?这其中肯定有蹊跷，可到底是什么蹊跷，姜宪心中没底，不免有些忐忑。

她示意刘冬月到穿堂门口晃一晃，告诉曹宣自己在院子里面。

只是没有等到刘冬月领会她的意思，李谦突然开了口:“承恩公，既然您是奉了太皇太后之托来见嘉南郡主，我们断然没有拦着的道理。只是我和靖海侯世子爷有些摩擦，为了保证嘉南郡主的安危，请嘉南郡主留在了内院，只好请承恩公一个人去见嘉南郡主了。”

曹宣不由在心里暗骂。

什么请嘉南郡主留在了内院，是把嘉南郡主软禁在了内院吧？

这个李谦，官面文章倒做得好。

他想到从前和李谦做同僚时李谦说话的语气和措辞，越发觉得李谦这个人不简单，再转念想到在他不知道的时候李谦早已做了姜家放在曹家的一颗棋子，他心里就不是滋味。

曹宣目光微黯。

李谦却貌似大度地朝着那排弓弩手挥了挥手。

那排弓弩手立刻让出了一条仅供两个人并行的缺口。

曹宣定了定神，快步走进了穿堂。

姜宪坐在正堂等他。

看见失踪后几日不见的姜宪，饶是曹宣有心理准备，心里仍不禁一愣。

姜宪穿了件质地很一般的湖绸褙子，但是花式活泼俏丽，一看就是江南民间新出的样式，头发乱糟糟地绾着，什么首饰也没有戴，应该很狼狈才是，可偏偏她面色红润，目光璀璨，眼角眉梢都带着他未曾见过的飞扬洒脱，就像个在家里随意乱穿，玩乱了头发的小姑娘，还仗着家人的疼爱毫不在意地娇纵着出面待客，没有一点和人私奔的不安和羞涩，更没有半点被劫持的惶恐和害怕。

曹宣有片刻的糊涂，不知道自己到底来干什么的。

## 第一百九十三章　两道

姜宪见曹宣目光有些呆滞地望着她不说话，想到自己现在的样子……还是颇有些不安地轻轻咳了一声。

曹宣回过神来。

姜宪就客客气气地喊了声“承恩公”。

曹宣见低眉顺目站在她旁边的刘冬月一副普通小厮的打扮，嘴角微抽。

这两个人，大家都为她们急得上火，她们倒好，悠闲自在得像是出来游玩似的……

“嘉南，”他懒得再打量两人，道，“我受太皇太后所托，有事和你商量。”

姜宪在曹宣执意要见她的时候就知道曹宣的来意不简单。

她朝着刘冬月使了个眼色。

刘冬月微微低头，轻手轻脚地退了下去。

“承恩公请坐！”姜宪指着下首的太师椅，起身亲自为曹宣倒了杯茶。

曹宣轻声道谢，喝了几口茶，在心里斟酌了片刻，把自她失踪之后的事一一告诉了姜宪。

姜宪又惊又喜。

惊的是没有想到大家会把矛头指向赵翌，结果耽搁了几日才追过来，更没有想到的是李家和姜家的关系会因为这件事曝光。喜的是白愫不愧是她两世的好姐妹，别人都以为她私奔了，只有她不相信。

那曹宣又怎么会来宣旨呢？

他真的是受太皇太后所托吗？

还有这道圣旨，到底写了些什么呢？

姜宪心中有些忐忑，却又怕被此时敌我不明的曹宣看出来，垂了眼帘连喝了几口茶水。

曹宣压根就没有想到这件事是姜宪从中牵的线。

他以为姜宪听不懂这其中的蹊跷，也就没有多说自己的用意，只是告诉她：“太后娘娘怕阿律和阿瓒年轻气盛，不愿意接受懿旨，让我拿了懿旨直接去找太皇太后换道圣旨……”

姜宪骇然地望着曹宣。

曹太后居然给她和李谦赐婚！

她没有听错吧？

姜李两家联姻，还有她曹太后什么事！

曹太后就是再糊涂，也不可能糊涂到这种程度。

她睁大了眼睛望着曹宣。

曹宣每次见到姜宪，姜宪都是一副冷冰冰的样子，这样生动活泼的姜宪，他还是第一次见到，不由得心中一阵柔情，眉宇间平添了几分温和，让他更是如芝兰之秀，玉树临风。

他把太皇太后怎样闯进尚宝监，怎样二话不说直接赐死了个六品的太监，内务府十二衙门的大太监们又怎样装不知道，个个闭门不出，刘小满又怎样借了赵翌的汗血宝马拿了镇国公姜镇元的帖子送他出京等等都告诉了姜宪。

姜宪愣愣地望着曹宣，嘴角翕动，半晌都说不出话来。

原来如此！

她就说嘛，曹太后怎么会给她和李谦赐婚。

定是曹宣发现了李家和姜家的真正关系，怕曹太后受不了这个打击，在曹太后面前为李家掩饰，把李谦抢亲说成是她被李谦劫持，曹太后在这种情况之下，只好把不可能变成可能，把李谦劫持变成抢亲，好推卸责任……所以曹宣才会进宫忽悠太皇太后，把懿旨变成了圣旨。

太皇太后不会是信以为真，相信了曹宣的话，以为自己和李谦私奔了吧？

她想到太皇太后这么多年来韬光养晦，万事不管，不过是盼着她能平安长大，亲恩伯府能安稳度日地过了大半辈子，如今却为了自己直闯了尚宝监，就算是那些大太监全都装作不知道瞒过了赵翌，可这并不是长久之计，时间长了，赵翌迟早会知道。

私自在圣旨上用印。

这是动摇皇权、动摇社稷，形同谋逆的大罪。

赵翌生性凉薄，亲政之后还没有站稳脚跟就已经像先帝和孝宗皇帝一样开始防着姜家，到时候他若是拿这件事大做文章，不要说是姜家了，就是太皇太后十之八九也要跟着倒霉。

她老人家谨言慎行，战战兢兢了一辈子，最后却被自己拖下了水。

想到这里姜宪心里就无限地悔恨。

她当初下定决心不再管李谦的时候就应该快刀斩乱麻，而不是像现在这样黏糊糊的最后害人害己。

而前世和她在庙堂上是盟友的曹宣，今生由于各种各样的改变和她渐行渐远，成了对手。

姜宪眼眶止不住水光闪现。

曹宣的心如坠入湖中的石头，一沉再沉。

听说太皇太后想办法为她弄来了赐婚的圣旨，姜宪如果真的是和李谦私奔的，她应该非常高兴才是，怎么却这样伤心，甚至在他面前忍不住湿润了眼眶。

这可不是他了解的嘉南郡主。

在他的印象中，姜宪是看似和蔼可亲，骨子里却十分骄傲，轻易不会在人面前表现出自己软弱的一面的。

难道姜宪被白愫说中了，她不是和李谦私奔而是被李谦劫持了？

曹宣摸了摸放着两道圣旨的匣子，想起李谦那张笑容灿烂、俊朗明快的面孔，心中突然觉得很是不忍。

李谦，就这样被杀了？

他不过比自己小两三岁而已！

看姜宪的样子，并没有受怠慢，她既然是被劫持的，当初在田庄的时候为何不呼救？

曹宣心情复杂。

两人各自想着心事，厅堂里陷入一阵死寂。

良久，还是姜宪先清醒过来。

她为了收拾自己杂乱的心情，亲自给两人重新续了杯茶。

曹宣缓过神来，再次向姜宪道谢。

她却心中一动。

既然太皇太后冒了这么大的风险为她换来赐婚的圣旨，曹宣为什么直到现在也没有向自己宣读？

姜宪想到前世曹宣“善谋”的名声，不禁坐直了身子，调整了呼吸，尽量让自己显得悠然地道：“承恩公非要我接旨，又把我大哥他们拦在外面，可是有什么话要单独地交代我？”

曹宣不由暗中感叹姜宪的聪慧。

他身子向前倾斜，压低了声音道：“嘉南，太皇太后爱你如珍似宝。我们在见到你之前，谁也不敢保证我们听到的就是事实，所以太皇太后才会让我来。她老人家并不是只让我给你带了一道圣旨，而是带了两道圣旨——一道是赐婚，一道是赐死。你想怎样，太皇太后全凭你自己做主……”

“你说什么？”姜宪再也坐不住了，她腾地一下子就站了起来，望着曹宣的面孔瞬间变得煞白。“你说什么，两道圣旨？”她喃喃道，“太皇太后她老人家让你带了两道圣旨来？”

曹宣也站了起来，目光凝重地望着姜宪，点了点头。

姜宪的眼泪簌簌落下。

## 第一百九十四章　明白

为什么？

太皇太后为什么对她这么好？

她不是因为母亲早逝才会被外祖母收养的吗？

为什么还要对她这样好？

姜宪两世为人，第二次毫不顾及地哭了起来。

第一次是太皇太后去世。

曹宣想到姜宪会很激动，可他没有想到姜宪会这样全然不顾形象地坐在那里痛哭流涕，如果有人这个时候走进来，肯定会以为他做了什么对不起姜宪的事！

他忙从衣兜里摸了块帕子出来，又想到自己几天都没有洗澡，这帕子也脏兮兮的，只好又将帕子塞回了衣兜，在厅堂里转了一圈，最后在洗漱的盆架前找了块洗脸用的帕子递给了姜宪。

姜宪擦着脸，脑子哭得有些晕乎乎的，就听见曹宣在耳边道：“太皇太后这也是为了你好，你也不要有什么负担。虽说你离京已经有些日子了，可你常年住在慈宁宫，又是没有出阁的小姑娘，就是皇上，也不知道你如今不在宫里。阿律和阿瓒甚至靖海侯世子都在这里，若是回京晚了，只说是我们带你出来游玩就是了，不会有什么流言蜚语传出来的。你就算是不相信我的话，也应该相信你伯父的能力才是，他不会让这种事传出去的……”

好像笃定了她会选择那道赐死李谦的圣旨似的。

姜宪冷笑。

就因为李谦背叛了曹家不成？

她毕竟是摄政过的太后，知道政治就是妥协的产物，不管在慈宁宫里发多大的脾气，到了乾清宫她都能让自己心平气和，好生和那些内阁大臣、六部三院的官吏周旋。她自认为在正事上还是个挺能忍的人，至少比赵翌能忍，可这会儿她却忍不住地发起脾气来：“你这是什么意思？让我赐死李谦吗？你刚才在外面的时候为什么不直接宣旨？怎么？怕人说你们曹家忘恩负义，过河拆桥，连个属臣都庇护不了？凭什么让我们姜家做恶人？凭什么让我给你们曹家背黑锅？这事我不干！”

曹宣望着姜宪那气呼呼的脸，想到这件事的前因后果，他不由悠悠地说道：“嘉南，你该不会是真的喜欢上了李谦吧？”

所以李谦才敢劫持她？

所以李谦才会投靠姜家？

所以李谦才会把姜律拦在外面吗？

姜宪微微一愣。

曹宣的目光却变得锐利起来。

姜宪仿佛又看到了那个在朝堂上意气风发、侃侃而谈，在乾清宫为她出谋划策、共商朝政的五军都督府都督兼尚宝司卿的承恩公曹宣。

前世和今生交错，迷茫而又无措的她不禁喃喃道：“我喜欢有什么用？他最在意的还是李家的前程，他自己的雄图霸业……”

曹宣心中凛然。

他做梦也没有想到，姜宪有一天会和他说心底话。

像他们这样出身的人，说句心底话有多难，没有比他自己更清楚的了。

“你……”曹宣心情复杂。

他很想问姜宪，如果两家的立场一致，姜宪是不是就选了李谦做夫婿？

可姜宪已经在他那一声短暂询问声中清醒过来。

她哑然失笑。

自己这得多彷徨，才会把今生和前世的曹宣弄混了，居然想让曹宣跟前世一样给自己一些建议和箴言。

可她那略带几分自嘲的笑容却刺伤了曹宣的眼，让他莫名冒出股感同身受的悲凉来。

他不由强调：“嘉南，我带了两道圣旨来。”

言下之意，我和太皇太后一样，都希望你过得好，能选择自己所选择的，所以我才执意要来见你，让你决定到底宣读哪一道圣旨。

姜宪立刻就明白了曹宣的意思。

她杏目圆瞪地望着曹宣。

他是在告诉她，他是怕她受了李谦的欺负，所以帮她周旋，为她向太皇太后求援，这才带来了两道截然不同的圣旨吗？

他就不怕李家和姜家联姻，架空了曹太后吗？

他就不怕曹家因为李谦的死而失去在庙堂上的依仗吗？

他就不怕曹家从此一蹶不振，从此彻底地没落下去吗？

姜宪定定地望着曹宣。

曹宣没有回避她的目光，而是坚定地回望着姜宪，正色道："嘉南，我知道我这么说你可能觉得我有些天真，可我真是这么想的。月满则亏，水满则溢，有些事，做个七八分就好，像我姑母这样，就是太好强了，不然她也不会被拘禁在万寿山了。我希望曹家能繁荣昌盛，却不希望它站在风口浪尖，整日里担惊受怕，有个风吹草动就严防死守。我既不想让别人把曹家当成挡箭牌，也不想曹家被人利用当成出头鸟，连个安生的日子都没有……"

姜宪明白。

有时候你入了局，就由不得你不玩下去。

可谁又敢保证自己一辈子打雕都不会被啄了眼？

或者说，是他们这种生于富贵长于安逸的人都不愿意去操这份心，觉得什么事差不多就行了。花无百日红，何必去劳心劳力，把自己的一辈子都搭进去。

前世，曹太后去世，他不想死就得求生存，被迫入局。

今生，他依旧被迫入局，可曹家有曹太后撑着，曹家还有平稳过渡的可能，他选择了妥协。

并且用两道圣旨表达了自己的意愿。

姜宪感谢曹宣的选择。

她一点也不想和前世的友人反目为仇。

那种滋味太不好受了。

姜宪的目光落在了放着两道圣旨的红漆雕龙匣子上。

曹宣轻声地再次提醒她："你可以选择一道圣旨。另一道圣旨，奉太皇太后之命，我会当着你的面烧了的。你不用担心会有人知道。”

她当然不会担心。

不管是太皇太后还是曹宣，都是做事极稳妥的人。

可问题是，她该怎么选择？

赐死李谦吗？

念头闪过，姜宪就打了一个寒战。

在她的心里，李谦比她强大，比她活得久，比她更厉害，比她更适应这个时代的生存法则……她从来没有想过有一天她还活着，李谦却不在了。

他总是在她的身边。

不是管她的闲事，就是嘲讽她，惹得她生气。

她不能想象李谦会死在她的前面。

所以她能远远地看着他，看着他快马纵横，看着他雄心壮志，看着他宏图伟业……却不能……不能还没有开始生平的夙愿，就这样夭折般地死去……还死在她的手里……

## 第一百九十五章　选一

放在那红漆雕龙匣子上的手仿佛被火烫了一下，让姜宪心中一阵刺痛。

烧了赐死李谦的那道圣旨……那她就只能选择嫁给李谦。

可她今生压根就没有想过要嫁给李谦，不然她又为何同意太皇太后给她选婿？何必同意和赵啸交换庚帖……对了，还有赵啸。

赵啸一路追了过来。

就在外面。

她刚才怕伤了赵啸的自尊心甚至没有露面，在这种情况下她若是选择嫁给李谦，赵啸还有何颜面立足于世？

他没有做错任何事，却被拖累到她和李谦的恩怨中来，这对赵啸不公平。

她不能做这种没有品的事！

两道圣旨都不选，她又将冒着大不韪为她求来两道圣旨，甚至让她自由选择的太皇太后置于何种境地？

三条路，一条都走不通。

姜宪额头冒出细细的汗珠。

她真心希望时间能在这一刻永远地停留下来，她就永远也不用去面对这样的困境了。

曹宣见姜宪久久都没有给他一个回应，心里更加确定姜宪和李谦之间的情愫了，也更加确定就算姜宪是被李谦劫持的，姜宪在心里也没有真正责怪李谦。

可要嫁给李谦，尊称一个被招安的土匪做公公，对姜宪来说，恐怕也是件一时间很难接受的事吧？

他打开了红漆雕龙匣子，拿出两道圣旨，摊放在了中堂的四方桌上，道："嘉南，我们最多还有一刻钟。如果一刻钟之内你还没有做出选择，就算我愿意继续等你，外面的那几个人虎视眈眈的，未必愿意等你。"

姜宪生平第一次不知道该怎么办好。

庭院里，赵啸站在院子的中间望着穿堂的十八罗汉的沉香木屏风发着呆。

姜律和王瓒站在赵啸的东边不远处，担心地望着赵啸。

李谦则退到了院子西边的古树下，和钟天逸站在一起，低垂着眼帘，看着脚下的蚂蚁搬着家。

夕阳西下，满院子静谧无语。

良久，内院都没有什么动静。

钟天逸有些沉不住气了，和李谦耳语："要不要我帮你去看看？我的轻功排名江湖前三，他们不会发现的……"

他的话还没有说完，李谦已抬头轻蔑地瞥了他一眼，低低地道："你动动试试看？"

钟天逸发现王瓒飞快地朝这边睃了一眼。

他在心里暗暗叹气，装模作样地摸了摸下巴上并不存在的胡须，感慨道："这位嘉南郡主还真是红颜祸水，引得这么多美男为她折腰！她要是个绝代妖姬还好说，偏偏是个只有五六分姿色的女子。你说，你们到底是垂涎她的美貌还是觊觎她的地位呢……"

李谦一拐子就撞在了他的胸口上，压低了嗓子警告他：“你少在那里胡言乱语，嘉南是个很有意思的女孩子，你是没有和她接触过，你要是了解了她，也会很喜欢她的。这种话你当着我说一次就够了，我不想听见第二次。不然听见一次打一次，打到你改了为止……”

钟天逸捂着胸口嘟哝着“重色轻友”，见姜律也望了过来，怕给李谦添麻烦，不好再闹，站直了身子，然后又忍不住问带曹宣上来的卫属：“你说曹大人当时跟你说是来传旨的，你不是那么轻信的人，难道就没有检查检查那圣旨到底是真是假？”

卫属睁大了眼睛，半晌才夸张地吸了一口气，神色奇怪地道：“圣旨还分真的假的不成？那可是皇上的金口玉言！”

钟天逸只要一想到李谦会娶个身份地位那么高的女人，以后不仅李谦，就是李谦的朋友见了也要毕恭毕敬的，他心里就觉得不舒服，要挑点什么毛病找点什么刺才痛快。

“当然啦！”钟天逸道，“前些日子不是浙江那边出了个案子，说有人冒充浙江学政到处收受贿赂，还承诺只要是在他划定的句子里面就可以找到来年科举的题目，很多人上了当，最后发现受骗了还怕人笑话不敢跟别人说……”他说着，若有所指地看了李谦一眼。

卫属想起当时的情景，顿时有些不自在起来。

李谦素来仔细，见状心中一紧，道：“怎么了？你没有看见圣旨吗？”

“看是看见了。”卫属不好意思地说，“可我从来没有见过，也不知道是真是假。放在一个红色的雕龙匣子里，外面是明黄色的，绣了五爪的金龙，卷轴是黑漆木的，不是什么玉制的……”他细细地回忆。

李谦松了口气，笑道：“那就是圣旨。”

压在卫属心上的大石头被搬走了，他颇有些兴趣，对有欺骗他嫌疑的钟天逸道：“钟公子，你看，我没有认错。那里面还装着两道圣旨呢！肯定是一道留给我们家大爷供在祠堂里的，一道由皇宫里留着，用来备查的……”

“你说什么？”李谦愕然，道，“有两道圣旨？”

“是啊！”卫属虽然觉得李谦的表情有些奇怪，但还没有意识到自己所说的话在李谦的心里荡起了多大的漪涟，“我当时还问承恩公来着，怎么会有两副卷轴，承恩公就是这样回答我的！”

李谦和钟天逸交换了一个眼神，两人都从对方的目光中看到了惊骇。

宫里怎么可能同时颁下两道圣旨，这又不是立了不世之功的庶子，除了封赏嫡母还同时下道圣旨封赏庶母？

可这件事怎么能怪卫属，他可从来没有看见过圣旨！

“李谦，我看我还是去看一眼好了！”钟天逸收敛起刚才的嬉皮笑脸，面色肃穆道，“我看这件事不简单！”

李谦望着走到赵啸身边和赵啸说着什么的姜律和王瓒，一把抓住了钟天逸的手臂：“等等，你等等。让我好好想想这件事，你先别急着潜入内院，这件事肯定有什么是我们不知道的！”

他的脑子飞快地转了起来。

曹宣曾说，他是受太皇太后所托而来的，而太皇太后最疼爱姜宪了，她老人家不会做出对姜宪不利的事。再就是曹宣，他刚才就在想，是不是自己和姜家的关系已经暴露了，所以曹太后要对他出手了，但曹宣并没有立刻宣旨，而是非要见姜宪。他就知道，这圣旨肯定有问题。

但他能感觉到，姜宪虽然有时候不待见他，可关键的时刻，姜宪从来都不曾丢下他不管，更不要说害他。

## 第一百九十六章　割袍

这也是李谦让曹宣去见姜宪的原因。

可现在，曹宣去见了姜宪之后却久久没有出来。

李谦开始有些忐忑不安。

要不，就让钟天逸潜进去看看？

他正寻思着这件事，刘冬月走了出来。

院子里众人的视线都落在了刘冬月的身上。

刘冬月还不曾被人如此注视过，顿时心里有些发慌，但她毕竟是个聪明人，很快就镇定下来，轻轻地咳了一声，道：“亲恩伯世子爷，郡主请您进去！”

大家愕然地望着王瓒。

王瓒比他们还惊讶，他张大了嘴巴，半晌才指着自己道："郡主让我进去？"

刘冬月恭声应"是"，道："郡主请您进去说话。"

"哦！"王瓒满头雾水，迷迷糊糊的，甚至没有和姜律打个招呼，就这样梦游般地走了进去。

李谦和姜律、赵啸面无表情地站在那里，他们带来的人忍不住低声议论起来。

一面是诡异的沉默，一面是嗡嗡的窃语，院子里的气氛非常古怪。

但不管是李谦还是姜律、赵啸，此时想破了脑袋都想不明白内院到底发生了什么事，只好一个个嘴角紧闭，眉眼阴沉地继续等着。

大约过了一炷香的工夫，刘冬月吃力地搀着脸色苍白、神色恍惚、摇摇欲坠的王瓒走了出来。

众人都吓了一大跳，姜律更是三步并作两步急急地上前，一面帮着刘冬月搀了王瓒，一面神色焦虑地问刘冬月道："出了什么事？"没等刘冬月回答他已轻轻地拍了拍王瓒那目光暗淡的面孔，关切地问道："阿瓒！阿瓒！你怎么样了？哪里不舒服？"

王瓒像丢了魂似的眨了眨眼睛，目光这才望向了姜律，没等姜律说话他已眼眶一红，眼泪在眼眶中就要落下来："阿律哥！阿律哥！我……我……"

他嘴角翕动，"我"了半天也没有说出一句完整的话来。

姜律很是着急，望向了刘冬月。

刘冬月脑袋一缩，忙道："奴婢真的不知道出了什么事！等郡主叫奴婢进去的时候亲恩伯世子爷就这样了……"

她实际上没敢说真话。

她进去的时候，亲恩伯世子爷正呆呆地坐在厅堂的太师椅上，像魂都没有了似的，郡主和他说话他也不理，还是承恩公朝着亲恩伯世子爷打了几拳，亲恩伯世子爷这才清醒过来，被她扶着出了穿堂。

看到姜律这个样子，她哪里敢说真话！

刘冬月弯着腰，恨不得变成地上的沙砾，这样就谁都看不到她了。

姜律在刘冬月这里问不出什么来，就更担心了，他喊了声"阿瓒"，想着怎么样才能让他振作起来，可没等他说话，王瓒陡然间像梦醒了似的，他不仅挣扎着从姜律身边站了起来，还神色自若地和赵啸打了个招呼，道："靖海侯世子爷，我有话单独和你说！"

赵啸眼睛一亮。

李谦的眉头却紧紧地锁在了一起。

王瓒见过姜宪之后就急赶着要见赵啸，难道王瓒是来给姜宪传话的？

可什么事能让王瓒像失了魂似的呢？

李谦紧紧地盯着赵啸的背影。

赵啸却看也没看李谦一眼，随王瓒走到了院子的角落里。

两人低声窃语。

李谦的手紧紧地攥成了拳。

姜律打量着李谦，毫不客气地嗤笑了一声。

李谦没有理睬。

姜律冷笑。

李谦装没有看见。

姜律看着气恼，想刺李谦几句，眼角的余光看见赵啸慢慢转过身来。

他两眼通红，咬牙切齿地盯着李谦，那模样，恨不得吃了李谦似的。

姜律大惊，不知道这又是唱的哪一出，忙道："阿啸，出了什么事？"

赵啸看也没看姜律一眼，眼睛里喷火，陡然弯腰用力撕了袍角朝李谦丢了过去，声音嘶哑而又阴沉："李谦，我和你从此一刀两断，不共戴天！"说完，就像他突然出现在山上一样，突然往山下去。

姜律骇然，只好问王瓒："这是怎么了？"

王瓒却侧过脸去，避开姜律的目光，喃喃地回了一句："嘉南让我护送赵啸回京。阿律哥，我先走了！有什么事，我们回京再说。"接着高声对随他们而来的侍卫道："李伟你们留下来听候镇国公世子爷指挥，余下的，随我护送靖海侯世子爷回京。"然后逃也似的转身大步追着赵啸而去。

姜律追了过去。

可追了几步他想到了姜宪，只好停下脚步，跺着脚吩咐李伟："照顾好世子爷！"

李伟等人应声下山。

李谦的人却面面相觑，不知道发生了什么事。

李谦若有所思。

姜律却铁青着脸。

钟天逸看戏不怕台高，用大家都能听到的声音道：“不会是内讧了吧？这可怎么好？人还没有站稳，人心却散了……”

一时间院子里静悄悄的，只听得见钟天逸的声音。

曹宣的身影猝不及防地出现在了穿堂的台阶上。

他居高临下地喊着李谦的名字，说道：“听旨！”

李谦诧异地望着曹宣。

圣旨不是说给姜宪的吗？

为什么要他听旨？

李谦朝曹宣望去。

曹宣冷眼望着他，重复着刚才的话：“李谦！听旨！”

李谦不死心，朝姜律望去。

姜律垂着眼帘，连个眼神都没有给他。

李谦挑了挑眉。

他从小就是在招安的那些土匪身边长大的，这样的人你就别指望他对皇权有多敬畏了。

只不过是想姜宪叫了王瓒进去，王瓒和赵啸一阵耳语之后，赵啸却气急败坏地要和他割袍断义，让他心里不免生出个盼头来罢了。

他让人去准备好香烛，撩袍就跪在了香案前。

心里却想着，这圣旨要是正中他下怀也就罢了，要是不中他的意，那就只能对不起曹宣，让曹宣白跑一趟了……

曹宣哪里想得到李谦的心思。

他开始宣读圣旨：“奉天承运，皇帝诏曰：三色为裔，鸿禧云集。嘉南郡主，大长公主永安长女，敏慧聪雅，淑慎娴静，旦夕承欢太皇太后膝下，太皇太后疼爱甚矣。朕承太皇太后慈谕，于诸臣工中择佳婿与郡主成婚。闻山西总兵李长青长子李谦人品贵重，文武双全……”

圣旨还没有读完，李谦已抑制不住心中狂涛骇浪般的惊喜抬起头来。

是道赐婚的圣旨。

是道赐婚给他和姜宪的圣旨。

他泪盈于睫。

［节选自起点女生网］

【粉丝评论摘编】

@碧山妆月:《慕南枝》，新书销售榜第一的这本，虽然故事颇有厚度，但读起来也很清新温暖。

前世从皇后变太后，先后为两任皇帝收拾烂摊子，这辈子回到少女时期谋划摆脱这种倒霉的命运。

剧情线各种阴谋阳谋你推我拦，很复杂但讲得很清楚，也不难懂，在众位高智配角都没降智商的情况下看到女主一步步谋划成功，舒爽真是一波接一波。另一条感情线交织在剧情线里面，更是各种亮点，亲情友情爱情家国恩仇，每一个都很暖心。尤其是爱情线，果然智商高的情商就略低吗？笨拙地靠近，看他们对峙我总觉得好有趣好萌，怎么破？哈哈哈。

@吾爱夏日长9 :《慕南枝》才刚刚开始，被教歪了的冬至，被漠视的李骥，还有李雪、李累……若干年后，回想起初遇姜宪，回想起生活中有了姜宪之后焕然一新的天地，(李谦)心中一定充满了感激吧？

期待着吱大一如既往的精彩讲述，不是给书中每个人直接贴上标签，而是通过一个个细节、场景、对话、心理活动……不动声色地铺陈、展开，让人物慢慢丰满起来，有血有肉、鲜活生动，让读者们自己去品味、感受，去喜之恶之、笑之恨之……

@C'estl**ie :她不是菟丝子，柔弱地依附夫君而活；她不是凌霄花，借夫君的高枝炫耀自己。如果说软弱无能的何夫人如孱弱的菟丝子，趋炎附势的高妙容如攀缘的凌霄花，那在我心中，《慕南枝》的女主角姜宪，便是一棵木棉，她个性独立，敢爱敢恨，处事大气，独具慧眼，尽自己全力助夫君一臂之力。她与李谦，正如风雨里的橡树和木棉，在赵氏王朝气数将尽之时，比肩而立，风雨同舟。

@问将将：看了吱吱的所有作品，《慕南枝》超越了所有，这不是说我就不欣赏《庶女攻略》了，但对《慕南枝》是开心的喜欢，两人的互动甜蜜温馨，更难能可贵的是两人之间的交流充盈的是满满的正能量，欢快而热烈，于是在极度的热爱中滋生了小小的不安，现在就如此亢奋地热恋了，后面长长的岁月里，这种热烈怎样维持呢？充满了期待！

**［导引、简介、节选、粉丝评论摘编：薛静、金鸽、王瀚慧、张萌、金恩惠、向秋菊、马琳］**

# "爱，是不能忘记的"
## ——评吱吱《慕南枝》

薛　静

提到"穿越 / 重生""宫斗 / 宅斗"，网络文学的资深读者，脑海中一定会浮现出无数"套路"。而要论这种"套路"的集大成者，则非吱吱莫属。2010 年开始连载的《庶女攻略》，可以算是"穿越—宅斗"类型的经典之作。从现代律师穿越成古代庶女的十一娘，秉承"把老公当老板"的信条，凭借职业的理智、洞察与辩才，让自己从出身低微的继室，成长为侯府中最具权威的女人。这部"宅斗"经典，在起点女频书友推荐榜上雄踞第一长达六年。

六年之中，《庶女攻略》屹立不倒，然而榜首之下却暗流涌动。"宫斗 / 宅斗"题材经久不衰的根本原因，是它为初涉网文的读者准备好了应对现实问题最简单直接的解决策略。"把老公当老板"将当代职业女性面临的事业、家庭双重压力，统一化为弱肉强食、适者生存的丛林场景。密集智斗、一雪前耻，让在现实生存困境中挣扎的读者终于在爽感中获得了喘息。然而千万部"宫斗文"的密集轰炸之后，忘却爱情只求生存的套路，已被资深读者了然于心，她们开始在最初的欲望满足之外，寻找新的爽点，做出新的反思：局限在深宫大院中的困兽之斗，是否就是我们唯一的选择？

吱吱在创作中，也不断进行着对女性命运与爱情关系的重新审视。这一次，《慕南枝》再次带着所有"套路"元素，以《深宫》为题开篇。郡主姜宪前世嫁给皇帝赵翌为后，又助庶子赵玺继承皇位，但是成为太后的姜宪却被赵玺赐死。重生回少女的姜宪不再懵懂天真，而是要先发制胜。而正当大家期待姜宪再次入宫为后碾压上世仇家时，姜宪却彻底"反套路"了一回：她要自主选婿，在皇上求娶前抢先定亲。从娇弱小猫变成冷血猛虎的主人公，此时扭头离开了！

离开樊笼，便能得到爱情吗？姜宪没有那么天真，她原本的打算，就是以自身的尊贵地位和宫中人脉，换取一个能给她自由的出路，用利益交换利益，虽然冷酷，但还好她付得起。可就在此时，李谦半路杀出，生生将姜宪抢走了！

这个似乎是从天上下来的李谦，用“抢”打破了“丛林”的逻辑。他不像姜宪的任何一位求娶者，多番思量、再三权衡，看中姜宪的郡主身份和镇国公府的实力，他策马而来的唯一理由，就是爱。李谦不是“拯救者”，因为姜宪不需要拯救。李谦更像是个“搅局者”，当姜宪计划用利益来场公平交易时，他猛然捧出了一颗真心：你若相信，这颗真心就价值连城，超越一切可以算计的利益；你若不信，这颗真心就一文不值，茫茫丛林依旧供你征伐。

面对突如其来的爱情，姜宪选择了相信，也选择拿出真心相伴。然而在旁人眼中，却也不免先用势利的眼光打量一番。李谦求娶姜宪究竟是真心喜欢还是另有所图？这个问题在全书中被兄弟姐妹、朋友同僚一次次暗中议论。然而当他们看到李谦远道而回，姜宪松松地插了一根簪子，欢快如小鸟般跑上来迎接亲热，李谦又是忍不住流露出缠绵爱意，又是怕当着外人折损了姜宪的尊贵，无论是谁，也都不得不承认，爱的确存在。李谦和姜宪之间，有爱，因而才结成了利益的共同体，共同筹谋，相互成就，让李氏一族从边缘成为枭雄，最后准备颠覆这个行将就木的王朝。

前世，姜宪一人独掌太后大权；今生，她成为皇后，与心爱的人并肩而行。从一个人的胜利到一双人的胜利，这一转向的背后隐藏着中国社会情感结构的变迁。20 世纪 80 年代张洁的一篇《爱，是不能忘记的》（1979）不知打动了多少纯洁热烈的年轻心灵。而进入新世纪以来，社会转型与市场经济，让婚姻结构的倚重从情感转向私有财产，《后宫・甄嬛传》（流潋紫，2007）与《庶女攻略》就将这种情感冷却的过程演绎得淋漓尽致。从将爱情视为理所应得，到忘却爱情只求面包，重组的价值观中，“爱情”已经不是默认的选项。然而就在此时，近年来以《慕南枝》为代表的一批网文，再次鼓起勇气，重新在这个选项前打钩：她们知道“爱情”或许只是设定，但仍然选择相信一次。只因爱情，无法被忘记。

当知道了爱情只是一种选项，除了这种选择，其他的选择也同样得到了自己的空间。正在连载的《慕南枝》，不似昔日《庶女攻略》那样一往无敌，而是遭遇了对手——希行的《君九龄》（2016）。希行的女主人公，更像特立独行的技术人才，坚信自己本领在身可以独立，“无 CP[①]”的女性依然可以演绎精彩。这一选择代表了网络上更激进的女权主义，获得相对精英女性的热切赞同。而对绝大多数希望有伴侣，能在物质和精神上相互帮助的普通女性来说，吱吱的作品，恰是给予她们的温柔抚慰。希行与吱吱的这番榜单争锋，恰恰说明网络女性主义的范围正在悄然扩展，真正的女性主义，不是冷血无情、去性别化的唯利主义，而是无论选择独立，还是选择携手，都能获得尊重与理解。

霸榜六年的《庶女攻略》在今年悄然下落，《君九龄》成为榜首，《慕南枝》紧随其后成为第四。尽管榜单轮替的原因多种多样，但也在某一侧面说明，女频网文的作者与读者，都在“破旧”之外寻找着“立新”的可能，都比往日囿于困局、不得不与命运贴身肉搏的女性更加强大，也拥有更宽广的天地。

---

① CP，英文 coupling 的缩写，表示人物配对关系。

# 千 秋

梦溪石

梦溪石，2004年开始以笔名“古镜”在晋江原创网连载作品，2010年改名“梦溪石”。擅长写作背景宏大、考据翔实的古代纯爱“正剧”，题材囊括历史、架空、奇幻、修仙、武侠等，曾凭借《山河日月》（2010）、《天下》（2012）、《权杖》（2013）三度获得晋江“耽美年度十大佳作”，是公认的古代纯爱类型大神级作者，目前在晋江作者积分总榜上排名二十。2012年后陆续创作了一些言情作品，也取得了很好的成绩。

武侠作品《千秋》2015年10月27日至2016年3月27日在晋江连载，正文加番外共141章，63.4万字，连载期间一直在晋江VIP金榜上名列前茅。

梦溪石在类型不断更新的当下选择回归已逝多年的武侠，既是她以往古风创作的延续，也是大神的特权。《千秋》成功刻画了武侠和古代纯爱两种网文中难得一见的主角形象，使陈旧的武侠类型重焕生机，更是作者关于爱情观与价值观问题的一次重要探索和推进。

【标签】纯爱　古代　武侠

【简介】

二十年前，匈奴第一高手狐鹿估败于玄都山掌教祁凤阁之手，立下再战之约；二十年后，新任玄都山掌教沈峤按先师遗志迎战狐鹿估之徒昆邪，却遭同门暗算，被昆邪打落悬崖，正巧被路过的魔教宗主晏无师救起。

晏无师深信人性本恶，他救沈峤，只是想看看这位高高在上、涉世未深的年轻掌教，猛然落入武功全失、声名尽毁的境地，被最亲近之人背叛，失去过往拥有的一切，挖掘出内心深处的恶念，堕入魔道的样子，把他“染黑”。

然而沈峤却一次次出乎晏无师的意料。无论身为弱者还是强者，即使在最险恶、最无望的绝境之中，沈峤也从未放弃过对人心善念的坚守。他可以为天下安定而不计前嫌救助仇敌，也可以为庇护一个素不相识的幼童挺身而出独战群雄。即使目睹了身边的人一个个抛弃原则、为达目的不择手段，沈峤也一直如清风明月，道心如初。晏无师逐渐认可了沈峤，将他视为合格的对手，甚至是可与之共度一生的伴侣……

选文来自正文第四十四至四十六章、第五十二章，沈峤对晏无师付出信任和友情之后，晏无师却故意将沈峤出卖给了敌人。这是沈峤第三次被自己亲近之人出卖，在屡次受挫之后，他的精神产生了剧烈动荡，开始怀疑自己一贯坚守的价值观，它或许真的不合时宜。可以说，如果沈峤这一次否定了自己，那么，晏无师“将沈峤染黑”的实验计划就成功了。但沈峤却在痛苦中寻回了自己的初心，破而后立，由不谙世事的纯善转变为历经风雨的通透，走向了真正的成熟。

**【节选】**

## 第四十四章

（略）

“晏宗主的事情办完了？”沈峤问。

“还没。”晏无师只说了一句，人究竟见着了没有，怎么个没办成法，他没多说，沈峤也没再追问。

谁知晏无师话锋一转：“你方才看见我来，是不是高兴得很？”

沈峤微微一怔，点头笑道：“是，本以为你我分道扬镳，或许要很久以后才能重逢，没想到这么快就再见，难道不是一件值得高兴的事情？”

“方才我听你向他们介绍，说我是你的朋友？”晏无师摩挲汤碗的边沿，面上露出玩味神情。

这种汤碗做工十分粗糙，因使用许久，而在上面留下了一层厚厚的污垢，无论怎么洗也洗不掉。

沈峤道：“是，出门在外，说朋友总方便些，也不怕他们多问。”

晏无师注视着他：“那你呢，你心底也将本座当作朋友？”

沈峤道：“同师为朋，同志为友。我与晏宗主虽非同师，也非同志，但你救过我的命，彼此渊源不浅，又同路许久，怎么也能称得上一声朋友了吧。”

晏无师道：“你不怕别人说你依附魔君，自甘堕落？”

沈峤一笑：“我明白自己在做什么就够了，为什么要管别人的想法？自下山之后，所见所闻，令我感慨良多，更令我明白，以往我固守山中修道，修的不过是小道。像晏宗主这样，辅佐周主，若真能统一天下，宇内澄清，百姓不必再流离失所，易子而食，只要有手有脚，就能依靠劳动得到报酬，这样才是真正的大道吧。”

晏无师哂笑道：“你也不必往本座头上堆高帽，我与宇文邕二人，不过是各取所需，我所做之事，只因自己想做，从来非为他人着想。”

沈峤道：“即使心怀恶意，但若能达到善果，也算得道，不是吗？”

晏无师定定看了他片刻，良久方道：“这么说，我们算是朋友了？”

沈峤含笑点头：“若晏宗主不嫌弃我高攀的话。”

那种奇异的神色在晏无师脸上一闪而过，没等沈峤来得及看清楚，他就又恢复漫不经心的慵懒做派：“这间道观委实简陋，如何有地方落脚？”

沈峤笑道：“那就只能暂时委屈你与我同宿一间了。”

## 第四十五章

事实上，除非晏无师愿意去睡观主他们睡过的屋子，又或者索性离开道观另寻住处，否则也只剩下与沈峤同住一屋的选择了。

好歹沈峤刚刚收拾过，被褥又是观主小徒弟两天前刚晒过的，上面还留着一股阳光曝晒过的味道，十分好闻。

床铺原本是为单人准备的，躺上两个人肯定有些拥挤，但沈峤对他道：“你睡吧，我打坐，顺便眯会儿眼就成。”

屋子很简陋，月光透过残破的窗纸漏入，连带夜风也一并偷偷溜进来，幸而此时天气并不冷，两人又是武功高手，无吹风受寒之虞。

沈峤盘膝坐着，腰背挺得很直，青松翠竹一般，因时已入夏，衣裳逐渐单薄，隐隐还能看见下面的腰线。

时间一点一滴流逝，月上中天，井泛冷波。

晏无师看着沈峤的背影，忽然闪电般伸出一指，点向他的后心！

沈峤沉浸在打坐之中，正进入一种玄之又玄的状态。但练武之人若非闭关，又是在陌生环境，必然还会分出一缕心神用以警惕身外环境，以免遭了暗算。可他防的仅仅是外来敌人，却未预料旁边的晏无师还会出手暗算。

虽说那一缕警惕之意令他很快从入定中清醒，但他目前的武功终究比对方差了不止一星半点，双方又离得太近，待完全反应过来时，后背几处要穴已经被锁住，人也无法动弹了。

晏无师抚上他的脸颊，禁不住轻轻叹息：“阿峤，你怎么总这么轻易就相信别人？”

沈峤蹙眉道："我以为我们是朋友。"

晏无师微微一笑："这该怪你自己，你若不是说出朋友的话，我兴许还要晚一些才会对你动手。本座何许人也，哪里需要一个武功都恢复不了，有门派归不得，人人耻笑的落魄之人来做朋友？"

沈峤不说话了。

晏无师将他打横抱起，出了屋子，径自往外走。

即使抱着一个人，也不妨碍他步履轻若无物，月下踏叶无痕，长袍广袖迎风鼓起，姿势美妙潇洒至极。若有旁人在此，一定不会相信这样的神仙人物会是人人闻之色变的魔君。

"你怎么不问我们要去哪里？"

沈峤没有说话，不知道的还以为他连哑穴也被点了。

晏无师低头看去，对方索性连眼睛也合上了。

他不由笑道："我要带你去见一个人，顺便给你讲一个故事。"

"人还没见到，故事可以先讲。"

"十几年前，我刚刚得到《朱阳策》的时候，内心是不屑一顾的，因为我当时并不觉得这世上有什么武功能胜过《凤麟元典》。即使我败给祁凤阁，我也只是认为那是练武之人的问题，而非武功本身的问题。因为日月宗第一代宗主，曾将《凤麟元典》练到第十重，也就是最后一重，当时不管是道门还是儒门，天下没有一个能与之匹敌的。据说他活了一百二十岁，最后突破极致，炼神还虚，尸解而去。

"但后来，我翻阅日月宗遗留下来的典籍，发现传说是错的，那个人虽然活到一百二十岁，却不是因为追求更高境界才尸解，而是走火入魔爆体而亡。因为《凤麟元典》虽然厉害，却隐藏了一个致命弱点。简单来说，人的身体相当于一个容器，这个容器会随着内力的增强而被重塑，以便适应武功的增长，所以武功越强的人，经脉也就越强。"

沈峤依旧没有说话，但他脸上的表情已经表明他在倾听。

晏无师继续说道："但《凤麟元典》恰好相反，武功练到越强，它对身体的限制反而越大，当'容器'无法再适应武功时，人就会爆体而亡。"

沈峤终于开口："你说的这个弱点，其实所有武功都有，武道永无止境，但人身体资质本为天生，寿数也有限，只要不停往上练，总有一天都会面临这个困境，我师尊同样也是因为如此才会闭关失败而仙逝。”

他如今虽然武功大不如前，眼光却还是在的，讨论起来自然毫无障碍。

晏无师道：“不错，如果他愿意止步，就不会有隐患，但《凤麟元典》的武功，即使不再练下去，对身体的危害也会越来越大。所以我想到了《朱阳策》，不同流派的武功如果能结合在一起，最后说不定会有意想不到的结果。”

沈峤道：“但你失败了。”

晏无师微微一笑：“我失败了，是我急于求成，所以为自己埋下走火入魔的隐患。”

沈峤忽然皱眉：“《凤麟元典》既有如此缺陷，但浣月宗与其他二宗却几乎人人习练，岂不人人都会遇到这样的困境？”

晏无师扑哧一笑，终于停下脚步，将他放了下来：“阿峤啊阿峤，你每每总是出乎我的意料，我本以为你会问我为什么要告诉你这些呢，你却反而关心起别人的死活。放心吧，只有练到一定境界，才会发现这个缺陷，而真能练到像我这样的第九重，放眼江湖已经罕有敌手，就算明知有缺陷，他们也还是舍不得这门武功的。”

“故事讲完了，你有什么感想？”

沈峤摇摇头。

晏无师对他的反应似乎觉得有点无趣，正要说什么，半空之中却遥遥传来一个笑声：“晏宗主风采依旧，真是想煞我也！”

声音远远近近，若远若近，好像在天边，又好像在耳畔。沈峤听出声音之中好像还蕴含说不出的魅惑之意，忽然生起不祥的预感。

晏无师冷声道：“桑景行，对我用魔音摄心，你是想自取其辱吗？”

来人哈哈一笑，仿佛缩地成寸，不过几步工夫，就从远处走到跟前。

桑景行在江湖上的名声要比晏无师不堪许多，但因为他可怕的武功，几乎没有人想与他正面对上，宁愿选择忍气吞声，息事宁人。最明显的例子就是几年前，显州“一品狂刀”任隐的小女儿因生得玉雪玲珑，无意中被桑景行看上，并要求收其为徒。谁都知道桑景行收徒不过是个借口，实际上只是为了给自己不断寻找采补双修的女子。任隐原本性躁如火的一个汉子，最后却不敢有丝毫反抗，甘愿忍受被世人嘲笑的屈辱，将小女儿交了出去，自己则带着家人退隐江湖，从此不问江湖事。据说他那个小女儿入了合欢宗没几年，就被桑景行等合欢宗位高权重的男人给玩腻了，之后又丢给徒弟霍西京，霍西京则剥下她的脸皮给自己的木偶娃娃戴上，成为自己的收藏品之一。

不过等到晏无师重出江湖，只因其人霸道远甚桑景行，世人将大部分注意力都放在晏无师身上，反倒渐渐淡忘了桑景行的残酷恐怖。

作为崔由妄的弟子，桑景行从来不是一个可以让人小觑的人物，他的野心潜藏在他的玩世不恭之下。旁人都以为他心甘情愿当元秀秀的入幕之宾，为她打理合欢宗上下，实际上两人在宗派之内的矛盾已非一日两日，元秀秀奈何不了桑景行，桑景行暂时也不能杀了元秀秀，大家不得不捏着鼻子暂时维持同门的假象。

此人生得高大威猛，容貌却是异常秀美，皮肤堪比女子柔滑细腻，一双眼睛盈盈生波，可惜眼神阴鸷冰冷，令人不敢直视。

他嘴角噙笑，跟晏无师打招呼："听说周欲伐齐，元秀秀急了，所以找上晏宗主，想与你合作杀了我？"

若元秀秀在此，听见这话必然大吃一惊，只因此事暗中谋划，她找上晏无师也无第三人知晓，却不知为何走漏了消息。

晏无师道："不错。"

桑景行道："那晏宗主今日过来，是来杀我的？"

晏无师道："我给你送一个人来。"

桑景行的视线落在沈峤身上："他是谁？嗯，生得倒是不错。"

晏无师道："沈峤。"

桑景行眯起眼，漫不经心的眼神瞬间被锐利所取代："杀了霍西京的那个沈峤？"

晏无师道："不错。"

桑景行忽然哈哈大笑："不是听说晏宗主与他打得火热吗，怎么忽然舍得将人送到我这里来了？我下手可不会留情的，若玩坏了到时候你还想要回去，可就来不及了！"

晏无师道："到了你手里，自然是任你处置，本座不会再过问。"

得到这个承诺，桑景行脸上的笑容明显更深了一些，他素来喜欢那种十来岁的小男孩小女孩，沈峤明显不在这个范围内，但他生得好看，更重要的是，烂船犹有三斤钉，祁凤阁的徒弟，就算身份武功一落千丈，昔日武功根基总还是在的，用完之后将对方的功力彻底吸收过来，也是个不错的选择。

“晏宗主就这么痛痛快快把人给了我？不需要任何条件？”

晏无师道：“把本座的剑还来。”

桑景行没想到他会提出这个要求，一愣之后，哈哈笑道：“不巧得很，我今日没带来，改日派人奉上可否？”

剑曰太华剑，是昔年晏无师所用之剑，后来他败于崔由妄之手，剑也被对方拿走，崔由妄既死，剑自然落在他的弟子桑景行手里。

晏无师道：“可以。”

桑景行试探道：“我以为晏宗主现在武功大成，有剑无剑都一样，怎么还会突然想要回太华剑呢？”

他对晏无师的武功始终存着一丝忌惮，否则以桑景行的作风，对人说话绝对犯不着这样客气。

晏无师淡淡道：“我的东西，再过一百年也是我的，只在我想不想拿回去而已。”

桑景行了然一笑，似真似假调侃道：“我早就听说晏宗主与沈峤二人出双入对，俨然神仙眷侣，没想到沈峤于你而言的价值，就值一把太华剑，真是令人唏嘘啊！”

他们说话时，沈峤一直微合双目，既没有抬头，也没有睁眼，面色平静无波得像是这番对话与自己毫不相干一样。

晏无师道：“元秀秀明着与本座谈合作围杀你，暗地里却与突厥人眉来眼去，你准备如何处理？”

桑景行面上掠过一丝怒气，复又笑道：“那婆娘总喜欢玩些两面三刀的把戏，我又不是头一回知道了，不知她与晏宗主约在何时何处？”

晏无师道：“六月初六，申时，城东一尺雪寺。她说你喜欢在那里逗留。”

桑景行挑眉道：“不错，她倒是将我的喜好揣摩得一清二楚。”

一尺雪寺，光听名字就知道不是什么正经寺庙，只是伪作寺庙的一处私家别业。桑景行新近喜欢上一项新玩法，将得来的小女孩儿剃光头发打扮成小尼姑模样，让她们在寺中照常起居，他自己则扮作采花贼进入寺庙之中，将那些小女孩儿肆意玩弄，常常一玩就是半日光景。此事本殊为隐秘，不过他能得知元秀秀的动向，元秀秀自然也能得知他的。

桑景行笑道：“那就请晏宗主届时光临看戏吧，那婆娘既然想杀我，就别怪我不再顾念旧情了。”

晏无师对他们两个人之间的恩怨没兴趣，但一个统一强大的合欢宗，对他当然没有什么好处，现在元秀秀和桑景行自相残杀，正中了他的下怀，他也不介意让这场矛盾演化得更激烈一些。

他弯腰捏住沈峤的下巴："你现在还将我当作朋友？"

沈峤不语。

晏无师忽然笑了："阿峤啊，你这人委实太过天真了，别人对你千般不好，你怎么转头就忘了呢？我一早就与你说过，我救你，仅仅是想要一个对手，可你太让我失望了。我稍微释放一点善意，你就真的牢牢抓住不放，是否因为你被郁蔼他们背叛之后，更加渴望朋友亲情？"

或许是因为他说话时气息喷过来的缘故，沈峤眼睫轻颤，但他面上仍无一丝表情，也不知是哀莫大于心死，还是压根懒得回答晏无师的问题。

晏无师道："像你这样天真的人，注定不可能生存太久，离开了玄都山，离开了祁凤阁的光环，你什么也不是，什么也做不了，既没法恢复武功，又不能为我解开疑惑。你若肯加入浣月宗，修习《凤麟元典》，本座或许还愿意给你留一条生路。"

沈峤终于睁开眼，淡淡道："我一次次遭遇背叛，不是因为我太天真，是因为我相信世间总有善意，若是没有我这样的傻子，晏宗主又从何处获得乐趣？"

晏无师大笑："这话说得有趣！"

他对沈峤道："本座不需要朋友，只有一种人有资格与我平起平坐，那就是对手。而你，已经失去这个资格了。"

说完这句话，晏无师起身，将山河同悲剑丢到他怀里，温柔道："阿峤，你自求多福吧。"

桑景行笑吟吟地看着他们俩说话，既无制止也没打断的意思，直到晏无师离去，他方才啧啧出声："被人遗弃的感觉如何？"

沈峤复又闭上眼不出声。

人已如网中之鱼，任由宰割，桑景行并不急着如何下手。

对他来说，能够得到沈峤，是一个意外之喜，对方固然处境大不如前，不可能为他带来多大的利益，桑景行也不喜欢他这种类型，但单凭祁凤阁弟子，玄都山前掌教这个身份，就足以令人兴奋起来。

想想对方在自己身下哭泣求饶，甚至当着宗门众弟子的面折辱他的情景，桑景行的笑意就更浓郁了。

“这把剑就是祁凤阁当年用过的山河同悲剑吧？是了，没错，我还记得，你师父也曾用这一把剑打败过我。不过当时我不要脸面，跪地苦苦哀求，他最后才放过我。直到现在，我背上还留有一道深可见骨的伤疤。他若知道今日他的弟子会落在我手里，不知会不会后悔当日没杀了我？”

桑景行摸上他的脸：“你是用哪只手杀了霍西京的？不要怕，我不会杀你，等玩腻之后，我再把你那只手斩下来祭奠我那可怜的徒弟，然后学高纬那样，将你衣服都剥光，让别人都来欣赏欣赏昔日玄都山掌教的丑态如何？”

月光下，沈峤面色冷白，不带丝毫感情，俨如白玉雕像，美丽而脆弱。

可他越是这样，桑景行就越是兴味盎然。

桑景行平生最喜欢的，就是将那些漂亮好看的事物破坏殆尽，令他们变得污秽不堪，从此只能在黑暗里挣扎沉沦。

“不过冯小怜一视千金，你兴许没法与她一样，姑且就定个十金吧，约莫还是会有许多人愿意花钱来看你的落魄模样的。你说到时候晏无师会不会也来看呢？”

他悠悠说道，仿佛终于觉得逗弄够了猎物，伸手去拿山河同悲剑。

这把剑桑景行并不看在眼里，因为他的武功也不是使剑为主，不过昔日天下第一人的剑，无论如何都有特别的意义，放到江湖上，那就是人人欲夺之的神兵利器。

“你若是肯好好服个软，我说不定会待你温柔些……”桑景行一边说，一边摸上剑柄。

可就在那一瞬间，变故陡生！

剑光在眼前忽然炸开，从一道白光化作千万璀璨！

伴随灿烂缤纷炫目至极的剑光而生，却是扑面而来的凌厉杀气，蕴含强劲真气的内力如海潮纷涌，瞬时风雷漫天，雨雪卷地！

桑景行吃了一惊，欲伸出去的手也只能急急缩回来，身体疾退，避开对方这暴起的一击。

能杀霍西京的人自然不会是任人宰割的柔弱之辈，桑景行虽然言语上诸多侮辱，心下却始终保持着一丝警惕。只因魔门中人互相厮杀是常事，每往上走，就意味着要应付不同方向而来的刀光剑影，假如桑景行是一个盲目自大的人，他也活不到今天。

但直至此刻，他发现自己仍旧低估了沈峤。

他疾退的同时也拍出一掌，可剑光遮天蔽月，滴水不漏，竟连他的掌风一时也插不入，悉数被化解于无形。

这是那个几乎武功全废的沈峤？！

桑景行惊疑不定，几乎要怀疑沈峤与晏无师合谋来算计自己了。

但他没有时间想更多，剑气已逼至眼前，厉厉若雷霆之声，煊赫如日月之辉，天风浪浪，海山苍苍，吞吐万象，收一化万。这其中蕴含无穷剑意，绵绵不绝，环环相扣，如影随形，令人躲无可躲，避无可避，似乎只有闭目待死一途。

但桑景行又何曾是易与之辈，他冷笑一声，不过平平几步，身形却已变化万千，在剑光之中游走从容，手掌劈向剑光，正面相迎，内力化为青气呼啸而至，如泰山压顶，瞬间将山河同悲剑的剑光逼得黯淡少许。

一掌未毕，一掌又至，合欢宗的武功与浣月宗同出一源，又比其更加奇诡难测。桑景行这一手雕龙掌早已臻至化境，一翻一覆，宛如雕龙，九掌出尽，真龙则现，隐于半空之中，以真气为凭，呼啸而去，瞬间将剑光吞没。

日月星光霎时无影无踪，树林还是那个树林，人还是那两个人，沈峤吐出一口血，身体不由自主往后撞上树干，几乎握不稳手中的剑。

他无悲无喜的脸上终于浮现出惊怒之色！

方才为了应付桑景行，他使出毕生所学，内功却不足以支撑，本已是十分吃力，可当浑身真气悉数调出，丹田之中非但没有衍生出新的真气来补充，反而像是忽然出现一个旋涡，贪婪地吸纳他的真气。

与此同时，沈峤感觉身体之内真气宛若脱了缰的野马四处乱撞，在五脏六腑之间窜动不歇，逼得他六神躁动，神识焦虑，心火充盈，仿佛一团黑影将整个人完全笼罩，逼得他无处可逃，濒临走火入魔的边缘。

晏——无——师！

晏无师！！！

晏无师竟然在他毫无知觉的情况下，在他体内种下魔心！

也许是在一开始他从半步峰上落崖昏迷的那段时间，也许是在之后他屡屡受伤昏睡失去抵抗能力的时候，那一缕魔息潜入得无声无息，偃旗息鼓在他体内停驻下来，如同一颗种子，无论如何威逼利诱都不肯冒出头来，让人根本察觉不到它的存在。直到此刻，被桑景行不留余地的魔功彻底激发出来，种子破土而出，终于长成参天大树。

可为什么之前他与晏无师屡次交手，却没有察觉魔心的存在？

又或者说，晏无师是不是早就料到今日，所以在跟他交手时，一直没有出全力。

沈峤无法清晰形容自己此刻的心境。

他整个人像被一团火裹住，那火化作利齿，在一点点啃噬他的经脉和五脏六腑，明明痛到极致，却又无比清醒！

沈峤不知道自己是回光返照，还是在无法忍耐的痛楚里出现了幻觉，他原本像在灼烧的双目，居然还能看见桑景行一掌朝他拍过来。

分明极快，又清晰可见。

明明是生死危急的关头，他却忽然想起晏无师曾经对他说过的话。

当你真正沦落到众叛亲离，只剩下一个人的境地，还会不怨恨，还会坚持以善意回报人吗？

沈峤闭上眼，他觉得自己连呼出来的气息都带着浓浓的血腥味。

掌风灼热，已经扑面而至。

## 第四十六章

两人的武功差距摆在那里，尤其是在沈峤发现自己被种下魔心之后，心火焚烧，根基几近崩溃。原先先发制人的优势完全消失，剑光被强压下来，从璀璨万丈而至黯淡无光，正如沈峤自己的生命之烛，在风中摇曳欲灭。

即使最开始桑景行为自己的误判而惊讶了一下，但这种惊讶并未维持多久，看见沈峤难以为继，他还笑道："传闻说你武功大失，看来是真的了。奇怪，晏无师怎么不将你的功力吸光，反倒还把你留给我呢？"

说话不耽误他出手的工夫，雕龙掌所至之处，真气隐隐浮现龙形，只是这龙却不是祥和慈蔼的模样，而是挟着狂暴之势朝沈峤张开血盆大口，肆虐而来！

桑景行暂时还不打算杀沈峤，所以这一掌他并没有出全力，而只用上了八分功力——即便沈峤全身经脉尽断，四肢俱废，也还是足够玩弄一阵的了。

狂龙蔽天，月不得明，叶不得见，风雨如晦，凄厉交加！

呼啸而来的龙在半空生生顿住！

只因从沈峤身上，忽然爆发出一股强大的气劲，仿佛毫无光明的黑夜里忽然炸出一团光，极耀眼，极刺目。

“光”迅速膨胀，越来越大。那条不见血不肯撤的杀孽之龙，瞬间就被气劲吞没，摧毁于无形！

桑景行甚至来不及露出讶异的表情，脸色随即大变，人在半空却生生踏虚成实，扭身欲退。

然而已经来不及了，沈峤蓦地暴起，手中山河同悲剑以雷霆万钧之势朝他刺过来。

毫无花哨技巧，毫无高深招数，只是平平递出，身形飘荡如纸，又稳若泰山，以一种几乎不可能的快，瞬间出现在桑景行的面前！

桑景行觉得背面有股凉意，就像一盆冷水忽然从心头浇下。

但他毕竟不是他的徒弟霍西京，霍西京的死法也不会在他身上重复。

他一掌拍向沈峤，另一只手则抓向他握剑的手腕。

但毫无用处，桑景行能够感觉到自己的手像是要被绞碎一般，剧痛无比。护体真气此时此刻竟然完全失去了作用，他甚至能够感觉到手掌上的皮肉被一片片削下来！

他的脸色剧烈变化，终于出现了一丝恐惧和不可置信，看沈峤的眼神也像在看一个疯子。

“你竟然自毁根基?！”

练武之人最看重的，莫过于根基。

那是自己从小到大，寒来暑往，一点一滴练出来的，丝毫做不得假。

沈峤的根基是道心，此时他自毁道心，完全是一副与桑景行同归于尽的架势。

即使桑景行的武功比他高，再打下去，除非桑景行也愿意付出武功尽毁的代价跟沈峤拼一拼，否则他已经完全没了胜算。

桑景行当然不愿意，所以他选择了抽身后退！

可即便如此，一双肉掌也已经悉数被沈峤爆发出来的真气所侵蚀，瞬间血肉模糊，剧痛难当。

果真是个疯子！

简直无可救药！

他咬牙切齿，又有些不甘心，可是动作稍慢一步，对方自爆而产生的巨大冲力已经冲破他的真气，剑光直接在他胸口划下深可见骨的伤痕！

“啊！！！”桑景行忍不住大叫，不再犹豫，直接转身便逃。

然而在他身后，凌厉夺目的有形剑意已经铺天盖地笼罩下来。

……

“师尊！师尊！阿郁和阿瑛方才在使沧浪剑诀的时候，最后一招比画的姿势明明都和您教的不一样，您为什么不出声纠正他们呢？”

“因为剑尖朝上只是一个大概的说法，到底朝上一寸，还是朝上两寸，并无成规可循。阿峤，练武是如此，做人也是如此，不要过分拘泥规矩，那样只会局限了你自己的目光和格局。”

小孩子因为裹得厚厚的，走路有些不稳，可他还是执着地抓住前面那个高大身影的袍角，表情似懂非懂，又充满孺慕和依恋。

被他抓住不放的人见状一笑，索性蹲下来将他抱起，一并前行。

“在这世间，有许许多多的人，有好人，也有坏人，还有更多不能单纯用好和坏来区分的人，他们的想法未必和你一样，走的路未必也和你一样，就像郁蔼和袁瑛，同样一套剑法，他们使出来还有区别。你不要因为别人跟你不一样，就去否定他们，做人当如海纳百川，有容乃大，练武也是如此，心性偏狭者，成就境界终究有限，即便他登上巅峰，也不可能长久屹立不倒。”

“那阿峤呢，阿峤是好人还是坏人呀？”圆圆的眼睛极黑而又澄澈，映出了自己最亲近之人的影子。

他的脑袋随即被抚摸了一下，那手温暖干燥，就像阳光暖暖地洒在身上。

“我们家阿峤，是最可爱的人。”

得到满意的答案，他有点小小的羞涩，又禁不住开心地笑了。

然而温暖陡然消失，周围所有景物仿佛瞬间破碎，连同抱着他的这个人。

依旧是在玄都山上。

昔年种柳，依依汉南。今看摇落，凄怆江潭。树犹如此，人何以堪。

景物未必依旧，况人面乎？

当年还追在他后面非要他喊师兄的手足，如今已经与他一般高矮，正站在他面前，痛心疾首地质问：“师兄，从来没有人自甘寂寞，玄都山明明是天下第一道门，有实力扶持明主，让道门影响遍及天下，为什么偏偏要学那些隐士独守深山？除了你之外，玄都山几乎所有的人都是这么想的，是你太天真了！”

是吗，真的是他太天真了吗？

他只不过想要好好守护师尊以及前几代掌教留下来的这片土地，好好守护这些师兄弟不必卷入战火，远离江湖上的钩心斗角。

他错了吗？

“是的，你错了。”有个人对他这样说，“你错就错在对人心估量不足，你以为世上的人都与你一样无欲无求，一样随遇而安吗？人性本恶，不管多么亲厚的感情，只要你阻挡了他们的利益，他们都会毫不犹豫地铲除你。你难道还没有这份觉悟吗？”

“像你这样天真的人，注定不可能生存太久，离开了玄都山，离开了祁凤阁的光环，你什么也不是，什么也做不了。”

“本座不需要朋友，只有一种人有资格与我平起平坐，那就是对手。”

“你竟然自毁经脉，自绝后路？！你简直是个疯子！！！”

所有往事，所有声音，在这句话之后骤然破灭。

一切仿佛回归最初。

剧痛从四肢百骸传来，痛得像是有人拿了把钝刀子一直在锉他的骨头，又像是有千万只蚂蚁在血肉里钻来钻去。他自诩极能忍痛，可到了此时此刻，也忍不住想要发出一声长长的呻吟，忍不住想要流出眼泪，甚至想要拿一柄利剑直接穿透自己的心脏，结束这无穷无尽的痛苦。

然而他所以为的大喊大叫，在旁人听来，却不过如同蚊蚋罢了。

“沈郎君，您醒了？”

声音轻轻的，像从远方传来，缥缈不定。

实际上对方是趴在沈峤耳边说的，只不过他现在的状态很难听得分明罢了。

他竭力想要发出声音回应，最终却只是手指动了一动。

对方看见了，对他悄声道："沈郎君，您是不是能听见？那我说，您听就好了，听见了就动一动手指。"

沈峤很快回应。

他认出对方的声音了，是白龙观里那个小道士，观主的小徒弟十五。

果然，对方道："我是十五，两天前上山采药的时候发现了您。当时您藏在山洞里，浑身冰凉，几乎没气，差点吓死我。我一个人也搬不动您，只能回去通知师父，让师父抬您回来的。"

是了，沈峤也想起来了，当时他自毁武功准备与桑景行同归于尽，虽然没有成功，却也重创了对方，他则趁机逃走，藏入旁边白龙山中，本以为十死无生，却没想到竟然被十五发现。

他想问桑景行有没有找上门来，自己有没有连累了他们，但努力半天，还是发不出任何声音，眼皮急剧颤动，可见内心焦急。

十五发现了，赶紧找来一杯水，小心翼翼喂他喝下。

清凉水流润过喉咙，好一会儿之后，沈峤终于感觉舒服许多，睁开眼，毫无意外一片漆黑。

他本以为是自己眼睛的问题，十五却道："我们现在是在白龙观的地窖里，没点灯，所以黑漆漆的。"

沈峤开口，声音哑得连自己也差点认不出来："有没有……人……来找……过……你们……"

他现在身体极其虚弱，连说话也只能一字一顿迸出来，困难而又吃力。

十五回道："有，彭城县公的人来了两回，可能是因为那日驴肉夹饼的事情来算账的，得亏师父有先见之明，让我们提前都搬到这里来。观里那么破，也没什么东西可以让他们打砸的。他们进来找了一圈找不着人，就走了，约莫还以为我们逃走了呢！"

说到后面，他禁不住笑了出来。

沈峤道："对不住……"

十五道："沈郎君，您千万不要这样说！"

他似乎察觉沈峤内心的疑惑，很快接下去道："您还记得吗，当日湘州城外，您曾经把自己怀里的饼给了一个孩子，后来他还给您磕头谢恩，说要给您立长生牌位来着。”

等席卷身体的又一波痛楚缓过去，沈峤费力地想着，模模糊糊有点印象。

“你就是那个……”

十五虽然有点瘦弱，却生得干干净净，白白嫩嫩，与记忆中那个面黄肌瘦，几不成人形的孩子判若两人。

“对，就是我。后来阿爹想拿我去换别人的孩子吃，阿娘不肯，拼死拦下来，又说要把自己卖出去，换我和弟弟妹妹的平安。阿爹答应了，可没想到阿娘被换了粮食之后没两天，弟弟妹妹就相继得重病死掉了，”十五的声音带了点哽咽，“阿爹嫌我累赘，想把我煮了，幸而当时正好遇见师父，师父拿一袋子饼将我换下，又带我走。我跟着师父，一路来到白龙观定居。我原先的名字不好听，师父就给我改了名，叫十五。”

十五擦掉眼泪，握上沈峤的手，仿佛要给他安慰，却怕他疼而没敢用力：“我一直记得您对我的恩德，若不是您那块饼，我兴许坚持不到遇见师父，所以您不要说什么对不住我的话。就算您没救过我，看见您倒在那里快死掉，我怎么能不帮忙？”

沈峤的手微微颤抖，眼角隐现泪光，不知是听见他的话，还是想起旧事。

十五还以为他是疼的，忙道：“您是不是疼得厉害，我去让师父过来给您上点药！”

“上什么药，才刚上过，你以为药不用钱啊！”观主正好过来，听见这话，没好气道。

话虽如此，他依旧走了过来，执起沈峤的手开始把脉。

“经脉俱毁，内力全无，你到底干什么去了，竟能将自己弄成这副模样，往后也别想练武了吧！”观主啧啧出声。

“师父！”十五大急，生怕这席话令沈峤心神大受刺激。

观主白了他一眼：“你怎么这么心软，他都还没说什么呢，你反倒急了，他武功全废又不是我弄的！”

沈峤果然半晌没有出声。

十五轻声道：“沈郎君，您别伤心，师父医术高明……”

观主道：“喂！我说你又不是闺女，怎么成天胳膊往外拐？我什么时候医术高明过，就是略通医理，略通！懂不懂？！”

十五抓着他的衣角撒娇：“师父嘴硬心软，其实人可好，可厉害了！”

观主笑骂：“臭小子！”

他又转头对沈峤道：“你伤得太重，我医术不精，这里药材又不全，只能尽力，不过武功的事情我没办法，你根脉俱毁，这不是人力所能挽回的……”

沈峤忽然问：“敢问，我体内的……余毒……是否……还在？”

观主奇怪：“余毒？什么余毒？我探脉的时候没发现你体内有余毒啊！”

为了确认一遍，他又并作三指压上沈峤手腕仔细察看，片刻之后收手道：“你虽然伤得重，但我的确没发现有中毒的迹象。”

沈峤自打被下了相见欢之后，余毒未清，连晏无师也没有法子。这毒根植骨血之中，时隐时现，以至于他功力恢复一直遭到阻碍，修炼内力也是事倍功半，眼睛受其影响，同样总是好不了。

但现在，观主竟然说他体内没有毒。

也就是说，他在自废武功想要与桑景行同归于尽的时候，却没想到置之死地而后生，体内余毒反而也随之清空无遗。

这算不算是因祸得福？

沈峤露出一抹苦笑。

观主进来的时候，顺手带了一盏烛台放在旁边，此刻看见他嘴角微扬，不由奇怪道：“你都这么惨了，还笑得出来啊？”

又扭头问十五：“你说他是不是骤遭剧变承受不了打击变成傻子了？”

“师父！”十五恨不得捂住他的嘴巴。

观主道：“得得得，我不说了，那粥应该是熬好了，我去看看，少了初一那死家伙在旁边供使唤，还真是不习惯！”

他边走还边啧啧出声：“那可是好不容易采到的老山参啊，我平日里都舍不得吃，现在倒是便宜外人了！”

待他离开，十五歉然道：“您别放在心上，师父他就是刀子嘴豆腐心，其实他话虽说得不好听，但这两天多亏了他老人家，否则我还不知如何是好呢！”

沈峤道：“我知道，我……也没疯，这地窖里……是不是……通着……外头？我看见……好像有……光线。”

他一字一句，说得很是吃力。

十五道：“是，师父在这里打了两个孔洞，外面有点光线透进来，您能瞧见啦？”

沈峤道：“现在……渐渐……能看见……一点，不是……很清楚。”

十五道：“您别担心，师父说这地窖隐秘得很，别人很难发现的。彭城县公的人来了两回，每回都找不见我们，最后只能离开。师父说过段时间他们以为我们迁走了，肯定就不会再来了。”

沈峤道：“谢谢……”

十五笑道：“不用谢，您好好歇息，安心养伤，我去烧点水给您喝。”

这里虽然阴暗不见天日，却是一处安静的养伤之地。据十五说，白龙观始建于后汉末年，迄今三百多载，虽屡经战火而屹立不倒，只是当年的热闹与香火已不复得见，剩下一座伤痕累累、无人问津的道观。十五他师父来到这里定居的时候，道观已经空无一人。地窖后头还连着一条地道，应该是与道观一起建起来的，被十五他师父发现之后，这里就成了极佳的避难之所。

之后沈峤又昏睡了两天，神志有时清醒，有时混乱，午夜梦回，他甚至以为自己还在玄都山上，仿佛一推开门，就能看见师尊在外头看着众弟子练功。

然而终究不是，所有的过去终究无法重来，逝去的人也不会复生。

那些美好安静的岁月，仿佛也都留在玄都山上，一去不返。

随之而来的，是他之后经历的背叛，挫折，困境，是诸国混战为名为利，是宗门彼此算计坚持己见，是苍生在地狱中挣扎呻吟不得超脱。

一切苦难，触目惊心，感同身受。

你谨守道心，不肯放弃你所谓的做人原则，其实也是因为还没有濒临自己无法忍受的绝境吗？

晏无师曾经这样问过他。

此时此刻，沈峤又一次想起这句话，想起两人相处时的点滴。

他曾经自以为的朋友，在对方的嘲笑和算计面前不堪一击。

可即便再来一回……

再来一回……

“沈郎君，您今日好些了没，这是刚熬好的山参粳米粥，师父说对身体恢复很有帮助的……呀，沈郎君，您怎么哭了？是太疼了吗？”

微弱的光线中，晶莹的泪珠顺着沈峤的眼角慢慢滑下，滑入鬓中，无声无息。

十五赶忙放下粥，急急扑过来。“我去让师父过来！”

“不用。”沈峤勉力伸出手拉住他的衣袍。

十五哎呀一声，不掩惊喜：“您能动了？！师父还说您经脉俱损，这辈子都很难恢复了呢，看来师父是故意吓唬我呢！”

沈峤朝他笑了一下。

他清醒的时候，每一根骨头都在叫嚣痛苦，疼得直让人想就此死过去，可他依旧坚持下来，并在心中默念自己曾学过的《朱阳策》口诀，结果却出现了令人吃惊的情形。

当年他学《朱阳策》时，本身已经有玄都山武学打底，学起来并不费劲，可进度总是不快不慢，祁凤阁也找不出其中原因。那时候陶弘景已死，他又不可能去问个清楚，只能让徒弟自行摸索，自己偶尔从旁指点。

但现在，在他经脉俱损、体内真气全无的情况下，《朱阳策》却仿佛发挥了完全意想不到的作用。破碎的丹田正以不可置信的速度在一点点恢复，废掉的经脉也在《朱阳策》真气的滋润下进行重塑。

甚至可能再过不了多久，他的伤势就能悉数痊愈。

汇聚了儒释道三家之长的《朱阳策》的确不可思议，即使沈峤只能学到其中两卷，可也并不妨碍他感受到其中的博大精深。

儒之方正秉直，道之柔和绵厚，佛之庄严明澈，悉数化作涓涓细流，在他的体内流淌。

沈峤不知道这算不算置之死地而后生，但他的身体的确一天比一天好，恢复速度甚至连原本觉得他一辈子也只能这样了的观主都感到吃惊。

十五很善解人意地没有追问他方才为什么会落泪，沈峤却主动拉住他，对他道：“十五，谢谢你。”

十五不明所以，又有些不好意思：“您之前说过好多声谢啦！”

沈峤待人以善，却从来也没抱着需要别人回以同样善意的心思，因为不管别人回报与否，都不妨碍他的作为。

他想要这样做，所以才去做，别人理不理解，认不认同，嘲不嘲笑，都跟他没有关系。

从这一点来说，晏无师与他并无不同。

但沈峤终究是个人，不是冰雪心肠，不是铁石肝胆，他也会疲惫，他也会心冷，也会痛苦。

“这一声是不一样的。”他对十五道。

（略）

## 第五十二章

“十五，假如有一个人，他将你亲手送到不怀好意的歹人手中，害得你根基尽失，道心尽毁，你会不会恨他？”

十五点点头：“会。”

沈峤道：“现在他身陷险境，假如眼睁睁看着他死，很可能会连累许多无辜百姓失去性命，流离失所，那你会不会选择救他？”

十五拧着眉头冥思苦想，显然这个问题对他这个年纪而言过于烦琐深奥，他生命中至今所经历的最惨痛复杂的事情，莫过于竺冷泉和初一的死。

沈峤失笑。其实他心中已经有了答案，又何必去为难一个孩子？

十五敏锐地抬起头：“师尊，您要去救那个人？就是他害得您差点没命的？”

沈峤点点头，也没隐瞒：“不错。”

十五怒道：“那样一个狼心狗肺的人，怎么值得您去救！”

沈峤摇摇头：“他不是狼心狗肺，他只是根本没有心。对世间所有人，他都是一样的薄情，并未待谁格外优厚。只是我先前不明白这一点，以为铁石心肠终也有融冰化雪的一日，是我将他当作朋友，又一厢情愿觉得对方也应该同样如此对我。”

十五道：“您将他当作朋友，他不应该也将您当作朋友吗？”

沈峤笑了：“不对。这世上，有许多事情，即便付出了，也很可能根本不会有回报。你在付出的时候，要先明白这一点，否则受伤的只会是你自己。”

十五总觉得沈峤说这番话的时候，笑容之下，似乎蕴含着别的深意，只是他连这番话都似懂非懂，更不必说深究话语背后的内容了。

“……所以，您要下山去救那个人吗？”

沈峤沉默良久：“是。”

十五毫不犹豫：“我和您一起去！”

这是他清醒时对沈峤说的最后一句话。

……

赵持盈从他怀中接过被点了睡穴的十五，叹道："你这又是何必？"

沈峤道："依依惜别，也终有一别。他年纪尚小，我此去危险重重，绝不能让他同行。他醒来之后会想通的，十五就拜托赵宗主了，沈峤在此谢过。"

说罢他朝赵持盈拱手，深深一揖。

赵持盈道："沈道长既知山有虎，为何还偏要向虎山行？宇文邕未必就是明主，任天下时局如何变幻，跟我们又有什么关系呢？以您的能耐，若能专心在碧霞宗修炼，突破剑心达到剑神境界也是指日可待的事情。"

沈峤自嘲一笑："这世上总有些事情，明知不可为，而必须为之。结果未必能尽如人意，可但凡有一丝希望，我总不愿放弃，也许我便是如此天真幼稚的一个人。"

赵持盈沉默片刻，长叹一声："不是天真幼稚，你明知一切利害后果，却仍义无反顾，大义在先，我不如你！"

沈峤摇摇头："我没有你想的那么伟大，我只是希望能再见那个人一面，看一看他脸上失望的样子，让他知道，我没有被种下魔心，我也没有被魔心控制，我还是我。"

说罢他拱了拱手，转身下山，头也不回。

在碧霞宗这段时间，沈峤就已经换下一身寻常衣袍，穿上自己从前一直穿的道袍。此时玉簪束发，白色道袍迎风飘扬，遥遥望去直如神仙人物，令人移不开视线。

赵持盈默默目送他远去，心中忽然想起两句诗：

亦余心之所善兮，虽九死其犹未悔。

（略）

［节选自晋江文学城］

【粉丝评论摘编】

@安言8la8：一直很喜欢武侠小说，但是在耽美圈里，武侠作品本就少，正统武侠更是凤毛麟角。在读《千秋》的时候，耽美元素已经不是我的关注点，每一个人物，有血，有肉。晏无师和沈峤的相爱相杀，说是基情也可，说是友情也无错，一个天下至性，一个天下至情，命运将他们搅弄在一起，必然会牵扯出一段别样的羁绊。

@咖啡壶泡泡：生活也许是艰难的，所以我们需要从故事中汲取能量和信仰。感谢作者大大给了我们如此正直而温柔的沈峤，有些人可以阅尽千帆但不改初心，赤子之心，当之无愧；还有潇洒恣意的晏无师，正如大王喵所说，让我们看到原来这个世界上，还有如此肆意的活法，天大地大，唯我独尊，即使被天下诋毁，也坚持自己要做的事，要走的路。

@墙上的摩西：刚接触这篇文还未深入的人，可能觉得作者未免太难搞，到处都是一个点到为止，令人抓狂。但是一口气读完全文，才觉得这样处理方能够将意境更抬上三分，使枪杆深入佳境。直白的情爱倒衬得轻浮了，那种似有若无不需多言的境界，才是风月无边，遐想联翩。而且比起旧调重弹的香艳段子，恬淡处自有情真，他俩的互动才是真萌炸，往往是瞬间已过招数十回。

值得一提的是，文里对于打斗交手的描写，已经超越了摹形绘神的范畴，而是达到了一种"美"的境界，臻于化境，赏心悦目。愈到后来，攻受修成天下第一与天下第二时，再与人交手，场面描绘更是如画卷般，一招一式，纵横潇洒，亦浓亦纤，不燥不润，云霞满纸。

@紫色熄灭之纯爱扫文札记：三观不同的人别说要谈恋爱，光是观念互融都难于上青天。

幸而，攻虽然薄情，却并非无心，在他内心深处，终究是会被真正经得起考验，千锤百炼仍葆本色的良善和坚持所打动。我想，在攻的心里，对受有喜欢、有爱恋，更多的是欣赏，除了武功对手的那种欣赏，亦是对一种无懈可击的完美人格的欣赏。所以到最后，即使攻已经魔心无破绽，受却是种在他心底的那一点道心，让他不至于彻底地不可控。

至于受，确实除了在小说里，我是很难想象现实世界会有这种人的存在的。不以物喜，不以己悲，一诺千金、正气凛然又温柔善良。经历过最残酷的背叛，却仍可以拿出一颗真心来体恤对待别人；被最深地伤害过，却为了大义而对本该是誓不两立的敌人出手相助。无论在如何落魄艰难的境地，仍是从容不迫，亦余心之所善兮，虽九死其犹未悔；甚至是，到最后，仍然那么相信爱，相信美好，愿意交付信任，豁达地放下和原谅，那种返璞归真的纯善，深深地触动人心。

诚然我们不可能如受那般完美美好，但起码，我们应该对这种美好怀有尊敬和向往。

就像作者说的那样，我们自己做不到成为受那样的人，但我们会渴望拥有那样的朋友。

……

整篇文，最触动我的是沈峤对陈恭说的话：“你若不是心虚，各人各有道，你只管往前走就是了，又何必停下来看别人。”

是这样的，只要问心无愧，便一意前往吧，也无风雨也无晴。

**［导引、简介、节选、粉丝评论摘编：肖映萱、勾彦殳、李皓颖、范雯玲、向安然］**

# 三观不同，如何相爱？
## ——评梦溪石《千秋》

肖映萱

作为一篇武侠小说，《千秋》沿袭的无疑是21世纪初“大陆新武侠”的写作脉络。小说开篇，师徒二人行走在绝壁天堑之间，于奔涛侧畔闲庭信步，三言两语品评江湖，切磋武艺一指定乾坤——起笔便使熟悉这一类型的读者回想起十余年前的那些名字：凤歌、时未寒、步非烟……作者梦溪石虽踏着似曾相识的步法走来，却绝没有在十余年后的今天续写“新武侠”旧故事的意图。她描绘了一个江湖，却没有重构武侠“正统”的野心，而是借这江湖为行走其中的人物提供一个舞台；她塑造了一对经典的“侠士”与“魔头”双主角，却无意分辨是非善恶，而是借这两个遥相对峙的人物，试图回答一个问题：两个三观不同的人，该如何相爱。

正是为了塑造一对价值观念全然相反的人物，梦溪石才会在这个价值体系全面崩塌的时代，重新去写一个“侠士”。诚然，作为一个自2004年开始创作的老牌大神，梦溪石的确与“新武侠”血脉相通，“侠之大者，为国为民”的武侠精神已经熔铸成了一股文气，无论身处江湖或庙堂，她笔下的主角都透着这股“侠气”。但此前她并未写过一个真正的“大侠”——赵肃（《天下》，2011）和唐泛（《成化十四年》，2014）虽然心怀黎民百姓，却也懂得官场的人情世故；即使是与沈峤最为相似的沈融阳（《天算》，2009），也只偶尔“多管闲事”，初衷仍是“独善其身”，尽力保护身边的人罢了。因为在十多年来的网文传统里，像沈峤这样出身正统、纤尘不染的人，的确是不合时宜的。他们是最早被抛弃、被打脸的一类“前网文”男主，也是女频读者不再青睐的男版“白莲花”。

与沈峤不同，晏无师却是当下的网文中更为主流的主角形象。他并非十恶不赦，只是离经叛道，洞悉规则却将规则踩在脚下，甚至利用这规则挑动风云、游戏人间、将他人玩弄于股掌。如果说沈峤是“真君子”，那么晏无师则是“真小人”，却是读者喜闻乐见的、潇洒坦荡的“真小人”。

无论是人生观、世界观还是价值观，两人皆是背道而驰。“武侠”二字，沈峤重于“侠”，而晏无师唯余“武”，他追求的是绝对力量和武术境界的无尽攀登，世上除了可堪匹敌的“对手”，其余皆是“蝼蚁”。

这样两个三观不同的人，别说是相爱，即使是相识相交，可能性也不大吧？

起初，读者的心态或许和晏无师一样，是想看看沈峤这个正道传人是如何被拉下神坛，跌入谷底后在泥淖中挣扎，一点点习得现实的规则，学会去屈服、去妥协的。但随着故事一步步地推进，沈峤如清风明月般屹立不倒的身影，竟一点点征服了读者，也使晏无师对他另眼相看。

其实作者从未将沈峤置于真正的深渊，永远给他保留了绝地反击的主角“外挂”。读者心知肚明，却仍愿意被说服。这并不意味着“真君子”“白莲花”正义逻辑的复苏，沈峤之所以成立，一方面是因为读者对多年来已成共识、不断被重复书写的丛林法则渐渐感到厌倦，一个集“真善美”于一身的完美角色反而能带来新鲜感，在满足新的阅读需求之外，也唤醒了读者心中埋藏已久的“侠义”剩余能量；另一方面，比起“真君子”“真小人”之争，他们更关心这两个人背后的爱情逻辑。

当两人的冲突达到顶点——沈峤被晏无师出卖、弃之如敝屣时，梦溪石为决裂的二人创造了重新理解对方的契机：晏无师遭五大高手围攻，被打得脑袋开花神志不全，沈峤顾全大局不计前嫌救了他。晏无师重伤之际，成了时而天真温驯（谢陵），时而活泼狡黠（阿晏），时而狠辣无情（无意识）的“精分患者”。这场看似狗血的“精神分裂”，使沈峤对晏无师的多种人格中的一种留下了一丝不舍。更重要的是，它也代表着晏无师个人体系的打碎、重组。至此，晏无师终于看清了沈峤那颗即使跌进地狱，也能在地狱中入道的赤心，并忍不住被吸引。

这并不是一个“正义”战胜“邪恶”的老故事，“邪恶”也没有被“正义”同化，它只是开始发现，“正义”也可以挺美、挺可爱的——“正义”本身成了一种审美对象，甚至是情欲对象。事实上，只有当“正义即美”“正义能催生情欲”这两点变得可信，“正义”的叙事合法性才真正被建立起来。

情欲逻辑一旦确立，两人之间原本的“不同”也随之一点点被消解。晏无师的价值体系依然坚固，但他可以理解并尊重沈峤的选择了。更何况，他们的“三观不同”在实践层面上，冲突也没有想象中那么大：沈峤爱惜“蝼蚁”，即使是身为“蝼蚁”时，也仍有爱护弱小的强者自觉，而晏无师多数时候懒得多看“蝼蚁”一眼，并不会无缘无故踏上一脚；沈峤希望江山一统，百姓不再流离失所，而晏无师觉得由他这个“魔头”去完成自诩正道之人都做不到的事十分有趣，扶持一个不被看好的皇帝则更有挑战性，于是带着游戏心态辅佐新皇站稳脚跟——他们的“不同”，更多是殊途同归。

作者给出的这种解决方式，某种程度上绕过了一开始的“三观不同”设定，直接跳到了“相爱”的情欲 YY①，并没有正面解决问题。换个角度看，“相爱”才是女频永恒的主题，或许“三观不同”只是我们在厌倦了爱情的其他阻力后创造出的新叙事动力。然而梦溪石身上确然有“真君子”的正统，即使是借着这一契机终于释放，在同期的其他类似尝试中，也有其无可取代的光辉——除她之外，还有谁能气定神闲地写出一个侠骨铮铮的沈峤？

① YY，“意淫”的拼音首字母。

# 我们微笑着说

霜华月明

霜华月明，云起书院新人签约作者。《我们微笑着说》是其第一部连载完结的长篇网络小说，创作于2016年1月至9月间，全书共55万余字，后续番外还在创作之中。

作为一部带有自传性的青春校园小说，《我们微笑着说》以精致缱绻的笔调记录了女主人公凌溪泉自初中到大学的爱情历程，以及其与同学、朋友间复杂微妙的关系。真实可信的细节，与丰富细腻的情感，使得这部节奏平缓的作品具有相当的可读性，且极易获得读者的共鸣，这或许也是《我们微笑着说》始终保持高粉丝黏度的重要原因。（然而，作者霜华月明的微博、QQ注册性别均为男性，更引人奇想。）这部在云起书院属于相对小众类型的作品，在连载过程中却不仅稳霸青春校园类作品榜首位置，还数次在全站人气周榜中排名前十，取得了相当优秀的成绩。

【标签】青春　校园　言情

【简介】

初中时，作为同班同学的凌溪泉与叶清庭开始了一场懵懂而青涩的恋爱。然而两人却终因叶清庭出国留学而无奈分别。尚无能力掌控自己的人生，而又成熟到对此一清二楚的叶清庭没能给凌溪泉留下任何承诺，而矜持、拘谨、极度缺乏安全感的凌溪泉也同样无法执着地坚持自己的心意。

毕业后，凌溪泉亦赴美留学，分处于大西洋两岸的凌溪泉与叶清庭联系渐少，却又始终都关注着彼此的生活。大学时，两人同时回国交换，终于再次相遇，此时的叶清庭已做好准备给凌溪泉一个一生一世的约定，凌溪泉也学会在心爱的人面前放开自己的拘谨与矜持，大胆地表白心意。这一段压抑许久的爱情又展开了新的篇章。

叶清庭与凌溪泉的朋友们：谢右、聂斯赫、柯月晨、吕熙宁、伊夕、秦左、谢晓月、李梓心……也都同样在爱情与友情的复杂关系间挣扎，因为爱、嫉妒与怨恨而造成的种种风波，在冷静温和的叙述表象之下动荡纠缠。

选段主要涵盖了中学时期运动会前后围绕凌溪泉、吕熙宁、叶清庭、谢右等人发生的两三件小事，生动地展现了诸人物的性格特征，虽然都是无足轻重的事件，但却将中学生特有的小情绪展现得地道又鲜明，读来倍感亲切。

【节选】

## 第二卷　第二十四章

（略）

“你慢点啊，午自习晚点去也没事的。”吕熙宁疾步拉着她走了一路，她无奈地连声喊着，直到走到教学楼的侧门，身前的人才突然刹了车，她一个没稳住，往前又挪了几步，刚想说同桌几句，眼前似乎白光一闪，潜意识在身体反应过来之前，先行闭上了眼。

“嘶……”前方似乎传来倒吸一阵冷气的声音。

可她无暇顾及，因为与此同时，半侧的脸颊传来一阵与液体碰触的冰凉感觉。

凌溪泉的身子霎时一僵，暗想了句不是吧，一边机械般地缓缓伸手，朝脸颊上摸了摸。

她的半张脸上黏糊糊的，还打湿了那侧的马尾。

而且，液体从脸颊上流进颈窝的难受感受让她一动也不敢动，只能把湿漉漉的手送到眼前，乳白色，还有种发酵了的醇感瞬间传入鼻腔，是牛奶。

“你怎么了？”一阵略显焦躁的男声传来，她往声音的来源望去，谢右从售饮机旁侧的阶梯外直接翻了进来，褐色的冷冽中有着明显的关切，直直地奔向她……前面的吕熙宁。

她这才发觉，吕熙宁不知何时松开了手，背着她，弯着腰，一手似乎在擦眼睛。

谢右很快跑到了吕熙宁的身边，见她保持着弯腰的姿势也不回话，有些急了。

他粗略地扫了眼四周，午自习快开始了，这里又是侧门，除了几个低年级的预备生偶尔经过，应该不会遇到熟人。

他的心里有了计较，双手毫不犹豫地握上女生的双肩，想逼迫她直起身来。

“我没事。”吕熙宁闭着眼甩了下肩，拒绝顺从他的意思。可谢右哪是那么容易就放弃的人，见她抵御，直接一用力，把她面朝着自己掰了过来，同时，褐眸带着凛冽的乖戾，朝阶梯另一侧扫了过去：“关陨，你给我滚过来！”

阶梯上，一个清清瘦瘦的男生不耐烦地站了起来，口中振振有词地朝他走去：“谢右你有病？自己闯的祸关我什么事？”

谢右见他走了过来，罕见地没和他拌嘴，视线一转，又是稍显担忧地注视着眼前的女生：“怎么，还睁不开眼吗？”

听见他的话，吕熙宁试探地睁了睁眼，一阵酸胀的异物感又让她立刻闭上了眼，泪腺受到刺激，眼泪唰唰地流了下来。

也许是睁不开眼的惶恐大过了对他的抗拒，吕熙宁反而顺着男生紧握在肩膀上的手的方向，轻轻地扯了扯他的衣袖，低低的声音里有着一丝茫然无措的害怕：“我没来得及避开，现在眼睛很难受。”

“走，我带你去盥洗室洗洗。”谢右想也没想，一手扣住她的手臂做牵引，走了几步，又突然折返，一把将关陨拉了过去，“你也给我一起来。”

“喂，你去就可以了，干吗要拉上我？”关陨脚下一个踉跄，大声抱怨着不满，却没有迟疑地跟着他们走了。

凌溪泉站在原地静静地望着三人离开，并未开口叫住他们。

她也担心吕熙宁。

她也没有一点怪吕熙宁把自己忘了的意思，都自顾不暇了，哪还能考虑那么多，哪还能关心得了别人。

可是，她也是受害者。

她理解谢右的紧张，但这不代表她不值得一句基本的“你没事吧”。

一阵微凉的风吹了过来，她摸了摸脸颊上快干涸的牛奶，那侧的马尾早已有了凝固的痕迹，只剩几滴顽皮的汁水坠落地面，莫名地，她有种冷的萧瑟的感觉。

肖顺抱着篮球，刚走到售饮机不远处，看见的就是女生低眉顺目地独自站在那里，也不知在想些什么，午后的阳光融融的，她的脸却像镶嵌在阴暗的朦胧中，孤寂一片。

他有意放缓了脚步，向身后的几人轻声示意：“这不是凌溪泉吗？她怎么了？”

肖顺他们离得并不远，凌溪泉在感到有人接近的时候有所察觉地抬眸瞥了眼，在看清来的几个人后，她下意识地转身就走，一手捂在凝固了的半条马尾上，快步往侧门走去。

“凌溪泉。”

她才迈开了一步，身后，尹竣玉的声音叫住了她。

若是平常，这样的窘态只会让她当作什么都没听见就匆匆走开。

但，或许是谢右关切吕熙宁的举动还历历在目，或许是感受到了独身的孤寂——就在当下，她是有点不甘心的，不甘心自己受到冷落后的一瞬间落寞。

这样的落寞不是出于羡慕，是可惜她的身边没有一个始终会惦记自己的人。

也许，还有别人的关心。

于是，这种复杂的感觉让她驻足停留。

她的头依然半低着，也没有转身，却停下了脚步，问道：“怎么了？”

几个男生走近了些，尹竣玉率先看清了她的异样。

女生平日里柔顺乌亮的马尾，此时就像被什么东西粘在了一起，黏糊糊的一片生硬。

他皱了皱眉，不禁开口问道：“凌溪泉，你这是怎么搞的？”

对这个坐在他侧后方的女生，尹竣玉还是蛮有好感的。毕竟，他每晚完成的作业大部分是她贡献的。再加上这学期，他们平日里的交流慢慢变多，少了几分陌生和生疏。所以此时，看见她有点狼狈的样子，他吃惊之余，也有了几分关心，也不管女生是有意背对他们的，直接走到了她前面。

“你脸上怎么也有啊？那么黏……是牛奶吗？”

凌溪泉完全没料到尹竣玉会大方地走到她面前，一时没反应过来，呆呆地站在那里任他打量，直到他惊呼出声，她才回过神，有点不自在地摸了摸脸颊，回道：“嗯，不小心被人泼了一脸。”

肖顺把篮球放到地上，听见了她的话，手上投着币，嘴上顺口问道：“谁啊？”

凌溪泉想起了方才谢右和关陨的对话，微低着的头又垂了几分，影影绰绰，让几个男生看不真切她的神情，语气却是波澜不惊：“不清楚，大概是谢右或者关陨吧。”

这两个名字让肖顺的脸色有一刹那的阴沉，又转瞬恢复如常，因着这几秒的情绪变化，他伸向可乐的手指也缓了缓，然而，等他刚准备按下可乐的时候，一只手绕过他，直接按下了一瓶矿泉水。

## 第二卷　第二十五章

“喂！”肖顺不爽了，不快地朝旁边看了眼，在发现是谁后愣了下，语气转为了无尽的哀怨，“叶哥，我要喝可乐的啊！”

叶清庭也不理他，弯下腰，拿起机器吐出来的矿泉水，直接绕过了他。

“有餐巾纸吗？”他走到女生跟前，问道。

他的接近让凌溪泉有一瞬间的惊慌无措，她的头赶忙往另一边侧了点，不愿让他看见全部的窘迫，同时，颇有点手忙脚乱地拿出了一小包餐巾纸，递给他：“给你。”

叶清庭淡淡地嗯了一声，这个轻若鸿毛的声音让她的视线如小鹿乱撞般地偷偷窥向他。

男生额前的细碎刘海还有汗水的痕迹，看得出是刚刚运动过。此时，他微垂着眸，长而微翘的睫毛遮住了清冷的眸子，飘忽的阴影下，仿佛缠绕着一片明暗参半的黑暗，灰冷一片。他的双唇抿起，脸上的神色好似因此而显得分外捉摸不定了起来——印象里，他似乎很久没露出过这种偏执到近乎冷淡的神情了。

然后，他抽出一张餐巾纸，又拧开了瓶盖，让开半步，只听哗啦一声，在几个人惊讶不解的目光里，打湿了手里的餐巾纸。

凌溪泉傻傻地注视着他的举动，连不解的情绪都还未来得及显现，男生适时地抬眸看了过来，让恰好与之对视的她一怔。

不知是不是侧着光的缘故，他漂亮的眼眸中，浅冷棕色的明光泛起一派幽冷的暗芒，少了几分光亮，却多了一分几乎可以算得上冷漠的神色。

一时，她有点不知所措。

然而，在她怔怔的目光中，男生拿着餐巾纸的手似乎有意向她的脸颊抬了过去，却在对上女生怔愣的神色后，在半空中猛地一滞。

他把视线移向自己半抬高的手，目光暂留了一会，微微蹙了蹙眉，不知想到了什么，再望向她的时候，神色已然恢复了一派清冷。与此同时，他抬了一半的手低了几分，伸到她面前说：“擦一擦再去洗脸吧，会不舒服的。”

凌溪泉的视线在他的手上停留了片刻，这不是她第一次这么近看到他的手，却是头一回发现，他曲起的手指骨节分明，修长好看。

她没有恍惚太久，默默地说了声谢谢，接过了他手里的餐巾纸。

这是一个体谅到有些暖心的举动，然而，在接过餐巾纸后，她的视线对上了叶清庭眼眸里一些沉淀着的情绪，她看不懂，却潜意识地把它归为了关心。于是，脆弱敏感的心突然就变得委屈了，仿佛为自己找到了一个宣泄口，一时间，情绪喷涌释放。

她仓促地低下头，掩饰住突然间想哭的冲动。

叶清庭凝视着女生低着头，慢慢擦脸颊的举动，眉头又蹙了几分，再次倒湿了一张餐巾纸，默不作声地递了过去。

一旁，肖顺注视着他们之间沉默的一来一往，莫名觉得这气氛有点怪异，不由得无声地望向齐亚凌和尹竣玉，却见两个好友也在同一时间疑惑地回视着自己，他不由得耸了耸肩，又多看了叶清庭一眼，认命地往售饮机里重新投币。

午自习的铃声敲响的时候，凌溪泉正在洗手间冲洗着马尾，颈脖下方不时传来的不舒服的腻感，让她侧过脸，随意地用湿漉漉的手往里摸了一把，再偏过脸，忽然就对上了水龙头前方的镜子里，做着同样举动的自己。

她搓着马尾的手一缓，轻轻摸了摸正对着镜子的半张脸颊。

然后，她关上了水龙头，照着镜子，用餐巾纸擦起了湿漉漉的马尾。

洗手间里此时很安静，这种安静让她冷静了许久，对着镜子里的自己，她不由自主地回忆起叶清庭的举动，一时又有点心乱如麻。

纵然她承认这学期和叶清庭的关系好了许多，但这种好还远没有达到产生“他对自己是不同的”那种念头。

他们有着表面的交流，偶尔也会在qq上聊一两句作业的事，但剥开那些浅薄的言语，他对别人划的界限似乎就濒临于此，很难再进一步。

可是刚才呢？

分明是寡淡到难以接近的人，他难道不知道那种细微的，却温暖到几乎让人催泪的举动，已经逾越出格，会让脆弱的人为之沉沦吗？

如果换一个女生，他也会这样吗？

想到这里，她的心里有点怅然若失，又有点愤愤不平，像是酝酿了的心酸，一边隐隐有着自己也许是不同的那种期待，一边又把那个念头压了下去，埋怨起叶清庭的毫不自知。

然而，那个被压下的念头也仅仅是被压了下去，一不留神就冒出来转悠一圈，以至于她被脑海里这两种相互驳斥的念头折磨得一脸心力交瘁的模样，走进教室的时候，脸色苍白得没有一丝红润。

午自习没有班主任坐镇，但何英却向来喜欢从后门搞突袭，也曾喊过好几个学生进办公室罚站。因此，班里没有想象的闹腾，大多数同学也都有觉悟地放低了私语声。

吕熙宁早就如坐针毡了，终于等到同桌回来，待她一坐下，立马拉起她的胳膊，望着她惨白的脸色担忧地问："你没事吧？"

"没事，就去洗了下头发。"凌溪泉对她拨了拨脸颊那侧半干了的马尾，而后仔细地打量她的双眼，问道，"你呢？眼睛还难受吗？"

"不难受了，还有点充血，不过没大碍。"吕熙宁有点愧疚地说，"对不起啊，我当时只顾害怕自己的眼睛会不会出问题，却把你留在那里了。"

## 第二卷　第二十六章

"没事啊。"凌溪泉不在意地笑了笑，"我自己都蒙了。"

何况……

她的眼神不由自主地朝叶清庭望去，男生的椅子拉得很靠前，低着头认真地翻着课本。

真的很难想象，这个好似对什么都云淡风轻的男孩子，会做出这么细腻的事来。

她可不可以放纵心底的那点点小期待，认为他对自己会有那么一点点的不同呢？

"你又在想什么呢？"

吕熙宁见同桌眼神涣散，嘴角的弧度却微微上扬，也不知道在想什么，不由无奈地推了她一把，小声问道。

"什么什么？"

女生的眸子像涧水一样明亮，又因着嘴角的笑意，给人一种恬静美好的感觉。

吕熙宁愣了下，又白了她一眼："我说，你和我说话都能走神。"

"我这不是在想……"凌溪泉含着笑的眼神在她脸上颇有深意地转了一圈，又扫了眼窃窃私语却还算得上安静的班级，凑到她耳边说道，"谢右可真关心你啊。"

吕熙宁的脸红了，羞恼地瞪她："他哪关心我了，要不是他和六班那个关陨打闹，我俩用得着遭这罪？他这也不是第一次闯祸了，我看他分明是怕这事传到他班主任耳里。"

"有些人啊，也不知道是喜欢自欺欺人，还是真的没心没肺啊！"闻言，凌溪泉装模作样地叹了口气，"我刚刚在旁边看得清清楚楚的，他眼里可只有你，我这个第二受害人他可是连一眼都没瞧。"

"那……那谢右一定是眼瞎了。"吕熙宁脸上温度不减，做出一副不屑的表情来。

见她这样，凌溪泉轻轻地笑了声。

既然吕熙宁对谢右无意，那么也不必再聊这件事了。

这么想着，她的前方忽然传来一阵动静，让她下意识地向前边看去。

男生把椅子抵到了她的课桌前，换了个舒适的后靠坐姿，课本也被他搁到了腿上。

她很喜欢叶清庭这样的坐姿，就好像光看着这样的距离，他们的心就能靠得近一点。

她隐着心底的小雀跃，把身子往前坐了些，也不管那侧的马尾还未干透，故意把半张脸伸过去，贴在冰凉的课桌上，仅露出另外半张脸颊对着吕熙宁，对上她疑惑的目光，凌溪泉改变了主意，朝她弯着嘴角，意有所指地感慨了一声："我可真有点同情他了。"

"同情谁啊？"

也许是凌溪泉这样的姿势太过靠前，尹竣玉听到了她的话，往后坐了点，好奇地侧头问道。

"和你有关系吗？去去去，认真写作业去。"眼看两个女生之间的悄悄话闯入了一个不速之客，吕熙宁想也没想，直接把前桌靠着她桌沿的背推了回去，视角一转，忽然发现叶清庭也是同样的坐姿，刚想伸手把他也推回去，却见那男生有所感地回头，淡淡地瞥了她一眼。

他的眼神清冷无波，脸上也是淡得看不分明的表情，让她整个人像掉进了冰窖一般动弹不得，试图有所动作的手也是一僵。

所幸，男生仅瞥了她一眼就转过了头去，还是保持着后靠的姿势，她却不敢再有动作，悻悻地把手收了回来，不自然地摸了摸自己的鼻子。

说不上来为什么，她一直都觉得叶清庭和尹竣玉不同，惹不得。

照理说，这两个男生坐她们前桌之后，交流多了，应该就能熟络起来了。比如尹竣玉，这个看上去酷酷的男生，她现在都敢像刚才那样，对他做些无伤大雅，又不拘小节的举动。

但叶清庭呢？

她一点儿都猜不透这个男生。

平常，他们有时也会说上几句话，男生的态度也总会是一派清风的礼貌和从容，很容易让人感到他对自己的尊重，从而产生好感，想和他多做交谈，多了解他，和他做朋友。

然而，同样地，这样的礼貌和从容，就好像一张怎样都撕不下来的面具，人前人后，总是淡泊得好似周围的一切都入不了他的眼，渐渐地她有了一种模糊的感觉——

有些人，是永远无法依靠交谈和时间，而慢慢熟悉成为朋友的。

无法接近，无法捉摸，永远生疏分明。

因为一开始，他就已经划定了界限，其间是一道深不见底的、无法逾越的鸿沟。

（略）

## 第二卷　第二十七章

（略）

学校的操场没有看台，因此校运会的前一天，学校就像往年一样拆了两侧的运动器械，在两个篮球场中央搭建了临时座椅，以年级和班级划分开来。

一个班四十来个人，每个班的座椅总共只放了四排，初二又在靠近操场内圈的地方，两个女生很快找到了自己班级的所在。

离校运会还有半个小时，班级里的人倒是来得差不多了。

吕熙宁看着班级里剩下的空座，想了想，拉着凌溪泉直接走向了第一排。

凌溪泉任她拉着，不着痕迹地在班级里扫了一圈，并没有找到叶清庭的身影。

她们刚刚坐下，狄琴挽着程依涵悠闲地走了过来，看见俩人，狄琴眼睛一亮，牵起同桌的手坐到了她们身后的座位，一边发牢骚似的对她们说："你俩来得好晚啊，我们俩都绕操场散了一小时的步了。"

"校运会九点才开始呢，是你们来太早了吧。"吕熙宁转过头，对狄琴挑了挑眉，突然咦了一声，问她，"对了，狄琴，我记得你好像要跑接力赛的吧？"

"对啊，怎么了？"

"没事啊，就问一下，顺便替你加加油。"吕熙宁不在意地一挥手，从放在脚下的书包里翻出了一袋薯片，拆开就往嘴里送，惹得狄琴惊讶地拍了拍她的肩膀："吕熙宁，你这就吃上了？校运会还没开始呢。"

"饿了，不行啊？"吕熙宁理所当然地回答着，游离的视线突然瞥到了侧前方的一个身影，她咽下嘴里的薯片，用手肘碰了碰凌溪泉的胳膊，在同桌投来的询问目光中，她向那边努了努嘴，"哎，那不是尹竣玉吗？他怎么坐在三班的地方啊？"

"哪儿？"凌溪泉往她示意的方向望去，三班的看台就在她们的侧前方，她轻易地就在一堆陌生的面孔里找到了尹竣玉的身影。他的身边，一个别着糖果色发夹的女生正和他说着话，他时不时地点头，似乎在应答着什么。

"程依涵，那是不是刘偲安？"坐在后座的狄琴自然听到了她们的对话，沿着她们视线的方向探了眼，想了想，有点不确定地拉了拉同桌的衣袖。

程依涵看了眼，当即点点头："是啊。"

"刘偲安？谁啊？"闻言，吕熙宁疑惑地转过身子，朝后面的两人问道。

"三班的班长。"程依涵简洁地回答她。

狄琴却突然低声惊呼："哎，我想起来了，这女生不是和叶清庭熟的吗？怎么和尹竣玉坐一起了？"

听见叶清庭这个名字，凌溪泉一顿，下意识地多打量了侧前方那个叫刘偲安的女生一眼。

女生的额前留着优美的斜刘海，糖果色的发绳高高在后扎成一个马尾，同种色系的发夹别在两侧。此时，她笑意盎然地望着尹竣玉，两个酒窝顿然显现，竟有种说不出的可爱纯真。

她的心咯噔了一下，状似不经意地问：“她和叶清庭怎么了？”

“哎，我也说不上来，就是一种感觉吧。”狄琴也没多想，皱起秀眉，开始慢慢回忆道，“就上礼拜，我和华婧雯一起去冯老师家补课的时候，在楼下碰到她和叶清庭两个人一起走出来了。叶清庭这个人平时不是不怎么和女生说话的吗，但当时我就感觉这两人的气氛挺和谐的，我就问华婧雯认不认识那女的，华婧雯就和我说她叫刘偲安，是三班的班长。”

## 第二卷　第二十八章

“我当时没放在心上，不过……你们能想象叶清庭和一个女生并肩走在一起的场面吗？反正我是觉得挺诡异的，所以现在回想，他俩应该挺熟吧。”说到最后，狄琴的秀眉松了开来。

叶清庭和一个女生并肩走在一起的场面？

吕熙宁想也没想，直觉地点头赞同：“我确实没法想象。”而后稍稍迟疑了一下，她又啧啧称奇：“这也真奇了怪了，谢右、聂斯赫，现在又加个刘偲安，这认识的人怎么全集中在三班了，该不会他们都是发小吧？”

“不是。”这回，程依涵开口了，她往刘偲安和尹竣玉的地方望了眼，这才若有所思地说，“他们肯定是在宁老师家里认识的，我和刘偲安也是补物理的时候认识的。我记得刚开始，她连块橡皮都不敢问尹竣玉他们借呢，怎么可能是发小。”

“补物理认识的？”狄琴满脸的不可思议，“那他们才认识多久啊？关系就那么好了？”

“这很正常，在老师家补课和在学校里是不一样的。”程依涵不以为然地笑了笑。

是啊。

在老师家里补课，一节课才不到十个人，想接近一个人是很容易的吧？借块橡皮，借支水笔，抄个答案……混混就熟了吧？

凌溪泉这么想着，心情一下子阴郁了。

偏偏这时候，她还听见了来自同桌兀自小声的碎碎念：“太难想象了，叶清庭会和女生走一起……他和刘偲安配吗？咦，好像还是挺配的。”说完，她还惊奇地点了点头。

于是，凌溪泉更阴郁了，放在刘偲安身上的视线也多了几分审视，在她刚想反驳“哪里般配了”的时候，狄琴从后面轻轻打了吕熙宁一下，低声提醒了一句：“嘘，别说话了，叶清庭过来了。”

吕熙宁自觉消了音，充满兴味的目光却怎么也按捺不住地朝缓缓走来的叶清庭望去。那直勾勾的，带着点新奇的目光轻易地让男生注意到了，他不留痕迹地蹙了蹙眉，听见了旁边聂斯赫挤对谢右的声音：“啧，谢右，吕熙宁好像从来没用这么热烈的目光看过你吧？”

谢右脸色不太好，抿着薄唇却没有搭话，倒是男生偏过头，淡淡地扫了他一眼：“别乱说。”

聂斯赫丝毫没理会话语里的警告，反而轻笑了一声，说：“叶清庭，你这样我会以为你在紧张。你是怕谢右，还是怕其他的谁听到？”

“斯赫，柯伯父可是有意让月晨转到我们学校来，昨天还让我周末去他家里谈谈学校的事，你觉得我应该怎么说？”叶清庭对他的戏弄不置可否，嘴角微微上翘，说出来的话语平淡无波，却让聂斯赫玩味的脸色变了变，也不知想到了什么，最终哼了一声，不再说话。

听见狄琴说叶清庭来了之后，凌溪泉便把目光从刘偲安的身上移到了对面徐徐走近的三个男生身上。

她也没法想象，叶清庭和别的女生并肩走在一起的画面。

她目不转睛地注视着叶清庭，注意到他对旁边的男生说着什么，注意到他浅浅地笑起来，注意到那双漂亮的眼眸霎时流光四溢，注意到他……恰好朝她们的方向瞥了眼，然后就这么敛去了笑意，恢复了清冷到有点捉摸不定的神情，改变了方向，往操场的另一边走去。

不知为何，她突然有点受伤的感觉。

就像被小虫子蜇了一下手指的感觉，疼，但可以忍受。

操场广播里刚宣布校运会开始，何英就把狄琴和其他参加比赛的同学喊去指定场地准备了。

狄琴一走，程依涵和凌溪泉便默契地沉默了下来，她们之间并不熟悉，一时也不知道该怎么去打破这种生疏。

恰在此时，叶清庭缓缓从远处走了过来，胳膊里还挽着一件校服外套，凌溪泉看了一眼就知道那不是他的校服，因为他自己的还穿在身上。

男生目不斜视地走到了班级看台，大致扫了眼，没多大迟疑便在凌溪泉旁边的空位上坐了下来。

班级里差不多过半的人去指定场地准备比赛了，放眼望去，座位几乎空了一大半，他的抉择实在出乎凌溪泉的意料。

她的神经几乎立刻就紧绷了起来，背都挺得直了些。

“叶清庭，好久不见啊。”程依涵看见他坐到了自己前面，扯开了一抹甜甜的笑，和他打了个招呼。

闻声，叶清庭侧过身，往后望了眼，发现是谁后，好听的嗓音淡淡地“嗯”了一声，很快转回了头。

凌溪泉却在刹那身体一僵。

因为他侧身的幅度，他的胳膊不小心擦过了她的肩膀。

只是短暂的，没留神的，像微风挠过皮肤的那种，近乎感觉不到的碰触。

然而……

咚咚咚。

她几乎可以听见自己狂乱的心跳声。

“凌溪泉，你怎么了？脸怎么那么红？”吕熙宁吃完了一袋薯片，左张右望没瞧见垃圾桶，却瞧见自己的同桌一脸潮红，也不知是不是发烧了。这么一想，她不免有些担忧地伸手摸了摸她的额头，然后，奇怪地喃喃自语：“也不烧啊。”

凌溪泉被她的举动一惊，下意识地往她的反方向躲了躲，这么一躲，那侧的肩膀似乎抵上了谁，她突然就记起叶清庭在她的旁边。她僵硬地转过头，却见男生没有因为她的动作而往旁避让，只是微微地低着眸，眼神莫名地凝视着他自己的胳膊。

凌溪泉下意识地往那个方向看去。

因为她躲让的动作，那侧乌黑柔亮的长长马尾也缠绵向后，缕缕发丝如水草一样地弥散开来，直至顽皮而抵赖地亲吻到了他的校服外套，方才满足地静静安定了下来。

他的校服上，躺着她的头发。

她有一瞬间的惊慌，然后迅速镇定了下来。

“不好意思啊。”她一边对男生道歉，一边坐正身子，用手顺了顺自己的马尾。她的脸上还透着氤氲的红，眼眸的神采清亮剔透得让人心头一暖。

“没关系。”

然后，她望见男生对自己微微一笑，好像这个季节清凉透彻的风，席卷了一切温暖缠身的注视，放眼望去，满眼都是他的影子。

## 第二卷　第二十九章

很快，操场里响起了短跑比赛即将开始的广播。

叶清庭神色自若地侧过头，专注地看向起跑点。

她也学着他的样子，把目光放到了远处的跑道上，注意力却是怎么也集中不了。

她的心脏扑通扑通地跳得厉害，满心想的全都是“叶清庭笑了”，“叶清庭又对她笑了”，这种丝毫不受她思想控制的念头，把她的整颗心都包得密不透风起来，在无法强迫自己冷静下来的同时，她的余光诚实而敏感地高度集中在她身旁的男生身上。

除了他，所有的一切景致都是涣散的。

这是一种很难受的感觉。

她干脆把身体转向了吕熙宁那边，视线内终于再也找寻不到他的半根头发。她如释重负地松了口气，可没过多久，心底却又涌上像受到无数蚂蚁攀爬啃食，那种持续消沉的失落感。

那种无法逾越的感觉逼迫她悄悄地，很不情愿地又把身子坐正，等到视野范围内再次拥有了那个身影。出乎意料地，她原先鼓噪杂乱的心，竟然莫名满足地平静了下来。

凌溪泉，你也真是够了。

她若无其事地坐着，无声地对自己说。

十一月的阳光轻柔和煦，时间久了，原本规规矩矩坐在看台上的学生们，脸上都显露出了困倦的懈怠。

慢慢地，他们开始三三两两地到处闲晃、散步，或是驻足在跳远、跳高这类指定场地的分界线外张望，或是近距离地在跑道内圈观望着起跑点做热身的同学。

老师们三五成群地坐在一起说笑，似乎并无意在今天对他们有过多的约束。

凌溪泉和吕熙宁倒都安稳地坐在位子上——

一个心思不在比赛上，一个心思全在零食上。

（略）

“凌溪泉，是我的感觉出错了吗？我怎么觉得叶清庭好像心情不太好？”目送着叶清庭远去的背影，吕熙宁挠了挠及肩的短发，有些疑惑地望向自己的同桌，怀疑自己眼花了。

“貌似……是吧？”凌溪泉迟疑了下，也有点不敢确定，下一秒，她想到了什么，推了推吕熙宁的胳膊问，“哎，刚刚何老师对叶清庭说什么比赛？叶清庭有报名参加什么项目吗？”

她怎么不记得呢？

“好像……”吕熙宁仔细地回想了一下，然后肯定地摇了摇头，“没有。”

“那何老师怎么对他说……”凌溪泉说着说着，住了口。

她突然停下脚步，回头望了眼医务室紧闭的门，然后，用不可思议的语气问道：“该不会……叶清庭要替尹竣玉跑一千米吧？”

吕熙宁一时瞪大了眼，而后竟然扑哧一声笑了出来。“我看像。要是这样，那么他的‘低落’就说得通了。”笑眯眯地调侃完，她又兴致勃勃地摸了摸下巴，“哎，凌溪泉，你说他是自愿的吗？”

“你都说他低落了，可能是自愿的吗？”凌溪泉好笑地瞅了她一眼。

两人一边说着，一边悠闲地在教学楼附近踱起了步，刚拐了个弯，凌溪泉只觉后肩被一道力量猛地撞了一下，整个人趔趄着往前冲去。

她下意识地抓住了吕熙宁的胳膊。

意外来得太突然，直到凌溪泉几乎撞进自己的怀里，吕熙宁才反应了过来，堪堪伸出另一只手扶了一把，帮她稳住了前冲的身子。

凌溪泉站稳脚跟，惊魂未定地拍了拍胸口，拧着眉朝始作俑者看去。

“对不起，对不起，没看见你们！”一个满头大汗的陌生男生不住地回头，对她们连连道歉，脚下的步伐却丝毫没停顿，直到跑到教学楼另一侧。一个同样面生的女孩躲在那侧的拐角处，左右张望好一会，然后露出半个脑袋叫了他一声，朝他招招手，男生这才缓下脚步，挠着脑袋朝她走去。

## 第二卷　第三十章

“你没事吧？”吕熙宁关切地问了一句。

“没事。”凌溪泉呼了一口气。

“真是什么人都有。”见她没怎么样，吕熙宁往男生的方向瞟了眼，不满地哼了一声，随后挽起她的胳膊，不紧不慢地往操场的方向走去。

走了几步，也许是出于某种潜意识的习惯，凌溪泉回头瞥了一眼。

教学楼那侧，女孩落落大方地站在略显羞涩的男生面前，把手中的矿泉水递给了他。男生有点不好意思地挠了挠脑袋，腼腆地接了过来，而后有些手足无措地站在那里，直到女生笑着对他说了句什么，他才如梦初醒般，打开瓶盖直接仰头喝了一大口。

他的背后，还贴着未撕去的号码布。

是刚刚比赛完吗？

她稍微一想就转回了头，又走了几步，突然心里一动，一个模糊而大胆的念头渐渐浮现了出来，同时出现的，是又开始愈来愈快的心跳声。

她缓下了脚步。

挽着她手臂的吕熙宁也跟着停了下来，面露疑惑地转向她：“怎么了？”

凌溪泉深吸了一口气，一脸认真地说：“吕熙宁，我渴了，我们去买饮料吧。”

“啊？”吕熙宁奇怪地注视着她，似乎没料到她会这么说，过了好一会才忽地笑了出来，弹了弹她柔顺的马尾，好笑地揶揄，“凌溪泉，想买饮料就买饮料呗，搞得那么郑重干吗？我还能不陪你去？”这么打趣着，她不以为然地挽着同桌转了个方向，往自动售饮机的所在走了过去。

教学楼的那一侧，方才站着的男生女生已然离开。

凌溪泉也没留意，往售饮机里投了币之后，她心跳如鼓，手指在一排饮料按钮上犹豫不决。

叶清庭喜欢喝什么？矿泉水还是碳酸饮料？好像齐亚凌他们喜欢喝可乐啊？他也喜欢吗？可是长跑跑完喝水比较健康吧……

啊呸呸呸！

她就是买个饮料而已，有必要在意叶清庭喜欢喝什么吗？

再说了，她买了又不是给他喝的。

凌溪泉紧抿着唇，心里的小人天人交战，手指徘徊游走，却始终做不下决定。

吕熙宁一开始还耐心地等在旁边，但眼看选个饮料，一刻钟都要过去了，她不由得翻了个白眼，失去了耐心地嚷嚷道："喂喂喂，凌溪泉，你买个饮料至于那么纠结吗？你不是喜欢喝冰红茶吗，直接买冰红茶不就好了。"

这么说着，她作势就要抬手按下冰红茶的按钮。

"哎，别！"凌溪泉吓得赶紧伸手护住，另一只手想也没想就在矿泉水的标志上一按。

一瓶矿泉水应声而出。

为什么要买矿泉水？淡淡的一点味道都没有，她一点都不喜欢喝！

凌溪泉沉默地盯着被吐出来的矿泉水好一会儿，才弯下腰，把它拿了出来。

"你什么时候喜欢喝矿泉水了？"吕熙宁新奇地打量了眼她手里的矿泉水。

"我一直都不讨厌啊。"她面不改色地回答道。

"那我怎么从没见你喝过。"吕熙宁嘟囔着反驳了一句，也没多想，挽起她的胳膊往操场走去，突然像想起了什么似的，喋喋不休地抱怨，"哎呀，你说你，买个饮料买了半天，我还想说看狄琴跑接力呢，也不知道他们跑完了没。"

"好吧，我错了。"闻言，凌溪泉心神不定地道了个歉，拿着矿泉水的手始终攥得死死的。

说曹操曹操就到。

她们刚走进操场，狄琴就穿着一件 T 恤朝她们跑了过来，脸上还带着运动后的红潮，显然比赛已经结束了。

吕熙宁偷偷地瞪了凌溪泉一眼，直到对方心虚地咳了一声，她才别过脸，一脸关心地问狄琴："跑得怎么样？第几名？"

终点线两侧的学生很多，难保每个人都能看清名次。狄琴也没注意到她俩的小动作，有点可惜地回答道："我们班第二，六班第一，六班最后一棒真的跑得太快了。"说完，她想起什么似的，瞅了眼凌溪泉手里拿着的矿泉水，撇了撇嘴说："哎，你怎么买的是矿泉水？我最不喜欢喝的就是纯水了。"

"哈哈，谁知道你喜欢喝什么？凌溪泉又不是给你买的。"吕熙宁取笑了她一句。

原本只是无心的玩笑话，然而此刻，在凌溪泉听来就变了味，她立刻跳了出来，神色认真地对俩人强调："是啊，这瓶水是我给自己买的。"

狄琴本来没把吕熙宁的玩笑话当真，但凌溪泉郑重其事地说出这句话后，她心里就觉得有点不舒服了。

她深深地看了凌溪泉一眼，却故作不以为意地切了一声。"真小气，我还不想喝你的水呢。"然后，她又紧接着对俩人说，"我先去买饮料了，一会再来找你们。"

说完，她一秒钟也没多待，快步走开了。

吕熙宁哪能听不出狄琴不高兴的语气，望着她的背影好半晌，这才侧头打量了眼反常的同桌，放在平时，这种有点伤人的话她是说不出口的。

她几次张开嘴，却见对方一脸懵懂无知的样子，欲言又止。

她知道凌溪泉不是那个意思。

"吕熙宁。"

就在她暗自矛盾的时候，一道她熟得不能再熟的声音响了起来，她直觉地呻吟了一声，扶额朝来人望去，果然看见谢右穿着利落的运动衫，手肘夹着自己的校服外套，慢慢向她走来。

这是男生第一次在学校里正大光明地和她说话，还是在众目睽睽的操场之上，吕熙宁的心里有点慌乱，左瞄右瞄，在没看见老师的身影后，才稍稍安心，没好气地问他："干吗？"

谢右没有说话，直接把手里的校服外套丢到了她怀里，见女生下意识地抱住，呆呆地望向他，他的唇角微微上扬了几分，连带着冷冽的褐眸也染了点笑意。

然后，他挑起眉，注视着女生在反应过来之后，像接到什么烫手山芋一样，对怀里的外套想丢弃又不敢真丢弃的样子，又慢慢隐去了唇边的笑意，一字一句地对她说:“一千米比赛就要开始了，我想来想去，只有你帮我拿着衣服最妥当。”

## 第二卷　第三十一章

男生样貌出众，操场上的学生来来往往，他扔衣服的举动还是引来了很多人的注意。眼见不少异样的目光都投了过来，吕熙宁的脸暴红，注视着男生如冷夜流泻的眼眸，又是气，又是恼。然而，周围那么多双眼睛好奇地打探着他们，她也不敢真的发飙，只能低声喝道:“什么妥当！谢右！当着那么多人你想干什么？”

“我想干什么你不知道吗？”谢右轻哼了一声，反问道。

吕熙宁瞪着他，刚想开口，恰恰这时，广播里传来了男子一千米比赛的通报声。

她硬生生闭上了嘴。

谢右看着她整个人都好像要喷出火来，却敢怒不敢言的模样，嘴角的笑意又多了几分。一时间，他脸上的神情如同模糊在冰冷里的光华，消散了几分深入骨髓的冷冽。

注意到旁人频频投来的视线，他高深莫测地眯了眯眼，状似无心地对女孩挥了挥手，留下一句:“走了，比赛完我再找你拿回来。”而后，他不由分说地跑向了起跑点，似乎并不知晓这样的举动会对她造成什么样的影响。

吕熙宁又惊又怒地盯着男生离开的背影，一时也说不上来是惊多一些，还是怒多一些，复杂的情绪不断纵横交错，好像怎么都找不到宣泄口，各种滋味囤积在心里愈演愈烈。

他分明，一直都是说得嚣张，行为却循规蹈矩，从未在大庭广众之下做过这种惹人遐想的举动。

帮忙拿校服什么的，分明是两个很亲近的人才会这样吧?

这么想着，怀里的校服仿佛带着它主人冷冽清爽的气息，口鼻中满是他的味道。她下意识地紧了紧手臂，却又在意识到自己做了什么之后，猛地回过了神，发现周围散去不少却还依稀可察的兴味目光。她赶忙拉起凌溪泉的手臂，几乎是粗鲁地扯着同桌的手，逃离了周围可见的视线。

直至奔到后操场的那块草坪上，换了个场地，不再成为众目睽睽的对象，吕熙宁终于松开了同桌的手，心惊胆战地做了个深呼吸。

凌溪泉的视线在她怀里的校服上凝视片刻，眼神一闪，又缓缓移开，好笑地问她：“你有这么害怕吗？”

“怎么会不害怕啊。”吕熙宁怏怏地说着，低头看向怀里的衣服，抿嘴想了想，一会把它叠好抱作一团，一会又把它揉起来单手提着，却觉得怎样都不顺手，最后只好把它松松垮垮地挽在肘窝里。

凌溪泉瞧着她皱着眉，低头摆弄的样子，站在旁边扯开了一抹淡淡的笑。

砰——

不远处，发令员的鸣枪声响了起来。

一千米开跑了。

她抬眸，向远处的跑道眺望，一眼就看到了那个和谢右并排跑在最后，颇有点不疾不徐的，穿着黑色短袖衫的男生。

叶清庭……他的校服谁拿着呢？

不知为何，这个微妙的念头一闪而过，她不由自主地握紧了手里的矿泉水，压下心底隐隐冒出的心烦，来回踱了好几步，直到瞥见吕熙宁摆弄好了校服之后，她忍不住走过去提议：“吕熙宁，我们走近点看吧？”

“我不要。”吕熙宁想都没想就拒绝了。

“为什么啊？”凌溪泉的目光追随着跑道上的男生，语气里带着点她自己都没有察觉到的急迫。

吕熙宁低头用脚拨动着地上的杂草，也没留意到她的异样，闷闷地嘟囔：“我不想让谢右看见我。”

“哎呀，不会的，你就当陪我去看看嘛，我们今天还没好好看过比赛呢。”听了她的话，凌溪泉放软了声音，摇起了她的手。

的确，吃了那么多零食，逛了那么久，连狄琴的接力赛都错过了，她们今天还真没认真看过一场比赛。

但是……

一想到谢右就在一千米的队伍里，她就迟迟做不了决定。

她实在是怕那个男生跑完之后，会再做出什么让别人误会的举动来。

凌溪泉望见她脸上举棋不定的神色，对她的心思明白了几分，也不说话，直接拉着她的手，带她绕过了草坪，往操场终点线的方向慢慢移动。

吕熙宁任由她牵着，直到她们晃到了终点线附近，几分钟已经过去，一千米的赛跑也差不多到了收尾阶段。吕熙宁注意到远处跑道上开始冲刺的身影，突然就像惊醒一般，反拉起凌溪泉往不远处教学楼的方向跑。

“吕熙宁！”凌溪泉一惊，无奈同桌此刻的力气出奇地大，只能任由她拉着跑。

吕熙宁跑到了教学楼的侧门，像做贼似的躲到了建筑的拐角处，对凌溪泉做了个噤声的动作，猫着腰，警惕地往不远处的终点张望。

凌溪泉站在原地，揉了揉额角，一时也说不出是什么心情。

谢右早就发现了两个女生的身影，谁料一转眼人就不见了，此时看见不远处的凌溪泉，他略微想了想就明白了，往女生所在的方向优哉游哉地走了过去。

吕熙宁一直注意着他的动向，哪能看不出他的目的，一时间，如惊弓之鸟般蹿了出去，也顾不得身旁的凌溪泉跟不跟得上，直接抱着校服，从侧门逃进了教学楼里。

谢右的脚步一顿，唇边扯开了一抹冰凉的笑，也随之改了方向，大步大步地往教学楼正大门走了过去。

凌溪泉反应过来的时候，吕熙宁早就跑没影了，她目瞪口呆地往空荡荡的侧门里探了好几眼，这才意识到自己被留了下来。她刚迈开脚步准备跟进去，余光突然瞄到了谢右略显冷冽的身影。

她迟疑地顿在了原地。

谢右的样子明显是想找吕熙宁，如果自己也跟过去，恐怕尴尬的只会是自己吧。

她可不想每次都在中间当电灯泡。

这么一想，她收回了脚步，别过眼，开始在操场上找寻叶清庭的身影。

她轻而易举地在人群错落的操场上，找到了那个气质出众的男生。

此时，他的双手撑着膝盖，微微弯下腰，低头小喘了几口。而后，她看见男生缓缓直起了身子，似乎有意往自动售饮机的方向走来。

凌溪泉的心猛地狂跳了一下。

现在，尹竣玉他们并不在他身边，如果她走过去的话……她低头看了眼手里的矿泉水，心脏怦怦直跳。

他会接受吗？

那么寡淡如水的人，拒绝的可能会更大一点吧？

如果他拒绝了，是该装作不在意地笑一笑离开，还是该强调自己只是碰巧路过，只是出于对同学的关心？

不行。

她踏不出那一步。

她不敢，她做不到，她有点慌。

无论心里编排了多少种可能，接受或拒绝，只要想到会被拒绝的这个可能性，就已经足以让她胆怯了。

她有些不甘心地咬着下唇，再次抬起头，往男生的方向望去，恰好望见一个别着糖果色发夹的女生一蹦一跳地走到了他的身后。

是刘偲安？

凌溪泉还没来得及惊讶，就见女生轻快地拍了拍他的肩膀，在男生转过头后，对他露出了一抹清纯的笑容，两个可爱的酒窝若隐若现，惹人怜爱。

她朝他伸出了手。

而她的手里，拿着一瓶可乐。

## 第二卷　第三十二章

凌溪泉一怔。

她万万没料到，有人比她快了一步，并且做了她不敢做的事。

明明清楚地知道她和男生除了前后桌的关系以外什么也不是，可这样偷偷地注视着他们，她的心底却不可名状地蔓延出了一种晦涩的心酸，好像此时此刻，身体某处的某种东西，渐渐地透出了寒意。

她知道自己现在应该走开，当作什么也没看到，然后度过今天，熬到明天又是美好的一天。可脚底却仿佛生了根一样，叫嚣着汹涌而至的不甘和自我逃避——这样清纯烂漫的少女，捧出她剔透无瑕的好意，恐怕没有人可以拒绝得了吧。

所以……就算叶清庭接受了，也不能代表什么吧？

良久，她像是接受了自己的这番说辞一般，认命地把紧紧握置于胸前的矿泉水放了下来，一眨不眨地望着不远处的两个人。

她所站的角度并不能看清叶清庭回头之后的表情，但依稀可以看见男生似乎和刘偲安说了句什么，女生的笑意淡了几分，却很快又灿烂了起来，她笑着回了话，手里的可乐也抬高了一点递了过去。

可是，叶清庭并没有伸手。

他微侧着的目光似乎在可乐上停留了几秒，很快，他就移开了眼，又说了句什么话，没有再等女生的反应，转头走了。

凌溪泉莫名松了口气，却见他往自己这边走了过来，她下意识地转身躲到了一边的拐角处，后背紧紧地贴着墙壁。

咦，她又不是吕熙宁，她为什么要躲？

她腹诽了自己一句，突然被自己的想法逗笑了，等察觉到自己竟然莫名其妙地笑出声后，她又不由得闭上了嘴。

凌溪泉，我看你是真的精分严重……上一秒还自艾自怜，下一秒就能因为人家没拿刘偲安的饮料心情大好，要是他刚刚拿了，是不是你现在就要哭出来了？

分明没有什么的……

拥有那么一颗淡漠的心的男生，举止得体到对谁都那么生疏的男生，他的拒绝分明也在情理之中。

她无奈地用手敲了敲自己的脑袋。

一遇上叶清庭，她就像一个不由自主被操控的提线木偶一样，喜怒哀乐全都由他的一举一动决定。

手里传来一阵凉凉的感觉，她低头，这才发觉不知何时，自己紧攥矿泉水的手掌中出了一层薄薄的汗水。

她盯着外观稍微有点变了形的矿泉水，抿了抿嘴。

狄琴说，刘偲安和叶清庭关系很熟，既然那么熟都没有喝她的饮料，不管出于什么原因，自己就算也被拒绝，也好歹不会是唯一一个吧？

她被自己突如其来的，有点阴暗庆幸的念头吓了一跳，下意识地抬头张望，正好瞧见叶清庭走过了她，径直走向售饮机，并没有发现拐角处还站着一个人。

凌溪泉抿着唇，目光紧随着男生的身影，眼看他就快要走到售饮机前，她心里突然涌上一阵冲动，想也没想，大声地喊了他一声："叶清庭。"

男生应声转过头，凌溪泉对上他平淡中带着点讶异的眸子，才后知后觉地合上嘴，懊悔不已。

不是早就打了退堂鼓吗？为什么还要开口喊他呢？

“怎么了？”叶清庭神色莫名地望着眼前叫了自己，却又蹙起眉不说话的女生，不由得开口问她。

算了，拒绝就被拒绝吧！反正她也不是第一个！

凌溪泉一咬牙，走上前，鼓足勇气把手里攥了许久的矿泉水递到了他面前：“你渴不渴？我这里有水。”

此时，男生的额前还隐约可见汗水的痕迹，细碎的头发有点凌乱地被他后拢，毫无瑕疵的脸上也透着喘息后的红晕，不发一言地凝视着眼前的女生，似乎有点出乎意料地怔住了。

男生的视线移到她手里的矿泉水片刻，低下的睫毛颤了颤，又抬眸，回望向那双犹似一泓溪涧的明眸，不动声色地把其中的情绪尽敛眼底。

她的声音和她的人一样，带着一点恬静的柔软，只是此时，多了一丝难以察觉的紧张和颤抖。

凌溪泉在这样的沉默里逐渐多了一丝尴尬和困窘。

他不说话，她也不能把手收回去。

他在想什么？如何委婉地拒绝，还是在考虑自己这么做的原因？

她该怎么办？是等他回应，还是先发制人？

她的思绪纷杂，余光却突然瞥到了从侧门走出来的一个身影，身体顿时一僵。

谢右怎么会在这里？他不是去找吕熙宁了吗？

来人似乎也没料到会看到这么一副场景，脚下也是一滞，竟然就这么站在那里，双手环着胸，一副准备看好戏的样子。

凌溪泉心里抓狂了。

虽然是别的班的同学，但他们并不是真的不认识，何况对方和叶清庭的关系还不浅，现在被逮个正着，就算她可以安慰自己是纯粹出于关心同学的善举，恐怕别人也不会这么想的。

何况，要是传出去……

她不敢往下想了。

尴尬窘迫与少女的自尊心做了一番激烈的斗争，最终败北。

如果叶清庭拒绝，她就再也不理他了！

一瞬间，她倔强地回望着叶清庭，脑海里竟然浮现了这么一个赌气的念头。

所幸，她没有煎熬太久。

男生像突然回过神了一般，浅冷棕色的琥珀流光闪过一抹读不懂的淡淡情绪，凝视着她的眸光仿佛忽然就冲淡了它本身的清冷疏离，一刹那，就像绽放在月夜的昙花，流光四溢，清澈沉醉。

他的嘴角上翘了几分，伸出手，接过了她手里的矿泉水："正好渴了，谢谢。"

[ 节选自云起书院 ]

【粉丝评论摘编】

@西雅图c：许久没有看见这样清新的文章了，读的时候不自觉地就会微笑和小鹿乱撞。或许，我不会记住这本书中的每个情节，但是，我一定会记住凌溪泉的腼腆，清纯和低调；我也一定会记得叶清庭的少言，大方得体和处事不惊。然后不禁会想，自己初中时代如果能遇上凌溪泉和叶清庭该会是什么样子的，自己又会不会和他们做成朋友。

大大写的这本书，没用华丽的辞藻和惊心动魄的故事，却用细腻的文笔和细致的描写，描绘出这样一群普通却又特别的初中生来，赋予了这本书不一样的色彩。让我不禁感慨，并想起了遗忘掉的初中时代。

@轻沨如雪：有人说这文平淡，可我说平淡里有惊心动魄，这是一本很奇特的书，平淡，却让人有想一口气看到结局的冲动和欲望……这种接近现实的校园文要的就是这样的感觉，现实里哪来那么多的狗血天雷。

@李长歌：《微笑》这本书对我而言是瑰宝。它太真实太敏感太琐碎太小题大做可偏偏就是现实。

@书友79****23：没有华丽的辞藻，没有豪门的恩怨，没有灰姑娘和王子的故事，没有那么一个死心塌地的死党，没有那么恶毒的小三小四，没有那么讨厌的后妈或亲爹，也没有什么全校公敌，没有不切实际的算计陷害，没有车祸失忆，女主不是傻白甜白莲花，不是圣母玛利亚，男主不是黑白通吃，样样精通。平淡的文字，简单的情节，如同一汪清泉流进生活，感觉在浮华的生活中，找到曾经的本真。不经意想起自己的中学时代，没有轰轰烈烈，却也无限美好，是一段值得怀念的青葱岁月……

@书友14****11：这本书我真的很喜欢，没有主角光环不是一味单调的喜欢误会和错过，有真实的青春回忆，羞涩的暗恋和小清新。

［导引、简介：王玉王；节选、粉丝评论摘编：辛天屹、张蕊捷］

# 自省的青春，“90 后”的回眸
## ——评霜华月明《我们微笑着说》

王玉王

作为一部青春校园题材的网络小说，《我们微笑着说》（以下简称《微笑》）以其韵致生动的细节、曼妙优雅的语言、精微丰富的情感而使读者深陷其中，仿佛又一次回到了自己的初中时光。

2012 年以来，国产校园青春片的主题便是怀旧。这固然应和并引导了“80 后”的怀旧心理，实际上也是对此前青春校园题材流行小说（网络及纸媒）的复沓回响。21 世纪第一个十年是青春校园题材小说最为繁荣的时代，其两种书写脉络——校园言情小说［以明晓溪的《会有天使替我爱你》（2004）等作品为代表］和“残酷青春”书写［以郭敬明的《悲伤逆流成河》（2007）、饶雪漫的《左耳》（2006）等作品为代表］均在此时得到了充分的发展。然而，就在国产青春片如火如荼之时，青春校园题材却在网络文学领域驻足不前，属于“90 后”的青春校园书写实际上从未真正发展起来。

纵观今日网络文学各主流商业网站，云起书院和红袖添香是校园言情小说创作较为集中的两个平台，其基本创作模式仍未突破 21 世纪初受到台言和偶像剧影响所形成的经典爱情故事套路。而起点女频和晋江文学城的青春校园作品数量极少，几乎无法形成一个独立的类型。在这两个网站的校园类作品创作中，怀旧是一个相对普遍的气质，代表作品如多木木多的《重回初三》（2014）和八月长安的“振华中学往事”系列［包括《流水混账》（2010）等作品］。

在这样的背景之下，连载于云起书院的《微笑》便因其以平淡细腻的写实风格记述了“90 后”的中学生活而成为一部有些特别的作品：相比于那些更为典型的校园言情小说，它拥有足以撩拨起少女心的爱情桥段，但却远未达到理想化与戏剧性的程度；它对于“残酷青春”书写的传统有所承接，注重展现少年时代特有的痛苦悲怨，但却并未形成关于青春创伤的极端化表述；它与《重回初三》《流水混账》

等作品一样带有某种怀旧气息，但《重回初三》本质上是一篇重生种田文，其怀旧特质突显为一种重回过去、弥补缺憾的快感；《流水混账》则是一篇典型的言情小说，怀旧感如自带滤镜一般美化了（同时也必然是简化了）这段少年时代的青涩恋爱。《我们微笑着说》的怀旧感则首先显现为一种忏悔的姿态，并极为精确地以少年人特有的视角展现了中学校园中的友情、爱情及复杂微妙的人际关系。换言之，《微笑》凭借一种自省的自传性而区别于大部分青春校园题材网络小说，并在创作方法上始终偏向于写实的一极，在情节安排与情感展现上都以还原现实的校园生活为重要旨归，达成了于沉静中见幽微，于平淡中见深挚的审美效果。

《微笑》在具有鲜明的现实面向的同时，也仍旧沿用了“有车有房、父母双亡”（《微笑》中的女主人公虽没到父母双亡的程度，但也因父母长期不在家而独自居住）、俊男美女、才貌双全的言情小说经典套路。这些纯属 YY 的人物设定不仅为读者提供了一个熟悉的观看视角，方便读者投入故事之中，还有效地排除了作者经验中最具特殊性的成分，将个人经验有效地转化为公共经验。因而套路的运用不仅没有削弱作品的现实面向，反而使作品得以在读者那里形成普遍性的共鸣。

有趣的是，当出身富贵、才貌双全的经典套路与小说本身细腻写实的叙事相遇时，反而突显了设定本身所包含的极为强烈的阶级意味——上流社会的孩子们结成伙伴，恋爱或者联姻，带着与生俱来的，被绅士风度、矜持有礼或者理智早熟所精致掩藏的傲慢，而灰姑娘秦左实际上根本不可能被“霸道总裁”谢右所拯救，因为他们的世界相隔太远。假定性与现实性在《微笑》中的交汇，不期然间带来了对于设定本身的某种“元叙事”，并提示了网络时代关于现实的新的书写方式。

由此，在《微笑》中，本应用于 YY 的套路便不再构成主要的爽点来源，真正令读者心有所感、念念不忘的，是那些让读者情不自禁地感叹“对，就是这样，我当年便是如此”的时刻。一旦读者在某一人物的身上指认出自我，自此以后，这个人物的言行便与读者休戚相关，他 / 她的命运归宿便成为推动读者阅读的巨大悬念：他 / 她的过错是我曾经犯下的，因而对他 / 她的理解便是对我的宽宥。

在《微笑》中，每个人都是早熟与幼稚的矛盾体（这恰是“90 后”亲历的真实状态），为着那些只有在少年时代才会被无限放大的嫉妒、恐惧、焦虑与不安，他们天真无邪地运用着老练高明的计谋，却对这计谋将会造成多大的伤害毫无自觉。女主凌溪泉同样算不上是一个理想的女性：她心里算计太多，总是带着小小的自以为是以及一点点过剩的自我意识；在任何事件发生之时首先想到的是抽身事外，而非挺身而出；极度缺乏安全感，因而用理智、成熟一类的借口给自己建起一道阀门，将自己的友情与爱情都控制在安全阈值里。但整部小说，却以曼妙缱绻的笔调，营造出了平淡优雅，从容舒缓，而又微带感伤的阅读氛围。

那些书中人物，早已间隔于记忆之河的彼端，或好或坏，总是被时光赋予温柔的眷恋，更容易得到读者的宽容理解。而读者，便也在这样的阅读之中，或多或少地原谅了曾经年少的自己。《微笑》是揭露与忏悔，但同时也是慰藉与净化。

# 打火机与公主裙

Twentine

Twentine，2010 年起在晋江文学城连载作品。早期作品多在架空背景下书写武侠与爱情。近些年来，从《那个不为人知的故事》(2014) 转向现代都市爱情题材。出身平凡的人物、现实主义的风格、20 万字的篇幅，让 Twentine 的作品在同类作品中特别具有辨识度，逐渐汇集了一批特定读者。直到这部《打火机与公主裙》，小众的关注逐渐迎来大众的喜爱。

《打火机与公主裙》分为上下两部，上部《荒草原》于 2016 年 4 月 16 日至 6 月 7 日连载，共计 22 万字；下部《长明灯》于 8 月 9 日至 9 月 29 日连载，共计 19 万字。作品上部完结，即有网友评论为“晋江年度第一预定”，目前两部积分分别位列晋江半年榜第五、季榜第二，Twentine 也以此成为新晋大神。

相比于此前的冷调悲剧，Twentine 在《打火机与公主裙》中加入了更多的轻松幽默，让平实节制与浪漫传奇达成了平衡，也让本文成为都市言情文类型的中流砥柱。

【标签】都市言情　校园　游戏

【简介】

大学校园，染着一头黄毛的“杀马特”李峋，为了应付学校的规章制度，组织了一个实践基地，网罗全校编程人才承包校外项目，成绩优异的朱韵也加入其中。两人朝夕相处，李峋肯定朱韵的专业实力，也发现她是个出身优越的“小公主”；朱韵则崇拜李峋的才能和坚毅，更看到了他桀骜、冷漠外表下的温情。他赠她公主裙，戏称她“公主殿下”；她回他打火机，愿做为他摇旗呐喊、战死沙场的“圣骑士”。两人甜蜜的爱情刚诞生出 L&P 创业公司，李峋却再次一时冲动，因打瞎仇家一眼而锒铛入狱。

一晃六年，留学归来的朱韵与刑满释放的李峋重逢，L&P 却已被春风得意的仇家和背叛他们的朋友联手掌控。李峋被熊熊燃起的复仇烈火驱动，来到一家草台班子一样的初创企业，想从零开始打败 L&P。朱韵一路相伴，是李峋臭脾气与低情商的缓和剂，也为已与社会脱节的李峋争取时间、积蓄实力。在恩师、好友、同事的倾力相助中，他们将 L&P 逼到死角。最终，对手身患癌症，朱韵的温暖爱意，让李峋最终选择与 L&P 和解，也是与自己的过去和执念和解。

选文为《打火机与公主裙·荒草原》第四十一至四十五章，李峋、朱韵、高见鸿组队参加计算机安全竞赛，曾经欺凌过朱韵童年伙伴的方志靖出现在另一队中。选文段落展现了李峋察觉朱韵求胜原因后，拼尽全力、剑走偏锋，终于战胜方志靖；而朱韵也忽然意识到自己对李峋的爱意，勇敢表白。两人的性格特点在这一选文中被展现得淋漓尽致。

【节选】

## 第四十一章

“没错，你也听说了？”徐黎娜一脸鄙夷，低声道，“真没见过这么不要脸的。”

朱韵稍有些急，直接问道：“是方志靖的小组？”

李峋瞥她一眼，那边徐黎娜道：“你也知道他啊，方志靖是他们组长。”

朱韵问道：“他们怎么了？”

徐黎娜哼哼两声，道：“为了个比赛挖门盗洞，也真是让人长见识。”

挖门盗洞？

高见鸿对朱韵说：“听说他们跟赛事赞助方提前有交流。”

“何止是有交流！”徐黎娜插嘴道，“他们带队老师根本就是直接去人家家门口要题目。”

朱韵问道：“哪来的题目，比赛不都是自主命题吗？”

“话是这么说……”徐黎娜把叉子扎在没有吃完的水果沙拉里，“哎哟，算了，不提这些糟心的，反正他对你们没影响，他们不会参加接下来的比赛了。”

朱韵越听越迷糊：“什么意思？不参加了？”

高见鸿对朱韵说：“参赛细则里有一项，‘与企业合作即将发布的产品不能参赛’，他们的加密转接口好像是要卖出专利了。”

朱韵蒙在当场。

李峋又一次玩起杯子。

徐黎娜道：“他们导师跟赞助方公司有过合作，知道他们最近新成立了工作室，有这方面的研究方向，提早几个月就把命题拿到手了，自己做得差不多了分出一部分给学生来参赛，真是不佩服都不行。”

旁边一个同学接着道：“本来他们是可以继续比赛的，东西比完赛再卖，但他们着急，怕错失机会。”

又一个同学道：“也不知道有多少 BUG，心这么虚。”

朱韵静了静，低声道："那他们就不参加比赛了？"

"这还参加什么。"徐黎娜冷笑两声，"真卖了专利人家会给颁发特别奖的，人家名利兼收，还管别人说什么。"

"用不着这么酸吧。"

一道尖锐的女声传来，大家转头，看到不远处另一桌旁坐着一男一女。

朱韵隐隐有印象，他们跟方志靖是同校，女的叫梁雨欣，是方志靖的女朋友，陪同而来，并没有参加比赛，男的则是方志靖的组员。

没想到他们也来这儿吃饭了。

梁雨欣讽刺道："能卖出去就是本事，有些人与其在这儿搬弄是非还不如回去提升一下自身的水平。"

徐黎娜不甘示弱："提升什么水平，走后门的水平？"

背后说坏话被抓现行，徐黎娜一点没觉得尴尬，看起来是打从心眼里看不上方志靖的做法。

梁雨欣瞪了她一眼："什么叫走后门，有本事你也——"

"算了，雨欣。"另外一个男生打断她，耻笑道，"说这些有什么用，这年头就这样，有人卖专利，有人卖口舌，各人追求不同，别对他人要求太高了。"

"哦，你这么说也对。"梁雨欣淡淡翻了一眼，不再看徐黎娜。

徐黎娜气得火冒三丈，牙都要咬碎了。

朱韵不想再听，起身离开。

湖边很凉爽，不远处的岸边停着几艘小船，船不能游湖，只是装饰精美的咖啡厅。

湖边柳枝摇曳，环境优美，是一条酒吧街。夏夜赋闲，周围来往行人众多，红男绿女穿梭在七彩霓虹的街道间，笑声哭声聊天声，全被夜风吞噬。

天边月亮倒映在湖里，破碎不堪。

朱韵望着这样的湖水，忽然觉得自己干的这些事好没意义。

她天真地以为可以靠努力赢过方志靖，可现实给她上了精彩的一课，教会她这世上有无数通往胜利的道路，你堵住了一条，人家还可以钻另一条。

你怪天不开眼，让小人得志，可事实是天何曾看过你一眼。

再退一步，就算方志靖接着参加比赛，他们的成绩碾压了他，又能怎么样？

这么多年过去，他还记得刘晓妍吗？

刘晓妍之于他，也许只是一个巴结校领导的台阶，踩过之后就再也不会看了。

只有她自己，总是在回顾过去，总是在记忆的边缘寻找那些若有若无的遗憾，再想方设法拐弯抹角地去弥补。

有什么意义……

如果你真的讨厌方志靖，很多年前的那天你就该站出来。现在再去赢他，还有什么意义。

何况你还赢不了。

朱韵忽然心生强烈的自厌情绪，头抵在雕了莲花的石桥柱上，慢慢蹲下，胃里翻江倒海。

不多时，腹部忽然多了一只手。手掌很大，很轻柔，慢慢托着她起来，就像打捞一艘沉船。

“干什么，没喝酒就醉了？”

他的声音一如既往地平缓清澈，带着几许调侃，因为夜色的缘故，又稍显低沉。

朱韵低着头，轻轻摇了摇。

“怎么了？”

“没什么……”

李峋靠在她身边：“不开心？”

“没……”

白天流了太多汗，黏住耳边的发丝，风都吹不起来。

李峋敛目，淡淡道：“我分这么多时间出来，可不是为了看你现在这个表情。”

朱韵心里一酸：“对不起。”

她确实不该在李峋面前摆出这样的姿态，方志靖的事与他无关，他尽心尽力帮她的忙，不该得到这样的对待。

朱韵试图换个轻松的话题跟他沟通，可脑子像生了锈的轴承一样，怎么都转不起来。

李峋点了一支烟：“你很烦那个方志靖？”

“嗯。”

反射性地应完声，她顿觉不好，刚要解释，那边李峋会心一笑：“知道了。”

静了静，朱韵道：“你不问我原因？”

“不问。”

“没准理由不能让人信服呢？”

“就是没理由也无所谓。”李峋直起身，“谁都有凭情绪做决定的时候。”

李峋的声线永远不慌不忙，朱韵被他感染，觉得自己似乎也没有那么难受了，她对他说：“我先回去休息了，你们慢慢吃吧。”

“嗯。”

目送朱韵离开，李峋回到餐桌旁，高见鸿问他：“人呢？”

“公主已经摆驾回朝了。”

高见鸿笑了笑，旁边的徐黎娜凑过来，问李峋：“什么？什么公主？”

李峋没有坐下，他懒懒地掏出烟，徐黎娜催他：“到底什么啊？”

“就是公主喽。”

“现在还有公主呀，什么样的女生算公主啊？”

李峋靠在桌边。

“公主啊……”他在朦胧的夜色中，望向回程的长街，半开玩笑道，“首先你得有双清高的眼睛，再来是一颗天真又脆弱的心。”

徐黎娜一脸懵懂，李峋挑挑眉，补充道：“当然了，要是再加一点孤注一掷的冒险精神就更好了。”

徐黎娜听得云里雾里，推了推他。

“什么啊，神神秘秘。”

李峋一支烟抽完，起身，徐黎娜拉着他：“去哪？等会我们再逛逛吧。”

“不了，我还有事。”

“什么事，比赛作品不都弄完了吗，回去练答辩啊？”

李峋笑笑：“我得想想办法，看看能不能再补救一下。”

“补救？”

李峋把烟捻灭，凉凉地道：“不然照这样下去，我这趟生意要赔得底朝天了。”

徐黎娜失望地说：“那你现在就要回去了啊？”

李峋刚要点头，又想起什么，目光瞥向徐黎娜。

被那双清澈的眼睛看着，徐黎娜脸上微热，声音也不由得变轻了。

“怎么了？”

李峋道：“你跟这些参赛队员和导师，好像都很熟啊。”

徐黎娜嗯了一声：“……好多都是我认识的人。”

李峋若有所思地看着她，缓步而来。

他个子高，挡住月光，徐黎娜心里怦怦跳。忽然察觉肩膀一重，然后便嗅到一股干净的味道。

耳边响起诱惑的声音：

“那……你能帮我搞来方志靖的设备样品和源代码吗？”

风吹起，路边杂草丛生。

朱韵回到宾馆，在门口碰到了最不想碰到的人。

方志靖跟赞助方开完会，红光满面地回来，看得出讨论结果非常理想，人走路都发飘。

朱韵想到花盆后面躲一躲，没成功，方志靖一眼就看到了她。

“嘿！朱韵！”他几大步过来，“我去谈完了，哎哟，这些人做事效率真低，企业就是这样，得耐着性子谈。”

“……”

“对了，我们组可能不参加正式比赛了。”方志靖半开玩笑地说，“一等奖就留给你们吧，这样刘老师也高兴了，哈哈！”

好想有个隐身的技能啊……

“我听说了。”朱韵活到现在口是心非无数次，这次最让自己难受，“恭喜你们。”

方志靖：“听说了？听谁说了？”

朱韵没回答，方志靖哼笑一声：“是不是又是那几个？就会在人背后嘀嘀咕咕。”

朱韵还是没说话，方志靖摊开手，道：“我不在乎，人就是这样，成功就会遭人妒忌。他们说我耍阴招，什么叫阴招，有资源不利用，放着长毛吗？这社会哪有什么真正的公平，天天闷在实验室里学习花时间，难道我联系人就不需要花时间？反正我要的结果已经达到了，我不在乎别人说什么。”

朱韵依旧沉默，方志靖问："动点脑子好吧，人要把时间用在能拿到最高反馈值的事情上。而且，朱韵，你知道我跟他们本质上的区别在哪儿吗？"

朱韵摇头，方志靖定定地看着她。

"他们可以选择废话还是不废话，我也可以选择听还是不听，但不管他们废不废话，我的成果都不会改变。我如果选择听，最多闹心一会；而我一旦选择不听，就是完胜！"

他目光闪烁，有着成功者特有的强硬感，逼迫着朱韵认同：

"你肯定不会像他们那样吧，你这么聪明，谁上谁下，道理该懂吧。"

朱韵胸口冰凉，手指在身侧止不住地颤抖，她极力维持自己脸色和声音的平静：

"嗯，我懂。"

## 第四十二章

朱韵回到房间，一头栽在床上。学姐询问她的情况，朱韵一句话都说不出来。

从腹部开始，一直到肩膀，体内的器官像是全部被盗走，朱韵连喘气都觉得累。

睡一觉吧。

她脸埋在枕头里，强迫自己说，睡一觉就好了。

当晚朱韵做了梦，梦里天地初开，混沌不堪，她被压在各种巨石之下，分毫不能动弹。

醒来的时候也是胸闷气短，恶心得不行。

第二天学校有其他活动，高见鸿来找朱韵一起去，朱韵推辞说自己身体不舒服，还是算了。

"怎么连你也不出门了啊？"高见鸿无语地说，"这都怎么了，水土不服？不应该啊。"

朱韵一夜没有睡好，眼里血丝密布，她看着高见鸿。

"李峋……"

高见鸿道："他昨晚也没睡，一直在搞什么东西，今早那个徐黎娜来找过他一次，两人聊了半个多小时。”

朱韵脑子发钝，什么都不想思考：“我回去再睡一会，你自己去吧。”

高见鸿有些担忧地看着她：“没事吧？”

朱韵摇头，高见鸿道：“要不要我去帮你买点吃的？”

“不用了。”

毫无胃口。

就算朱韵婉拒了高见鸿的好意，他还是帮她买了早饭，都是些清淡开胃的小菜。

高见鸿将碗碗碟碟摆好，满头大汗地拎起另外一份。

“还得给李峋送，我真是你们俩的保姆！”

虽然高见鸿嘟嘟囔囔不停抱怨，但朱韵很熟悉他，她能看出他现在心情不错，大概是因为他们组的成绩基本已经确定能拿一等奖。

“吃点吧。”高见鸿说。

朱韵不好拂高见鸿好意，拿起筷子吃东西。

她边吃边问：“李峋干吗呢，基地又接项目了？”

“不知道。”高见鸿耸耸肩，“跟他说话也不理人，阴阴沉沉，怪吓人的。”

朱韵咬了咬塑料勺子。

剩下的几天时间里，李峋像彻底蒸发了一样，打电话不接，发短信不回，一大早出门，深更半夜才回来，有时甚至都不回来。

朱韵和高见鸿根本见不到他人，一直到比赛前一晚，林老头叫所有学生去最后过一遍作品内容，并且提醒注意事项，李峋还是不见踪影。

林老头吹胡子瞪眼：“这注意事项就是说给他听的！他还不来！”

大家默默低头。

“怎么回事，去哪儿了？”林老头问高见鸿和朱韵。朱韵装傻充愣，高见鸿低声回答：“我们也不知道……”

“明天就比赛了！人还不知道去哪儿了？”眼见林老头血压又有升高的趋势，朱韵赶紧将茶杯递给他：“老师您喝口水。”

林老头灌了几大口茶水，对高见鸿说：“你准备一下，明天人还不来，就换你答辩。”

高见鸿点头：“可以。”准备了这么久，不管是高见鸿还是朱韵，对作品都已经了如指掌。

林老头坐下，还忍不住低声骂："这臭小子，没一天让人省心……"

朱韵在心里点头赞同。

到底上哪儿去了，一不留神就失联了。

决赛当天。

比赛在行政楼的会展中心举行，学校为了应景，拉了许多标语条幅，门口摆满鲜花和大幅海报。赞助方不放过任何打广告宣传的机会，随行数位摄影师，机位架得毫无死角。

门口的志愿者引领参赛学生来到指定座位。

赛场氛围浓厚，朱韵深吸一口气，环顾四周，工作人员穿梭在过道里，学生们三两成群，都在为等会的答辩做准备。

李峋果然还是没来。

一定是遇到什么事了。

虽然李状元行事风格一向我行我素，但他答应过的事情，绝对不会半路退出，朱韵知道他肯定是碰到什么事了。

"等今天结束，咱们一起去找李峋吧。"朱韵对高见鸿说，"他可能是有什么急事。"

"嗯。"高见鸿的注意力全都放在接下来的比赛里，神情专注，朱韵不知他有没有听进去。

朱韵往前面看去，不远处，方志靖跟梁雨欣坐在一起。梁雨欣化了淡妆，穿着浅蓝色的裙子，陪在方志靖身边。因为不用参加比赛，他们的神色很轻松。

后面有人戳了戳她，朱韵回头，徐黎娜趴在前排椅背上，左右晃头。

"哎，李峋呢？"

朱韵道："我们也不知道。"

"奇了怪了。"

朱韵忽然想起之前高见鸿说过，徐黎娜找过李峋，她问道："你之前见过他？"

"几天前见过，他跟我要方志靖的作品。"

朱韵微诧："方志靖？"

徐黎娜嘟嘟嘴，道："可能是想看一下吧，虽然他们组做事是真的恶心人，但能卖专利，肯定也有过人的地方，不承认不行。”

啊啊，是啊……

朱韵低下头。

……

“怎么又跟要死了似的。”

清朗的声音，夹杂了些许鄙夷与疲惫。

坐在附近的几个人刹那间都蒙了，朱韵扭头，看见过道里站着的人。

李峋白衬衫黑裤子，看得出是刚刚换的。他匆匆赶来，嘴唇抿着，压制胸口轻微的起伏。

他很疲惫，可这种疲惫感又让他看起来无比扎实，双脚踩在地面上，像有千钧之重。

“看什么？”他目光落在朱韵因惊讶睁得圆溜溜的眼睛上，抬脚，磕了磕朱韵的鞋，“往里去。”

朱韵挪了一个空位出来，李峋坐下，高见鸿道：“你可算回来了。”

比赛很快正式开始，朱韵一边看着李峋，一边听着台上领导们冗长的发言。

“……我们的竞赛，是一项公益性大学生科技活动，目的在于宣传信息安全知识，培养大学生的创新实践能力，团队合作精神，以及扩大大学生的科学视野……”

徐黎娜扒着椅背，她的答辩内容已经准备得很充分了，现在一门心思扑在李峋身上，询问李峋的去向。“你玩失踪啊，这么长时间都不见人，去哪儿了？”李峋气还没喘匀，没回答她，徐黎娜又转向朱韵，“他在学校也这样？”

朱韵也没回答。

“水。”

朱韵从包里抽出一瓶水递过去，李峋拧开，一口气喝了一半。

领导们的发言总算结束了，很快进入展示和答辩环节，高见鸿转头对李峋道：“准备吧，我们排得靠前，我先过去了。”

高见鸿先去后台，朱韵抻脖往前看，最前面一排坐着专家组，年纪有大有小，每人面前都摆着麦克。学生上台展示，结束后便要接受专家组的提问。刚上去的几个人稍显紧张，但还是顺利完成了。

台下纷纷鼓掌。

身旁人动了动，朱韵转头。

可能是觉得热，李峋单手解开衬衫的袖扣，解完之后又将领口的两颗也弄开。

朱韵小声问："你这些天到底去干什么了？"

掌声渐消，专家们进入短暂的讨论，马上是接下来一组。

李峋起身，他面对着她，腰弯着，朱韵的角度刚好能看到领口内露出的锁骨。

他在她面前，脸带笑意，压低声音在她耳边说："……去干坏事了。"

说完，站直身体，嘴角犹弯，径直走向台前。

朱韵看着他的背，他金色的发，她的心又剧烈跳动起来，好像冥冥之中有什么预感一样。

每个人的目光都落在他身上，脸上，头发上，目光里有震惊，有好奇，更多的是看热闹。

李峋什么都没带，只有手里捏着一只小小的U盘，上台，插入，调出一个没有题目的PPT出来。

他双手按在演讲台上，眼神环视台下一圈，直接开口道：

"很荣幸能来参加这次比赛！"

李峋眉峰微挑，嘴唇轻抿，字字清晰。

在李峋开口说出第一个字的时候，朱韵已经察觉不对。

她不敢说对李峋了如指掌，但他的性格她多少有些了解了，李峋对比赛的事情并不上心，虽然答应参赛，但最多也只会做好分内事，可现在……

台上的那个人，根本不是敷衍了事的态度，但同样也不是准备心平气和答辩的态度。

那种表情，那种直白的眼神，那种自疲惫的重压下破土而出的兴奋感与力量感，无一不向在场观众传达一个信息——

他要挑事。

"这场比赛让我见到很多优秀的人，也见到了他们的优秀作品！"

声带气韵，破空而来，穿透耳膜，直传中枢神经。

李峋身高腿长，又搭配着那种气质和发色，本来就已经很引人注目，现在再加上台上的灯光效果，整个人的存在感像要炸开了一样。

"秉着友谊第一比赛第二的赛事精神，在我们组的作品展示之前，我想先跟大家探讨一点别的。”

他话音一落，台下微微骚动，专家组的专家们相互之间茫然互视，似乎没有料到会出现这样的插曲。

“那个，这位同学，你——”主持人从旁上台，想要跟李峋讲明细则，李峋没有给她说完话的机会。“很快就结束。”那一瞬间，李峋眼神微妙转动，朝向暗处方志靖的位置，嘴角噙着冷笑，“毕竟是很简单的东西。”

手指在鼠标上轻轻一敲，PPT 翻页。

这是一份非常朴实的 PPT，没有模板，也没有什么进入淡出的效果，白纸黑字几句话，简单到可怕。

“让我们先交流一下——”李峋从兜里拿出一小块银色物体，两根修长的手指夹着，“破解某型号 U 盘加密转接口的方法，以及低成本复制该设备的三套方案。”

……

整个会场的人齐傻五秒，然后一片哗然！

台上的人则完全没有理会下面的讨论，开始有条不紊地展开思路分析。

朱韵在嘈杂的议论声中缓缓抬手，捂住嘴。

以前她总是觉得，李峋那狂妄的脾性，仅仅能开些让周围人抓狂跳脚的玩笑。

她从没想过，当有一天，那嚣张的气焰真正烧向对手的时候，会唤醒人心中何等的惊涛骇浪。

## 第四十三章

其实根本没有人在听李峋具体说什么，好像他没日没夜研究出来的破解方法和细节根本不重要。

对大家而言，精彩的只是事件本身。

这里的参赛队伍多多少少都对方志靖小组的事情有所了解。有人鄙视，有人羡慕，有人嫉妒，有人不服。而此时此刻，看到此等场面，大多数人的心理状态只有仨字——看热闹。

俗话说得好，有热闹不看王八蛋。

台下窃窃私语，知道内情的跟不知道的解释，开始时声音很小，后来随着李峋一页一页 PPT 翻过去，下面的声音越来越大。

虽然大伙的注意力都没有放在这上面，但大家怎么说也是本专业的优等生，他们都能看出，台上的人是真的将软件破解思路和硬件复制流程详细地记录了下来，有理有据，条条清晰。

安全产品还没深度开发就已经被人破解盗版，并大肆宣扬。这在行业里意味着什么，所有人都清楚。

李峋讲到破解精彩之处下面竟然还有人鼓掌。

在场的学生大多性格温和，被长久的学业教育得内敛谦虚温文尔雅。可人不轻狂枉少年，年轻的心永远深藏张扬与反叛。

李峋对下面越来越热烈的反应视若无睹，他只是照常将自己的思路讲出来，一秒停顿都没有。

他不说大话，既然已经对主持人承诺很快结束，他就会做到。

李峋的声线太过自然，以至于十几页 PPT 翻过去了，下面的专家和导师们还没反应过来这是什么情况。

一直到台下渐有喧嚣之势，工作人员才匆匆赶来。之前从未发生过类似事件，他们也不清楚内因，几个人干站在那儿，不知是该直接打断李峋，还是先维持现场秩序。

朱韵老老实实坐着，在起初的心惊紧张过去后，她开始浑身发烫，肾上腺素激增，激动得浑身发颤。

天。

天啊……

朱韵眼珠偏移，偷偷看向方志靖。

事实上现在看他的不止朱韵一个，在场很多人的目光都落在他的身上，他甚至比李峋更受关注。方志靖极力压制自己的情绪，但还是控制不住脸色涨红。他的女友梁雨欣则像是受到极大的侮辱一样，摊开双手，瞪着台上的人，一脸不敢相信的表情。

会场因为突如其来的事件乱成一片，但前面评委团的几位专家倒是显现出足够的宽容，甚至有两位稍上年纪的教授一直脸带微笑地看着屏幕相互讨论着什么。

朱韵看着台上的人，嘴角不由自主地上扬。就在这时，在周围的议论声里，她听到一道长长的，清脆爽朗的口哨声。

朱韵回头，吹完口哨的徐黎娜从后座上站了起来，她看起来比朱韵还激动，高举双手，像是见到偶像的粉丝一样，目光热切，带着满满的爱意。

……

等会儿……

爱意?

朱韵蒙住大概十秒。

拜金毛岣所赐，此刻朱韵大脑供血充足，脑筋转得非常快。

之前一直有比赛的事情压着，朱韵从踏上首都土地的那一刻起，全部注意力都投放在方志靖的身上，从来没有考虑到别的。此刻云开月明，她飞速回忆这几天发生过的事情，将所有线索穿成一串，最后生出一个念头——

她是不是大意了啊?

朱韵刚刚还热血沸腾，现在又因为忽然冒出的诡异想法浑身发凉，连台上的金毛都不看了，一门心思盯着徐黎娜。

你这么开心干什么?

跟你有半毛钱关系?

朱韵在心里皱眉，不过很快又觉得不对。

好像也不是完全没有关系，李峋的设备样本很可能就是从徐黎娜那儿得到的，前几天她作为“最后一个见到李峋的人”，还跟他进行了半个多小时的长谈。

之前聚餐的时候也是，徐黎娜跟梁雨欣起冲突的时候，李峋也在。

……

她该不会认为李峋是在帮她出气报仇吧?!

朱韵为自己分析出来的这个结果惊出一身冷汗。

她一双射线眼再次扫描徐黎娜。

很漂亮的女生，小脸大眼睛，性格开朗，精力充沛，总是喜欢用水果味的香水，属于那种广结天下群豪的类型。

朱韵转回头，偷偷拿出手机，用屏幕当镜子照了照自己。

因为被方志靖刺激，朱韵这几天一直维持着生无可恋的状态，完全没有心思注意自己的外在形象。

头发两天没洗了，衣服也一直穿着旧的……

越照越伤悲，朱韵默默把手机收起来了。

前面李峋也讲完了。

“那么，接下来我来展示一下我们组的参赛作品。”说完，他冲台下扬扬下巴，示意旁边已经傻了的高见鸿上来配合演示。

瞧瞧，多自然啊。

没人询问，没人打扰，就好像前面那段也是真正的参赛环节一样。

等他们的演示结束，终于来到答辩环节，会场安静下来，所有人都聚精会神地听着专家组接下来的发言。

之前那位在李峋播放PPT时，一直面带微笑与人讨论的老教授第一个拿起麦克风，他脸上还是那副轻松的表情，像是开玩笑地问李峋：“这位同学，你是想让我们就哪个作品进行提问啊？”

李峋看着他，也笑了，无谓地道：

“哪个都可以。”

比赛结束，朱韵在会场门口等着。

他们的作品没有在当场给出评分，李峋也在答辩结束后被校领导直接叫走了。朱韵发短信询问情况，李峋没有回。

“我真是服了……”

朱韵转头，看向一旁抱手而立的高见鸿。

“我真的是服死他了！”他一字一顿又强调一遍。

朱韵递给他一瓶水，高见鸿接过，还没忘说谢谢。

“我都要给他吓死了你知道吗？”高见鸿气息不匀，胸口起伏强烈，好像还没从紧张中回过神，“哪有他这么搞的，好歹事先告诉我们一声吧！”

朱韵说：“可能时间来不及吧，他今天都是刚刚赶到的。”

高见鸿拧开水瓶喝水，靠在路边的树上。

“现在好了，别说比赛了，咱们几个能不能活着回去都是回事了。”

徐黎娜走过来。

“怎么不能活着回去，怕什么啊。”她仰头，目光坚定，“你放心，真有事不让你们一个组担着，我们都说好了，一起！”

高见鸿皱眉看着她，徐黎娜说：“本来大家就对这件事有不满，现在有人有本事把这口恶气出出来，我们自然也不能怂，一定跟歪风邪气抗争到底。方志靖的设备和源代码都是我拿给李峋的，到时候学校真问起来，我第一个站出去！”

朱韵：“……”

还第一个站出去。

你刘胡兰啊你。

行政楼的会议室里，几方人马正争论不休。

“我请学校一定要严肃处理！”方志靖情绪激动，站起身，大声道，“这种行为太可耻了！按照竞赛规定应该取消他们的资格！”

几位专家坐在座位里，老教授看向方志靖对面椅子里窝着的人。

李峋的状态与方志靖的状态形成了鲜明对比。

他要做的事都做完了，几天几夜的疲倦全部压下来。本身李峋的气质就偏孤傲，现在疲惫加身，他手撑着额，连眼皮都懒得抬，这姿态落到方志靖的眼睛里，更是加倍的羞辱。

方志靖怒火中烧。

“比赛有严格规定，大赛只接受防御性题目，不接受任何具有攻击性质，甚至违背法律的题目！他的行为必须受到惩罚！”

眼见方志靖越来越激动，专家组的那位老教授抬手，示意他先坐下。

老教授问李峋：“这位同学，你是叫李峋吧，你来说说你为什么要这么做。”

李峋低声道：

“因为爱。”

“……”

大家全愣住了。

静了几秒，李峋扯着嘴角，目光从眼皮下抬起。

“因为热爱……”他瞄着对面的方志靖，皮笑肉不笑，“热爱行业，热爱交流，一碰到好东西，就手痒忍不住想研究。”

“胡扯！”方志靖气得鼻孔都放大了，恶狠狠咬牙道，“你们就是嫉妒！真是一群小人！”

李峋脸色不变，起身，对那位老教授道：“抱歉给比赛带来麻烦，不管什么结果我都接受。”

说完，头也不回往外走。

“你站住！”方志靖追上他，扯住他的胳膊。

旁边的老师见状赶忙道：“你们两个都冷静点，不要动手！”

李峋并没有动手，他回过头，因为个子高，这么近距离，他完完全全俯视方志靖。

“其实，你有些做法还挺聪明的。”李峋用只有两个人才能听到的声音说，“有些想法，也很正确。”

方志靖紧紧看着他，李峋道：“这个世界确实以成果论成败，但可惜的是你把结束的时间搞错了。”他轻声哼笑，懒散道：“输赢的路长着呢。”

李峋往外走，与刚刚在外面打电话的赞助方代表擦肩而过，方志靖看到代表的脸色，意识到了什么，也顾不上李峋了。

走廊里，方志靖镇定地对代表说：“我们的作品现在刚刚研发出来，BUG肯定比较容易被攻破，但只要给我们足够的时间，我们肯定能把它完善好。”

代表摇头，方志靖还要开口，代表拍拍他的肩膀，以示安慰。

方志靖咬紧牙关，努力补救：“我说真的，请你们相信我们的实力，我——”

“我知道你们很优秀，但公司也有公司的决定。”代表是个三十几岁的技术人员，体形微胖，戴着眼镜，看起来很严肃。

代表道：“说实话，之前决定购买专利也是为了跟学校能有个好的合作开端，也是给企业做正面宣传。现在搞成这个样子，我们也很无奈。”

“可我们之前说好——”

“你们的东西确实还可以，”代表不慌不忙打断他，“但是，我们这是安全公司，你懂我的意思吗？”

方志靖不语，代表语重心长地说：“刚刚那个人，不管他的破解以及盗版复制设备的方法正不正确，能不能执行，现在都不重要了。安全公司最重要的是让人感觉到‘安全’，一旦产品让人产生‘怀疑’，那不管它本身质量如何，都已经没有任何意义和价值了。”

李峋被专家组的人教育完，又被林老头拉去劈头盖脸地痛骂了几个小时。

一切安定的时候，已经是深夜了。

行政楼门口人都已走光。只剩一个小小的人影，坐在路边的台阶上。

夜里的校园很安静，虽然是假期，但因为有比赛，学校将楼门口的灯和喷泉都打开了，让这夜看起来并不那么寂寞。

夜风，水波，虫鸣。

朱韵低着头，下巴垫在膝盖上。

手机已经没电了，她借着微弱的路灯，辨认地上的小蚂蚁。

想一想，她曾经还吃过它们呢，一吃就吃一串……

在朱韵胡思乱想之际，身后传来沙哑低沉的声音：

“在这儿喂蚊子呢？”

朱韵回过头。

李峋站在电线杆旁，头顶的路灯有小小的飞虫盘旋。

朱韵起身，拍拍衣服上的灰。

她想问他是不是被骂得很惨，可看他那么累，又不太想让他说话。

李峋脸上带着浓浓的倦意，他低头点了支烟，问：“开心了吗？”

朱韵点头。

李峋满意地弹了弹烟，扬头，淡淡道：

“那笑一个给我看看。”

## 第四十四章

虽说朱韵心情不错，但她还是觉得大晚上在路边傻笑有点缺心眼。

“走吧，回去了。”朱韵轻轻拉了拉李峋的衣角，两人一起往宾馆走。

陌生的校园，陌生的黑夜。

路上已经没有人了，只剩他们两个，一路上默不作声。这一天的剧情太过跌宕起伏，此时帷幕落下，余劲还在。

朱韵有无数的话想要问李峋，脑子里杂七杂八，最后也不知从哪儿问起。

要不先问问学校的处理结果吧……

就在朱韵刚要开口的时候，李峋的手机响了。

他磨磨蹭蹭地掏出手机。

“喂？哦，刚出来。没什么事，不用了，很快回去了。”

……

朱韵竖起耳朵仔细分辨。

夜里安静，她听到电话里有女孩说话的声音，但具体说什么听不清楚。

脑子里一个声音问——

谁？

另一个声音回答——

还能谁，徐胡兰呗。

一想到她，朱韵脑子里那些正经的话题瞬间全飞没影了，只剩下今天比赛会场上，徐黎娜兴奋的表情，还有那清脆的口哨。

李峋很快挂断了电话，朱韵不经意地问：“谁啊？”

“徐黎娜。”

果然！

“有什么事吗？”

“没有，问问情况。”

朱韵哦了一声，李峋又说：“让我晚上去找她，说有事跟我讲。”

这么微妙的时机，简直用屁股都能想出她要干什么。

朱韵脑中警铃大作。

“你要去吗？”

刚巧李峋打了个哈欠，朱韵马上顺水推舟。

“都这么累了，赶紧回屋睡觉吧。”

“嗯。”李峋没有拒绝，他已经到极限了，眼皮都强撑着。

朱韵心里双手合十，谢天谢地。

朱韵将李峋送到房门口，高见鸿早就在里面等着了，一开门就想询问李峋情况，可李峋见床就倒，两分钟没到就睡着了。

高见鸿转向朱韵："他跟你说处理结果了吗？"

"没，明天再问吧。"朱韵道。

朱韵回到自己房间，学姐已经睡下，她蹑手蹑脚去洗手间，凉水淋浴。

随着丝丝凉凉的水珠划过身体，朱韵觉得这些日子里积压的所有负面情绪全都消失不见了。

洗完澡，披着浴巾，躺倒在床。

她并没有像李峋一样马上睡着，相反，她翻来覆去难以入眠。

比赛的负面情绪消失了，另一方面的情绪开始在暗夜滋生。

朱韵满脑子都是那个徐胡兰。

就这么在床上烙饼，一直烙到后半夜三点多，朱韵终于顶着血丝眼爬起来，拿着手机去了走廊。

走廊里静悄悄的，所有人都在熟睡。她来到楼梯口坐下，拨通一个人的电话。

电话响了十几声，自然断掉。

朱韵不甘心，又打了一遍，这回有人接了。

那边人被硬生生从睡梦中叫醒，痛不欲生，沙哑道："我说朱大小姐，现在几点知不知道，要死人了啊……"

朱韵脸紧紧贴着手机："任迪，救命！"

任迪道："救个屁，你被打劫了？"

"不是，任迪……"

她语气难得这样哼哼唧唧，任迪那边终于长叹一口气，下床，随手捡起乐队成员的一件衬衫披在身上，推开阳台的门。

吹着夜风，总算精神了点。

任迪点了根烟："说吧，李峋又怎么了？"

朱韵无言三秒，道："你怎么知道是他？"

任迪嗤笑："你还能有什么事。"

我看起来就这么浅薄吗？

"怎么，不是他的事？"

"……是。"

"说吧。"

一要说，朱韵自己反倒矫情起来，她从小到大最擅长的就是搞心理活动，精神分裂自我分析，她从没跟人谈过这类话题，毫无经验。

没等朱韵支支吾吾出什么结果，任迪道：“他在那边又泡人了？”

好直白的开场，朱韵道：“……不是。”

“被人泡了？”

“……”

没听到朱韵的回答，任迪了然：“看来是这个了，什么样的啊？”

一个有着深厚革命情怀的人。

朱韵低头，实话实说：“一个挺好看的女生。”

“本地的？”

“应该是吧。”

“那没戏。”任迪淡然道，“李峋要能搞异地恋，地球就要毁灭了。”

“是吗……”

任迪哼笑一声，又道：“不过你到底怎么想的啊？”

朱韵手指头杵在地上，一下一下地戳。

“任迪，我问你一个问题。”

“说。”

朱韵抿了抿嘴，小声说：“女生要是先表白，会不会让人看扁啊？”

“如果是李峋，表不表白都会被看扁。”

“……”

朱韵又沉默起来，任迪道：“也是难为你了。”

任迪冲着夜色弹了弹烟，解释道：“李峋这人看着就不像善茬，一般人都敬而远之，能对他主动下手的女生大多都是经验比较丰富的，像你这种……我不好形容的类型，被他吃得太死了。”

你不好形容的类型……

朱韵觉得无名的刀子一下一下地朝着自己捅过来。

任迪八卦地问：“这女的好看到什么程度，跟那个塑胶芭比柳思思比呢？”

朱韵回忆了一下，说：“不是一个类型，但我觉得没有柳思思好看。”

“这样啊，你有什么想法？”

朱韵心说我要是知道就不打电话了。

她天马行空地想起什么，说：“对了，我看到不久前的报纸报道，现在国家男女比例失衡，女生要比男生少很多，将来——”

“扯淡。”任迪毫不留情地打断她。

朱韵说：“这是国家人口普查给出的数据。”

“谁查都不好使。”任迪冷冷地说，“都是假象。朱韵，我告诉你一句箴言，你听好了。”

朱韵不自觉地坐直身体。

任迪道：“不管男女比例如何，这世上，好男人永远比好女人稀少。”

此话一出，朱韵瞬间觉得身体好像被一道闪电劈中，竟有种顿悟的快感。

“所以碰到不错的就快点下手吧，吞吞吐吐犹犹豫豫，最后剩下的都是你这种。”任迪将抽完的烟熄灭，又道，“还有，别把男生想得太理想化了，我不是吓唬你，男人的意志力有时候薄弱得超乎你的想象——尤其是在有选择的时候。”

那句话怎么说来着？

几言劝醒迷途士，一语道破梦中人。

朱韵深呼吸：“任迪……”

“啊？”

“我去了。”

任迪哑然失笑：“都这个点了你要去哪儿啊？”

朱韵回神，才想起现在深更半夜，任迪笑呵呵道：“等天亮吧，有好消息告诉我。”

“嗯。”

任迪最后安慰她道：“坏消息也没事，冲你们俩这装傻的能力，绝对可以当作什么都没发生过，完全不用担心会尴尬。”

“……”

“别有压力，李峋这混账也该有人治一治他了。”

你这样一个巴掌一个甜枣，我压力更大了啊。

朱韵思绪纷纷，脑中闪过什么念头就直接出口。

“他以前说过喜欢‘笨女人’……”

“他说的话多了，除了你们基地的正事，其他的十句里你听个一两句就行了。而且……”任迪哼笑着说，“你觉得后半夜一个人偷摸出来打情感咨询热线，是聪明人的做法吗，少往自己脸上贴金了。”

好吧。

又聊了几句，朱韵终于放任迪去睡觉了。

“那个，”挂断电话之前，她轻声说，“任迪，谢谢你。”

“没事。”

朱韵最后问：“你觉得我们俩——”

“绝配。”

朱韵在寂静的楼道里傻笑。

挂断电话，朱韵轻松了不少，但没轻松多一会，肩上的重担又压了下来。

她摸回房间，还是睡不着，把行李袋拖到洗手间翻看。

之前一门心思扑在比赛上，她什么都没注意，现在才发现此次出行她一件像样的衣服都没有带，为了方便，都是普普通通的衬衫裤子，也只穿了运动鞋。

衣到用时方恨少。朱韵回想了一下这几天的打扮，活生生的超市推销员。

她坐在马桶上，内心有几分焦虑，但更多的是激动，好像接手一个新项目一样。她给自己打气，就当是个难度较大的挑战，像往常那样全力以赴去做，最后是死是活端看老天安排。

这样下定决心后，待天色蒙蒙亮，朱韵没有跟任何人打招呼，只揣了张银行卡就出门了。

她打了辆车，来到附近最大的商场。商场还没有开门，朱韵就在外面等，一边等一边思考。

等到商场开门，她第一波进去，满楼寻找当初李峋送她的那条裙子的牌子。那是个著名品牌，朱韵轻而易举找到，只是店铺里的服饰早就换过，当初李峋送她的裙子还是偏厚的冬装，而此时已经全是薄薄的夏装了。

朱韵只试过一次李峋送的裙子，然后就好好收起来了，不过她已经牢牢记住那种款式和感觉。她在店里挑来挑去。这家店价格不菲，朱韵一副学生打扮，衣着又朴实，店员没有太拿她当回事。开始的时候还在她身边跟着，后来就干脆靠在一边聊起天来。

朱韵毫不在意，自己一条一条看。

李峋这人风格实在骚得很，朴实素雅应该不是他的口味。

冲当初母亲给她买的裙子，和李峋送的那套来看，朱韵觉得他应该比较偏好那种做工华丽考究的公主裙。

最后朱韵挑中一条无袖连衣裙，里面是黑色修身款，裙摆外是一层硬质的灰网纱，网纱连接腰身的地方掐成了花瓣口，精致漂亮，下方蓬起，里面的短款黑裙和一双长腿若隐若现。

朱韵并不是骨感消瘦的类型，自小良好的营养供应让她的身体滑如凝脂，丰韵娉婷。她一直觉得这是自己的强项。

买完裙子，朱韵去一楼挑了双黑色细跟的高跟鞋。试鞋的时候她无意看到镜中自己因熬夜导致的干枯皮肤，想了想，又找了家美容店，来了一整套的面部护理，化妆，外加盘发。

朱韵一夜没睡，在商场连续血拼了大半天的时间，又在美容院折腾几个小时，到最后脑子钝得一点判断能力都没有了。

她坐在椅子里，喃喃地问那名给她化妆盘发的美容师。

“……你觉得好看吗？”

美容师是个年轻的女人，听了朱韵的问话停下来，冲镜子里有些木愣的客人温柔道：

“您要是换身婚纱，现在就可以直接去礼堂了。”

## 第四十五章

下午，朱韵回到学校，刚下出租车的时候她还有点不太好意思，毕竟这一身打扮在夏日的校园中显得太不休闲了。

好在是假期，校园里没什么人。朱韵偷偷摸摸做贼一样往宾馆走，她久不穿高跟鞋，尤其还是新鞋，脚很不适应，短短的路程走下来，脚跟已经磨掉半层皮。

楼里安静得不太对劲，朱韵回到自己的房间，路上半个人影都没看到。

房间里也没人，学姐不知上哪儿去了，朱韵正觉得奇怪，结果坐在床上脱鞋脱到一半，忽然想起今天好像是比赛颁奖的日子。

“……”

她忍不住在心里训斥自己，脑子里没装一点正事。

时间已经将近两点，颁奖应该很快结束了，也不知道他们组最后的处理结果怎么样。

朱韵发现自己一点都不紧张，她甚至都不关心比赛的结果，也不在乎最后得的是奖还是处分，她现在满脑子都是那些不着边际的桃色计划。

人就是这么活生生堕落的啊。

手机没电自动关机，她拿到一旁充电，然后把空调调到最低，心想自己这副样子就不要去会场了，反正他们一会儿就回来了。

这么一决定，她回到床上休息。

屋里静悄悄的，窗外阳光明媚。

真是一个温柔的好天气。

朱韵望着屋外的景色。她连续几晚没有好好休息，现在大脑一片空白，竟然看着看着就睡着了。

这一觉睡得昏天黑地，睁眼的时候天都暗了。

朱韵醒时犹不知身在何处，等她清醒之时顿觉大事不妙。

几点了？！

朱韵连滚带爬地去看表，已经六点半了。她慌忙去床头柜上取手机，已经充满电，一开机，先蹦出一条短信，学姐留的：

“比赛结束啦，我们直接去聚餐了，没联系到你，我们自己走了。恭喜你们一等奖！”

什么什么发生了什么……

这条短信包含太多信息，朱韵看得眼睛都直了。

结束了，聚餐了，他们拿了一等奖了。

自己怎么会睡成死猪一样啊！

朱韵抓狂地搔头，然后意识到自己的发型是花大价钱做的，猛然住手。

她紧接着注意到还有十几个未接电话，战战兢兢点进去，除了两个高见鸿的和一个学姐一个林老头的，剩下全是李峋。

离死只差一口气。

朱韵手压住胸口，平稳心跳，回拨。

不接。

咽气了。

某餐厅里，刚刚点完菜的学生围着桌子坐了一圈，一边等着上菜一边聊天。

林老头面前摆着茶杯，顾不得喝，一门心思训斥身旁的人。

“这次是你们运气好，碰到王教授了！他是学校请来的老教授，面子大，是他力保你们，你们才免受处罚！”

旁边的李峋靠在椅背里，面无表情地盯着赠送的咸萝卜菜碟，一脸阴沉。

他很不爽，谁都能看出来，大家都以为是因为林老头的批评。

李峋旁边的高见鸿探身，问林老头：“林老师，那位老教授为什么愿意帮我们啊？”

“还能为什么！人家王教授是什么资历，稀奇古怪的学生见得多了！你们知不知道因为你们这件事，昨晚专家组和赞助方差点吵起来！”

高见鸿缩缩肩膀，又退回去了。

林老头看向旁边一直盯着咸萝卜菜碟，对他的话始终没有反应的当事人。

他作为带队老师，也被拉去参加了处理该事件的会议，会上全靠王教授，李峋的小组才免去处罚并且可以继续参赛。会后林老头去找王教授表达谢意，王教授对他说了这样一番话：

“能做成这事，说明这个学生很聪明。他肯定也知道做这些吃力不讨好，会得罪人，赞助商没准还会对他进行处罚。但他还是做了，为什么？”

王教授笑着说：“因为他是年轻人，对抗不公是年轻人与生俱来的能力。而且他身上有股魄力在，我放大一点说，每个新兴行业都需要能抛开既定框架的人，他们不但要挑战已知，更要挑战未知。我们现在很多孩子，缺的并不是脑力，而是能为自己的目标和信念，勇敢面对未知的魄力。”

“我记得当时我问他为什么要这么做，他回答是因为爱，我觉得他不是在开玩笑。”王教授脸上的笑意更浓了，“我既身为人师，又怎么可以破坏学生的爱呢？”

但最后王教授还是提醒了林老师一句：“不过这个学生有点太锐了，一直这样将来很容易吃亏，还是要磨一磨。”

林老头陷入沉思。

而这当口，在老教授口中极具“魄力”的某学生正在座位上持续散发着低气压。

高见鸿胳膊肘碰了碰他：“哎，手机一直在震啊。”

李峋一声不吭。

“接电话啊，可能是朱韵睡醒了。”

李峋冷笑一声，依旧稳如泰山，高见鸿熟悉他的脾气，劝了两句就不说话了。

电话响了十几次，李峋终于慢悠悠地起身往外走，高见鸿看着他的背影，了然一笑。

李峋拿着手机到包间外的过道里，来往有传菜的服务员。他停顿片刻脚步再起，走到尽头，推开安全通道门。

楼梯转角处有个厨师正蹲着抽烟，看见李峋过来，打量他一番。

李峋没理他，自己也掏出烟。

门一关，楼道一片黑暗。

他终于接通电话，低声道：“喂？”

那边没反应。

李峋哼笑道：“怎么着，还得我找话讲？”

电话里呲呲拉拉几声，终于传来一道惊疑的声音：

“接通了？！”

李峋：“……”

他无言，朱韵那边已经完全回过神了。

“李峋，我下午的时候睡着了！”

“嗯。”

“我手机没电了，自动关机了。”

“嗯。”

“我不是故意不接你电话的。”

“嗯。”

“……”

朱韵那边抓心挠肝，这人明显是闹情绪了啊。

“你们……你们在哪儿吃饭呢？”

李峋给了个酒店地址：“要来吗？”

“行啊。”不过她还有更重要的事情，“那个，吃完饭，你有事吗？”

李峋靠在墙壁上，一手拿着手机，一手拿着烟，一双长腿前后叠着。听了朱韵的问话，他在黑暗里扯了扯嘴角，随口道：“有。”

朱韵马上问：“什么事啊？”

李峋：“徐黎娜找我。”

“……”

千里之堤毁于一觉。

朱韵紧紧抓着手机：“她找你去哪儿？”

李峋头枕在墙壁上，望了望头顶，说出一个地名。

朱韵：“那不就是之前她拉我们聚餐的湖边？”

“是吧。”

朱韵语气明显有些焦急：“你要去吗？”

“去啊，人家说有话对我讲。”他懒洋洋地看了眼时间，“我们约的时间早，这边饭来不及吃，我这就过去了。”

朱韵惊道：“啊？！”

“先挂了啊。”

“别！李峋！李峋我也有话跟你——”

朱韵话没说完，李峋已经挂断了。他拿着手机，像是做了件极好玩的事一样，靠在墙上止不住地笑。

“不厚道。”对面蹲在墙角抽烟的厨子操着浓厚的乡音，指着他说，“这么跟女朋友说话。”

李峋瞥他一眼。“还不是。”他将手机揣回兜，又说，“得刺激她一下了……”

他转身往回走，揉了揉自己的脖子，不知是对厨子说还是自言自语。

“空窗太久，有点受不了了……”

朱韵再给李峋打电话，他已经不接了。

出师未捷身先死，朱韵放下手机，欲哭无泪。

但她也只消沉了大概三分钟的时间，就马上收拾东西准备出屋。

先不说她自己的心情如何，就冲着今天花的这些钱，这件事也不能就这么不了了之了。

朱韵为了赶路方便，换上了运动鞋，高跟鞋装在包里背着。她出了门就提着裙子一路狂奔，到校门口拦车，去往那天聚会的地方。

天色已晚，朱韵看向车窗外。

花花世界，灯影斑斓。

在某个瞬间，朱韵忽然觉得自己正在做一件很了不起的事情，似乎比从前那些年里做过的所有决定都更加了不起。

这样一想，她心血烧得更旺了。

很快来到目的地。朱韵下了车，环顾四周，她还清晰地记得，就在不久前的那晚，她是抱着怎样的心情站在这湖边的。而此时，湖还是那个湖，夜却不再是那个夜了。

朱韵顺着石板路找李峋，某个回头的瞬间，看到月悬当空，柳枝摇荡，忽想起柳永“杨柳岸，晓风残月”的诗景。不过她很快又意识到《雨霖铃》的寓意不太好，晃晃脑袋不再去想。

再转过头，她就看到了不远处的李峋。

他夏天穿半袖，总喜欢把袖子撸到肩膀上，露出肩膀干净的线条。

朱韵来不及欣赏，连忙警觉地看向他身旁。

没人。

徐胡兰还没到？

太好了，朱韵抓紧时间，深吸了一口气，朝着目标人物就冲过去了。

李峋正跟柳树一起在石栏边吹风，他到得早，已经等了一阵，无聊地看远处的风景。蓦然间，他察觉到什么，侧过头，冷不防被吓了一跳。

不远处一道人影正急速向他奔来，风风火火如同沙场上冲锋的战士。

李峋先是一愣，后又发现这战士还挺有看点的。

一条很精致的裙子，细细的腰下是蓬起的网纱，里面的裙子包裹着年轻女孩少有的婀娜身姿。妆容典雅，长发盘起，由于冲刺太猛，有几丝碎发垂下，更添得几分妩媚。

那双眼睛里，有着女人特有的动情后的美艳，又有着对接下来要发生的事最矜持的渴盼。

生机勃勃。

李峋神色玩味，好整以暇地靠在石柱上等着。

朱韵觉得她高估了自己。

在看见李峋身影的那一刻，她的眼圈就有点难以控制地泛红了。不是激动，是比激动更复杂的感情。

她忽然觉得自己为他做出这样的事，简直是受了天大的委屈。

她因为徐胡兰一个电话整夜失眠，为了买条破裙子试到手抖得拉链都拉不上，为了减淡黑眼圈坐在美容院的椅子里差点睡着。

这些他都知道吗?

他穿得像是要去菜市场买菜的老大爷一样。

朱韵满心愤恨。

但随着她一点点靠近，慢慢看清那双清澈又沉默的眼睛时，她又想……

天大的委屈，也都算了吧。

柳枝轻摆，湖面轻波。

李峋静静地看着她。

朱韵在出租车上打了不少腹稿，从各方面入手，想分析出一套成功率最高的方案。可此时此刻，她发现那些都没什么用。

啥也不用说了，她认栽。

那就什么也别保留了，她告诉自己，现在不是装模作样的时候，既然已经到了这一步，就把真正想对他说的讲出来。

终于站在他面前。

“李峋……”

他目色渐深，淡淡地嗯了一声。

朱韵声音有点抖。

“你选我吧。”

她目不转睛地看着他的眼，看着他一意孤行金色的发，还有因总窝在电脑前而有些自然弯曲的背，最后深吸一口气，挺直腰杆，赫然道：“我绝不背叛你！”

……

路过的大婶斜眼看她一眼。

旁边的柳枝也被这大义凛然的发言震得不敢摇了。

安静了十秒后，李峋扑哧一声笑了出来。

［节选自晋江文学城］

【粉丝评论摘编】

@陈冉：作者的文，无论环境多么风烟缭绕，尘土飞扬，充满宿命气息，但人永远是干净纯粹的，充满浪漫感（虽然很多时候是悲剧美）。这股单纯却又执着的信念令人感动，令人折服。

我认为《打火机》是一部童话故事，是一部一如既往写简单、写至真至诚、写纯粹的故事。我向往里面毫无保留的爱与信任，钦服他们纯粹的人性光辉，想象着在世间的某个角落，有如此有血有肉的人在活着，便觉得这个世界温暖，便对生活多了一份期待。

@熊猫看文簿：穿着公主裙为爱痴狂的少女，染着杀马特金毛孤高冷傲的少年。爱他少年意气，张牙舞爪，爱她高贵冷艳，天真烂漫，还有梦想和爱情，闪闪发亮，有击中人心的力量，余韵悠长，分明在诉说青春的模样。最终只想起一句话，好春光，不如梦一场，梦里青草香。

@蜗牛原液：在一模一样复刻般的鸟群中，忽然飞出一只不肯融于凡尘的“出头鸟”，它仰天长鸣，冲向云霄。

然后这鸟在中途被猎人一枪打死，摔得稀巴烂，周围的鸟看着它，叽叽喳喳地说，你看，这就是起飞的下场。

谁对谁错，真不好说。

他们聊完就各自离去，只剩下一只鸟，看着尸体久久不语——这就是朱韵。

@bella：这是T大厉害的地方，也是最残忍的地方，她不会停在美好的年华里让人遐想，她只会告诉我们，在故事的最后，杀马特的黄发也终将全白，并且他还会先行离去，留下他的小公主再次变成骑士，守护她自己和他们的儿子。而最终，肆意妄为的儿子也会变成风趣的老者，坐在黄昏下讲述父母的故事。

看吧，任凭你是孙猴转世上天入地，也总有这么无能为力的一天。但没关系，新的风暴已经出现，怎么能够停滞不前？穿越时空，竭尽全力，我会来到你身边。

最后，感谢T大，真的万分感谢你的故事。

世界万物无法改变，而我既不是绝顶聪明的杀马特，也不是勇敢无敌的小公主，但好在，我相信规则存在于人心，我们至少可以选择自己。

［导引、简介、节选、粉丝评论摘编：薛静、李文玉、金恩惠］

# “他们都觉得自己更赚一些”
## ——评 Twentine《打火机与公主裙》

薛　静

打开一篇都市言情文，总以为会有个帅气上司或温柔学长在等着我们，但对打开了 Twentine 小说的读者来说，等着他们的却是个“大坑”：前作《忍冬》（2015）连载时，男女主角两年没见，按照套路，男主正是该出人头地的时候，但是追更的粉丝，都在猜测男主此时是在做手机贴膜、装空调、送快递还是卖凉皮……“自从看了 T 大的文，梦中情人从霸道总裁变成了身残志坚的出租车司机、农民工、断臂浪人、哑巴铁匠，真是……”

真是亏了。

没有人是完美无缺的，Twentine 的所有爱情故事，都是在讲述如何面对生命的缺憾。以前，这种缺憾是主人公外在的肢体残疾。现在，这种缺憾变成了主人公内在的心灵缺口。但恰是这个缺口，成为爱情流进心灵的入口。

当男主李峋出现在女主朱韵面前时，看着那一头“杀马特”黄毛，朱韵内心也是飞过了无数个弹幕，然而却立刻又被他“高考状元”的桂冠所折服。当朱韵刚被李峋那简洁流畅、富有美感巧思的代码吸引，旋即又发现他令人发指的臭脾气和控制欲。不像“套路”中的言情男主，优点闪闪发光，缺点略作点缀，李峋身上令人喜欢与讨厌的特质，宛若硬币的两面，旁人永远无法每次都猜对正反，自然也不知道是亏是赚。

但毫无疑问，正是这种气质，让李峋散发出强烈的吸引力，特别是对于朱韵。两人间的暧昧，在 Twentine 的笔下，被晕染成了一片独特的风情韵致。这对聪明又骄傲的男女，时而用言语相互交锋，时而用行动彼此放电，像两个舞蹈高手，既要分出高低，又要共舞一曲拉丁，你来我往，若即若离，看看谁的本事更加撩人。

李峋显然更会撩，但不是出自技巧，而是出自本能。他的气味、声音、皮肤与身材，他的天赋异禀、桀骜不驯、杀伐果决，稍加利用，都足以让朱韵的内心如电击般震颤。看似朱韵是敏感于他的身体，迷恋于他的头脑，实际上，朱韵无法克制的是对李峋直接原始的野性的向往。人如其名，他就像一块浑然天成的嶙峋山石，历经风雨，不改峥嵘。一头黄毛，是他确立自己与众不同的最后挣扎，臭脾气与控制欲，是他为了全力前进必须采取的方式。他并非完美，却充满了自由与骄傲。

在他面前，一样骄傲的朱韵只有该服软的份，也只剩想服软的心。和嶙峋山石不同，朱韵恰恰是一株盆景，她的“完美”都建立在家庭的禁锢和削砍之上，美则美矣，却是另一种残缺。她奔向李峋，深深地扎根于此，终于汲取野性的力量，成为自然的生命。她正是看透了自己，也看透了李峋，所以才会在该服软的时候服软，在该改变的时候强硬地要求李峋改变，成为他与世界的缓和剂。

《打火机与公主裙》的上部《荒草原》，写的是李峋，下部《长明灯》，写的是朱韵。李峋的成长，是努力从荒芜的原生家庭中，重新建立起对美好而持久的感情的信念，也是从底层社会中走出，在事业上创立自己的一片天地，他的生命是向着“立”的。而朱韵的成长，则是从家庭的束缚、父母的成见、亲友同学眼中的标准人生之中挣脱出来，重新确立自己的身份、感受自己的情感，她的生命是向着“破”的。他们透过对方，都终于在迷雾般的人生中发现了自己欠缺的、渴望的、追慕的东西，终于更深刻地认识自己。于是，两人一破一立，相互补充，为彼此的生命提供能量。他们立誓“背叛的人下地狱”，只因他们的交融，不只是出于欲望，假如有人背叛，也不仅是背叛感情。来吧，一起以生命相爱，以生命相赌，尽管不知道是亏是赚，但这个筹码，一定要全部押上。

李峋能看到朱韵温柔乖巧之下的那份性感，“她穿着白色的衬衫，灰色的西装半身裙，这裙子将她撅起来的屁股衬托得圆润紧致”。但他想到的是，她以前总是“美藏着，聪慧藏着，痛苦与憎恶也藏着”（《长明灯》第十六章）。朱韵能发现李峋桀骜不驯之下的那份稳重，哪怕在决赛之际他忽然消失，连最亲近的老师也不得不想出备用方案，她也笃定“他答应过的事情，绝对不会半路退出”（《荒草原》第四十二章）。几乎完美的男配角田修竹出现在朱韵身边，告诉她，如果在李峋身上她有心结，那么他可以等他俩完成复仇，了结恩怨，而田修竹最后的自动退出，则印证了朱韵在另一场合曾说过的话：“我除了是他的女朋友，我还是平均绩点全班第一的人。我选择跟他，并不只是因为爱情。”（《荒草原》第五十四章）

网络文学的言情类型中，常常诞生出各种各样的实验，建立起各种各样的设定。作者和读者借助爱情这个话语场，探讨关于性别、阶级、民族的大问题。然而一段时间脑洞大开的探索之后，总会出现一部《打火机与公主裙》这样的作品，认认真真谈爱情，从生命和本能的角度，重新回归本源，感受爱意。Twentine 一贯擅长的现实背景下，女主视角的吐槽画风实在增添了不少笑点，让人恨不得替她把傲娇的李峋揪出来打一顿。虽然有限的篇幅中，作者时不时就“开起了飞机”，有些情节推进得过于急躁，几个配角的戏份，也只能在番外中找补回来，但《打火机与公主裙》难得地将“现实感”和“浪漫感”完美融合，让人们为这份爱情心潮澎湃，感动不已，放下所有心防、疑虑与权宜，重新向往并追寻爱。最好的感情，莫过于李峋和朱韵在完成了生命的大和谐之后的那种感叹：

“他们都觉得自己更赚一些。”

# 末日乐园

须尾俱全

须尾俱全，起点女生网新人作家，已有完结作品《庶道难》(2014，宅斗)。

《末日乐园》自2014年10月15日起开始连载并迅速走红，长时间居于起点女生网红文销售榜前十。截至2016年10月21日,《末日乐园》已更新180余万字，女主人公在危机四伏的末日之中九死一生的旅程远未结束，而整个世界的真相也在渐渐揭开。

《末日乐园》是一部“真末日”与“反乐园”相结合的末日快穿小说，虽然语言略显粗糙，各部分的精彩程度也参差不齐，但“脑洞”极大的末日与副本，通过创造性地使用特殊物品而出奇制胜的战斗方式，对于恐怖与悬疑氛围恰到好处的渲染，都使得《末日乐园》成为一篇极具可读性的“烧脑”作品。女主人公林三酒攻气十足的个人魅力，使她在故事中成为一个令人信赖的领导者，也成为万千粉丝心中的“男神”。

【标签】末日　快穿　无CP

【简介】

末日倏然而至，原本平凡的世界忽然变成极温地狱(全球持续高温达56℃)，亲友尽丧的女主角林三酒却成为成长型的进化者，得以在末日之中幸存下来。林三酒一边凭借智慧与力量在末日中死里逃生，一边摸索着这个世界的生存法则：能力与特殊物品的使用方法，每十四个月进入一个新末日世界的传送规律，签证官与中心十二界，副本与通关奖励，意识力与意识力星空……林三酒与陌路相逢的伙伴们并肩战斗，应对来自堕落种、副本以及其他进化者的死亡考验。因为传送的随机性，林三酒与伙伴们总是相逢而后离散，约定重逢却又不断延宕。或许这场残酷旅程终究只能是一个人孤独的战斗，但林三酒却始终谨守着生而为人的底线，心怀善意地接纳每一段相逢。

截至2016年10月，《末日乐园》中的林三酒已经先后经历了极温地狱、伊甸园、如月车站、红鹦鹉螺、荤食天地、神之爱六个末日世界，选段讲述了林三酒在红鹦鹉螺末日游乐场副本中的一段经历。副本以游乐场为背景，其间项目却都充满危险气息，这种将“乐园”变为险恶生死场的做法，是《末日乐园》中极富特色的叙事策略。选段鲜明体现了《末日乐园》中凭借合理调配技能与特殊物品赢得胜利的战斗风格，战斗场面惊心动魄又充满悬念，而黑泽忌对林三酒的关怀教导则为冷酷的现实添加了一抹温情。

**【节选】**

## 第三百四十章　走散在枫丹白露的故事里

刚刚从大门进去的那一小段走廊，昏暗得几乎不见五指，唯有绿莹莹的“紧急出口”灯挂在头上，给空气染上了一丝幽绿。

睁眼瞎似的走了两步，从角落处的一片浓黑中忽然浮现出了一片阴影，深浅不一地化成了一个人形——一个满面笑容的女人就这么瞬间从黑暗里现了身，冲二人柔柔地说了一声“门票需要 6 点体力值，谢谢”，嗓音沙哑。

嘀的一声，林三酒的手腕划过了一个跟碰碰车场馆一样的仪器。随着沙哑嗓的女人一笑，前方的转角处逐渐有微光亮了起来，勾勒出两个外表有点儿古怪、带着滚轮的铁皮平台。

与其说是平台，其实就是两块铁皮包起来的板子，大概有三步宽，四五步长；下方附着的滚轮恰到好处地卡在滑轨上，等待着二人踩上去。

“难度会以这一位先生的标准设置，”白皙女人柔和地说，“……开始时，踩踏板会自动顺着轨道前行。不过在游览过程中请注意，双脚离开踩踏板超过一分钟的情况下，玩家会被认为弃权。弃权的玩家会从此加入星空游乐园时空之旅项目，不能再出园了。”

林三酒一惊，看了一眼黑泽忌。

“不知道，别看我。”后者垂着眼皮，好像不太高兴似的踏上了踩踏板——顿了顿，他到底还是忍不住加了一句，“……或许会变成地缚灵吧。”

“那么，时空之旅将会持续三十分钟，请好好享受。”女人目送着二人笑道。

在迎来了各自的乘客以后，轨道嗡地一下启动了，两块踩踏板开始缓缓地并排朝前滑行。

与想象中不同，板子滑行的速度并不快。林三酒刚想抬起头说点儿什么，轨道正好带着他们转了一个弯——

骤然吹起的烈风，裹着无数冰冷雪点，一下子将她的思绪给打得无影无踪。

即使经过了与身体接纳、融合的训练，林三酒仍然半点也没有察觉，一个转角背后竟然就是暴风雪了！

呼呼的风雪刮在脸上，一时间她什么也听不清楚，眼睛也张不开。她上身只穿了一件背心，裸露在外的皮肤顿时在寒风下起了一层细密的鸡皮疙瘩。雪打在身上，立刻化成了湿冷冰凉的一片，林三酒一连打了几个寒战，感觉脚下的铁皮板子上逐渐结了一层冰雪。

踩在滑滑的、快速移动的冰层上是很不好保持平衡的。同时也是为了取暖，她蹲下身，抓住了板子的边缘。

“这是一个寒冷的冬天，”一个声音突然毫无预兆地在暴风雪里响了起来，像是朗诵似的悠悠说道，“……故事在风雪之中徐徐拉开了帷幕。”

“拉快点！”

身边不远的地方，响起了黑泽忌十分不耐烦的声音。

“好。现在请玩家从以下名单中选择一个你即将扮演的人物角色。”播报声不为所动地继续响道，“一旦选定之后，至本局结束则不能再更换角色。请保持你的角色存活至游玩结束。”

“男性角色：佛朗索瓦、凡多姆公爵、无名丈夫。”

“女性角色：加百列、玛格丽特、维拉。”

这……这些人都是谁啊？林三酒愣了一下——等了两秒，见那个声音完全没有介绍人物的意思，她只好犹豫着挑了一个印象比较深的名字：“……我选加百列。”

她的声音随即淹没在了风雪中。

黑泽忌选了什么，她不得而知，因为当名字刚一从她唇间被吐出来，脚下的铁板就猛然打了个转——这一下拐得太急，要不是如今的身体今非昔比，恐怕她老早就被甩下去了。才刚站稳，铁板已经如同离弦之箭似的，疯狂地朝前冲了出去，不过是一眨眼间，黑泽忌的影子便从身后消失得无影无踪。

林三酒顿时傻了眼。

他们二人进来，主要是为了让她能够纠正、学习战斗方法，如今“教练”人都没了，她可怎么学？

现在早已不能退出了，她可没有 60 体力值——林三酒一咬牙，沉下心思，将目光投向远方黑沉沉的风雪夜里。

不管怎么样，先撑过第一关再说吧。

林三酒一边疯狂地打着冷战，一边在心里感叹了一下，即使进过不少副本了，她仍然想不通这一切到底是怎么回事：明明她是走进了一个建筑物里，然而现在她却能够切实地感觉到，自己正身处于户外——气流、风声、草木的味道……仿佛无一不是真实的。

铁皮板子在向前滑行了一阵之后，暴风雪终于逐渐和缓了下来。

身上的皮肤都已经冻木了，即使进入“纯触”状态，林三酒除了一片麻木之外也什么都感觉不到了。连轨道上都落满了一层雪，入眼处尽是一片在暗夜里发蓝的白。抬起头，夜空中也渐渐地亮起了星子；在雪地的另一头，出现了一座亮着火光的宅邸。

铁皮板子直直地朝宅邸行驶了过去。

随着距离贴近了，那一扇中世纪法国盛行的哥特式尖形拱门逐渐露出了全容，正紧紧地关着。铁皮踩踏板丝毫没有慢下来的迹象，依旧保持着高速冲向了大门。就在林三酒一抬胳膊，以为自己马上要撞破门板的时候，大门豁然洞开了。

骤然亮如白昼的火光，让她眯了眯眼。

即使客厅被轨道给切成了几块，她也能够一眼看出，这儿的主人大概非富即贵。镶着繁复花边的壁炉里，一捧火正熊熊地旺着，烤得空气也灼热起来；客厅地面铺着厚厚的红绒毯，桌上一套晶莹的陶瓷餐具正倒扣着，一个女仆正坐在角落里缝着一件什么东西——抬眼看见了林三酒，她站起身道了一声：“夫人，您回来了。”

……看来这宅子的主人，正是自己扮演的这位加百列。

踩踏板慢慢地降了速度。林三酒有点儿不知道该干什么好了。

“呃，忙着哪？”她抬手说了一句，有几分尴尬地意识到这句话一点儿也不像是一位“夫人”应该说的。

女仆抬头看了她一眼，果然满面疑惑，又低下头继续手上的工作了。从她指间看起来，那块布料出奇地小，被缝成了一个袖子的形状。

“姐姐！”

从身后忽然响起了一个快活的女音——如同暴风雪一样突如其来。林三酒竟一点儿都没有察觉到，那个黑发雪肤的丰润少女是什么时候出现在楼梯上的。

“外面这么大风雪，你不该出去的，”少女声音带了点儿埋怨，“……你现在可必须要注意身体才行啊。”

正当林三酒一愣时，刚才听过的播报声响了起来：“……面对妹妹维拉的好意，加百列亲切地道了谢。”

……原来是不需要自己一句话一个动作地去“演”的，她不由松了口气。维拉，似乎正是刚才她没有选择的人物之一。

“你去叫人把浴缸搬进来，”维拉朝角落里的女仆吩咐了一句，“这儿火势旺，我要和姐姐在这里共浴。”

女仆果然忙忙地站起来，没一会儿就带人搬了一只四角形浴缸，放在壁炉前。注满了热水。维拉飞快地脱了衣服跳了进去，露出一个头，朝林三酒一笑：“姐姐，来。”

身为玩家的林三酒当然不需要真的进去。她将板子上的冰雪扫干净，坐在了踩踏板上，听见人声播报了一句“加百列也走入了浴缸，她与妹妹打小就一起共浴，直到今天也保留着这个习惯”。

客厅里放着浴缸……一个黑发白肤的少女浑身带水地坐在里头，身后是一个低头缝纫的女仆……林三酒皱起眉，隐约只觉得自己好像在哪里见过这个场景似的，但又怎么都想不起来。

“……洗着洗着，加百列摘下了手上一枚极其华贵精美的戒指，把玩了一会儿。”播报声仍然如刚才一样，维持着平稳的速度说道。

“快了，”维拉似乎瞥见了那枚不存在的戒指，安慰似的开口道，“只要你怀孕的消息一旦确认了，我想陛下肯定……”

“那有什么用，加百列叹着气说，玛格丽特仍然在啊。”播报声接道，“她身为王后，可没有那么容易打发。”

听起来，似乎是一个有关后宫争斗的狗血故事……这个加百列好像是某个国王的情人，一心想挤掉那个玛格丽特，当上新王后。

林三酒越发觉得这些人名耳熟了，但终究是一些外国人的名字，如果是她记错了，也不出奇……

“接下来，维拉向加百列讲述了她与一个叫作佛朗索瓦的男人的故事。”

不知是由于热汽还是少女羞涩的情怀，维拉坐在浴缸里，白皙的皮肤渐渐红了。她神情甜蜜地说：“……噢，我真的非常喜欢他。等我哪一天有机会见见陛下，我一定要把佛朗索瓦也带上。”

林三酒面无表情地听完了，觉得这种少女暧昧萌动的爱情故事真是没意思极了。现在她更想知道的，是这个“时空之旅”到底想要她怎么样……

与危机四伏的碰碰车不一样，林三酒竟然就这么百无聊赖地挨到了上床睡觉的时间。

虽说是睡觉时间，但也只是象征性的，她还是不能从踩踏板上下来。在被滑轨带进了房间以后，林三酒独自一人坐在黑暗里，有点儿茫然地等待着下一步。

没有黑泽忌在身边，她还能学习怎么战斗吗？

## 第三百四十一章　画中画

黑夜只是象征性地停留了一段时间，窗外很快就再次亮起了代表又一个清晨的天光。播报声头一个唤醒了这个沉睡的宅子，女仆匆匆忙忙地进了屋，为“加百列”梳洗更衣。

“在精心地梳妆打扮后，加百列坐上马车，前往宫中面见亨利四世。近来，她的才智越来越被亨利四世所倚重……”

听见“亨利四世”这个名字，再结合自己所处的环境，即使林三酒的世界史知识有限，也隐隐猜到自己想必正处于中世纪的法国，波旁王朝刚刚开始的时候。她一边听着播报声，一边有些提不起劲儿地坐在铁皮板子上，让它带着自己在初雪的宁静早晨里一路前行。

刚才在临出宅子前，林三酒扯下了一段红绒窗帘裹在了身上。寂静无声的白茫茫雪地里，此时只有她这么一个红艳艳的背影，平稳地滑行着。

“时空之旅”内的情境里，和外头的时间流速不同：打从她进来起，其实早已过了不止三十分钟了，然而故事却好像才刚刚开始。

与亨利王的会面，只有短短的、象征性的几分钟。除了满怀兴味地打量了一遍这位历史上有名的“好王亨利”以外，林三酒几乎什么也没做。在受到邀请参加宫中举办的一个舞会以后，她就再度被铁皮板子给送出了宫——

“然而刚一出宫，加百列的马车便被截停了。”

随着播报声徐徐响起，林三酒眯起眼，从板子上站起了身。

面前是一个中等身材、四肢结实的黑发男人，若不是因为骑在马上，大概比她要稍稍矮一些。从打扮来看，他应该是一个贵族，身后还跟着一看就是随从打猎的仆从。只是他望向林三酒的目光，却混杂了隐忍、恶毒、厌恶……种种情绪，最后成了一种扭曲的东西，叫人看一眼便全身都不舒服。

“……我亲爱的加百列，”他语音甜蜜，声气却让林三酒想到了蛇，“能够在这儿遇见你，我真希望能够称之为意外呢。”

等了几秒，播报声依旧没有响起来。

“既然都是回家，那么就一起走吧——噢，除非你还有别的地方要去？”男人嘲讽地笑了笑，随即拧过了马头，走在了林三酒的踩踏板旁边，与她保持着同样的速度。

他到底想干什么？

正当林三酒疑惑这人到底是什么来头的时候，男人从他的马上低下头。满面笑容，看起来简直和善得诡异。他压低了声音，慢慢说道：“……夫妻一场，有件事我不得不提醒你，你跟国王陛下走得太近了，此时好像有人正对你满腹怨恨呢——我希望你还没有忘了，这个国家里一直流传着一个故事……玛戈皇后的瓦卢瓦家族，代代有黑暗秘术传下来呢。”

“在加百列打了一个冷战后，她再抬起眼，发现丈夫已经拐了一个弯，拍马走远了。自从她和国王的私情曝光之后，她的丈夫几乎就很少回到她的宅邸里去了……”

林三酒忍不住烦躁地抓了抓头发。

这都什么乱七八糟的关系！

王后要杀她。她的丈夫看起来倒像是会头一个拍手叫好的。

如今知道有角色要对自己不利，林三酒反而微微松了一口气——看来只要防备住来自王后玛格丽特的攻击，一直存活至游览结束，她就可以通过第一局了。

也不知道那个所谓的秘术，到底是什么东西……林三酒一边想，一边回到了宅邸。叫来了妹妹维拉以后，姐妹二人就为今晚的舞会忙活了起来——当然，真正忙得手脚不停的只有维拉一个人。林三酒盘腿坐在踩踏板上，骨翼微微张着，早已开启了“纯触”状态进行戒备。

黑泽忌曾经多少提过一点儿为什么她的战力不足，以及如何在“纯触”状态的基础上进行战斗。尽管很含糊，但是眼下她能够借鉴参考的，也只有这一点点讯息了。

他除了批评过林三酒战斗的时候全靠本能和本身力量之外，有一次黑泽忌还提起过，说她不“畅通”，完全是“一块一块堵死的”，而且还“耳聋眼瞎”。但当她问起具体是什么意思时，黑泽忌顿时就不耐烦给她解释了，只说了一句“实战的时候你自然会明白”。

……现在也不知道上哪儿去明白了。

“一块块堵死的？”

林三酒站在踩踏板上，有些疑惑地，试着朝前打了一拳。

……此时在她身边，是觥筹交错、灯火辉煌的舞会：无数打扮精致的男男女女，正举着酒杯，发髻别着花儿，高声谈笑；几名一看就是枫丹白露派的画家正坐在角落里，挥涂着油彩……

只有一个人，短暂地抓住了一会儿她的注意力。

那是一个脖颈修长的金发美人，气质雍容而艳丽，一袭亮泽华美的长裙如水一般从座位上滑下来，很难不引起别人的注意。只不过她看起来好像不太高兴似的，只面目冷冷地坐着，从头至尾，连眼珠儿也没有朝身旁的亨利四世转过一下——正是玛格丽特王后。

……要对我下手的就是她吗？

林三酒一边嘀咕，一边又试着挥了一拳，正巧打掉了某位绅士手里的酒杯。后者哎呀一声，显然是在“时空之旅”项目的威力下，他笑着说了一句“我差点弄脏了公爵夫人的裙子，真是抱歉”，便施施然地走了。

叹了口气，林三酒有点儿不明白了。

四个世界经历下来，一些基本的格斗知识，她还是多多少少有了解的。比方说在出拳的时候，不能只晃动肩膀，在脚踩稳了以后，腰、腹、背都要协同发力，这样击出去的一拳不单单只有手腕的力道，还有上半身的重量，这样的一拳才会重、才会疼。

林三酒觉得自己做得似乎挺好了——毕竟胳膊出拳了，上半身也跟着发力了，这怎么能叫堵死？

还有，她耳朵和眼明明都挺灵敏，也挺好使的——

念头才刚刚转到这儿，林三酒骤然感觉到了什么，大脑还没有反应过来，身体已经一下子进入了“纯触”状态。

那一刹那间到底发生了什么，她甚至一点儿也说不好，只是从后脑勺、后背，到小腿肚，几乎身后的每一块皮肤，都在告诉她：后方有一块空间塌陷了。

她根本来不及转头，已经感受到了空间塌方时猛然一下迸发出来的巨大吸力，犹如开了一个小型黑洞似的。林三酒呼地一下腾空而起，像一片没有支撑的羽毛一样朝身后直直飞去——

一路上的宾客停下了杯酒交谈，愣愣地抬头看着她，竟一点儿都没受到这股强大吸力的影响。顺着一张张脸朝前望去，玛格丽特王后那张五官标致而美丽的脸蛋上，终于露出了一丝笑。

“妈的！”

林三酒狠骂了一声，终于有点儿明白黑泽忌的意思了。

刚才站在她身后的人都有谁？在黑洞出现的前一刻，他们都做了什么？此时她正被不断吸近的那个东西又是什么？

即使有了“纯触”状态，这些问题她仍然一个也答不上来，这跟耳聋眼瞎有什么区别！

这一系列的念头，都在转瞬间从脑海里闪了过去。电光火石间，林三酒的骨翼全力朝前一伸，在掀起了一股风的同时，也狠狠地扎进了宫殿柱子上。身体骤然在空中荡开来，腿飞了起来，她还来不及彻底稳住身子，正好见一个长方形的黑影从身边擦过——

另一侧的骨翼好像比林三酒反应还快，猛地横向打开，一下子在拦住那个东西的同时，也将它扎得千疮百孔了。但是好歹，踩踏板没有丢。

“玩家离开踩踏板，目前已达六秒。”播报声用不变的朗诵腔悠悠地说道。

林三酒一把抓住了那个漏得到处是孔的踩踏板，另一只手努力对抗着强大吸力，死死地扒住了宫殿柱子。她的头发、腿，此时都在空中笔直地朝后指着，只要一松劲儿，她就会被拽进后方的。

挣扎着回头一看，她几乎忘记了呼吸。

刚才她只随便瞥了一眼，随即就挪开了目光的地方，此时正坐着一位握着画笔、满面微笑的中年男人。他已经完成了一半的画作，已经被转过来了一半，正面朝着林三酒的方向。仔细一看，那正是刚才“加百列”所站的位置，周围的宾客、仆人、装饰、台面无不俱在，虽然只是寥寥几笔，也勾勒出了鲜活的形态。

唯独“加百列”站着的地方，在画布上是一片空白。

“快点进来吧，进来了，我就画完了。”她仿佛听见那个矮矮的画师低低地说了一句。

原来所谓的玛格丽特王后的秘术是这个啊——

“未完成的油画”。

一位被当时的艺术之都意大利排挤出来的二流画师，终于发现了成为大师的秘籍。如果说我画得不鲜活，那么将活人放进去不就行了吗？

使用方法：在对象没有发现的时候，将其身边的环境尽可能地画下来；当周边环境完善到了一定程度时，该对象就会被吸入画卷内。

当林三酒的指甲都快翻裂了的时候，悠悠的播报声又一次响了起来。

“玩家遭遇特殊物品发动，请注意，请注意。假如能躲过这一劫，或许可以将这个物品收入囊中呢……”

## 第三百四十二章　杀机毕露

一甩手将踩踏板卡片化、收进身体里以后，林三酒用双手紧紧扣住了柱子，从指尖到胸口的肌肉，都在对抗这股强大吸力的努力下越来越疼。随着那个画师时不时地在画布上添几笔，吸力也显而易见地越来越大了，才不过五六秒，她便颤抖着感觉到了自己的力竭。

这样下去，她绝对会被吸进画里的！

林三酒压下了怦怦的心跳，一时间脑子里竟然连一个办法也没有。她将所有的特殊物品和能力都回忆了一遍，发现没有一个眼下能够帮得上忙。正渐渐焦虑起来的时候，她目光朝后一扫，发现那个画师正站在另一根柱子底下。

参加宴会的宾客和其他的几个画师，都远远地避开了二人所在之处，面色虽然惊讶，却也还算正常，好像只是看见了有人在口角似的——不知道在故事里，这个情况又是个什么解释。林三酒眯着眼在吸力引起的风势里又看了一眼，随即一咬牙，猛然拔出了骨翼，松开了双手。

几乎是转瞬之间，她连人带骨翼便像一团干落叶似的，毫无抵抗力地朝后直直飞去。眨眼间，林三酒的身体已经碰着画卷的边了——画师紧盯着她的目光里，终于微微地露出了一点儿笑意。

然而下一秒，他的笑意和林三酒的身体一起，凝住了。

在几乎差之毫厘的地方，林三酒的骨翼吱啦啦地擦过了柱子，在磨起的一溜火花中，终于险险地抓住了它，深深地刻进了石柱的表面下。尽管身体依然在空中飘着，但有了两只有力的骨翼作为固定点，林三酒总算是浑身冷汗地松了口气，心都差点扑了出来。

“现在该轮到我了吧？”她低低地说了一声，随即一脚踹向了画架。

她避开了画布，脚尖在马上要触到画架时猛然一勾，随即整个画架便都向前倒了下来。林三酒在画布碰到自己的腿之前忙一缩脚，腹肌一卷，身体朝前弯了下去。伸长胳膊在画架上一拍——

什么都没有发生。

她的“扁平世界”压根就没有发动。什么都没有被卡片化。画架在即将摔到地上时，被旁边的画师眼明手快地抓了起来。随即，那股吸力便再次回来了。

林三酒顿时傻了眼。

“扁平世界”在上一次升级以后，转化物体的重量上限已经变成了一吨半。除此之外，活物也一样不能被卡片化。但是，这个画架可并不属于任何一种情况，她怎么都想不出来为什么自己的能力会失效。

眼看着画师抱着东西就要往后退，林三酒立马急了。疑惑随即被她扔到了脑后，身子一拧，便朝他甩出了一个重踢。她如今人高腿长，这一踢毫无疑问地会将那个画师给砸倒在地。然而就在她的脚尖几乎触到了他的头时，林三酒的大腿肌肉猛然一缩，在仿佛要抽筋了似的紧张里，擦着他的边将腿收了回来。

重重喘了一口气，她眯起眼，随即将骨翼从柱子里拔了出来。

身子一下子如同离弦之箭一般射了出去，在马上要被卷进画里的前一秒，林三酒的手啪的一下，打在了那个画师的胸口处。

空气一动，人和画都不见了——林三酒咚的一声从半空中跌在了地上，手里已经多了一张卡："未完成的画"。

……如果不是纯触状态察觉不到那个人的体温的话，恐怕她还真的发现不了，原来那个画师不是一个活人。

从头至尾，身为特殊物品的压根就不是那一张画，而是那个画画的人。

……怪不得黑泽忌说她眼瞎。

重新从地上站起来时，播报声也响了起来。

"加百列与约瑟夫的争执，吸引了许多宾客的注意。身为玛戈王后的情人之一，约瑟夫一向乐于为王后出头……"

顺着播报声的提示，林三酒抬眼找到了那一个叫作约瑟夫的男爵——似乎这几个画师都是他带来的，原来他是玛戈王后的人。

隔着层层宾客，在远方高高的后位上，玛格丽特的面容重又恢复了冰封一样的冷淡，然而这丝毫也无损于她的美貌。林三酒与她湛蓝的、冷冰冰的眼睛相对了几秒，心里下了一个决定。

……"时空之旅"只说玩家要存活至游戏结束，但可从来没有说过她不能杀人。

刚才的袭击虽然被她躲了过去，但是谁也说不好下一次是什么，什么时候来，或者她能不能再次躲过去——与其草木皆兵地等着别人对自己动手，倒还不如先下手为强算了。

林三酒将踩踏板叫了出来，在离开它到达一分钟前，又重新站回了轨道上。

这个动作仿佛是一个叫人放下戒备的讯号似的，玛格丽特王后看了她一眼，缓缓转过了头。这也难怪，因为铺在大厅中的轨道和王座之间，还隔了远远的一段距离。只要在踩踏板上待着，那么"加百列"根本没法靠近玛格丽特王后。

当然，林三酒可不打算这么守规矩。

……当她被带进一个故事场合里，这一幕又还没有完成，暂时不能离开的时候，她是可以踩着板子，小范围地自由活动的。林三酒一边观察着玛格丽特的一举一动，一边不经意似的，将踩踏板滑到了轨道的尽头，最靠近王座的地方。

说是"最靠近"，其实两者之间至少也还有几百米的距离。

姿态如同天鹅一般的玛格丽特王后，离近了一点看的时候，更显得优雅柔弱了。她身姿纤细，金发顺滑地在脑后系成了一个繁复精美的发髻。当林三酒停下脚步的时候，她正好转头跟身边的仆人说了些什么，随着她的动作，珠宝在烛火下闪耀着点点光泽，使她看起来如同一个由剔透钻石雕出来的人像似的。

虽然对方很美，但林三酒自然提不起半点同情心。

事实上，玛格丽特王后越柔弱越好——由于顾忌着她手上还有更多的特殊物品和所谓“秘术”，林三酒打算直接用武力结束她的性命。

玛格丽特对仆人的吩咐还没有说完，林三酒已经动了。

混在人群里等了好一会儿的她，这一次出手早有准备。

上半身被笼罩在“防护力场”之中，林三酒的骨翼已经凶相毕露地完全展开了。她脚掌一蹬，以自己最大的速度扑向了玛戈王后，身子快得在空中甚至成了一个虚影。

这里如果是重现了法国历史上的一段故事的话，那么里面的人物按理来说应该不会有战斗能力才对——以防万一，林三酒在将将触到玛格丽特王后的裙边时，张开了嘴。

一句“你听说过300路公共汽车吗”还没来得及吐出半个字，玛格丽特正好微微转过了头。下一秒，连林三酒自己也不知道发生了什么，她猛然被一股力道给直直击飞了出去。

在撞上天花板的那一瞬间，她终于看见了玛格丽特王后身前的那一个隐隐的小型旋涡。

她的纯触状态压根也没有抓到半点蛛丝马迹，围绕在她身边的仍旧只是与方才一模一样的空气成分。然而玛格丽特王后仅仅只是伸出了一只白皙的手，空气气流便像软泥一样被她抓在了手里，轻而易举地搅出了一个急速流动的旋涡来。

旋涡不大，然而林三酒的所有势道都被它在一转之下化解稀释了。当旋涡再次转回来的时候，林三酒自己的力量，以及一股来自玛格丽特王后的强猛力道，一下子凶狠地击中了她的胸腹。

即使有了“防护力场”，肋骨“咔嚓嚓”粉碎的声音依然清晰地传进了林三酒的耳朵里——一瞬间，受到震击的内脏仿佛即将要炸开似的，血液猛地倒流进了脑子里，她的脸一下子憋得血红。

林三酒完全失去了对自己身体的控制能力，重重地跌在了地上。她万万没想到，自己甚至挡不下玛格丽特王后的一抬手。

当玛格丽特从座位上站起身朝林三酒走来的时候，林三酒能做的最大努力，只是勉强从地上撑起身子而已。

“够了！”

来自亨利王的一声怒吼，止住了玛格丽特王后的脚步。

“你们有什么争执，非要闹得这么难看？”亨利王语气里饱含愤怒，但他的指责之意显然都是冲着自己的妻子去的——他大步走向了“加百列”，压下火气说：“……你陪我走走。”

很显然在故事里，王后与加百列只是发生了口角而已。

林三酒现在根本连站都站不起来——听到播报声提示了一句自己已经离开踩踏板二十七秒，她捂住了肚腹，几乎是爬着坐回了铁皮板子上。

刚一坐上，铁皮板子立刻随着铺开的轨道，跟在了亨利王的身后。

从嘴角滴落的血，穿过铁皮板子上的洞，滴滴答答地在身后留下了一条长长的痕迹。玛格丽特王后好像不甘心似的追了两步，终于还是不知道为什么停住了，走回了大厅里。

……看来好像是安全了。

林三酒在脑子一阵一阵的眩晕中，在心悸之余，也忍不住松了一口气。

还好，还好亨利王为了他的情人站出来了……玛格丽特，简直强得过分了。

前方男人的步伐很快，只留给了林三酒一个背影。他似乎很不高兴，二人在昏暗的偏殿里走了好几分钟，依旧一句话也没说。

远离了灯火和宾客，偏殿里显得异样安静，亨利王走路时衣料摩擦的声音，也显得特别清晰。

在林三酒自己“咕咚、咕咚”的血液流动声里，从偏殿另一角传来了两个侍女的低低交谈声。

“……是呀，我听说结婚的那一天，王后与陛下谁也没看谁一眼，目光笔直朝前地完成了仪式……”

“对对，据说是查理王按住了她的头，强迫她同意的……”

林三酒有些茫然地抬起眼睛。

咦?

这么说来，玛格丽特王后，与亨利王之间——毫无感情?

她忍不住想起了刚才那名叫约瑟夫的男爵——对啊，他正是玛格丽特的情夫之一……

原本林三酒以为玛格丽特即使有了情人，也仍然由于丈夫的原因，对加百列心怀嫉妒。可是假如那两个侍女说的属实的话，玛格丽特完全不会在乎加百列才对啊……

那为什么——

"……刚才那一个画师，竟然被你收起来了啊。"

亨利王在阴影中转过了半边侧脸，嘴角挑起了一个阴柔的笑，轻声细语地说。

## 第三百四十三章　及时雨宋泽忌

尽管已经受了重伤，但当她遭遇意外的时候，林三酒的身体不知从哪儿又聚集起了一股力量，支撑着她立刻跳起了身——仅仅是这么一个简单的动作，胸腹间顿时涌起了一股仿佛要撕碎了她似的痛意，叫她微微眩晕了一下。

使劲眨了眨眼，亨利王模糊了的模样才再次在视野中清晰起来。

"你怎么……"

她的问话堵在嗓子眼里，一时竟连自己也不知道自己要问什么问题了。

亨利王没有回答，只是在黑暗中慢慢地转过了身——他的半张脸被遮掩在阴影里，只有一张嘴露在微光下，两边的嘴角此刻挑成了一个尖尖的弧度。

……一阵阵奇异的、难以形容的"力场"从他的身上散了开来，几乎肉眼可见，微微地扭曲了空间，连烛火的光芒都在空气里弯折了。

林三酒忍不住踩着铁皮板子，朝后滑开了几步，纯触和"防护力场"都打开了，谨慎地盯着面前的男人——那一小片空间就像是一块玻璃被打碎后又拼了起来似的，看起来支离破碎地不平整。

"这还用说吗？"亨利王跟上了两步，脚步踩在毯子上，无声无息。他一脚踏进了自己刚才设置下的"场"里，整个人看起来都失去了原形，好像被折射过无数次了似的。

"因为……我也是玩家啊。"亨利王的笑容尖尖的，却柔和地说出了下一句话，"……我在时空之旅中的任务，是杀死一个叫作加百列的角色。"

即使早已经感觉到了对方的敌意，林三酒依然汗毛一爹。

“这不可能，你没有踩踏板——”

“在我看来，你也只是一个正常走路的欧洲中世纪女人呢。”亨利王笑着说了一句。话音刚落，他忽然双手一抬，一只手朝前按了一下，一只手却向后提了一提。

明明已经提起了十万分的戒备，林三酒却猛然感觉后背朝里一紧，内脏一下子受到了仿佛千万斤的压迫，顿时直直地喷出了一口血——“防护力场”早在这一瞬间疯狂运转了起来。几乎都聚集在了被压陷进去的后背上，死死抵抗着这股没有来由的巨大压力。

挣扎着朝身后看了一眼，林三酒什么也没看见。空荡荡的偏殿里，连一丁点儿声息也没有。她咬着牙试图朝旁边挪一挪，然而那股力量竟压得她完全不能动；稍微挣扎得厉害一点儿，她便听见了自己后背的骨头咔啦啦地一响，仿佛即将要碎似的。

等了一会，见眼前的女人居然还没有被压塌，“亨利王”似乎也有些意外。

“噢？你好像也没有使用特殊能力啊，想不到你的肉体竟然还挺强悍的。”他的笑容渐渐地淡了下去，嘴巴紧紧地扁成了薄薄的一条线，“……看来上次没有对你贸然动手，果然是对的。”

“亨利王”的双手一动，似乎想做出另一个动作来——不管他想干什么，林三酒知道他的动作一旦做出来，自己肯定就要吃不住了。来自身后的压力之大，已经不像是一个“力量”了：如果说林三酒是一只装进罐子里的小白鼠，那么此时的状态，就是这只罐子朝里塌陷了一块，正好压在了小白鼠身上，挤得她动弹不得。

在这种情况下，她无论如何也不敢再尝试亨利王的下一个攻击了——眼看着对方的手已经抬高了一点，她慌忙叫了一张卡片出来。情急之下，就连她自己也不知道自己叫的是什么。

腾的一下，突如其来的重量坠得她双手一沉；剪开的袋口歪了歪，顿时从里头倾洒下了一捧亮橙色的猫砂，在黄融融的飞灰里掩盖住了林三酒。

“咦？”

明明被自己困在了能力里的人却忽然不见了，亨利王果然一愣。这半秒也不到的失神里，他双手无意识地朝下一放，顿时从前方一片黄澄澄的虚无里滚出来了一个女人——

林三酒一口气也不敢喘，在亨利王反应过来以前，又是一把猫砂扬了出去。趁着这短短的几秒工夫，她疯了似的冲向远远的偏殿另一头。那一处的空间，似乎还没有受到亨利王的能力影响。

刚才几乎要被活活碾碎的痛苦，还鲜明地留在了身体里。老实说，其实连她自己也有点懵懂，不知道自己是怎么从刚才那片空间里逃出来的——当她在浑身剧痛中刹住脚步，回头张开了骨翼时，林三酒突然一下子想起自己忘记了一件东西。

亨利王此时正站在她的踩踏板旁边，目光不住地扫视。

“你的板子……应该就在这附近吧。”他似乎看不见林三酒的板子，试探性地踢了两下空气，脚尖从铁皮板子的边缘险险擦过去了两次。

万一他能拿到我的板子——

林三酒努力抑制住心慌，有意冷冷一笑：“……你找不到的，我已经把它收好了。接下来，只要在一分钟之内干掉你，我就可以回到板子上了。”

亨利王歪头瞧了她一眼，似乎也是满腹疑虑，拿不准她说的是不是真话。他没有从刚才林三酒所站之处走远，只是朝她哼了一声。

“那你尽管试试。”亨利王一挥手，他身旁的又一片空间顿时也支离破碎了起来，“不管是什么，想攻击到我，大可以从我的能力中穿过来。”

“毕加索”。

看起来叫人难以理解的立体主义和抽象画派，在变成了能力以后竟展现出了奇妙的功能。正如毕加索将多个立体维度上的面都巧妙地展现在了平面的画布上一样，这个能力的主人能够将身体周围的部分空间打碎成小块，再组合成一副他喜欢的平面画作。

当然，在这个空间里面的东西自然也会随着空间而变位——《哭泣的女人》这幅名作中，鼻子和嘴巴的位置也完全不符合人体的构造。能力的主人当然知道这样可能会死人，不过为了艺术，还是请大家牺牲一下吧。

“凡是穿过这片空间的任何东西，都会成为我画作的一部分，”亨利王死死盯着林三酒，双手一动不动地保持在空中——似乎他只要一放下手，这个“毕加索的画”就会松弛下来，“我倒是想见识见识，你到底有什么办法能够碰得着我的边。”

林三酒心里一紧，登时觉得不好办了。

自己一身伤就不提了，对方的能力攻守兼备，让她近不了身不说，如果还有远程攻击的特殊物品，那就更棘手了——在她拼命想对策的工夫，播报声已经开始悠悠地给她数秒了，想要在一分钟之内拿下这个亨利王，只怕不可能。

冷汗从额头上一点点滑下来，林三酒的念头从好几件特殊物品上转过去，仍然没有什么好办法。

意老师曾经批评过她，太过于依赖身外之物；黑泽忌也说过靠着能力和物品，总有一天会遇上克星的——林三酒现在只能暗恨，为什么自己没有早一步意识到这个问题。

随着每一秒的过去，亨利王的神情就越发轻松了一点。

他似乎已经看出来了，林三酒拿他没有什么好办法。哪怕自己不动地方，只站在这儿等着时间过去，面前这个“加百列”的下场，也只有一个死。

就在林三酒一咬牙，打算冒一次险的时候，一个熟悉的“扑棱棱”的声音，忽然穿破了空气，转瞬之间就靠近了身边——

“……喂，我刚才打退了一个攻击者，估计你现在也差不多应该有麻烦了。”黑泽忌冷冷的声音，在此刻听起来仿如天籁。林三酒一下子屏住了呼吸，生怕漏掉任何一个字。

“也不知道这个纸鹤能不能找到你……不管怎么说，你如果听到了我的话，从现在起就按照我说的做吧。”

## 第三百四十四章　对决！玛格丽特王后！

“玩家已离开踩踏板三十一秒，请在一分钟之内，尽快回到踩踏板上。”

当播报声再一次从空气中消失时，纸鹤也终于陷入了沉默。

黑泽忌的指点，说白了只有几句话而已。大概是因为他也不知道林三酒具体面对的是一个什么情况，所以内容也尽是一些笼统的要领。不过不管如何，林三酒此时能够依靠的，也就只有这一只纸鹤了。

任何进化能力都是有局限的，世上不存在相对完美的某种能力或物品——当她暗暗地告诫了自己一遍以后，林三酒尽力静下心来，花了几秒钟，眯起眼打量了一会儿亨利王与他的“毕加索”。

……这个能力的局限，看起来似乎就在“范围”上。

假如“毕加索”能够无限地延展，那么躲在亨利王表面下的进化者，恐怕早就一统天下了……可是现在“亨利王”看起来十分小心谨慎，身体周围都被“毕加索”包围得滴水不漏，要怎么利用这个局限呢?

林三酒一边回想着黑泽忌的话，一边深吸一口气，随即闭上了眼睛。

“……当你看见一丛树，一片海，一摊石头，你觉得那是‘环境’，是自然的一部分。树、海、石头，都是这个星球的造化物，人也是这个星球的造化物——为什么你在看自己的时候，却觉得自己与环境是分开的？”

……沉浸进了纯触状态以后，浑身上下的伤痛猛地鲜明凶猛了一瞬间；然而紧接着，痛意便退后了，更基础、更牢固的感觉浮了起来——那是林三酒的身体，在每时每刻地诉说着什么。只有当她在纯触状态时，她才能听得见来自自己身体的声音。

尽管此时林三酒闭上了眼，但对面的“毕加索”空间，却从没有这么清楚过。

用眼睛看的时候，或许还会受到“毕加索”独特的光影手法影响。然而皮肤、毛孔、发丝……却既不会说谎，也不会受迷惑。

如同在用手摸一件刻得坑坑洼洼的雕塑一样，林三酒清清楚楚地知道哪一处空间陷了下去，哪一处升了起来，哪一处被挪走了一块……这种感觉是如此奇妙，她甚至有些迷醉了，几乎都忘了自己还有时限，对面还站着一个敌人。

随着她呼吸节奏的消失，偏殿里一瞬间陷入了奇异的短暂宁静里。

要不是还要抬高双手维持着“毕加索”空间，亨利王现在简直想揉揉眼睛，生怕自己被什么幻术给骗过去。

对面确实是站着一个女人的，他的视网膜明明白白地如此告诉他。然而不知道为什么，他的目光总是不由自主地就从她身上滑了过去，一点也没有停顿——仿佛林三酒不是一个他正对峙着的敌人，而是一支蜡烛、一块地毯、一个柱子，无须他多花半点注意力似的。

好几次，亨利王都是在心里一惊以后，硬生生地将目光转回了林三酒身上，这才意识到对方仍然一动没动地站在原地。

淡得几乎无法察觉——林三酒的嘴角浮起了一丝丝笑纹。

“……当你意识到你是环境的一部分，环境也是你的一部分时，你就多了一个最强大的武器，谁也不能从你手中夺走的武器。”

这一段话初听的时候还有点不太好理解，然而林三酒在纯触状态里试着朝前踩了一步以后，她立刻领悟了黑泽忌的意思。

在这一步里，空间传递给她的信息，恐怕要写几十页纸才能写完：空气流动的方向，烛火遥远的热意，房梁上刚刚落下的一小簇灰尘……

世间万事万物，仿佛在这一刻都从林三酒的体内流过了；连她自己，也化为这洪流中的一部分，在星球的表面上翻卷奔腾——

在前方四五十米的地方，亨利王脚下所踩的那一片红毯，微微地有点儿铺歪了，它的边缘处没能严丝合缝地贴住地面，反而搭在了另一块毯子上，略微高起来了一块。

“你是打算闭目待死吗？”

亨利王忽然冷笑了一声，语气里满含嘲讽，在最后一个字的尾音上却稍微抖了抖。

他早就隐隐有了不太妙的感觉，偏偏始终也抓不住那一丝预感，也说不清楚眼下到底是一个什么情况。假如能够激林三酒出手，说不定反而能抓住对方的马脚。“我说，你……”

一句话才刚开了个头，对面双目紧闭的女人忽然动了。

她的动作既不快也不慢。说快吧，好像每一步都让人看得清清楚楚；说慢吧，又似乎连眼睛都来不及眨一下，她的动作已经一气呵成地做完了。

林三酒脚跟一转又一踢，原本踩在脚下的红毯已经被她撬起了一个角，朝空中飞了起来。她眼睛依然闭着，手轻轻朝前一伸，准确无误地抓住了红毯，随即一收手臂，一大块地毯便被她扯了起来，被她随手扔向了身后。

亨利王压根就没察觉到，自己脚下的地毯失去了底下那一层，立刻轻轻地落在了地面上。“你这是在干吗？”他吼了一声。

即使是再精密的仪器，恐怕也测不出来当地毯落下去一点时，人体会跟着落下去多少——这种细微到几乎没有的改变，连当事人都毫无察觉。但在林三酒的眼里，这已经是一个足够决定成败的关键了。

因为她刚才的一个推测，已经被证明了。

"……环境之中，最容易被我们改变的，就是空气了。"黑泽忌在纸鹤里的第三段话，也是最后一段话，是这样说的，"人的每一个动作，不管再微小也好，都会造成气流的改变。你以为成长型肌肉和力量的增长，只能够直接砸在敌人身上吗？当我们以合适的角度、力道击中空气的时候，有时反而能够产生惊人的效果。"

无人回答亨利王，林三酒像是一个暗夜里的幽灵一般，身体轻盈地在空气里滑了下去。她腿部弯曲、蹲下的每一个动作，看起来都像是浑然天成般的恰到好处，轻轻地，又沉重地，她的右侧骨翼突然拢了起来，猛然朝前方的空气里刺去。

"你是不是突然瞎——"

亨利王的嘲笑实际上还只是一个念头，他尚未来得及将它说出口，眼前有什么东西就变了。然而这一切发生得太快，他只觉得自己左脚猛然一阵剧痛，"啊"了一声，身子忍不住震了一下——

这一震，已经足够了——他一直高高抬起的双手，不由自主地挥了挥。

"毕加索"有所松动的那一刻，林三酒觉得自己仿佛已经等了一辈子。她脚下一蹬，随即浑身上下已经融会贯通成了一个小小的什么东西，在这一道力下弹射了出去，快得甚至连思维都跟不上了。

……以前，她是脚发力，腿跟上，上半身再朝前倾，一步接一步的连环动作，不但效率低了，效果也大打折扣。这也是为什么黑泽忌说她的身体是一块块堵死的。

"毕加索"在松动了半秒钟以后，就再次在亨利王的指挥下凝聚了起来。然而半秒的时间，已经太多了。

"为……为……"亨利王双眼圆睁，死死地盯着穿过自己腹腔的森森白骨，"是什么……"

他血红的目光艰难地移到了他的左脚上——那儿看起来像是被小型炸弹给炸了一下似的，连鞋子带半边脚趾，全已碎成了血肉模糊的一片。

"那个啊，"林三酒这时候才睁开了眼睛，琥珀色的眼珠在昏暗的偏殿里闪烁着光泽，"……是我打出的空气，形成了尖刺。要不是你的身体往下降了几个毫米，露在了'毕加索'空间外，我也打不着你呢。"

虽然每一个字都听懂了，但是亨利王的表情，从来没有这样茫然过。

属于欧洲中年男人的高鼻深目、一头鬈发，渐渐地从他脸上、头上消失了，如同海水退潮一样，露出了底下一张平凡无奇的暗黄面孔。

到他死的这一刻，林三酒也还不知道他叫什么名字。

“玩家已离开踩踏板五十二秒，请在一分钟之内，尽快回到踩踏板上。”

呼了口气，林三酒将目光从轰然倒塌的死尸上挪开，踩上了铁皮板子。随着她的动作，播报声一下子哑了。

想了想，她掏出了纸鹤，打算给黑泽忌回个信。

“谢谢你，你的消息来得太及时了，我刚刚也击败了一个对手……”她的讯息很简单，几句话就说完了。她一伸手放飞了纸鹤，纸鹤翅膀顿时扑棱棱地朝她身后飞了出去。

……或许是因为战斗告捷后那微微的一点松懈，当林三酒猛然意识到身后还站着一个人的时候，她唰地扭过了头，正好对上了玛格丽特王后那张如天鹅般优雅美丽却面无表情的脸。

浑身的肌肉一瞬间紧绷了起来，又在下一秒松懈了。带着几分迷茫，林三酒呆呆地看见那只纸鹤落在了玛格丽特王后纤长的手指上。

“我警告你，”一绺金发滑了下来，从她樱花般的红唇里，吐出了林三酒十分熟悉的凶狠语气，“……你要是敢和别人说起这件事，我一定会亲手杀了你。”

[节选自起点女生网]

【粉丝评论摘编】

@安迪斯晨风：我真正想说的是，作为一个男读者，如果你想去了解女频小说的话，《末日乐园》是一个很不错的开始。首先从题材上说，本书是主站文中非常常见的无限流题材，每一个世界都是不同的末日世界。从情节流程上说也是以和人组队探险打怪为主，个人升级为辅。当然最最关键的是这本书没有男主，主角妹子从头到尾也没有要谈恋爱的想法，所以这本书也就不会让那些对女频恋爱情节过敏的男读者看不下去，像早期网文那样适合男生和女生一起阅读。

不过《末日乐园》最大的优点并不在于此，读这本书第一感受是特别刺激，因为它的脑洞十分密集，无论是人物的特殊能力还是道具、副本都充满了天马行空的想象力，剧情也是经常不按常理出牌，走到一个地方会是什么风格，完全是奇诡难料。这种让读者摸不到头脑、觉得每一个情节都如履薄冰的感受，以前我只在《惊悚乐园》中感受到过。

……

如果说《惊悚乐园》只有一部分令人细思极恐的话，《末日乐园》中就有很大一部分是真真正正的恐怖小说了。作为一个胆小鬼，我在书中至少三个地方感受到了十足的恐惧。特别是在如月车站一段，用比较俗的词形容：就像一只手在攥着你的心脏，感觉到浑身都在发抖。恐怖的氛围加上出色的谜题设置和作者飞扬跳脱的思维，让这本书时时处处都充满了惊吓与恐惧。

@彼岸青眉：过程中对39（林三酒）一直不停地独自上路非常不适应，每一个故事里都有遇到朋友直到离别，经常会让我在后面的情节里想念他们。在我看来一个人如果注定孤独也不能是这样子，好像在读《士兵突击》的时候，成才说过的一句话：你就像一棵树，我却一路走来一直在丢我的枝丫，现在我要去把我的枝丫都找回来。

但却又像尔冬升说过的：孤独和死亡是每个人逃不开的宿命。

在这本书里这样的设定真让人心痛又深刻。

@大型不科学少女：《末日乐园》……几乎满足大部分爽点，桥段设计有出乎我意料的新鲜度而且作者玩得很溜，不管是各种能力设定还是世界设定，没有什么烂套路，蛮别出心裁的，悬念很够，节奏控制也很好；文笔优秀，气氛到位，几乎是毫无障碍一路满足地看下来不无聊也不出戏。个别借桥段控制得很好，在作者的巧思下也都恰当地融入了故事，足以看出作者的用心。

令人惊喜的是除了套路新鲜，主线大结构也hold得很好，写了这么长没散架；而且还有不少成功的升华瞬间，让这个故事具有了一些更厚重的质感，在网文这种追求日更和纯爽的大氛围下简直非常难得。

@镜_凛止：去女强吧有很多，但看多了觉得剧情都烂了，《末日乐园》是我看过的第一个这种设定的无限文，没有基地，没有什么金手指，真是自强的女主啊！唯一的金手指就是那不知道有多少的潜力值，还有就是去每个世界都会有朋友。把无限流元素结合末日，很创新，特别的名字和特别的能力都是我最喜欢的。

@浮生万华：伊甸园这部分我超级喜欢，虽然前期很压抑，但描绘的人性非常真实，女娲的出场和她悲凉的笑容正和这个故事的人性黑暗主题相呼应。地球中心太可怕了，不过总感觉这种设定哪里见过，不过作者写得很棒，人肉苹果那里简直了，这种设定我原来看过男生写的类似网文，就是为了发泄的，太黑暗，而且坚决没有救星的那种。

［导引、简介、节选、粉丝评论摘编：王玉王、彭笑笑、余萌萌、刘心怡、冯嘉苗、范雯玲、岑婧云、李晗颖］

# 在时间之外，重写“人性”与“女性”
## ——评须尾俱全《末日乐园》

王玉王

对经典的“末日流”作品而言，从“常日”到“末日”再到“后末日”秩序重建的时间过程，往往被赋予高度意义。如非天夜翔的《二零一三》(2011)，末日的开始成为主人公重新相爱的契机，结尾地球重现生机则预示着这段爱情的光明未来；又如玄色的《2013》(2010)，以末日之后幸存者间的阶层重组为起点，讨论极端条件下人的权力与尊严。而《末日乐园》作为一篇“末日”与“快穿”相结合的作品，却体现出高度空间化的特征——无数末日世界平行排布于宇宙图景之中。

强调空间维度，以空间转换连缀故事，这固然是“快穿文”［如风流书呆《快穿之打脸狂魔》(2015)］的本来特质，但却在《末日乐园》中成为一种整体性的修辞结构。例如，《末日乐园》借用了电子游戏中的“副本”概念来结构空间，每个末日中，都存在若干名为“副本”的独特空间。这些空间拥有独立于末日之外的独特规则，进化者（在末日中幸存下来，并进化出各种异能的人，主角林三酒即是一名进化者）进入副本空间后，必须按照副本规则通关，才能获得相应奖励，否则就会死于副本惩罚。按照《末日乐园》的解释，所谓副本，实际上只是未能成形的末日，而末日与副本同样的残酷，则昭示着在这样的世界设定之中根本不存在从“常日”到“末日”的时间线索，所谓“末日”，是跳脱历史之外的永恒荒芜。

突如其来的末日斩断了林三酒与过往的一切联络，无时无刻不在生死之间挣扎的现状则使得她无力期许任何美好未来。行走于“末日乐园”中的女主角林三酒，同样是一个丧失了时间维度的个人。

线性时间——作为现代性价值赖以建构的基准——在《末日乐园》中的消泯，或许正应对于一种去深度的后现代场景。而当原有的价值面临崩溃，脱离了历史管控的女主角林三酒，究竟又应该/能够以怎样的姿态立于天地之间？在这个只有空间一维的末日乐园，所谓“人性”与“女性”又应该/能够怎样重新划定？这或许便是《末日乐园》所处理的核心命题。

林三酒，这是个从名字开始就不怎么女性化的女主，特别是当她因融合女娲基因而拥有了一米八的身高和巨大骨翼之后，身体便很难再被命名为一具“女性的身体”。不仅如此，在各式末日与副本之中，林三酒的身体还不断被变换为植物、母鸡、薯片等形态。这一场场光怪陆离的变形记似乎在提示我们：林三酒的“自我”从来不是以身体为尺度而标识的，而当我们深入观察林三酒永恒不变的灵魂——当永恒作为一种空间化了的时间概念——便会在她勇敢果决、一往无前的性格之中，发现高度内在于女频网络文学之中的“女性特质”。

《末日乐园》所构筑的残酷世界，无疑对话于2010年代初女频文中大行其道的“丛林法则”世界观；而林三酒无论何时都在坚守的“人性底线”则实际上来源于女频作者、读者在近年来的“反丛林法则”创作实践，以及“三观”讨论中所形成的道德共识。相比于男频作品中大量存在的亦正亦邪、杀伐果断的男主人公，林三酒不滥杀、不忘恩，纵使身处绝境也不抛弃需要帮助的弱者（无论善恶）的有限善良，显现出一种倔强的温柔。而这，或许才是女频作者与读者所体认到的无可替代的“女性特质”。

带着这样的温柔，林三酒在末日世界中与许多伙伴陌路相逢。每一次的邂逅都在猜忌与提防中开始，但林三酒总是很快便能够成为给予同伴莫大安全感的领导者。林三酒并不强大，始终在生死边缘摸爬滚打。然而，在那险恶遍地、人心莫测的末日世界中，林三酒却始终是值得信赖的一个。紧接着，一旦人们鼓起勇气将背后托付给林三酒，便会重新忆起：我们本该是彼此依赖、相互取暖的同类。对比一下男频年度作品《惊悚乐园》，其主人公封不觉身处于一切价值都被怀疑的时代，在那样的故事中，每一个人都该拥有自己的准则与信念，于是便碎裂为一个个独立的宇宙。而林三酒所做的，却是在支离破碎的世界中，以微小之力重新将孤绝的个人黏合为群体。

就这样，坚强而善良的林三酒俘获了读者的芳心。然而与此同时，“不让林三酒谈恋爱”却成为读者对《末日乐园》最强烈的要求。作者也不断地申明：这部作品现在没有男主，以后也永远不会有男主。或许《末日乐园》的作者与读者都隐约意识到了：一旦林三酒被迫占据一个爱情的位置，她便不得不开始携带被书写于性别差异之上复杂沉重的历史与积习；而一旦这种时间的维度被引入“末日乐园”，那生机勃勃的荒芜就势必被种种现实所负累、压抑，失去自由生长的能力。这一危险也显示出了“末日乐园”的双重属性：它是鲜血淋漓的恶托邦，但同时也是具有无限可能的伊甸园。

为了按照自己心中理想的样子活着，割舍爱情似乎是林三酒无可避免的代价。然而，当《穿越未来之男人不好当》（汝夫人，2013）、《木兰无长兄》（祈祷君，2014）等作品中女扮男装的女主人公在建功立业的同时，得才貌双全的男性“佳人”相伴，当有读者在微博上求林三酒与季青山（《末日乐园》高人气男配）的“GB”（G 即 girl，女性；B 即 boy，男性。一般言情文统称为“BG”，字母顺序暗示了爱情中的权力关系）“同人”文，一种崭新的爱情想象或许正在乾旦坤生的性别倒错中曲折萌发。

总有一天，未来的“林三酒”们将夺回自己的爱情与时间。

# 我有四个巨星前任

琅 俨

琅俨，又名琅邪·俨，2008年登陆晋江的专职作者，同时还是人气颇高的5sing歌手。她文路广泛，尤其擅长体育竞技文。身为资深足球球迷，琅俨广受好评的前作《影子前锋》(2012)、《极度狂热》(2013)已为她积累了包括一部分男性的可观读者群。2015年连载的代表作《我有四个巨星前任》共290章约100万字，获晋江金牌推荐，长期盘踞各榜单前茅。而新作《午夜布拉格》作为文艺经典《午夜巴黎》的捷克版，虽然题材小众，仍能在月排行榜排到14位。

琅俨写作纯爱和言情同样拿手，乐于分享平凡而有天赋的主人公在某一事业上的奋斗故事。她尤其热衷描写欧美社会背景下富有事业心的成熟强女主。在令人血热的快节奏叙述之外，理性、成熟而表现出探讨意愿的女性主义自觉同样是她醒目的标签。

【标签】竞技　欧美　现代　言情

【简介】

二十八岁的旅欧中国姑娘伊蕾在第四段失败恋情后避居捷克。阴差阳错，她的每任男友分手后都成为足坛巨星，使她变为欧洲足球小报口中的“巨星前任”。在捷克，她凭借多年壁上观积累的经验、聪明才智和倍于常人的努力，带领业余丁级足球俱乐部布拉格梅特奥队（虚构）一步步升至甲级。过程中她克服性别歧视、经济困难，博得了球员的敬爱，突破了“四个巨星前任”的光环笼罩，获得了五大联赛的注意。

在俱乐部经理私自卖掉主力球员后，伊蕾转任西班牙乙级皇家社会队主教练。带队重返西甲的伊蕾成为史上第一个女性五大联赛级别俱乐部主帅，然而在西甲立足比在足坛第三世界捷克艰难得多。她不仅要适应三线作战的密集赛程、阵容强大的豪门对手，还要应付俱乐部高层的猜忌和舆论对女教练私生活的恶意炒作。尽管绿茵场上破皇马、斩巴萨，战绩亮眼，身为一位富有魅力的职业女性在男人堆中遭遇的众多追求却给伊蕾造成了困惑，并险些中断了她的教练生涯。在重重挑战之中，不屈不挠的主人公如何经营事业、抉择感情是本文最大的看点。

节选章节出现在伊蕾执教布拉格梅特奥队的两个重要阶段：丙升乙和乙升甲。有训练间隙的温馨互动，有含蓄克制的感情暗流；有对比赛激烈场面的正面描写，也有借他人之口的生动还原。层次丰富，张弛有致，对于展现女频竞技文特色很有代表性。

【节选】

## 第四十章　丙级联赛的黑马

当科维尔说起他的父亲与布拉格的渊源时，这个把自行车骑得很稳的男孩已经把伊蕾带到了距离她所租住的屋子不远的地方了。就在伊蕾要出声示意对方在这个地方右转时，有着浅金色头发的男孩却转过头出声道：“准备好了吗？我们要进巷子了，小心脚。”

伊蕾还没反应过来，科维尔就已经把自行车龙头一转，向着一条不起眼的小巷拐去。伊蕾这才明白那句“小心脚”是什么意思，于是立刻把自己的脚贴着自行车放好。而后，他们就这样穿过了一条很窄很窄的小巷。

等到路灯的灯光又变得能把四周都照得很清晰的时候，伊蕾恍然发现他们居然已经到了她所租住的一室户公寓房的后面了！

她都住在这里一年半了，可她居然都不知道从俱乐部过来这里还有这么一条近路！也就是在下一刻，先前就听伊蕾说过一次她住在什么地方的科维尔这就把自行车停在了伊蕾的公寓房楼下，并说道：“我对布拉格很熟悉。”

“我对布拉格很熟悉”，这句话在科维尔提出要骑车送伊蕾回家然后再跑步回去的时候就说过，现在又对伊蕾说了一遍，实在是让人感觉到一种后知后觉的有趣。但就在伊蕾开始回想刚才科维尔带她走的那条路究竟是怎么走的时候，科维尔已经一本正经地出声提醒道：

“不过，你一个人的时候还是别走那条巷子比较好。因为你每次可能经过它的时候，总是很早或者很晚。这条巷子很长，而且很窄。虽然布拉格一直都很安全，但还是小心一些更好。”

“好好好，我知道了。”被一个比自己小那么多岁的男孩那么认真地叮嘱安全问题，这真是太有意思也太让伊蕾感到无奈又好笑了，于是她只能这样回答道。

就在科维尔十分自觉地拿着伊蕾的自行车钥匙把她的车在楼下锁好的时候，伊蕾看着这个初见时又是紧张又是腼腆到脸红的男孩，并说道：“你很喜欢布拉格。”

这句话让科维尔愣了愣，而后再一次露出了他那又可爱又帅气的笑容说道：“是的，我喜欢她。所以我不想离开这里。”

当伊蕾问出那句话的时候，她就已经猜到了为什么出身布拉格斯巴达青训营的科维尔一从乙级球队出来就找到了还是丙级联赛升班马的梅特奥队并赴汤蹈火。可她没有想到，科维尔居然能听明白她话里的意思，于是她也就继续说下去：

“丙级联赛里，在布拉格的球队就只有梅特奥和布拉格火车头。而你选了梅特奥。”

“是的。我觉得，梅特奥是一家很有人情味的俱乐部。所以，我想加入她。”说完，科维尔就把自行车的钥匙交还给了伊蕾，并对她说道：“晚安，我等你安全到家再回去。”

这下，换伊蕾没能反应过来了。过了好一会儿，她才意识到科维尔所说的，是等她到了她所租住的屋子再回去。这个认知带给了她一种猝不及防的触动，可她又说不清那到底是什么。于是她只能对科维尔也说了一声“晚安”，而后就走上楼去，用跑的！

她打开了房门，并把屋内的大灯打开。刚要脱了鞋子跑进去，这就反应过来了些什么，于是又回去把房门全都反锁好了，这才跑到就在一室户里的厨房旁的窗户那里往楼下望去。这一望，果然看到了那个骑着车把她送回来的金发男孩就待在路灯下看着她。

于是伊蕾愣愣地向他招了招手，男孩这才跑着离开了。

为了保证足够的睡眠时间，以及每天早上提前两小时抵达俱乐部的加训时间，科维尔需要一路向着自己的家加速跑回去。这样，他只需要半个多小时的时间就能够跑回家去。

与伊蕾这样选择住在距离俱乐部很近的市郊不同，科维尔的家就在布拉格的老城区。在冬季的夜晚，他越是跑近自己的家，这一路上的灯光就越是喧嚣。而当他跑过查理大桥的时候，他习惯性地拿出手机拍下今夜的查理大桥。

他本该在回家之后就立刻去洗个澡，然后躺到床上去。可是在这个夜晚，他突然很想再画一画他刚刚经过的查理大桥。那座拥有三十座圣徒雕像的老桥在一年的四个季节，一天的二十四个小时里都有所不同，因此绘画出成百上千个拥有不同色调不同角度的查理大桥会是一件有着别样乐趣，却又极为考验人的耐性以及观察力的事。

就这样，科维尔走进了属于他的阁楼。在这间阁楼里，满是他画的布拉格老城，而且这里又有着一扇窗户，能够让他看得到寒冷月色以及许多拥有红色瓦块的屋顶。

他就坐在自己的画板前，拿出自己的手机并调出刚刚拍的那几张照片，借助着它们回忆起自己今天看到的那座查理大桥。而后，他就动起笔来。

深蓝色的线条勾勒出冬季夜晚的查理大桥，柔和的黄色是桥上亮着的路灯，石砖的土黄色带着些许黑色的蓝，尖利的线条则属于古老的桥头塔楼。但是那一切都带上了属于冬季的朦胧，它让所有视线可及的景物都变得若隐若现起来。

可你还是可以清晰地听到桥下的伏尔塔瓦河河水流过矮矮堤坝的声音。

科维尔将他所看到的，所听到的，以及想象中的诗一般的韵味全都赋予他画笔下的查理大桥。这是一张在灵感来临时仅花费四十分钟就完成的，线条凌乱的速笔画。可在完成之后，他又觉得这张画好像缺了些什么。

于是他闭上了眼睛，静静地沉思。数分钟后，他拿出了红色的油彩，在桥上画了一个女性的背影。这一次，他画得不再是那样地一气呵成，而是每一笔都比先前的那一笔要更为坚定。

那个红色的背影并不清晰，也无法让人猜到这个人物的特征。

在完成了这些之后，科维尔又坐在那里看着这幅画沉思了许久，直到午夜的钟声响起，他才惊觉现在竟然已经这么晚了。于是他给画板盖上布，立刻冲下楼，去到自己的卧室冲上一个澡，吹干头发后躺到床上。

在半梦半醒即将入眠的时候，科维尔仿佛听到了由四面八方所传来的，球迷们高呼着他名字的声音。那样的声音比他先前所听到的任何一次都要更为响亮，由观众席席卷而来的气浪几乎能将对手方的球员整个人都掀翻，仿佛整座城市都因为那一声响过一声的“科维尔”而地动山摇起来……

“科维尔！”

“科维尔！”

“科维尔！”

四月的布拉格，初春降临，这座中欧的星辰之城逐渐染上了春天的色彩。而球迷们的热情则早已像炎炎夏天那样，如火一般炽烈。

在布拉格北郊的梅特奥队主场，球迷们一声高过一声地喊着刚刚为他们打进了一球的科维尔的名字！而就是在球迷们的情绪如此激动时，有两个人显得冷静极了。他们就坐在能够将球场上的一切都看得很清楚的观众席上，仿佛只是纯粹的旁观者而已。

他们是布拉格斯巴达队的球探。

由于布拉格梅特奥在冬歇期过后的四轮比赛之后一跃从积分榜上的第五名升至第三名，布拉格梅特奥队的俱乐部经理克里克斯女士已经正式向布拉格斯巴达队的俱乐部高层递交了租借球场的预案。

根据克里克斯女士所提供的预案，她认为梅特奥队极有可能在本赛季结束后升至捷克乙级联赛。如果一切果真如她所预料的那般，那么她希望能够向布拉格斯巴达队租借主场，使得能够容纳 20854 人的莱特纳球场成为梅特奥在乙级联赛的主场。

当布拉格斯巴达队的俱乐部高层收到由梅特奥队的俱乐部经理克里克斯女士所发出的这份租借球场的预案时，他们是极为惊讶的。因为在这支捷克的豪门球队印象中，梅特奥队似乎还是一支丁级联赛中实力不好不坏的、彻头彻尾的业余球队。

可就是这样的一支球队，现在居然表示很有可能要在新赛季的时候租借他们的球场用，并希望得到一个球场租金的报价！显然布拉格斯巴达队的俱乐部高层完全无法相信那样的一支球队居然会在一年多的时间内经历这样的蜕变！

于是布拉格斯巴达队的体育主管首先发声：给我派球探过去！这不可能！我不相信丁级联赛有球队可以两年连升两级，从底层的业余球队晋升到职业球队！我要一份有关布拉格梅特奥队的、全方位的、彻底的评估！

就这样，布拉格斯巴达的球探来了，却是过了四周才成功买到梅特奥的主场球票！他们万万也没有想到，这样一支业余球队的主场球票会那么难买。等他们买到梅特奥的球票时，时间都已经从三月变成了四月，原本还在丙级联赛积分榜上第三位的布拉格梅特奥都成功升至第二位了！

显然布拉格斯巴达的球探还没能对梅特奥队的球队实力进行一次整体的评估，

就已经能够写一份名叫《买梅特奥队的比赛球票多艰难》的报告了！

在这个赛季开始之前，主场仅能容纳一千五百人的梅特奥队在赛季初的时候就已经卖出了七百套赛季套票。在每场比赛可出售的球票仅剩八百张的情况下，这样一支业余球队在球票的管理上居然还引入了十分先进的理念。为了避免球票的高价倒卖，梅特奥队的主场球票上都会印有这张球票所属的球迷本人的名字，在进场时需要核实本人的护照才能够放行。更有意思的是，梅特奥的球票只许退，不许转让，并且买票和退票的窗口还不是同一个！

而后，他们又成了捷克丙级联赛本赛季的最大黑马！他们在进攻端上拥有一对帅气逼人的锋线双星！他们还有热情明朗的球风，以及漂亮的进攻！在吸引球迷方面可以说是做到了男女通吃。

在冬歇期的时候，梅特奥队就使出了“搏命式甩卖转播权”的绝技。只要有电视台愿意播他们的比赛，哪怕不要钱他们也愿意。这是在厚积薄发啊！这是在拼尽全力培养铁杆球迷啊！

对于球队的球探所给出的这份情真意切的报告，布拉格斯巴达队的体育主管表示，管理上的问题别来和他说，找经理去！他要的是梅特奥队的球队实力报告而不是俱乐部经营报告！

## 第四十一章　一次彻底的评估

想要对梅特奥队的球队实力进行一次彻底的评估，就得去现场起码看一场球，光是看电视转播，真的很难。于是，布拉格斯巴达队的球探经历了千辛万苦才买到了梅特奥队在四月的一场联赛的球票。

这个时候，在效力梅特奥的一个赛季之内迅速成为布拉格梅特奥队当家球星的科维尔已经成了本赛季捷克丙级联赛射手榜上的榜首球员。或许，只看职业联赛的球迷们会对这名刚刚年满十八岁的球员一无所知，可是在捷克的丙级联赛，他可算是新晋的大红人了！即便是在时常出现奇葩比分的业余联赛，像科维尔这样能够每场比赛都进球的射手也是极为少见的。

而早就查看过梅特奥队所有球员资料的布拉格斯巴达队球探当然会知道，场上的那个身上带着直击内心的少年气以及锐利感的梅特奥队11号科维尔，是个完完全全由布拉格斯巴达培养出来的球员。

根据资料显示，就在八个月前，布拉格斯巴达自家的青年队拒绝向这名球员提供续约合同。在来到现场看球之前，这两名布拉格斯巴达的球探还特意去找到了自家青年队的主教练，向他们了解有关科维尔当年在青年队的情况。

对此，布拉格斯巴达青年队的主教练向前来拜访的俱乐部球探坦诚，他喜欢那种在球场上十分勇敢的球员，可科维尔当时在青年队的表现却让他并不喜欢，每次遇到需要正面突破的时候，科维尔都会犹豫。年仅十七岁的技术型球员长得不够强壮，这一点他很能够理解。可在遇到更为强壮的对手时脑袋里只有怎样保全自己，甚至是犹豫和退让，这是他所不能忍受的，与他的足球理念不相符合。

当时，这两名斯巴达队的球探也对自家青年队主教练的选择表示理解，可当他们坐在梅特奥队的主场，看着科维尔在球场上肆意奔跑，并贡献出一次又一次极具威胁的进攻时，他们产生了一种怀疑——科维尔究竟是不是真的像他的青年队主帅所认为的那样，在进攻与突破时缺乏勇气。

如果摒弃主教练的个人喜好，斯巴达队的球探认为，就科维尔今天在场上的表现来看，这样的一名球员想要在乙级联赛站稳脚跟完全不会是一件困难的事。

看着科维尔打入了刚刚那一球的球探又观察了一会儿科维尔在无球状态下的跑位和表现，在他的笔记本上写道：

> 科维尔，丙级联赛射手榜上的榜首球员，这个月才满十八岁，斯巴达队自家青训营培养出的球员，擅长禁区内抢点，擅长抓机会，三十米的冲刺速度令人惊讶，对于越位线的把握超越他的年龄。

当布拉格斯巴达所派出的两名球探中的一位写下这段话之后，另一位则在后面又加上了一句：

> 如果科维尔本赛季还在斯巴达的青年队踢球，在锋线球员缺乏时可以考虑把他提到斯巴达的一线队。

两名斯巴达队的球探互相看了一眼，而后都对那句话表示认同。在看了梅特奥队的比赛差不多三十分钟后，他们对于这支球队都有了许多的想法，于是交换起了彼此的意见。

“梅特奥的打法，非常非常地不捷克，也非常不丙级。”

“是的，他们的球风……更接近西班牙？或者是德国？”

“我说不清楚，总之他们的球赛很好看，但又不会脱离实际。科维尔、海因茨、萨拉卡，还有皮什切克这四个点是他们的球队中最精彩的四个点。除去这四个位置，其他人的打法都非常务实。但是你不会感受到这支球队的球员之间有任何明显的断层。”

来到现场看球，可以让人的视线不只是跟随着摄像机镜头以及足球不断移动。只要眼光足够锐利，他们可以观察到场上每一名球员的表现，甚至是球队的整体配合以及战术打法。

“他们的球员看起来都训练有素。更重要的是，他们在场上很有纪律性。就在刚才，他们的九号希罗科夫在触球后想要射门，我看出他的这个意图了，但他最后并没有选择射门，而是把球再继续向前推进。他在比赛开始后所发起的两次射门，都是在禁区内，我能够记得那两个位置。看起来，那是他更擅长的射门位置。”

那名提到科维尔在本场比赛中所展现出的实力实际已经足以被提到布拉格斯巴达一线队的球探在听到自己的同伴说出了这样的话之后点头表示同意：“这是一支没有烂射的队伍。他们的球员都很珍惜得到的机会。”

就此达成统一看法之后，两名来自布拉格斯巴达俱乐部的球探又把目光放到了正在场边指挥着的梅特奥队主帅，伊蕾。

就他们现在所掌握的资料来看，他们有理由相信，梅特奥队在两年不到的时间里所发生的巨大变化有很大一部分都与这位亚裔的女性主教练有关。

可惜的是，丁级联赛球队并不会留下太多的影像资料。这让他们无法从梅特奥队的每一场比赛中找到他们的细微变化。他们只能从最初的那几场球赛中隐约看出，在这位梅特奥的女性主教练刚刚接手球队的时候，梅特奥所打出的，应当是十分纯粹的、干净利落的防守反击。

在本场比赛进行到了第三十五分钟的时候，布拉格斯巴达俱乐部的一名球探终于在他的笔记本上写道：

yilei，上个赛季初开始接手布拉格梅特奥，在此之前的执教履历不可查。看起来这是一位十分年轻的亚裔女性教练，从她接手梅特奥之后，梅特奥队的成绩就开始突飞猛进。她的执教风格在捷克几乎可以称得上独树一帜。但我们无法弄清她最擅长的风格是怎样的。就现在的情况看来，她的风格和东欧几乎是格格不入的。她有西班牙式的进攻，德国式的明朗热情以及纪律性，她似乎还有英格兰式的长传和快速打法。

而另一名球探则写下了这样的一段话：

科维尔在进入到梅特奥前后的位置以及打法都有了很大的变化，并且根据观察，科维尔在梅特奥的表现要明显好于他在青年队时的表现。我认为，这是梅特奥的主帅 yilei 对球员所做出的一次成功的改造。

也就是在斯巴达队的球探刚要写完这句话的时候，场上的局势又有了新的变化。这真是一次太精彩的配合了！兰杰尔在后场开出一脚长传。这一脚传向前场边路的传球漂亮极了！它将球吊到了对手方的兵力布置最为薄弱的区域，距离那里很近的萨拉卡立即过去上抢，在对手方的一名球员就要对他进行逼抢的时候直接一个转身将球传给了跟上接应的队友。

在把球交给了队友之后，萨拉卡就又挪开了位置，向中路跑去，而后那名得到他传球的队友就立刻把球敲回给了他。这一次，当萨拉卡再度出脚的时候，他将球直接传向就在禁区线附近，被两名对手方球员盯抢的海因茨。

海因茨在背对球门的时候直接正面停球，而后在转身确定身后队友位置的同时直接用脚后跟把球拨给了就在他身后斜侧方不远处的科维尔。

面对对手方两名凶悍后卫的封堵，科维尔无畏无惧。他几乎是在被对手方后卫出脚拦截的同时向着对手方的球门发起射门。

“科维尔！！”

“科维尔！！”

“科维尔！！”

距离他上一次成功破门才仅有七分钟！！可是全场的球迷又在现场 DJ 的呼喊下接连高喊了九遍科维尔的名字。

眼见着自己前后左右的球迷都从座椅上站起身来激动地大喊科维尔的名字，那两名布拉格斯巴达的球探也只好从自己的座位上站起身来，也跟着一起鼓了几次掌。看到科维尔的这脚射门，两名球探中的一名立刻就在嘈杂声中激动地和对方说：

“说科维尔在比赛中不勇敢这些都是不正确的！比起别人的叙述，我更相信自己的眼睛！”

而另一名球探则在点了点头后对自己的同伴说道：“我相信梅特奥队这个赛季能够顺利地晋升乙级！”

数分钟后，这两名球探中的一名在球迷们又坐回自己的座位之后迅速翻起了他们在来这里之前所整理的梅特奥队的资料，而后说道：“虽然说梅特奥队是本赛季丙级联赛中的升班马球队，可是看起来，他们的财政状况在整个丙级联赛中，都是不错的。在他们的球员中，希罗科夫、科维尔、萨拉卡、皮什切克还有兰杰尔都是在全职踢球。锋线上的另外一名球员海因茨则是布拉格大学的学生。可以想象得到，梅特奥队的球员薪酬水平在整个丙级联赛都算是处于上游的。可是为什么？他们在主场内布置的广告能让他们挣到那么多钱吗？”

“据我所知……”另一名球探在得到了同伴的这个问题后十分迟疑地说道，“梅特奥队似乎有新推出高端球迷俱乐部。这个俱乐部的会员可以享受每年圣诞节都被俱乐部邀请去参加圣诞晚宴的待遇。在圣诞晚宴上，全部的球员和主教练，还有俱乐部经理会亲自招待他们，并且和这些高端会员交流俱乐部本年的表现和接下去的发展。”

“什么？！”

“会员本人可以带上他们的伴侣，还有直系亲属一起去参加这个圣诞晚宴。并且如果会员本人，或者是他们的孩子结婚，都可以免费在梅特奥的主场举办，球员还会出席婚礼，甚至和牧师一起为他们证婚。”

“我们为什么不也引入这个高端球迷俱乐部？！”

“……”

“我是说，想要加入这样的高端球迷俱乐部，一年得交多少钱？”

“年费五十二万捷克克朗。而且据说这个高端球迷会还不是有钱就能加入的。你得保证你的身家是清白的，近三年内绝对没有支持过别的捷克的球队。”

“两万欧元！！梅特奥……梅特奥他们干得很好。我是说，如果我只是一名普通的布拉格斯巴达队的铁杆球迷，我也会愿意花这个钱的。”

“我也……”

两名布拉格斯巴达队的球探说到这里，不禁面面相觑起来。他们认为，一周之内他们一定能够给他们的体育主管和俱乐部经理都递交一份“极为全面”的报告。

也就是在这个时候，在场边的伊蕾高声提醒球队的左边，他们这一侧的防守出现了漏洞。虽然现在球队正处于势如破竹的领先状态，可后防一定得守好了。可她这句话才说完，就喊出了皮什切克的名字。

“皮什切克，萨拉卡有机会！兰杰尔，上前策应！科纳注意防守！”

仅一分钟后，现场的球迷又激动地站起身来。而这一次，他们一连高声喊出九遍的，则是梅特奥双星中的另外一位进攻型球员海因茨的名字！

看到眼前的这一情景，两名布拉格斯巴达俱乐部的球探都不禁抹起了自己脑门上的汗，而后艰难地转过头看向彼此……

## 第七十六章　乙级联赛的亚军

在布拉格梅特奥，有许多给我留下了深刻印象的比赛。其中最具有划时代意义的，当然是和布拉格斯巴达的捷克杯八分之一决赛第二回合赛事。在那之后，我们一路晋级至那一年的捷克杯四强。在半决赛的时候，我们遇到了布拉格斯巴达队近些年的死对头，比尔森队。但是在我们和比尔森队的捷克杯半决赛主客两回合比赛之前，这两支球队的主教练都通了很久的电话。我想他们一定是在讨论以及商量怎样才能击败我的梅特奥队。当然，他们后来成功了。但我也不觉得晋级至那一年的捷克杯四强还有什么能让我感到不满意的。

可这些都不是让我最难以忘记的。

有那么一场比赛，即便再过很多年，我也不会忘记它，甚至是忘记那场比赛里的任何一个细节。

那是我们晋级甲级之前的最后一场联赛赛事。积分榜上排名第三的我们在这场比赛中主场对阵榜首球队奥洛莫茨。在那九十分钟结束之前，我们每个人都不知道我们将创下连续三年晋级更高级别联赛的足坛纪录，还是最终功亏一篑。

我告诉海因茨、希罗科夫、兰杰尔、皮什切克和萨拉卡：你们在梅特奥还在丁级联赛的时候就已经开始为球队效力了。如果我们最后能够成功，那么我一定会为你们这五位梅特奥由丁升甲的功勋球员在梅特奥各树一座铜像。

他们说，那我们一定也给您树一座铜像，伊蕾小姐。

——《伊蕾自传》

布拉格，特耐那球场。

“为什么突然不说话了，杜历卡？云斯多夫又进球了吗？”

比赛进行到了第六十七分钟，梅特奥与积分榜上的榜首球队奥洛莫茨之间的这场比赛已然进行到了胶着状态。在上半场比赛中，这两支球队都创造出了许多机会，却又浪费、错失了那些机会。

这是本赛季捷克乙级联赛的最后一轮赛事，第三十轮赛事。在这一轮的赛事开始之前，积分榜上的前三名球队各自之间都只差一分。这使得这一轮的赛事充满了悬念。

而较之排名第二的云斯多夫队在本轮赛事上遇到了积分榜排名第十二的特瑞尼克队，显然梅特奥与榜首球队奥洛莫茨之间的较量会更显得惊心动魄。

在上半场比赛开始的时候，布拉格就下起了雨。而当中场休息的十五分钟过去之后，这场雨彻底变为了让场地湿滑泥泞的瓢泼大雨。这使得穿着高跟鞋的伊蕾暂时由场边退回了她的教练席。

当她目光紧盯场上形势地向坐在身旁的助理教练杜历卡问出这句话之后，她的搭档回答道：“是的，进第四个球。他们已经锁定胜局了。现在已经六十七分钟了，他们的对手可不是利物浦。”

“所以说，这场比赛我们只有赢球才能够再成功升到甲级了。”

尽管坐在教练席上的伊蕾看起来还是十分冷静镇定的，可事实上，她的声音已经泄露了她的焦急，甚至可以说是焦虑。

可他们盼望的进球没有来，在比赛进行到了第七十分钟的时候，他们反而先失一球！

这本来只是一次普通的中场拼抢，可梅特奥的后卫斯米切尔却因为场内过于湿滑而在最关键的时刻滑了一下，并使得对手方的进攻球员意外得到一个绝佳的机会。这时候兰杰尔还要补防却是已经来不及。

0:1！布拉格梅特奥严防了七十分钟却在一个这么关键的时刻丢了球！

眼见着他们本场比赛的对手奥洛莫茨队的球员这就开始了疯狂庆祝，在教练席上深呼吸了三次却发现自己根本无法冷静下来的伊蕾把她的两只高跟鞋都给脱了，光着脚在大雨中走向场边。看着伊蕾就这么走了出去，杜历卡简直回不过神来。

“全都傻站在那里干什么?！你们的阵型呢?！只不过是在比赛结束前的二十分钟被人打进一球就连自己现在该做什么都不知道了吗?！”

伊蕾几乎是跑着到了梅特奥队集中站了很多球员的地方，高声说出这句话。而后，她指了指兰杰尔，示意他到自己这里来。

兰杰尔说：“伊蕾小姐……”

伊蕾说：“听着兰杰尔，在最后的二十分钟时间里，我需要你上前，配合皮什切克的防守工作，帮助他扫除障碍，就像我先前训练的时候让你演练的那样！其余三名后卫变阵三中卫！”

兰杰尔说：“可……可我还没能很好地熟悉那个位置。”

当伊蕾提及她在冬训的时候就已经开始的，对于兰杰尔转型的几个尝试时，这位前健身教练心里显然十分没底，在球队刚刚失球的这一时刻，先前补防失败的阴影还未及驱散。这让兰杰尔几乎是没有多想就说出了这样抗拒的话语。

于是，伊蕾在下一刻一把拽住了他的领子，让他低下头来，并说道：“做不到那夏天就把你卖了！想留下来就向我证明你自己！”

说完，伊蕾这就把兰杰尔猛力一推，推进球场，并向她的球员们指了指自己的手表，而后又用手势示意他们，距离比赛结束还有二十分钟。而后她又跑向中场附近，在海因茨将注意力分了一些到她身上的时候立刻就指了指希罗科夫、海因茨和科维尔三人，并用手势示意他们三人在刚才的位置互换太少了。

在做完这一切之后，伊蕾又示意球员们一定要稳住，要稳住，二十分钟可是很多的时间！

此时的雨已经大到你必须眯着眼才能好好看到前面的程度了。可就算你眯着眼，雨水以及击打在球员、草坪和球门上时所溅起的那些水花也足够让你感到眼前几乎已经是一片白茫茫的了。

可几乎才从教练席上出来不多一会儿就被淋了个透心凉的伊蕾却是不愿意回去那里坐着。此时此刻，被雨水所侵袭的场边才是让她感到最心安的地方。并且，大雨击打在四周以及她身上的声音也更能够让她从那种说不清的焦虑不安中冷静下来。

她需要这些大雨，她也需要这些冰凉。

第七十五分钟，奥洛莫茨的球员在梅特奥队的一轮狂攻之下采取犯规战术。他们的防守球员在被海因茨突破了中场线之后先是拉拽海因茨的衣服，而后又是从身后拽住海因茨的肩膀将他往后扯。这使得梅特奥得到了一个任意球的机会。

负责主罚这脚任意球的，正是科维尔。

可是奥洛莫茨的球员十分聪明，梅特奥队所得到的这个任意球的位置并不好，它距离球门太远，并且角度也太偏。更因为场内太过湿滑，连任意球的地面配合战术都无法打出。

现在，他们只能够相信科维尔，那个年仅十九岁却拥有队内最精湛脚法的男孩。

可是当场内的镜头给到科维尔的脸部特写时，你却会发现他是那样地冷静。他看向自己面前的人墙，以及人墙之后的那个球门和守门员，而后就向主裁判点了点头，示意他已经准备好了。

在那之后，由科维尔踢起的那脚任意球在大雨倾洒的球场中扬起了一个轻松越过人墙的弧线，那道弧线极具美感，又充斥着仿佛能让人窒息的威胁。皮球在空中带着高速的旋转，击碎了那些想要阻挡它前进的雨水。

看到那道弧线的伊蕾不禁睁大了眼睛，而后她就看见那颗皮球几乎是擦着门柱撞进了球门。那个角度实在是太刁钻了！奥洛莫茨队的守门员根本不及阻挡。

1∶1！

梅特奥凭借着科维尔的这脚任意球扳平了比分。并且，以此为序幕，在七十分钟之前错失了太多机会的梅特奥队拉开了他们的进球狂潮，并在十五分钟的时间里狂轰三球！

在科维尔刚刚打进这脚任意球的三分钟后，海因茨就在奥洛莫茨队的后防球员倒脚的时候成功捡漏。在对手方后防线上的最后一名后卫接下球并出脚之前成功从边上猛地一个加速，抢下球之后变为单刀，在守门员不及反应过来的时候就直接为梅特奥队赢得了领先。

而这三球进攻狂潮中的最后一球，则来自兰杰尔。他在海因茨从左边踢出角球之后抓住了对手方后卫头球的第二落点，并将皮球蹭进了球门！

“进球！！！这个进球来自兰杰尔！！”

梅特奥队的现场DJ看到这个来自自家后卫的，为梅特奥队锁定胜局的一球，他激动地嘶吼起来，并带领着全场的梅特奥球迷大喊起了兰杰尔的名字。

3:1！这意味着在距离全场比赛结束仅有两分钟伤停补时的情况下，“榜首队”奥洛莫茨已再不可能有翻盘的机会了。

而这也是在比赛结束的哨音响起时，场上最后定格的比分。

奥洛莫茨队在最后的十五分钟里丢掉了他们的榜首排位，也输掉了他们在下个赛季晋级甲级联赛的机会。而取代他们的，则正是伊蕾的布拉格梅特奥队。

此时在场边已经淋了二十多分钟雨的伊蕾觉得自己仿佛就像在做梦一般。她喜极而泣，而大雨则成了她最好的掩饰。

伊蕾在大雨中的意气风发与他们的对手奥洛莫茨队主教练的那份颓然失意形成了太过鲜明的对比。

伊蕾知道自己脸上的妆一定都花了，她的脑袋里开始胡思乱想，比如说……还好今天没用睫毛膏！再比如说，今天没穿肉色的内衣真是失策，那件橘粉色的内衣一定已经透出颜色了！

伊蕾同时也知道她现在一定已经被大雨浇得惨兮兮的了，可她一点都不畏惧被摄像机拍到她此时的样子。她在球场上大笑着，眼睛里的泪水与击打在她脸上的雨水已然分不清彼此。当她脚步轻快地走到球员通道正对着的球场边时，她跪了下来，并吻了吻自己所在的这片草地。大雨击打在她的身上，就仿佛是围绕着她的光晕一般。

现场的梅特奥球迷们看到她的这一举动更是激动地大喊起来。他们大喊着：“冠军！”“冠军！”“冠军属于梅特奥！”

于是亲吻完了这片草地的伊蕾站起身来并笑着转向球迷们，向他们摇了摇头，并用手势示意不是冠军。

“我们不是冠军，可我们是下赛季的甲级队！”

大雨中伊蕾的声音变得模糊了起来，她知道看台上的球迷们一定没有听清她在说些什么，于是她就从场边工作人员的手里抢下了一个扩音器，一边绕着场边跑，一边朝着球迷们喊着：

“我们是下赛季的甲级队！我们上演了晋级帽子戏法！！”

当伊蕾跑到了他们的南看台，梅特奥队的铁杆球迷们聚集的地方时，已然在场上庆祝了一轮的球员们围聚在了伊蕾的身后。当伊蕾听清楚从身后传来的，叫出她名字的声音时，她高兴得直接把手里的扩音器给扔了，并一个一个地拥抱她的球员，和那群男孩子击掌。

“这场比赛的前七十分钟你们一共有八个机会。八个绝好的机会全都被你们错过了！好家伙，你们一定是想在最后故意吓我一跳，让我知道你们究竟有多棒。可是下一次，下一次你们能不能让我可以更镇定一些地迎接胜利？”

男孩子们又互相看了起来，并用肩膀撞了撞彼此，而后大声说道：“当然……不可以！！”

说完这句之后，他们就大笑起来。而最早追随着伊蕾来到梅特奥队的海因茨在那之后上前一步，再一次地与伊蕾击掌，并抱住了伊蕾，而后在她耳边说道：“因为……这就是足球，这是您教给我的。”

这就是足球。足球的世界里没有绝对的强弱，不到最后一分钟你永远都不会知道结果。

这也是很久以前，那四个人教给伊蕾的。

## 第七十七章　电视采访

5 月 18 日，伊蕾所率领的布拉格梅特奥队才在捷克乙级联赛的第三十轮赛事上击败了原先的积分榜榜首队，并成功从对方的手里抢走了晋级甲级联赛的席位；19 日，“东欧第一女帅”攻上甲级联赛的消息就已经在英格兰、德国以及西班牙这样的地方满天飞了！

仿佛大家一早就蹲在那里，配图和大致的稿子还有版面都准备好了，就等待一个结果然后疯狂报喜呢。

Iley 小姐，不不不，是 YiLei 小姐成功率队攻上捷克的甲级联赛在足坛可是有着多么重大的意义！

这个名足球教练率领球队上演了晋级高一级别联赛的帽子戏法并成功攻上甲级联赛！

率领球队上演了晋级高一级别联赛的帽子戏法并成功攻上甲级联赛的教练是一名女性教练，并且她还是首位率队攻上甲级联赛的女性教练！

这名女性教练才刚入行四年！

这名才入行四年的女教练是赫尔曼、布兰科、丰塔斯和博鲁科林的前女友！！

这四条信息每叠加一条就会在足坛引起更高级别的轰动！

瞧瞧吧！瞧瞧吧！英超联赛还有最后一轮没有打完呢，可英格兰的媒体记者们已经跟着别的已经结束了本赛季所有联赛赛事的德国、西班牙，甚至是意大利的记者一起，抽调兵力去报道伊蕾小姐和她的布拉格梅特奥队了！！

《德乙球队慕尼黑 1860 或在今夏花费重金聘请 Iley 小姐》

《法乙球队第戎或在今夏聘请 Iley 小姐，上演法乙女帅德比！》

《“巨星的前任”Iley 小姐正式攻上甲级！这一次，她是认真的！》

《你们还敢用 Iley 小姐交往过的球星做球队的当家球员吗？》

《从丁级攻上甲级她只用了三年！攻上欧冠她还需要……》

《多特蒙德、巴萨、皇马、曼联，究竟谁会最先倒下？》

《欧洲最大博彩公司 Bwin 开出新赌盘！ Iley 小姐会先挑上谁？巴萨、多特领

跑赔率！》

《AC米兰副主席：我不认识Iley小姐，也从未与她说过一句话——探秘不花一分钱签下梅特奥双星的Iley小姐偷师向谁家》

《时隔四年Iley小姐带给足坛的巨献，前途无可限量的梅特奥双星璧合！》

《那些对Iley小姐有企图的青年球员的成长现状——乔瓦尼：我都去了捷克不下二十次了！》

显然，这一年的捷克乙级联赛亚军比过去五年的捷克甲级联赛冠军加起来还要抢眼。可就在大家各自报道着有关这位早就在欧洲红了超过十年的巨星前任的新闻，并习惯性地以为她从来就不爱接受采访，除了偷拍和不幸被堵之外也根本不会出现在电视节目里的时候，本人总是低调又低调却无奈这个世界根本不让她就这么安安静静的足坛大人物Iley小姐居然在经纪人的安排下，接受了英国一家电视台的邀请，这就要去参加一档谈话类的节目了！

这条消息一经传出，所有对伊蕾有一定了解的老朋友全都震惊了。

谁?！是谁?！ Iley小姐的经纪人究竟是谁?！

他怎么能够这么有能耐，居然连Iley小姐都能说动?！

请一定把这个人的联系方式告诉我！

时隔四年，伊蕾终于又一次地来到了英格兰。只不过，这一次她所去到的，不是南安普顿，也不是曼彻斯特，而是伦敦。

"我想我应该不至于失败到分手那么多年，在别人提起我的时候还是只能有我和我的前男友这一个话题。"

在这档节目一开始的时候伊蕾就说出了这样的一句话。这几乎是直接就把这档节目的主持人和被请来的几位嘉宾先前想好的几十个问题全都给咔嚓了。说着这句话的伊蕾脸上带着笑意，声音温和，甚至可以说是温暖。这让人丝毫想不到就在几天前，她还在那场被大雨侵袭的球赛上那样气势十足地拽着球员的衣领吓唬人家。

就这样，伊蕾从四年前离开英格兰开始说起，她在这档谈话类节目中说出了她在捷克的那些日子。从克鲁姆洛夫小镇上的拉特兰高中，说到她去到布拉格接受的那次面试，再一直说到了她第一次走进球员更衣室时的情形。

尽管在遇到那些的时候，伊蕾的心悬得好像下一秒就要从悬崖上跌下去似的，可当她走过那些，并回过头去看看这些过往的时候，她会觉得那一切都是那么可爱。

“在梅特奥还在丁级联赛的那个冬天，我就穿着一件大棉袄，手上戴着隔热手套，骑着自行车去和我们的赞助商谈具体的合同细节。因为当时我们还是一家很小很小的俱乐部。很多事都得我自己来。这样的事是以前的我连想都想不到的。在我离开英格兰之前，我都还没和什么人吵过架，可是在捷克的这四年，我几乎把我以前没做过的事都做了个遍。你能想象得到我和赞助商拍桌子吵架，告诉他们分期二十四个月付赞助费这没门，三个月内付清我还可以考虑考虑的样子吗？”

当伊蕾生动形象地把那些捷克小球会的辛酸往事一件一件说出来的时候，本该是十分凄惨的，却让现场观众全都笑得人仰马翻。

而后，现场的一位女性嘉宾就又问起了伊蕾在捷克带队的那些感动到她的事，以及她与梅特奥双星的渊源：“那两名球员还都是这么年轻的男孩，可他们却好像已经在你的队伍里踢了很久的球了，是这样吗？”

“是这样没错。”在伊蕾给出了这个回答之后，现场的导播就出其不意地播放起了海因茨和科维尔在刚刚结束的那轮比赛中对于伊蕾的梅特奥队而言至关重要的两粒进球。

“那个踢进了任意球的是科维尔，从对手方的中卫脚下抢到了球并完成了射门的是海因茨。他们在场上的位置有些相近，但本质上，他们两个是完全不同类型的球员。”

第一次在这样的公开场合将双星放在一起比较的伊蕾想了好一会儿，似乎是在思考一个足够合适也足够慎重的评价。而后她说道：

“从我看到科维尔的第一天起，他就一直在带给我惊喜。虽然他现在还在离欧洲足坛中心有好一段距离的捷克踢球，可他今年才只有十九岁，我认为……他还有赢得欧洲金童的可能。”

欧洲金童！

当伊蕾说出这个词的时候，现场就全都被她给惊到了。这可是一个在欧洲的五大足坛拥有超越想象的含金量的奖项，只颁给二十一岁以下的，拥有绝佳表现的球员，由最为专业的体育媒体人投票选出。在欧洲，这个奖项几乎就可以同等于青年足球先生。

“你是认真的吗，Iley？即便是在你的前男友里，也只有赫尔曼拿到过欧洲金童。”

那名嘉宾才说出这句话，伊蕾就失笑地摇着头看向她，而后另外一名嘉宾和主持人就一起开口唱着说道：“不要提起，不要提起Iley的前男友。”

眼见着演播室里又要笑闹成一片，并且把“前男友”这个词唱成歌，伊蕾连忙做出一个嘘声的动作，并示意他们可以安静下来了，都静静地，听她说。

“如果有一天，科维尔愿意离开布拉格，去到五大联赛踢球，并且这一天还能够在他二十岁生日之前，我相信他能够做到。他的天赋绝佳，并且热爱足球，拥有极强的韧性，并且勇敢刻苦。但是在我认为我的球队无法带给他更好的发展之前，我想我不会放他离开梅特奥。至于海因茨……他真是梅特奥队里和我相识最久的球员了。

“就是在前几天的时候，我们收到了一家德国乙级联赛俱乐部对于海因茨的价值三百万欧元的报价。但我没有同意。因为我坚信海因茨的身价可以在几年之内突破三千万欧元。他就是那样的球员，所有的教练都会喜欢他。他在球场上的可靠程度早就超越了他的年龄，但你又能在他的身上感受到那种很能够打动人的率性。”

可是伊蕾才好不容易那么正经地说到了“打动人的率性”，这群英国的嘉宾和主持就又调侃起了她，甚至还直接问起了诸如“梅特奥双星里你更喜欢谁”这样的凶残问题。被如此这般的问题狂轰滥炸的伊蕾根本就没了脾气，于是她只能一遍又一遍地重复道：“他们都是我很喜欢的球员。如果我的老板哪天想要卖了他们，我想我一定会把他的办公室拆了。”

这真是一场让伊蕾觉得处处是陷阱的节目录制。

在来这里之前，她的经纪人舒尔茨花了很长时间来说服她放下那份固执己见，在与媒体的相互往来中抛弃过去一味的被动。将来，她一定会越来越需要这种正面的、由她主动参与的媒体活动。

可伊蕾依旧还是觉得，这样的事实在不是她所擅长的。但伊蕾的确认同舒尔茨所说的一点，那就是当她放下成见，开始这样的一次尝试之后，她会发现一切并没有她所想象的那么难。

只不过，伊蕾一定不知道，她接受邀请来到伦敦，来到这栋电视台大楼参加电视访谈的消息早就已经被一名曼联死忠球迷的电视台工作人员出卖给了博鲁科林。

当电视台的大楼在夜晚降临时还灯火通明的时候，有那么一辆在黑夜中并不太过起眼的劳斯莱斯幻影就停在了电视台的楼下。由于车子的主人并不知晓他所想要等的那个人大概会在什么时候出来，并且从曼彻斯特来到这里路途又太过遥远，因此他只能提前很久就等在这里，并且一刻都不放松注意地看着那栋大楼的底层大门，注意着从里面出来的那些人。

在耐心等待了两个多小时之后，这辆车的主人终于等到了他所想要等的那个人。于是他立刻发动了汽车的引擎，并将车开到了穿着长裙，已有四年未见的那个人的身前，并放下副驾驶座上的车窗，问道：

“需要我送你一程吗？”

## 第七十八章　恍如隔世

就在伊蕾记不起伦敦的打车电话，打算向她所入住的酒店询问一下的时候，她就看到了缓缓停在她身前的那辆车。

当那个声音在这片夜色中响起的时候，她几乎不需要看一看车内的驾驶座就能够知道这个人是谁。

那种感觉……恍如隔世。

还未等伊蕾反应过来并给出一个回答，博鲁科林就已经下车，走到她所在的这一侧，在距离伊蕾一臂的地方停了下来，为她打开了车门，而后就这样看着她。

尽管这些年来伊蕾一直都能够在球赛的转播上看到他，并且博鲁科林也能够在那些铺天盖地的新闻里看到伊蕾。可事实上，当断绝了联系已有四年的两人以这种方式看到对方的时候，他们每看一眼就会觉得与彼此间的距离更远了一步。

因此，此刻当他们就这样近在咫尺的时候，那会让人感到有些不真实。

在这样的注视之下，伊蕾终于还是叹了口气，笑着摇了摇头，并坐进了这辆车的副驾驶座。

在博鲁科林替伊蕾关上了车门，又自己回到驾驶座上发动起汽车的时候，伊蕾把她刚刚才拿出来的，自己所下榻酒店的名片拿给了博鲁科林。

“送我回酒店就好。”

在从伊蕾的手里接过了酒店的名片之后，博鲁科林并没有多说什么，只是在电子导航里输入了酒店的地址就将车开出了电视台。

而后，一路无言。

他们已太久太久都没有与彼此联系了。可他们又深深地了解对方，也知道彼此的现状。这使得曾经无所不谈的恋人一时间相顾无言。

博鲁科林似乎很想和伊蕾说些什么，并且在等待的时间里他也已经想了很久，可他原本就不是一个健谈的人。当他真正看到对方的时候，他觉得自己根本就无法开口和对方说些什么。就是在这种尝试以及失败之下，伊蕾所下榻的那间距离电视台本就不远的酒店已经到了。

不需要伊蕾多做提醒，博鲁科林就把车停在了酒店内停车场不起眼的一角。

深深地呼了一口气，博鲁科林终于转头看向伊蕾，并开口说道："明天你回布拉格……我没法来送你。"

"我知道。明天是英超的最后一轮，你有曼市德比要踢。"

在伊蕾自然而然地和博鲁科林说出这句话同时也转过头去看向对方的时候，她因为对方看向她的眼神而愣怔。那之中有着十分深沉的感情，它专注，却又带着一种复杂的矛盾感。

"ley，我们分开的时候，我对你说我觉得我们需要给彼此一个距离。其实在你离开英格兰的时候，我就……"

"博鲁科林，"还没等博鲁科林说完那句话，伊蕾就出声打断了他，并十分平静地说道，"每个人都会变的。"

似乎是因为根本就没想过会在今天遇到对方，并与这个在她的心里占据了特别位置的人说一说他们戛然而止的那份恋情，因此伊蕾在说出了那句话之后沉默了许久，又思索了许久，而后才说道：

"你的确曾经对我说过很多。你说过永远不会忘记在莫斯科机场看到我的那一刻的心情；你也说过无论如何，你都希望和我一起走到最后。虽然我们最后分开了，可我从没有怀疑过你对我说那些话的时候是发自内心的。只是……只是人都是会变的，谁又能知道几年后的自己是怎样的呢？去年夏天我喜欢黄色，今年夏天我喜欢红色，难道我还能说去年我说了谎吗？"

在说完了这些之后，伊蕾终于又转过头去看向驾驶座上的博鲁科林，并又一次叫出了他的名字。

"博鲁科林，我从未责怪过你。分开并不意味着否定开始。我只是嘲笑过我自己，仅此而已。"

听到伊蕾的这番话语，这位曾经在十七岁那年红遍了整个英格兰的小王子愣怔许久，而后才笑了起来。那是自嘲的笑，也是苦涩的笑。可他最终还是没去反驳伊蕾所说的那些话，只是在又沉默了好一会儿之后用带着些许疲惫的嗓音说道：

“明天的曼市德比，可以祝我好运吗？”

这一次，伊蕾并未多做考虑就笑着点了点头。于是不需再多说些什么，两人都默契地各自伸出了右手，先是和对方手背轻拍，而后又是手掌。握拳之后拳心向上，伊蕾从下往上，博鲁科林则是从上往下地和对方轻碰，再是反一反地轻碰一次。最后两人做出握手的手势，却是拇指相交着缓缓扣住彼此的手掌。

在做完这些之后，伊蕾抽回了自己的手，再没有像过去那样，在这之后给予对方一个吻，以及拥抱。可过去的那一切仿佛还近在眼前，仿佛人也依旧，物也依旧，却也正是因为这样才在少了最后的亲吻以及拥抱时更让人觉得茫然若失。

眼见着伊蕾就要自己打开车门下去，博鲁科林连忙自己先开了车门下去，再绕到了伊蕾的那一边，替她拉开了车门。

就这样，两人互道晚安。而后一个人转身离开，另一个人则就站在那里看着对方离去的背影。可转身离开的那个才走了两步，这就又转过身来。当看到那一幕的时候，这一次站在原地等待的那个人整个的表情和神态全都变了。

可是转身的那一个却最终只是说了一句：“回去曼彻斯特的路上要小心。”

在看到伊蕾转身的那一刻博鲁科林深深地吸了一口气，又在最终听到了那句话之后露出了温柔的，却又带着些许失落的微笑，说道：“你也是。”

伊蕾点了点头，而后再次回过身去走向酒店的大门。

这一次，她再没有顿住脚步，也再没有转回身来。

次日下午。

布拉格。

尽管从伦敦到布拉格之间有着十分频繁的航线，可伊蕾在预订机票的时候并没有想过要赶紧赶回布拉格，看一看那场曼市德比的转播。因此当她回到家，并打开电视的时候，这场比赛已经进行了六十分钟了。

直至比赛进行到了第六十分钟的时候，在曼联已经做了数年当家球员的博鲁科林却还坐在替补席上。尽管在下飞机后伊蕾就已经查到了本场比赛双方球队的首发名单，可这么重要的一场比赛，博鲁科林却坐在了替补席上，这依旧让伊蕾感到很不习惯。

要知道，这不仅仅是本赛季英超联赛的最后一轮赛事，这同样也是万众瞩目的英超榜首战。

本赛季的英超联赛冠军就将在这场比赛中角逐出来。

可比赛已经进行到第六十分钟了，曼联的主教练加雷斯居然在比分落后一分的情况下依旧让博鲁科林坐在替补席上！

而代替博鲁科林的，则正是和他在场上位置几乎完全相同的雷耶。

直至这一刻，伊蕾的情绪已经完全被本场比赛的场上形势所影响到，她甚至来不及给自己倒一杯水，也来不及拿出自己随身携带的笔记本和笔，给比赛双方画出战术线路图。

此时此刻，她只是像一名普通的球迷那样，感受着足球这项运动带给人们的最原始的悸动。当曼联向曼城的半场阵地发动攻势的时候，她会情不自禁地屏息等待，而在那一轮精彩的攻势最终被浪费了机会之后，她也会发出懊恼的声音。

又是十分钟过去了，场上的比分依旧没有丝毫变化，而现场的导演已经把镜头频频给到教练席上的加雷斯，以及替补席上沉默着望向球场的博鲁科林。似乎连现场导演都焦急万分，等着曼联的主教练让博鲁科林上场挽救曼联的颓势。

尽管本赛季博鲁科林已经遭受了媒体以及球迷们的百般诟病，可无论如何，他都是曼联的 7 号，并在过去的这几个赛季创造了太多太多的奇迹。在这样的时刻，人们无法不将希望放到他的身上。

时间一分一秒地过去，这让人感到愈发地焦急，也让人恨不得代替加雷斯去向场边的工作人员申请换人，将曼联的 7 号换到场上去。

当正对着球员替补席的前排曼联球迷们看到博鲁科林在听到加雷斯和他说了些什么之后就套上了训练背心去到场边热身的时候，他们几乎要喜极而泣。

第七十五分钟，博鲁科林终于将本场比赛在场上并无建树的雷耶换下，并迅速冲上场去。

第八十一分钟，博鲁科林在仅仅上场六分钟后就以禁区外的一脚梦幻般的远射为曼联扳平了比分。这样的一脚射门让场上局势发生了质的变化。

在临近比赛结束的时候，本赛季英超联赛的最后一场曼市德比因为博鲁科林的这脚射门而再掀高潮。

第八十七分钟，博鲁科林从边路发起攻势，仅凭一人打穿了曼城的左路防线，却并没有在最后关头选择自己射门，而是将球传向了右路位置更好的队友，并成功助攻他的队友再下一球。

但是做完这些之后，博鲁科林并没有在他的进球庆祝之后忘乎所以，甚至提前开始他们的夺冠庆祝。在距离全场比赛结束还有短短几分钟的时候，他依旧不知疲倦地向曼城的半场阵地再度发起进攻，这使得急于扳回比分的曼城根本无法制造出有效的进攻，而只能看着时间一分一秒地在他们的防守中消逝。

当比赛结束的哨音吹响的时候，所有坐在替补席上的曼联球员一起冲到了场上，和他们在场上的队友一起疯狂地庆祝。而后，全场的曼联球迷都在现场 DJ 的呼喝下一起高声喊出博鲁科林的名字。

在这一刻，谁都知道，明天的报纸上，“毒瘤博鲁科林”以及“今夏必须要清洗的博鲁科林”就又能变回那个“曼联不可或缺的核心博鲁科林”，以及“曼联不惜花费重金续约也要留下来的博鲁科林”了。

现场的导演给了与主帅加雷斯击掌相握的博鲁科林一个长长的特写镜头。在他的脸上，并没有那份在最后关头帮助球队起死回生的骄傲以及狂喜，这也是本赛季让他被媒体攻击了一次又一次的原因。

可他并非不为赢得胜利而感到高兴，也并不是不在意那些失败。

他只是经历得太多，而习惯了不去将那些放在脸上。

可当皮球被他控制在脚下的时候，他就已经用他的足球去感染每一个正注视着他的人了。而这之中，当然也包括在这场比赛进行到了第六十分钟才打开了电视的伊蕾。

尽管不会有任何人看到或是听到，可伊蕾就是会抑制不住地在看到博鲁科林所创造的那一传一射时情绪激动地大喊“漂亮”并为他鼓起掌来。

就在伊蕾因为最后上演了精彩翻盘的球赛而久久无法平静下来的时候，她的手机响起了短信的提示音。

这正是比赛结束的十分钟后，球员们刚刚回到更衣室的时候。

当伊蕾拿起手机，她看到了博鲁科林发来的短消息。

“谢谢你。”

尽管这条短信上并没有丝毫的称谓，也没有向她表明自己的身份，可伊蕾能够感受得到，博鲁科林知道这个号码的主人是她。这一次，伊蕾并没有回复他。

于是又是十分钟之后，伊蕾再一次地收到了那条“谢谢你”。

这个英格兰人近乎执着地想要得到一个来自伊蕾的回复。因此他每隔十分钟就给伊蕾发来一条这样的短信。

当他发到第七条的时候，伊蕾终于还是回了他一句：“祝贺你。”

几乎是在伊蕾才发出这条短信的时候，博鲁科林就给伊蕾打来了电话。这一次他再未提及过往，而是对伊蕾说道：“我在欧冠等着你。”

这样的一句话让伊蕾根本来不及反应。她猝不及防地被击碎了心防，站在那里不知所措，也不知道在这一刻她应该对曾经的小王子说些什么。于是博鲁科林又用一种带着些许怀念的声音说道：“但是你得快一些，我等不了很多年。”

说着，博鲁科林又叫了一遍伊蕾的名字。可这一次他却并没有期待一个回应，仿佛只是想要在这一刻，在对方听得到他声音的时刻再喊一遍她的名字。而后沉默就又在两人之间蔓延起来。但就在博鲁科林因许久未得到伊蕾的回答而想要挂电话的时候，伊蕾终究还是轻轻地应了一声，并说道：“我会的。”

听到这一句的博鲁科林笑了起来，而后终是不舍地说出了“再见”。

［节选自晋江文学城］

【粉丝评论摘编】

@文字君中的白鱼：在看这篇文章之前犹豫了很久，因为小V看不懂足球，担心会看不懂。但是看了以后发现完全不用担心，因为作者的表述通俗易懂，能让完全不懂足球的人看得懂故事和比赛的发展。……作者文笔上佳，比赛激烈，让人欲罢不能。人物塑造丰满，文章非常具有故事性和可读性，强烈推荐。

@大圆子-_-：比起《影子前锋》，作者虽然变化不大，却也比以往成熟许多。然而唯一不变的还是那种情感，能让不懂足球规则的人看得感动、看得激动的那种情感，我想这正是因为作者倾注了大量热情的结果。而这种热烈的情感，最终透过作者的文传达给了读者。

看文的时候我仿佛回到了看《制霸好莱坞》的时候,girl power 让人欲罢不能。前者呈现给你一个无比精彩的足球世界，而后者则是钩心斗角的好莱坞。

@石头评：一个女人在传统男人世界的奋斗史，一个失恋达人的绝地反击。一开篇就被流畅而诙谐的文字风格吸引，我喜欢作者对长短句的错落使用，喜欢段落的顿点节奏……随即作者倾注在作品中的对于这项运动的极大的热情席卷而来，向我推开一扇新世界的大门，让我轻易地陷入一种迷醉又狂热的阅读情绪中，于是我放弃了抵抗。

然后会被女主完全吸引：伊蕾小姐，这位对于那个世界太过娇小的亚裔女性在热烈的注视下嘈杂的声浪中一步步挺进，历经荒诞和意外，几起几伏，却顶住压力摒除干扰创造奇迹，不由得让人跪下唱《征服》。

围绕事业线的内容已经足够精彩元素足够丰富情绪足够激烈，节奏犹如赛场上追赶的脚步。然后在快节奏的事业线进程的间隙穿插的感情线却在不同城市的不同风情衬托下显出别样的柔情。作者处理女主感情线的手法和心态都足够成熟冷静，她在事业上建立起的全新的自信和风采使得这个女人在爱她的男人眼中魅力倍增光芒四射，她的人生每个阶段对感情有不同的期待，她对待感情炽烈真诚也能找准梦幻和现实的连接点。感情线的发展和主线情节无缝对接。

@亦灵：虽然感觉伊蕾的传奇之路结束得太早还心有不甘，但还是喜欢赫尔曼，喜欢小鲜肉，喜欢各个前任，喜欢这篇追得很 happy 的文。

@Moonlight-East：标题虽然内涵贫瘠令人挠头，内容却显得热情澎湃犹如烈酒。作者行文流畅而且错落有致，剧情紧凑，恰到好处的幽默感令人感到愉悦而放松。而尽管有四个巨星前任珠玉在侧，女主身上的光芒依然令人难以忽视，可以说，他们成就了她，她也成就了他们。感情线并非本文重点，但是过渡自然，张弛有度。

［导引、简介、节选、粉丝评论摘编：陈子丰、孟然、谭紫欣、林颖敏］

# 绿茵场上绽放的玫瑰

## ——评琅俨《我有四个巨星前任》

陈子丰

无论从点击收藏量还是微博推文情况看，琅俨的《我有四个巨星前任》都可称得上是近三年最火的女频竞技文，2016年奥运期间，追文的粉丝更是纷纷表示“搭配比赛转播食用风味更佳”。众所周知，女频中竞技文十分小众。除了在《全职高手》（蝴蝶兰，2011）影响下出现的一系列腐向为主的网游/电竞文，只有少数几位知名作者如张鼎鼎、青镜晓颜、焦糖冬瓜、燕赵公子等长期活跃，且作品多为传统上认为“适合女性”的花滑、围棋题材。足球作为最男人的运动，从来都不是女性的主场。因此，主人公伊蕾如何在男性世界中打开一片天地是难事，而作者如何在雄性荷尔蒙当道的逻辑中写好一个缺少现实参考的女性奋斗史加精彩竞技文更是难事。

在这部奋斗史开头，现代女性伊蕾是人们眼中的双重失败者：既丧失女性魅力，又缺乏职业价值，只有“巨星前任”的名声如鬼魅缠身。狼狈避走捷克高中足球队后，性别更是成为职业劣势，直接陷她于重重困境：队员的轻慢、前任光环的笼罩、八卦小报的追踪、俱乐部的不信任、球迷的性骚扰，以及最为严重的一次，仅仅因为被麾下爱将爱上就遭到解雇，险些终结教练生涯。这些困境如同一地镜子碎片，折射着足坛乃至全社会中女性被限制、割裂的主体性。

最初，伊蕾打算抛弃“百害无利”的女性身份，用男性化的发型和体格自我“武装”。然而，并没有什么用。于是，她开始巧妙地发动一轮一轮的性别攻势，反客为主引导舆论走向，利用逐渐形成的个人魅力为自己的足球经纪品牌宣传……从机械生硬的符号化回击，到借力打力，顺势而为，伊蕾越来越成熟老练。最有意味的一段是女权组织邀请“足坛第一女帅”伊蕾向各界职业女性演讲。在读者引颈期待干下一碗热气腾腾的鸡血加鸡汤时，伊蕾却拒绝了演讲。因为她深谙几十分钟的漂亮话很难改变社会惯性，反而会引起男性的无谓反感。真正有说服力的是她自己在五大联赛中以“主帅”身份存在。禁区一旦突破会带来更多试水者，她们的出现会让被垄断的性别话语获得解放，带来更切实的进步。

这个“拒绝”折射出网络女性主义的务实与灵活，懂得如何挤进最细的裂缝生根发芽，而非抡起大锤砸烂旧社会。这种女性主义同时表现出开放性态度，不避讳关于“魅力”的话语出现。琅俨的另一篇都市文《姐今年二十八》的女主和小说开端的伊蕾同岁，作者似乎很善于表现都市职场“单身轻熟女”的客观窘境：踩在青春尾巴上的她们曾经提心吊胆怕被当作花瓶，但如今花瓶都未必做得，孤身一人似乎只有化身铁娘子，和她们谈职场中“女性魅力”则触犯了女性主义的政治正确。然而，总统奥巴马的知性英俊和普京的强壮冷峻尚且作为形象资本被人津津乐道，谁规定职业女性的“魅力”只能来自毫无内涵的漂亮脸蛋儿呢？起初伊蕾也将女性特质和魅力作为弱者标识抛弃，但琅俨接着让她一步步走上找回魅力的路——不是当年用礼服裙的裙撑支撑起的魅力，而是饱含经验、智慧、勇气，搭配着严加锻炼而保持在巅峰状态的健美身材和精致妆容衬托下自信笑容的魅力。而对于伊蕾自己，做怒放的玫瑰显然比做苦菜花更快乐。这种对职业女性魅力大方的书写，彰显出追寻性别特质、职业追求的完美结合，互不压抑、互不折损，乃至互相成就的努力；也反映出现实逆境中网文女性主义的明媚：拒绝欲望投射但不拒绝美丽；想要证明自己但更要快乐。

琅俨笔下女性世界的瑰丽和足球世界的精彩相得益彰。作为资深球迷，她对足球规则、技术战术、足坛生态等各方面的描写可圈可点。虽然人物、事迹全属虚构，但巴萨、皇马、马竞、皇家社会等俱乐部的特点和历史大抵对号入座；很多人物有现实原型（比较明显的如丰塔斯脱胎于C罗，路易斯·加西亚神似瓜迪奥拉）；伊蕾指挥的几场重要的以弱胜强战役在足坛经典案例中有前例可循。以伊蕾为中介观察球坛的体验非常接近于球迷们熟悉的《足球经理》电脑游戏，因此男性读者亦可以顺利地代入女主视角获得阅读快感。而对于女频的大多数非球迷读者，琅俨交代知识背景做到了融于叙事、清楚明白、开放友好，使人人都能零门槛进入，并在她充满青春活力，饱含激情热爱的文字中逐渐爱上这项神奇的运动。

不过，双线并行的确不易，《我有四个巨星前任》的呈现也是瑕瑜互见。就足球相关内容而言，相对于男频“足球文”，在场上描写方面存在短板，很多对手的战术和实力也未充分展现。而人物感情线在女频中则略显头重脚轻，可以看出作者想借不同的前男友、追求者和暧昧对象探讨关于职业女性爱情的不同议题，但球场上与女主多年风雨同舟的小天使科维尔最后败给了鲜有露面的初恋大boss，这个戛然而止的结局还是有些牵强。

不过，当读者读罢释卷，无论是怅然若失为小天使揾一把辛酸泪，是感到不满足而怒刷欧冠集锦，是摩拳擦掌决定入坑做球迷，还是备受鼓舞要当女强人，小说的感染力都是毋庸置疑的。可以说，琅俨已经用伊蕾和她的故事在读者心中撬开了一道缝隙，缝隙中有汗水的晶莹、奖杯的闪耀、天空的广阔，也有绿茵场上玫瑰的夺目。

# 重生之国民男神

水千澈

水千澈，2011年开始在潇湘书院连载小说。擅长写穿越架空背景的双强宠文，代表作有《卿本黑萌之妖妃来袭》(2014)。《重生之国民男神》是她的第一篇现代娱乐圈题材小说，也凭此成为潇湘新晋言情大手。

《重生之国民男神》于2015年6月1日开始连载，目前已连载257余万字。作为潇湘书院少见的娱乐圈类型文，创下了网站迄今为止日订阅最高的纪录，目前在潇湘书院榜总榜排名第一。

《重生之国民男神》一文与以往写娱乐工业生态的娱乐圈文有所不同，主要是从粉丝群体内部视角去还原华娱行业中的“明星粉丝圈”生态。小说调用二次元的“伪伪娘”元素到创作中，塑造了一个超越性别的“女扮男神”，成为一部别具一格的明星文。

【标签】言情　明星　异能

【简介】

前世司凰被父亲控制和利用，隐瞒自己女性的性别和身世，一直被外界误认是司家的大少爷，成为同父异母的弟弟司桦上位的工具。当成为连冠影帝后却被人陷害惨死，一个意外的契机让她得以重生，并被告知生命需要攒信仰值来维持。于是重回十七岁的她，带着身份的秘密和复仇之心，准备再战娱乐圈。利用重生时得到的外挂“五绝”技能（色、音、幻技、绝顶好色和绝顶床技），司凰一步步进阶，提升体质，增强魅力，磨炼能力，晋升影帝，进入军队，变身制作人、投资人，成立自己的公司，终成“国民男神”。

《重生之国民男神》是一部明星重生的奋斗史。主角司凰因“信仰值系统”的设定，与粉丝“骑士团”之间建立了超越亲情友情的情感羁绊，明星与粉丝之间的情感模式被具象为数值，这是她能够立于世的基础与能量。同时女扮男装的她也凭借自身的魅力，让偶像成为一个去性别化的“人”，打破性别的二元对立。也因此她与男主人公秦梵的关系很有张力，在小说的前部分，两人一直以同性的身份恋爱，直到坦白身份后他们仍保持着势均力敌的关系，互相磨砺、互相成就。这些都表现出了明星文在粉丝文化向度上的推进性。

选文为全文第一卷开篇和第二卷结尾、第三卷开头，司凰与粉丝在社交平台上的互动、粉丝对她的维护，以及明星签售会与真人秀场景的真实还原的一段，描写了明星参加真人秀的活动场景及明星与粉丝之间的互动模式，也是偶像与粉丝之间情感羁绊的有力刻画。

**【节选】**

## 第一卷　第二十章　出击的男神

在司凰忙着和华星艺校交涉请假问题，以及一系列出远门事宜时，网络上她已经再次大火了一把。

《皇途》剧组的妆娘本名杜蔷，由她发出的那条带有司凰照片的微博，短短一日的时间就被疯狂转发，伴随着司凰的话题被炒得越来越火热，《皇途》剧组官方也发布了关于演员的消息。

男主凤苍由金星娱乐公司的安逸元主演，女主乃当代玉女代表关漓，最受异议的千机公子则是一名在校生新人，之前从未听说过的十六岁男生，司凰。

网络上的传播率很广，很快就有人挖出了关于司凰的信息，身为风华娱乐的大公子，应该是有真本事的吧。然而紧接着又有人挖出司凰专修的却是书法和舞蹈，这就引起轩然大波了。

什么花瓶，什么靠关系，什么拿钱买角色的言论不胫而走，这些言论全都攻击在司凰的身上，却没有报道真的敢说《皇途》背后官方的不是，毕竟背后最大的人物可是铁老。

这些消息都被司凰和羽烯等人看在眼里，两人在京弗的图书馆见面，羽烯询问道："你打算怎么做？"

司凰神情淡淡的："这种事你不应该问我，是你的工作范围。"

羽烯吸了一口气："我知道了，不过我希望你不会受到影响，要是你先慌了……"

司凰道："我慌不了，这点程度的根本不算什么。"她看向羽烯，想到他还不是十年后的他，于是提醒道："这次事件的目的主要就是想用舆论压垮我。还记得柳导说过的话吗？只要我不退让，就没人能真的为难我。"

羽烯道："可是这对你的名声……"

司凰抿嘴一笑，眼里的光芒充满自信："让他们闹，现在闹得越凶，等我用实力证明一切时，他们才栽得越狠。相对而言，这算是免费为我炒作了。”

羽烯失言，盯着司凰的笑脸不知道说什么。他想：这次舆论的敌人，大概最失败的地方就是没有了解到司凰内心的强大，他冷静沉稳且自信得根本不像个十六岁的少年。

“你学业那边怎么样？”司凰问道。

羽烯应答：“已经请到假了，只要在期末来考试就行。”

司凰有点羡慕地感叹：“学霸就是好啊。”

羽烯诧异地看她：“难道你请假方面出现了麻烦？”

司凰忧伤地摇头：“不是。”

那是为什么？羽烯疑惑着，然而没过多久他就会发现原因，然后对司凰有了更深的认识。

司凰离开前先给赵莉玫打了电话，意思是在她回来之前，对方都不用来工作了，工资她会照付的。

赵莉玫对司凰的性格已经有了几分了解，所以也没有推脱就答应了下来。她一回家就做好了饭菜，却没有等到自己的儿子，只有羽玲回来，和她解释道：“妈，哥被安排了个临时考察作业，要去央城一段时间，你不用担心，哥说有时间会打电话回来的。”

赵莉玫没有怀疑女儿，先去和羽烯打了个电话，叮嘱他照顾好自己，回来却看到女儿正埋头盯着手机。

“咦，这不是司少爷？”

羽玲猛然抬头：“妈，你知道他？”“啊，他就是我这次的雇主。”赵莉玫没注意到女儿脸色的变化，自顾自地说道：“长得特别好看，脾气也不像别的大少爷那么难伺候，是个好孩子。只是这孩子和父母那边好像有点矛盾，搬出来一个人住也不肯回家。”

羽玲捏紧了衣角，紧紧抿着嘴唇不说话，心里弥漫着苦涩。

这一刻，她再也无法自欺欺人地意识到，自己和司凰根本就是两个世界的人，有什么资格妄想跟随他的身边？

司凰开车带着羽烯一起来到《皇途》的剧组，柳导得知羽烯不会开车后，专门派了个人给他们做司机。

这样司凰也可以休息会了，羽烯坐在她的身边，有点不好意思地说：“我会尽快把驾照考到。”

司凰正闭目养神，眼睛也没睁开：“到了央城后，有了空闲时间，你就拿这车练习，等差不多了就去报考。”

羽烯当然没有异议。

过了一会，羽烯的声音又响起：“司凰，攻击你的舆论那边有了变化。”

司凰睁开眼睛：“嗯？”

羽烯把平板递给她看。

平板是司凰之前交给他，让他可以更好地工作的。

这时平板里显示的是关漓的微博，最新动态是转发了一条辱骂司凰的博文，并附上自己一段话：

“关漓 v：作为和司凰对过戏的我，只想对这群水军说：别把无知当个性，嫉妒只会让你们更丑陋。”

这条动态一发，下面粉丝立即爆发了。

关女王家的小枕头：“哇，居然让女王大人亲自护航，这司凰不得了啊！”

人生不如不见：“漓漓好样的！虽然我也不知道真相，可漓漓说司凰是好的，那就是好的！”

喂！快住手：“女王你怎么能为了别的男人说话！我的心都碎了！”

二货翼、有人喊你吃药：“等等！对戏？这里面发生了什么不可告人的秘密？”

不管关漓的粉丝怎么闹腾，很快就有人把她的这条动态转发，紧接着司凰还在下面最新的评论中，看到了熟悉的 ID 号。

焦糖布丁：“感谢关女王！女王好人有好报！真理是无法掩盖的！骑士团致敬！”

爱心蛋糕：“感谢关女王！女王好人有好报！陛下实力不容置疑！骑士团致敬！”

蓝莓果汁：“感谢关女王！女王好人有好报！喷子狗都叉出去死！骑士团致敬！”

蔷薇带刺：“感谢关女王！女王好人有好报！幕后黑手等打脸吧！骑士团致敬！”

羽烯观察着司凰的脸色，说道：“这段时间里，只要有攻击你的地方就都会有这几个 ID 号在，和人争骂最凶猛的就是她们，看样子是个专门的组织，有比较规范的管理。”

“骑士团。”司凰呢喃，过了会儿眼里闪过一抹光芒，手指在平板上滑动。

羽烯看着她的动作，诧异道：“你不是说要静观其变，等最后再来雷霆一击吗？”

“情况有变，没想到关濡会出面帮忙，还有这群可爱的小骑士在前面冲锋陷阵。”她扬眉对羽烯一笑，神采四溢，“身为她们的陛下，我怎么能还隐匿不出？这会让她们无助难过的。”

说完，她在网上的微博申请完毕，向柳导和关濡他们发出验证请求，并且转发了关濡的那条动态。

“司凰 v：谢谢关姐。在此我要说明，本次角色是我通过正当试镜得来的，签署合约的乃我本人，和风华娱乐没有任何关系，也不会存在利益的渗入。还有说我没演技的各位，我接受你们的挑战，请把自己的成品发上来再做砖家的言论评价可好？关濡 v：作为和司凰对过戏的我，只想对这群水军说：别把无知当个性，嫉妒只会让你们更丑陋。”

附上即时照片一张——略微凌乱的黑发，俊俏的脸，车窗外阳光投射在半张侧脸上，白皙得连被照成金色的细微绒毛都看得见，仿佛给人蒙上了一层朦胧的金光。长长的黑眉，漂亮的眼眸清澈见底，眯着浅浅的笑意，注视着每个看到这张照片的人。

在这双眼睛里，仿佛看到了她想说的话：清者自清，我无所畏惧，你们不必担心。

焦糖布丁：“沙发！陛下！您终于开微博了！我呜呜呜呜……太激动了！陛下臣要说的是，臣相信陛下！”

爱心蛋糕：“陛下棒棒哒！陛下，臣爱你啊啊啊啊！”

企鹅蛋蛋快跑：“不愧是陛下！今天的眼睛君跟我说：银家好幸福呢！”

蓝莓果汁：“给陛下致敬！黑子们！不服来战！”

正如司凰所想的那样，她的出现让支持着她的人都感觉到了安心，也增加了他们的士气。而刚刚开办了微博的司凰，粉丝量也在疯长，关濡给她认证后，又转发了她的动态，回应道不用谢。

这一切就仿佛是打开了某个开关，作为《皇途》的第二女主，风华娱乐的闫妍转发关濡的那条动态，却附上一段意味深长的话：“哎呀，可爱的男生总是会激发女性母爱的，才见过一次就这么护着了，关姐姐果然好善良。”

## 第二卷　第五十五章　陛下签售会

这次签售会可以说是司凰第一次和粉丝们正式互动的聚会。

之前她不是没有和粉丝正面互动过，拍摄《皇途》时，机场来回时，还有在华星艺校时，和粉丝们真人接触得不少，不过却没有一次是专门计划好提前通知，并租借布置好场地的正式会面。

虽然以司凰步入娱乐圈的时间来说她还不过是个新人，可风皇娱乐的人都对她非常有信心，租借的场地很大，容纳一千人也不会拥挤。

结果现场的情况还是火热得超出了负责人员的预想。

一批粉丝从昨天就到了，早有准备地带着帐篷和被子，专门在租借场地里睡了一夜，就为了能排到前头。

到了今天早上，粉丝陆陆续续到来，把不小的场地差不多都占满了。

原以为人多了不好管理，负责人都已经急匆匆地打电话，让多派点治安人员过来，谁知道回头一看，现场的治安又一次出人意料地好。

“她们里面好像有专门的人组织管理，是粉丝自己组织起来的后援团队。”去观察现场情况的保安回来给总负责人报告道。

“不乱就好！”

这边在忙碌着，正坐在车里往这边赶来的羽烯也接到了电话，听负责人把签售会那边的情况说了一遍。

司凰听见他讲了几句，就伸手阻止他要挂掉电话的行为。

“你等等。”羽烯对电话里的负责人说了句，用询问的眼神看向司凰。

“让他们准备点饮用水和小凳子。”司凰说。

羽烯一听就明白了。

一旁坐着的羽玲不由得露出笑容，看向司凰的眼睛闪烁着明亮的光彩：“这次来的人中有一批是华星艺校的同学，她们都准备好了这些东西。”

虽然准备好了，不过要是知道司凰专门为她们想到这些，一定会很高兴！

羽玲想着要不要上网把这个消息发出去。

司凰闻言则想到了柳烟和赵宁宁她们，无论是学习还是办事都很细心妥当，要不是年纪还小还没法毕业的话，她都想将这群人直接挖进风皇娱乐。

“把外围的场地也租借进去，务必要让到来的粉丝都能有个好的体验。”羽烯对电话里说道，把司凰的意思表达出去，“我们大概还有二十分钟就到了，东西都准备好。”

电话里传来负责人答应的声音。

十七八分钟后，保姆车开到签售会的现场，还没有开进车库就被眼尖的粉丝发现了。

“陛下！陛下来了！”

“啊啊啊啊啊啊啊啊！陛下，我爱你！”

“在哪里？在哪里？我要看陛下！啊啊啊！别挤别挤啊！”

这激烈的反应让负责人目瞪口呆，他是原来风华娱乐公司的老人了，见识过很多明星，有火了一时就不行了的，也有一路高升成为国内巨星的，当年风华娱乐最火的是谁？

李离思！

男人心里的女神，连很多女人也喜爱她，崇拜她。

当年李离思刚出道好像也是这样，一首歌就引起了轰动，打破圈子里的常规，每次出场都能引起众多粉丝的激烈反应。

被一群粉丝追赶着的保姆车忽然减速。

粉丝们猜到了什么，反应更加激动兴奋，拼命地试图往前挤。

最终保姆车暂时停下，车窗摇下来，露出羽烯一张铁面无私的精英脸：“为避免有人受伤，不要再继续做这种事！你们这么做，反而会更费时，都不想签售会继续下去了？”

“哇哦！小羽毛发飙了！”

“要陛下！小羽毛让让，让我看陛下！”

“陛下呢？我是你的忠实骑士！”

虽然大家的反应还是很激烈，可羽烯的话还是起到了作用，大家的推挤不再那么混乱，还有人喊着都散开，让陛下快点去后台换衣服，才能更快地貌美如花，狂帅酷霸拽地出现在他们的眼前。

等大家的情绪稍微恢复了一些，羽烯才让开身体，露出后面的司凰。

粉丝们一看，各种尖叫声响起，好像要翻天了一样。

“谢谢你们能来。”司凰一说话，外面的粉丝就默契地都停下嘶喊，让她的声音能传得更开，让他们听得更清楚，“不过就像羽烯说的，这种危险的事不要再做了。”

“好哒陛下！”

“陛下说什么就是什么，我肯定乖乖的！”

“哈哈，小陛下说得好！”

她关心的话语比羽烯管用很多，不仅因为大家乐意听她的，也因为一开始最激动的情绪已经经过时间的缓解，冷静了不少。

几个司凰熟悉的面孔出现在视线里，她们的管理和劝说能力很棒，别说是同龄的年轻人，就算来的是亲妈团长辈，也乐意听她们的劝说，让开身子放保姆车走。

司凰对悄悄看向自己这边的柳烟等人微笑，无声地说了句谢谢。

外面看到她这副样子的人不仅有柳烟他们，还有其他一众粉丝，年轻型的少女粉，一个个都捂着脸大声叫着，什么“我家陛下萌萌哒”“陛下就是这么有礼貌”“我爱你陛下”等等痴汉的喊话不要钱地喊出来。

身为骑士团的大骑士管理者赵宁宁她们也更高兴了。

别的粉丝也想起来自己身为司凰骑士粉或锦衣卫粉等的身份，一股子的荣耀感和责任感生起来，觉得更应该遵守纪律，给陛下争面子——别以为他们没看到隐藏在人群里的狗仔和记者啊！

纪律渐渐好起来了，一个影响一个，最后形成一股风气，场面被控制住了。

明明没有了最初激烈的反应，却给人感觉比追人追车的时候更火热。

保姆车最终得以继续前进。

趁司凰在后台整理造型的时候，外面的签售会现场，工作人员也正式开始工作了。

主持人在前面的台上先说明了这次签售会专辑的资料，又说起这张专辑取得的成绩，作为司凰的第一张专辑，里面只有一首完整的歌曲，却还收录了司凰专门弹奏的一首钢琴曲。

除此之外，主持人还卖了一个关子：“里面还有一张陛下的珍藏版照片，绝对是市面上没有的，以后也不会再出。”

这话一出来，可以看到粉丝们的眼睛好像都绿了。

主持人还嫌对他们刺激得不够，紧接着说："另外专辑的背后包装还有一个刮奖区，一共有十个中奖机会，这十位幸运中奖粉丝，不仅能获得风皇娱乐为你们准备的礼物，还有机会和陛下亲密接触合影。"

"啊啊啊啊啊！"

这个奖励一出，粉丝们一个个更激动得不行。

前面的人笑了，后面的则恨不得大哭一场。

"这次一共有多少专辑卖啊？还能轮得到我买不？"排在相当后面的一个女孩欲哭无泪。

在她后面的那个妹纸[①]看起来也就十几岁的年纪，能跑来签售会肯定是旷课了，一听到她的话顿时急出了眼泪，真的哭了。"我要陛下的专辑和海报、合影！我都要！前面的姐姐让一下我好不好？"

妹纸长得挺萌的，平常有的人也乐意让一让她，不过今天谁都变成了铁石心肠。

让？怎么让？老娘也想前面的妹纸能让自己啊！叫什么姐姐，叫姑奶奶都没用！早知道会这么多人，昨天晚上就该过来过夜排队！

现在怎么后悔都来不及了，后面的粉丝只能求签售会能办得久一点，签售的专辑也够多。

在场的不少人把主持人的话给发了微博，还拍了照片。

网上大批粉丝也各种鬼哭狼嚎，说福利好好，千金难买早知道，要不然旷班请假也要去签售会现场啊！

现场的气氛正火热的时候，司凰从后台走了出来。

她身上的服装比最初在车子上的时候正式了些，浅色系的上衣衬得她整个人更清爽优雅，又不失亲和力。她一来到现场就被主持人夸张地惊呼惊为天人，搞怪地带动现场的气氛。很多粉丝呼喊着主持人说得没错，陛下就是这么帅，帅出了人的境界！

司凰无奈地扫了主持人一眼，嘴角勾起一抹警告又纵容的笑容，被下面许多粉丝的手机相机捕捉到，不久后经过网络人才的处理，就成了一段时间网络最红的

① 妹纸，源自湖南、河南、四川话"妹子"的谐音，从2011年初开始出现并在网络流行。

表情图之一。

这是后话，目前的现场，粉丝们的情绪一直居高不下，等到主持人和司凰的互动结束后，司凰就坐在了专门签名的桌前。

现场也正式开始发售签售会的专辑。

最前面的一批人就是华星艺校组团过来的赵宁宁她们。

虽然年轻人不怕熬夜，不过从脸色还是能看出她们昨天晚上睡得并不算好。

司凰给赵宁宁签名时，特意在前面加上了她的名字，致骑士宁宁。

赵宁宁一看，顿时瞪大了眼睛，眼睛里充满了惊喜和感动。一抬头，就看到司凰对自己神秘地笑了笑，一根手指放在唇边。

这一幕让她想到了和司凰最初的相遇。

对方也是这么温柔地向自己借剧本，柔和的眼神，低缓的嗓音，还有手掌落在自己背上，为自己顺气后就拿开的绅士行为。

那会儿到现在，是艺校普通学生到火爆的大明星，可这人变得越来越有魅力，本质的东西始终没变。

背后被周晓雯推了一下，赵宁宁才回过神来，连忙把签了名的专辑收起来，珍惜地抱在自己的怀里，笑得眼睛都眯得就剩下一条缝："谢谢陛下！"

接着她后面的人就是柳烟和周晓雯她们了，继赵宁宁之后，司凰也给她们签上了名字。

两人也体会了一次赵宁宁的感受，不过还有理智地知道要做好榜样，不能耽搁后面粉丝们的时间。

这些也被一旁的羽烯看在眼里，他目光闪了闪，最终没有阻止司凰这么做。

圈子里不是没有明星对自己的粉丝亲和的情况，不过能亲和到司凰这个程度的，他还没见过。

谁能说她是故意做样子？做样子能把大部分粉丝的名字都记清楚吗？

时间慢慢地过去，前一批华星艺校的组团人员几乎都被签完了，能这么快还是因为他们都很有纪律地没有问多余的话，再高兴也忍着，签完专辑就走到一旁，给后面的人空出位置。

由于第一批的好榜样，后面的粉丝大多也不好意思借着签售会的名义，和司凰大肆聊天了。

不过有人眼尖发现华星艺校那批粉丝手里专辑签名的特点，等自己签的时候，就兴奋地喊道："陛下，我是锦衣卫依依，你能写'致锦衣卫依依'吗？"

这个主动的要求让后面的粉丝眼睛都亮了。

羽烯则看向司凰拿笔的手，轻轻地皱了皱眉毛。

"嗯。"司凰淡笑应了一声，一手好字就签了上去。

粉丝拿到专辑的时候，脸上一瞬间好像得到全世界般的兴奋幸福。

后面的粉丝相继提出这个要求，也有亲妈团是为了自己的孩子来买的，男人为了女朋友买的，提出希望能多写个昵称。

司凰一一签下来。

不是没有粉丝提出一些劲爆的话语，不过属于少数，被羽烯严厉出声拒绝后，没有发生多余的纠纷。

整个签售会顺利地进行下去，等负责人过来表示上午的时间已经结束了，让司凰先去休息时，司凰站起来，发现面前的粉丝却一动不动。

"都先去休息吃饭吧。"司凰对面前的粉丝群众说道，"站了一上午，辛苦你们了。"

一句话就让粉丝们感动得不行，之前还觉得脚疼，现在就觉得一切都值得了。

"不辛苦！陛下才辛苦了！"

"没错，没错，签了那么多，陛下才应该好好休息，快去吃饭吧！"

粉丝们的喊声相继响起，就算杂乱，可还是听得明白都是他们的关心。

司凰没有急着走，垂眸看着前面才一米五的娇小女生："为什么不去吃饭？"

女粉丝没想到男神会主动和自己说话，激动得脸蛋一红，言语就有点结巴了，不过磕磕巴巴地还是把心里的意思表达了出来："不……不能去，去了，位置被别人占了怎么办，就要再从后面排。我想要陛下的签名！"

她的话一说完，排第二第三的后面的粉丝也相继表达出一样的想法。

她们好不容易才等到轮到自己，万一去吃饭了，位置就被忍着没去吃饭的粉丝占据了怎么办？到时候就真的哭都找不到地方哭了！

司凰沉默了半晌，然后重新坐回椅子上。

"司凰？"

"陛下？"

羽烯和粉丝们的喊声一并响起。

司凰对羽烯摆摆手，笑道：“继续吧。要么人走光，要么专辑签完。”

羽烯不赞同又无奈地看着她，对上她一双清明的眸子，就知道劝不住了。转身对助理吩咐了两句，后者应下了立马转身就走。

排在太后面的粉丝不知道发生了什么，还奇怪前面怎么这么大反应，互相询问才知道发生了什么。

原来觉得自己排得太后面已经没机会得到签名专辑，决定离开去吃饭的粉丝，听到司凰主动留下来继续签名，一时之间神色各异，大部分的粉丝明知得不到专辑也继续留在了现场。

这个景象让暗中的狗仔和记者们看得一阵惊奇，心想司凰还真是来打破娱乐圈常规的。

羽烯劝不住司凰，粉丝们想劝，可自己又舍不得走，最后这场签售会就这么继续了下去。

“呜呜呜！陛下，我一辈子都要做你的粉，就算哪天你不做明星了，也是我心里最棒的明星，最棒的男神！我爱你！爱你一辈子！”一个刚得到签名专辑的女粉丝，居然在现场控制不住情绪地哭了出来。

谁都看得出来她不是因为伤心难过而哭，反而是太感动太高兴。

“谢谢。”司凰低头去寻找，抽了一张纸巾递给她。

没有太多的言语安慰，温柔的微笑神情，就足以让粉丝感到最大的满足。

后面相继传来低低的哽咽声，没有一人嫌弃她们脆弱。

“先休息会。”羽烯突然出声，把她手里的签名笔抽走。

司凰一怔，没有想到他还会有这么强硬的一面。

“手指。”羽烯严肃地指着她握笔的手指。

粉丝们闻言也反应过来，一看过去才发现之前司凰握着笔还不明显，一松开签名笔后，那手指的红肿才清晰了。

这还得了?!

他们才想起来他们站着是累，可司凰也连续坐了几个小时，连续不断地签了几百张专辑。

司凰也注意到了自己的手指，由于皮肤太白，红肿就更触目惊心。不过她自己清楚，这点酸痛对她的体质不算什么，哑然笑道：“没事……”

“陛下快休息！”结果羽烯还没说话，前面的粉丝先大声插话。

“没错，先休息几分钟，怎么会没事！太不会爱惜自己了！”这语气简直像哄孩子，说这话的好像是个亲妈团员。

就算是前世，她也没遇到这种被粉丝当孩子一样叮嘱训话的情况，不由得一呆。

对于粉丝来说，她这个表情就是最大的福利，简直太难得了！

一向早熟稳重的陛下，终于也露出幼稚的表情了！太太太萌了！

这个发现，让一些亲妈团员生起了某些不太好的兴趣爱好，目前看不太出来，等以后出现的时候已经形成一股风气改不掉了，俨然成为陛下亲妈团的一个标志。

场面正欢闹，后面却起了更大的动静，引发前面发现的时候，才知道好像是谁来了，排场还挺大的。

## 第二章　第二百一十一章　无限第二期

（略）

由于第二期的米露没办法回来拍摄录制，所以杜小光只能换人，换的人是谁，依旧是个秘密，就算司凰他们也没被透露。

除了第五位神秘嘉宾是个秘密之外，节目的大部分安排杜小光给司凰的文件都没隐瞒，意思表达得很直接——我已经这么迁就你了，所以这次节目你也必须全力以赴，让收视率再爆一回。

这是两人的约定，司凰没觉得自己亏，给了杜小光肯定的答复。

把节目单放下，司凰看了眼车子中途被安装上的摄像头，然后打开自己的笔记本电脑，开始路途上的解闷。

“司凰，到了。”

几个小时后，保姆车停在了《无限崩坏》第二期录制的现场。司凰对他点头，从车子上走了下来，然后看到穷山恶水的环境，路都是土路，只够两辆车通过，前面是进山，已经不能前行。

这环境……光是第一眼看到，就能想象杜小光曾经说的话——好好赚积分，否则倒霉的就是你。

“嗨，司少！”旁边一个声音响起，司凰转头看到和她打招呼的欢姐，旁观跟着的是乐贤。

司凰礼貌地对她微笑，然后相继看到熟悉的几人，虞怜筠、太叔伍。

四人已经到齐，却不见第五个神秘嘉宾。

不知道杜小光这次又想搞什么鬼。

## 第二卷　第二百一十二章　矛盾

时隔多时在同一个综艺真人秀节目大家再见，有一种恍若隔世的感觉。

彼时司凰还是个出道没多久，红极一时的新人，现在再见却已经用极短的时间打造了深厚的基础，再没有一个人能轻易把她拉下来，也没有人再怀疑她不会轻易摔倒。

目前论身价和名气，就算是太叔伍这个老前辈都不能给司凰脸色看，倚老卖老了。

相比太叔伍笑容里带着客气，以及乐贤面对司凰时明显的低姿态，虞怜筠则要淡定很多，依旧是白裙飘飘的女神形象。

“我亲爱的宝宝们！欢迎你们来到《无限崩坏》的乐园！”一个声音突然传来。

在场的众人一听这话，表情都跟吃了苍蝇一样，却忍着没有表露得太明显。

然后司凰就看见坐在一头黑牛上的杜小光，他穿着花衬衫大裤衩，头上还戴着一顶草帽，手里拿着扩音器，可想而知刚刚那句话就是出于他的嘴。

“哇，杜哥，帅哦！村里一枝花！”太叔伍竖起大拇指赞美道。

司凰看了他一眼，明了这是太叔伍想要出镜的手段。

也许对于现在的司凰来说，《无限崩坏》带来的收视率，对于她的名气不过是锦上添花。但对太叔伍来说，却是一个巨大的惊喜。

第一期播出后就让太叔伍的名气厚积薄发了一场，尝到了好处的他不遗余力地想在第二期博得更多镜头。

杜小光接受了他的赞美，还臭美地扬了扬头，接着说："少奉承我，没积分就是没积分，不会给你走后门。"紧接着他拍拍手，只见第一期见过的两位主持人艾轩和嘉芸各自笑眯眯地牵着一头驴子和一辆牛车走过来。

"哈喽，很高兴再次见到你们，从现在开始我是你们的负责人艾轩。"艾轩行了个蹩脚的古代礼。

嘉芸接着笑道："我是嘉芸！"

只是两人的笑落入司凰等四位嘉宾的眼里，怎么看都觉得像是在幸灾乐祸。

几人面面相觑，觉得想利用节目博得名气的同时，需要付出的代价也真不小。

"从现在开始，我们即将进入大自然的怀抱，想要到今天休息的地方，还有一段山路要走，现在你们的面前有两个选择。"艾轩很快就进入主题，指着自己牵着的那头看起来有点柔弱的黑驴，奸笑道，"坐骑只有两只，是步行还是乘骑全看你们的打算，哦，如果都选择坐骑的话，则用竞拍的模式进行选择。"

嘉芸还趁机推销自己身后的牛车："这车可是我用心选来的最干净舒适的！"

司凰和其他三人看向牛车，破损的木架子，上面还有稻草，总觉得随时都可能散架……这叫最好？

"咳，杜哥，你也不用这样节约经费吧？"太叔伍向杜小光提出抱怨。

谁知道杜小光不否认，还相当理直气壮地反朝他们抱怨道："你们也不想想你们的身价，光是请你们过来做节目就刮了我一层皮，每天只能吃糠喝稀！现在给你们找个车就不错了！"

这也叫车？

众人无语。

说实话，让他们骑驴坐这种破牛车，还不如走路的强，要不然脸不得丢尽？

沉默中，杜小光催促了："坐不坐？不坐就跟我走，老规矩，身上不准带多余的东西！"

司凰往前走了一步，被一旁的虞怜筠看到了，她目光一闪就跟着往前走。

司凰看向她，轻笑做了个请的姿势："女士优先。"

虞怜筠礼貌地对司凰微笑，光看表面会让人觉得他们的关系不错，然后虞怜筠就选择了牛车。

“哎呀，还是小筠筠聪明，放得开！”艾轩不放过赞美女神，占女神便宜的机会。

虞怜筠没有回应他，在嘉芸的帮助下上了牛车。一眼看去那破旧寒碜的牛车，和车上坐的不那么自在的虞怜筠，怎么看怎么不搭。

见虞怜筠选了牛车，司凰自然选剩下的黑驴，不过中途发生了点意外，太叔伍突然出现，表示他也想要黑驴。

“哈哈哈，没有想到咱们的小黑黑这么有魅力，陛下要，太叔叔叔也要，既然都想要，那么就要用积分来竞拍了。”嘉芸笑眯眯道。“请两位嘉宾出价，对了，延续上期的积分，太叔叔叔剩余的积分是五分，陛下是满分的十分，我要说明一下，”嘉芸伸出一根手指，那笑怎么看还是怎么不怀好意，“只能出一次价，我说出价就各自喊价，不管是高是低，积分都会被减掉。”

太叔伍的脸色变了变，一副纠结的模样似乎在后悔自己站出来和司凰争。只是他还是没有中途退让，等嘉芸确认两人都决定好了，就打了个响指：“出价！”

司凰和太叔伍的声音几乎同时响起。

“五。”

“二。”

话落，太叔伍就幽怨地看着司凰：“你好狠的心啊。”

“这样就嫌我狠心，那后面你怎么受得了？”司凰对他轻笑。

“什么意思?！”太叔伍错愕。

然后他就听到司凰说：“四积分申请让太叔帮我拉驴。”

“我靠，不带这样玩的吧？”太叔伍惊叫。

“哈哈哈，”谁知道这回说话的是杜小光，他举着扩音器，“谁说不可以？你还剩下三积分，没法抵消司凰用四积分申请的要求，所以现在你的任务就是拉驴。”

太叔伍的表情黑了，这神色不知道几分真几分假，不过作为被他瞪视的对象，司凰能感觉到太叔伍对她有真实的怒气。

司凰不在意地对太叔伍挑衅地笑了笑，总利用她往上爬，也不想想她答应不答应，第一期就算了，第二期又好了伤疤忘了痛。

对于太叔伍这种老油条，司凰没有好感也没有恶意，不过不妨碍她在规则允许的情况下，放松自己的性子找点乐子。

何况，为了回报杜小光配合她的时间和帮助，她也答应了让这场节目精彩起来。

真人秀的综艺节目，有什么比嘉宾之间的矛盾和各方面真实互动更有爆点，让观众兴奋？“不过司凰啊，这种伤敌一千自损八百的法子，不仅让太叔伍积分清零，你也就剩一分，原来给你准备的最好的福利，也要落到别人手里。”杜小光提醒司凰，小眼睛里闪烁着贼精的光芒。

看他的样子一点都不像是在关心司凰，反而恨不得她更惨一点。

“没关系，”司凰上了驴身，自信地回应杜小光，“积分花了再赚就是了。”

一转头，她对太叔伍招招手：“小伍子，还不过来给朕拉驴？”

“噗！”周围响起一阵笑声。

太叔伍的脸色也由黑变成红，瞪着司凰不说话。

这里面要说最淡定的反而是羽烯，他愣是表情一点变化都没有，不过扶额暗叹：怎么觉得一参加这个节目，司凰就跟变了个人一样。哎，算了，第一期都那么离经叛道，甚至穿女装，还能收获一众好评，这次怎么样也不会更出挑了吧。

只是羽烯显然还是小看了杜小光折腾人的脑洞，也小看了司凰的不定性，三天的《无限崩坏》第二期，这两位可是秉着一颗超越之前的心来做的，结果会怎么样，只有看到最后才知道。

在规则的束缚下，太叔伍不得不走到司凰的面前，把黑驴的缰绳拿在手里。

黑驴似乎好奇前面这位，用自己的鼻子朝太叔伍拱了下，哧哧的叫声，一口口气喷到太叔伍的脸上。

“啊啊啊啊啊！”太叔伍的表情青了，被驴子的口气呛得不轻。

“哈哈哈哈哈！”周围人听到他的惨叫，竟然没一个表示同情，反而齐声大笑。

坐在牛上的杜小光也笑了起来，暗道这个开场就不错。至于同情太叔伍？从他出场就代表《无限崩坏》第二期正式开始录制，公私得分明。

如果太叔伍知道杜小光心里的想法，一定会对他竖起中指：少来！老子还不知道你的尿性？为了节目，你还有什么不敢做的？！

一场闹剧很快被压下来，大家准备就绪后，就往山里前行。

要说辛苦，其实负责拍摄的人员才更辛苦，一路上跟着后面走，扛着不轻的摄影机。

幸好《无限崩坏》讲究真实拍摄，并不需要工作人员拿光板之类的道具去美化艺人嘉宾。

这一路走得不快不慢，不知不觉一小时后，太叔伍和乐贤的身上都冒了一层汗，虞怜筠在牛车上要维持好看的坐姿，被土路颠簸得脸色也不好看，反观司凰气色依旧红润干爽，比起其他人来说别提多惬意。

这一刻，就连杜小光看得都嫉妒了，止不住邪恶心思地想让司凰出丑。

“杜老师，还有多远啊？”乐贤忍不住开口询问。

杜小光道：“啊？再走一个来小时吧。”

“什么？”太叔伍惊叫。

乐贤一脸错愕，就连坐在车上的虞怜筠也忍不住露出了难看的表情。

杜小光欣赏着他们的表情，好像看他们越难受就越高兴，用语重心长的语气说：“别着急，现在就着急了，那以后你们怎么受得了？”

这句话……怎么听着那么耳熟？

太叔伍三人都看向司凰。

司凰感受到他们的目光，好像刚从走神中回过神来，后知后觉地对他们微笑，那清澈的眼神像是在问：怎么了？

## 第三卷　第一章　天使和恶魔

司凰疯玩一夜，无数人却也为她疯了一夜。

作为公众人物，还是红遍天的公众人物，所作所为想不被人关注都难，何况是早就炒得不行的期末考。

司凰之所以能在永恒王座阵营战时出现，在阵营战结束后没多久就有能人异士挖出了内幕，真相震惊无数眼球。当然了，最让人在意的还是扛枪的身份和司凰的关系，可惜司凰在结束阵营战后并没有对这个做出解释，和粉丝们打了声招呼后就下了游戏，之后再没出现在网络上。

哪怕是这样也挡不住人们八卦的心理，无数人去挖线索，无数的“真相”被挖掘，只是没有得到司凰的亲口承认，又或者是扛枪本人的出现，再多的“真相”

也不过是猜测而已，有人在心里已经认定也影响不到大局。

一些嫉妒司凰的同行或者敌对的娱乐公司都在看事态的发展，也有人暗中做小动作，去刻意扩大舆论的影响。然而他们忘记了，他们能引导舆论，风皇娱乐公司也不会坐以待毙地被攻击，一样可以防御反击。

而让同行们再次惊讶又酸涩的是，这次风皇娱乐的反击很温和，没有挖出暗中掺一脚攻击的同行，进行雷霆一击，只用相同的方向去引导粉丝们的反应而已，促使网络上出现两种反应。

一种笃定司凰是同性恋，不管以前怎么掩饰，现在还是暴露了，不仅生理有病还是个骗子，欺骗了粉丝们的感情。死咬司凰以前几个污点不断地说事，诱哄粉转黑，意思是追这样的偶像是一种耻辱，都有病！

一种则是忠心维护司凰派，和黑子对抗到底，用她们的话来说——

如果陛下真的是同性恋，你就能做到不去关注他，不粉他，不爱他了吗？

不，做不到！关注陛下早就成了生活中的一种乐趣，甚至是一种习惯。

本来偶像就是可望而不可即的存在，无数的妹纸都爱在心里歪歪对方成为自己的男友甚至是老公，可是那不过是歪歪而已，其实每个人都清楚这不可能。偶像其实就是人们梦中情人的现象化，追逐着那个人，就像是在追逐着一个美好。

在冰冷现实的社会里，保留一份对美好的幻想，以及自己内心不含利益的情感，单纯地去付出，不用去想得到的是否同等，只要对方貌美如花依旧能满足心中的美好形象就行。

这是一种精神上的享受，和平能轻易温饱，人情却日益冷淡的社会里，精神食粮更难得。

从粉上司凰后快两年的时间，回忆关注司凰后的一幕幕，然后大部分人就会发现，他们竟然充满了回忆。并且这份回忆并不是一个人的独角戏，不是一个人一味地去追逐。

买海报、买唱盘、看偶像拍的作品，这些很多粉丝会做，不过自己身为芸芸众生中的一个小虾米，偶像肯定不知道自己做了这些，所以这些回忆会兴奋也会心酸，久了或许会疲惫迷茫，觉得自己做的这些是不是在浪费时间，散财又花精力。

可是，仔细回忆起司凰来却不会，仿佛兴奋中总能感受到那人的回应。他那么高高在上遥不可及，偏偏又真实让人感受他就在眼前，在自己的关注下，他一步步地走来，机场上和人互动、签售会的陪伴、没有架子的谈笑，最近的这一次更为了完成承诺，提前交卷就为了赶来和大家一起玩游戏。

一件件的事情想来，一点点的回忆浮现，记忆的画面不但不单薄，反而丰满而温暖，让一开始微微动摇的心逐渐坚定。

别说现在还没确定陛下是同性恋，他就算是同性恋那又怎么样？这样的陛下还是陛下，依旧耀眼完美，值得去崇拜迷恋！什么？你说这是脑残粉的逻辑？呵呵哒！你不懂就别瞎逼逼，为陛下脑残我骄傲！

黑和粉是无法互相理解的存在，不过大局总会有个胜负，这个胜负就是粉丝强压黑，并且在有效的引导下，司凰粉丝群众竟然有更死忠的现象，大有陛下做什么都是对的，陛下什么样都好的三观的形成——就算有男朋友又怎么样？我大陛下威武霸气，不仅能迷倒万千少女，拿下男人也不在话下，你嫉妒都嫉妒不来！

这种现象让同行们再次目瞪口呆，不过呆愣的同时又诡异地产生一种理所当然的想法，大概是因为在司凰的身上发现的奇迹和突破规则的情况太多了，不知不觉就麻木了吧。

别人还当风皇娱乐里能人不凡，竟然想到用以退为进的手段反击，也不怕没弄好就一败涂地，不得不说魄力十足。

只是他们哪里知道，计划这次引导还击的人就是羽烯，他的目的也不过是为司凰善后，还有铺后路罢了。

这次事件让羽烯意识到司凰认真的个性，早晚有一天会暴露自己喜欢男性的真相，既然网络上借题发挥，他不如将计就计，让大家先提前做好心理准备。值得庆幸的是风皇娱乐的操作不错，司凰的粉丝群众够忠，暗地里说不定也有人施压，让整个事态进行得很顺利。

不过很快羽烯就发现事态进行得太顺利反而超出了预计——大家很好地接受了“如果陛下是同性恋或者双性恋”这个假设之后，之前播完的《无限崩坏》第二期就火了。

或者该说，之前就很火，现在借司凰这件事更火了。

无数人因为“司凰性向门”事件而去重看，或者是本来没兴趣抱着八卦的心态去看，让《无限崩坏》第二期的点播率再次突破。

《无限崩坏》的第二期内容也被人们戏称为《国王猎艳记》《陛下的宠爱日常》

《无限崩坏之宠物后宫》等，原来直男直女们看着没什么问题的画面，怀着一种异样的心情去看，逐渐就觉得整个节目里简直基情满满，处处让人脸红心跳——司凰以年下之龄霸气征服各个年段和风格的优质男女，连最后的结局也被歪歪出各种扭曲，什么精灵王潇洒离场，丢了身心的宠物们无畏生死去追寻，结果失去了王的庇护，被猎人们虐身虐心……

本来以为又会有人借题发挥，结果效果出乎意料地好，司凰的粉又涨了，其中一部分真爱粉发生了诡异的质变，竟然找了个新的乐趣，那就是给司凰配 CP！

这些情况还是期末考后的第二天，羽烯给司凰打电话，让她以后再干这种突袭事件记得提前通知他一声，免得把他吓出心脏病不说，防御措施还来不及做，然后司凰通过网络才知道。

司凰早有预料游戏里秦梵曝光声音后的影响，不过没想到羽烯的反应这么快，并成功让事情按照她想的那样发展，真心对他说了声谢谢，并承诺以后会注意。

这声谢谢反而让羽烯不好意思了，又问她考试感觉怎么样："你的成绩肯定要曝光，考得好可以给暑假期间上映的《时间之牙》做宣传，还有压下游戏的影响。"

"没问题。"司凰给了羽烯一个心安的回答。

羽烯做过她一段时间的补课老师，了解司凰的学习能力，所以得到这个回答后就放心了。

事实上也的确没问题，京华大学的期末考成绩分数在第三天后公布，学校和官网上都有，不会造假。

作为 Z 国第一大学学府，京华大学的期末考成绩一直是无数 Z 国人和媒体关注的存在。

成绩一出，大家自然就去找司凰的名字，然后就看到司凰的名字遥遥领先挂在大一年级第一的位置上，引起无数反应，年轻人的惊叹和老一辈人的沉思。

"我靠！我没记错的话，司凰大半学期都在工作吧？成绩竟然还这么好！"

"本来我不相信天才，这回我真的信了！这世上的确有天之骄子，我服了！"

"嘤嘤嘤嘤！陛下求嫁！你肿么[①]可以这么完美，以后我都要找不到男朋友啦！"

各方反应下，媒体也不忘炒作，风皇娱乐早就做好了狂捧司凰的准备，所以

① 肿么，网络词语，相当于"怎么"。

成绩一出，网络上铺天盖地都是司凰的新闻，其中很多报道司凰如何在演戏的时候也不忘在剧组里学习，在几个国家来回，学习和工作兼顾，有时疲惫得靠着墙就睡了，照片是羽烯以前就偷拍好的，从这点可以证明司凰的成绩绝对不是全靠“天才”两字，不要忽略了他的努力和辛苦。

虽说这炒作的行为明显，可没人能说司凰靠包装，京华大学的成绩榜单高高挂着，无时不在证明这人就是有炫耀的资本。

在铺天盖地的报道中，也有人把司凰和M国的亚瑟·斯托克做对比，让无数人发现这两人真的相似且出色得旗鼓相当，不由期待两人哪天真的能分出个胜负来——写真那次暂不算，毕竟真论起来主角应该是艾斯，胜负不明。

在这场风波中，最淡定的莫过于司凰本人，她亲自回了风皇娱乐一趟，为的是交代羽烯和其他部门一些事情，表明自己暑假没时间管公司，不过真发生什么没法解决的事，可以发邮件到秦梵那里。

把事情交代完，并拒绝来到公司请求采访的人，司凰又去和余奶奶告别。

由于司凰这次入伍不是普通的参军，为免自己在训练营里顾及不到出什么意外，她又特别交代了照看司智韩的露娜阿姨几句，并加派了人过来注意着。

把该做的准备都做好后，司凰就和秦梵一起搭上直升机，去到血旗特种部队暂居的训练营地。

由于司凰要去的地方属于机密，所以羽烯和苏月半他们没能去送机，只凭时间知道司凰已经走了。

“在事业如日中天的时候息影，这胆子太大了。”苏月半望着手机的时间，想着司凰应该已经离开了这块地域，忍不住感叹，“虽然说暑假就两个月，可却是一点消息都没有的两个月啊。”

“两个月而已。”袁良望着天空，“就算他从现在开始息影一辈子，也没人会忘记他。”

苏月半一怔，突然觉得袁良说得有道理。

一旁沉默的宗浩浩捏紧了手掌，他想和司凰一样，不，有他一半也够了！

本来心情有点迷茫的羽烯听袁良一说，突然觉得也是这么回事。

他的主职还是司凰的经纪人，就当是艺人放了个大长假，等司凰回来肯定又有更多的改变。

这么一想，他忍不住期待起来。

“对了，《时间之牙》明天正式上映，我买了票，我们去看吧！”苏月半转眼邀请身边的大家。

袁良问：“贵宾包？”

“普通座！”苏月半眨眨眼。

袁良又问：“包场？”

苏月半道：“怎么可能！”

袁良不再掩饰地表露出自己眼里的鄙视。

从ZZ开发后，他赚得个大满盆，竟然只请他们去看个普通座的电影，还是司凰的第一部电影作品。

苏月半嚷嚷道：“你这什么眼神！司大神的场还需要我包吗？你不知道这电影多火，我还是用特权搞来的票！”

虽然不排除苏月半给自己的吝啬找借口，不过他这话还是得到在场众人的认同，约定了时间，大家就散了。

直升机在一块无人区大路停下，梯子放下。

司凰站在机门口往下看，看见几辆军用越野车。

“准备好了？”秦梵抹了把她的脸，细腻光滑的触感让他的心紧了紧。

司凰回头一笑：“你越来越啰唆了。”

这抹跃跃欲试的笑容让秦梵把刚生起的不忍压下去，把自己的手也收回来，很多话到喉咙又咽回去，最后面无表情地说道：“从现在开始我的身份只是长官，你是新兵。”

“是的，长官！”司凰笑着对秦梵行了个军礼。

秦梵本该斥骂她一声不准嬉皮笑脸，却到底没舍得：“去吧。”

司凰顺着梯子爬下去，一半的时候听到上面秦梵喊道：“我相信你。”

司凰抬起头，对上秦梵深邃的眼神，秦梵说：“记住我教你的东西。”

司凰再次单手对他行了个军礼，长发在半空被风吹得飞扬，一张脸看起来更张扬肆意。

秦梵目送她到地面。

地面上和司凰一样的有二十个人，他们的任务是徒步跑去训练基地。

司凰的出现让同期的二十人露出惊讶的神色，不过谁都没有多话，伴随着教官一声严厉的低吼，越野车发动，他们的训练任务也正式开始。

越野车开得不算快却也不慢，用人奔跑的速度快跑的话还跟得上，不过人不可能长时间保持着快跑，很快越野车就不见了踪影。

司凰抬头看了看，之前过来坐的直升机也不见了，只剩下包括她在内的二十一个人在大路上奔跑。

司凰身上除了一身作训服外，什么都没有，一张极具识别性的脸让她在人群中非常醒目，旁边一个板寸头已经看她好几回了。

“喂，我叫石磊，你叫什么？”

听到板寸头终于忍不住开口，司凰回了句：“司凰。”

石磊一听到声音，看司凰的眼神更诡异了：“你是不是得罪了什么人？”

“怎么说？”司凰挑眉。

石磊耿直评价：“你这样的不行。”

司凰觉得这小板寸有点意思，长着浓眉大眼和土黄近棕黑的皮肤，不算壮但是挺高也有肌肉，整个一副农村小伙的模样，尤其是耿直的表情做出来，没有半点军人的铁血气息和煞气，倒像个放牛汉子。

她忍不住逗一逗他，表情沉下来，眯眼看去却意味深长：“男人不能说不行。”

石磊直愣愣地看着她，然后更担忧地道：“你这样的，真不行！”

司凰不做回应。

石磊却还在说：“我们二十个人是经过一次次筛选留下来的，每个都是一个小队里的精英，已经训练一个月了，你才空降下来，不知道这多辛苦。我看你肯定得罪人了，等下坚持不了就跟人认个错，别给自己找罪受。”

司凰诧异地打量着他：“军人注重的品质中韧性和坚持很重要，你这话不像是精英说的。”

石磊想也不想地说：“我是军人会做到，可你不是做军人的料不需要，乖乖认错，人家肯定原谅你。”

这逻辑……

司凰不想再多解释。

“我说真的。好好的别折腾自己，又折腾不出个花样。”

“你说这么多，不怕消耗体力口渴吗？”

石磊闭嘴了。

几分钟后，司凰听力太好，听到这小板寸又嘀嘀咕咕了一声：“不是看你长得比女人还好看，谁管你。”

“……”司凰轻轻笑了，眼里闪烁着精光。

从上午一直跑到下午，高照的太阳极快地消耗人的水分，眼前的路却好像没尽头，只有身边的队友又是竞争对手的喘息以及脚步声。

几个小时后，又从太阳高照到太阳下山，大半天不停歇地奔跑，没有水分的补充，大家都露出疲态。

石磊一头大汗，心想着那漂亮得不像人的青年该掉队了吧？转头一看，差点没被吓得摔倒。

司凰微笑着看他像见了鬼的表情，还关心一句：“你还行吗？”

“……男人不能说不行！”石磊保持见鬼的表情。

司凰鼓励道：“嗯，加油。”

石磊：“……”

天使般的面容下，他看到了恶魔的奸笑。

[节选自潇湘书院]

【粉丝评论摘编】

@骑士团甜小令：《重生之国民男神》追到现在，真的，它无愧于“国民”二字。二水用自己的努力为我们创造了一个国民男神，完美骄傲却不显高傲，陛下还是一心为民的陛下，任性却显得可爱，绅士却又疯狂。跟着陛下，看着她一步步走向风光无限，这美好就像罂粟一般麻痹了我的感官。这一世的陛下不再是上一世那无力的花瓶，步步为营只为不再重复上一世的悲剧，看到在飙戏的她，总是情不自禁地想要尖叫，太帅了。

@安东尼的落兔子：跟普通的娱乐圈文最大的不同是，这一部讲的是从小做起。不得不说，作者把每一个剧本每一个细节都描述得很清楚。司凰对于每一个不同角色的处理，都让人看得欲罢不能，在这样一个娱乐圈小说千姿百态的背景之下，这一点是我所看到的极大的亮点。

一开始看《男神》是因为推荐，亦是因为榜单，谁知，一入男神深似海，从此拜倒陛下西装裤。

@лунный свет：作为一个拥有全知视角的读者，我可以作为一个上帝，冷眼旁观陛下的传奇一生。但是，随着剧情的缓缓展开，我已经融入进去，不是旁观者，而是一个实实在在的粉丝。陛下，注定成神，而我们能看着他成神，在他成神之路上给予支持，便是一种莫大的幸福。

@月落柠心：第一次看小说有这种感觉，陛下是一个有血有肉的人，这书中的人物，仿佛都真正存在。我们读者，甚至是生活中，喜爱的都是真性情。陛下对待记者时是怎么样？放肆，张扬，毫不退让，这才是我们爱的！

@完全欠揍：不同于常常看到的女频文的设定，却有着时下女孩子最喜欢的浪漫色彩。女主自身的独立与能力，自己身边的守护骑士闷骚小麒麟。爱人间的相互怜惜，信任，支持！内容丰富，情节恰到好处，节奏也不错！

@骑士团说好不抱歉-凶受听：爱上陛下是因为他的嚣张，他的张狂，他的反差萌，他就是这样一个可以轻易让人喜欢的陛下。为了自己校园中的点点滴滴，可以不掺杂任何商业性质地让校园里面的同学完整演艺一部算得上是上乘的作品。爱上陛下出演全程崩坏的坏坏少年，这般耀眼的陛下，简直让我恨不得也化身为粉丝，对着陛下各种膜拜，舔屏大爱。

@yaxiYx：他就是有种魅力让你读下去，环环相扣，一个情节过去，另一个又来，每一个都扣人心弦。真人秀让人惊艳！男神无处不是剧本，无处不是情节，我最喜欢的是真人秀，真的超棒。

@种菜小怪兽：这是一个女扮男装最后走上人生巅峰的宠文，虽是宠文，但男主绝不插手女主事业。是少见的高质量文，不小白，不狗血，虽然是爽文不过金手指并没有开得很离谱。看《国民男神》，体会升级打怪的快感。

［导引、简介、节选、粉丝评论摘编：韩思琪、胡玉洁、王睿妍、邢玉丹、刘一然］

# 把“饭圈”搬进“娱乐圈”

## ——评水千澈《重生之国民男神》

韩思琪

从《重生之名流巨星》（青罗扇子，2011）开始，“明星励志重生”便作为一个快速戳中读者快感的方程式被固定下来。《重生之国民男神》（以下简称《国民男神》）的故事模式就承此一脉。不同的是，作者切入的角度是娱乐工业的另一方：粉丝。把“饭圈”生态（粉丝群体生存状态）搬进“娱乐圈文”，给近年来在青少年间火爆升温的爱豆[①]文化以文学赋形，《国民男神》算是开风潮领风骚之作。该文也由此成为2016年潇湘书院最大的黑马。

女主角司凰意外重生，并获得了古怪的“血脉传承”，靠“女扮男装”再次登顶巨星之位，成为万千女性眼中的“第一男神”。打着娱乐圈、异能、重生复仇、女扮男装等标签，同时又向“系统”“军文”“黑道”“网游”等此前大火的网文元素借鉴，《国民男神》对于资深读者来说，乍看之下，就像一部风格拼贴的金手指爽文。但这些“拼贴”都只是让各类型读者进入小说的“接口”，而能够“留住”他们的是小说带有粉丝滤镜[②]的直播式写作。

司凰重生后需要赢得“信仰值”来维持生命，去“赚取”尊敬与爱——这一源自偶像生产与粉丝经济的设定，是作者将“饭圈”文化引入小说所设置的一个机巧搭扣。“信仰值”分成粉色信仰（起伏不定）、金色信仰（稳定）、黑色信仰（负面）三种类型，小粉红、金闪闪和黑点对应的就是现实粉丝群体中路人粉、真爱粉和黑粉的划分。

一枚金闪闪抵一万小粉红，攒五枚金闪闪可获得一次强化身体机会的设定，让粉丝的情感状态得以融入网文的升级体系。同时将爱豆与粉丝之间的联结数值化，让粉丝对偶像的爱与“供养”以具象化的结果呈现，《国民男神》第一次让此

---

① 爱豆，idol音译词，指年轻的职业化的偶像明星。

② 粉丝滤镜，粉丝内部美化视角。

种羁绊的情感共同体在网文空间中变得可见。

例如在小说第三卷第一章，司凰在公开恋情时说，“他是我的阳光”，同时仍向粉丝表白“你们是我的星光，阳光让人温暖，星光使人璀璨”，而粉丝从震惊到接受的心理活动，则真实还原了“饭圈”常见的“偶像的自我投射”心态。

> 本来偶像就是可望而不可即的存在……偶像其实就是人们梦中情人的现象化，追逐着那个人，就像是在追逐着一个美好。……保留一份对美好的幻想，以及自己内心不含利益的情感，单纯地去付出，不用去想得到的是否同等，只要对方貌美如花依旧能满足心中的美好形象就行。这是一种精神上的享受。
>
> ——第三卷第一章《天使和恶魔》

社交网络上的互动、粉丝对明星的维护，这些情节都是华娱圈[①]的“日常”，而正是作者采取的粉丝内部视角让小说俘获了大批不同爱豆的粉丝读者，她们得以在网文的一方天地中得到了认同，而不再只是“疯狂的族群”的简单指称。

作为粉丝文化的“代言人”与“移植者”，作者与小说读者之间也复制了“饭圈”模式，读者成为水千澈与《国民男神》的铁杆粉丝，更有甚者将主角司凰代入三次元的偶像，以“骑士团”（小说中司凰的粉丝群）自居。虚拟偶像能够被召唤，从网文中破壁，就在于传统的读者与作品之间的关系，已经被重构为粉丝与角色/萌元素[②]数据库的对应，虚拟偶像相比真人偶像，几乎不存在任何区别，反而因为想象的虚构而显得更加完美。

完美“男神”司凰的角色设定就利用了“萌元素”中的“反差萌”[③]，不仅是“男装女神”的性别反差，她的魅力还在于“美少年皮”与“总攻心”的反差。这种气质被抽象地称为“可爱又迷人”（多是反派）的角色，从二次元漫画到大众影视中都有着大量的互文形象，司凰则是作者在网文中所做的一次尝试。

她一出场，就是以一个去性别或者说超性别的“美少年/萝太”[④]身份被接受

① 华娱圈，中国内地娱乐圈。
② 萌元素，角色具有的令人喜爱的特质。
③ 反差萌，指角色突然显露与之前性格完全不同的一面，制造出反差，同时带有美感。
④ 萝太，有着萝莉外貌的正太。

的。这背后是1990年以来娱乐工业的潮流变迁，彼时爱豆体制进入内地，肤白的(pale)、纤细的(skinny)"被保护者(protege)"的偶像形象开始被生产。"韩流"①与日本二次元文化促生的"美少年"审美，悄悄地对男性做出了审美再生产，中性化的形貌举止开始流行。

相较来说，司凰的"总攻心"则是一种内在气质，源于对纯爱小说中"攻"的"仿写"：主动、强势、一切尽在掌控而霸气外露。"攻"是从女性主体出发建构起来的一种全新的性别想象，在网络空间，"女神"已经不稀罕了，"攻"气十足的"男神"成为新榜样。女性粉丝坐拥"粉丝"和"女性"双重身份，构成了粉丝大军的中坚力量。她们欲望凝视的对象则是"男"，因此女明星为了能够更多地占有市场优势，在现实中同样争相卖"总攻"人设，洒脱的封"哥""爷"，自称"老公"来"圈粉"②。所以，司凰是"国民男神"，她像日本宝冢剧团中的"男役"③一样，纯粹为了满足女性的欲望而打造男性魅力，真是"女人一旦帅起来，就没男人什么事儿了"。

《国民男神》对粉丝文化生态做了一次生动的文本迁徙，虽然有些表述比较直白简单，但有着原生态的鲜活。这是网络文学中最贴近现实的一种创作，现实和小说同时生长着。

① 韩流，韩国娱乐事物的地区性影响。
② 圈粉，通过各种方式扩大自己在社交网络上的粉丝群。
③ 男役，指女性舞台上扮演男性角色。

# 天庭出版集团

拉棉花糖的兔子

拉棉花糖的兔子，晋江新晋作者，《天庭出版集团》为其处女作，自 2016 年 2 月起连载到 7 月完结，共 60 余万字，并预售个人志，其连载期间长期盘踞同人榜前三位。同年 7 月新发作品《大宋小吏》，延续前作人物逗趣、温情清新的画风，现在晋江纯爱同人站新手金榜名列第六，霸王月票榜第六，是网站封面首推作品。

《天庭出版集团》诞生在洪荒文已然“过季”之时，其文接续了传统洪荒文的脉络，在已有成型的洪荒框架的默认基础上，借现代出版集团体系的设定，并用各种网络生发的小说类型，对洪荒事件及诸神关系进行全新解读。作者用碎片化的段子风格对洪荒人物进行“二设”(原设定下的追加设定)，重写了新奇有趣、萌化日常的洪荒世界。

【标签】同人　纯爱　洪荒　萌日常

【简介】

一个来自现代的灵魂穿越到上古洪荒时期，成了天地间第一支笔。千年后，笔生出灵智，自名黄竹，化形为紫霄宫秘书长与各位大神结下种种因缘，并着手创办天庭出版集团。黄竹不仅引入了现代的出版知识，成立文学、美术、儿童、紫霄书局等分社，还将现代的思维、生活方式和生活理念带入了洪荒年间的天庭。与此同时，凡人升天不再局限于修道成仙，而是可通过著书立说登上天庭，名留千古；或是成为大神们身边的编辑，朝九晚五前往天庭出版集团打卡上班。在黄竹的鼓动下，洪荒各族均投身写作、出版行列，三界风貌从此被改变……

选文截取了黄竹筹备天庭出版集团的经过，以及三界第一写手女娲（笔名“凤衔书”）“脱马”公开身份的盛况。此外，第四十、四十一章开头部分的主题帖较为具体地反映了该小说网络化的写作风格和诙谐幽默的语言特色。

【节选】

## 第四十章 筹备（上）

主题：好想包下《蓬莱晚报》头版广告向男神求婚。

内容：想让三界都知道我对他的爱，想和男神在一起，想正大光明推倒男神，想让男神下不了床。

1L①：《蓬莱晚报》发行不到全三界吧，登了全三界也不造②你的爱。

2L：233333③，大哥为何那么理性，服！

3L：大哥说得有道理，楼主不如包《凌霄新语》的封底广告吧，看好你！

4L：重点不是包什么，而是你男神对你有没有感觉吧。

5L：只有我觉得楼主很污很痴汉吗……你男神到底是谁啊？

LZ④：不想爆真身，但是我和男神差距还蛮大的，大得就像元始圣人和一只刚刚有了灵智的蟑螂之间。

7L：LZ 这个比喻也是……

8L：好心酸……

9L：元始圣人实力躺枪！

黄竹与鸿钧叩几个头，以做告别。

“建立出版之机构，乃是千秋万世的功德，尔需恪尽职守。”鸿钧面上古井无波地吩咐着，昊天和瑶池都站在一旁，原本笑盈盈的脸也严肃了起来。

黄竹恭谨地应是。

鸿钧说完后，眼中却是晃过一抹笑意，显然是自己的意识在做主了。“你若要

① 1L，1 楼网友。其他数字同理。

② 造，网络词语，知道。

③ 233，来源于猫扑表情第 233 号，是一张捶地大笑的表情，用于表示哈哈大笑。233 后面可以跟很多“3”，类似乎“啊哈哈”后面加多个“哈”，表示笑得很猖狂。

④ LZ，楼主，即在论坛或贴吧里发帖的人。

炼法宝，也无须麻烦太阳星君了，我赠你临别之礼。”

黄竹一听，心中简直狂喜：“是，老爷。”他一点也不奇怪鸿钧为什么知道他想炼个不沾因果的法宝，天地之间的事情，没有道祖不知道的，更何况是他在紫霄宫里说的那点话。

鸿钧一伸手，黄竹收集来的材料和那一缕鸿蒙紫气就到了他手中，投入房间一角的鼎炉中。“七七四十九天后即可成。”

黄竹再次道谢，鸿钧出手，真是比羲和还要稳妥了。

黄竹和昊天、瑶池一起离开紫霄宫后，他们俩都好奇地问黄竹要炼一个怎样的法宝，黄竹含糊地说：“等看到你们就知道了。”

这个法宝的形态黄竹思考过很久，他想过要不要做成 death note，反正他自己就是支笔……可是想想不但有点中二[①]，而且好像不太方便，除了消耗的问题，如果是面对较多敌人，有些浪费时间。

所以最后，干脆决定将三清送他的教鞭升级，多加些材料，包括鸿蒙紫气，炼成后天至宝。

至于最终效果会是怎么样，就要看鸿钧老爷的了。

黄竹既接了这个担子，自然是尽心尽力，为方便组建，他住在天庭，先着手打了规划草稿。

目前，这个出版机构已经取得一致同意被命名为天庭出版集团，其中还可再细分为各个不同的出版社，未来要做成很多个品牌。

选址，黄竹并不打算选在九重天上，虽然昊天和瑶池都不明白为什么。黄竹说，这是为了方便更多的三界道友，既然决定了要做个专业、独立的出版集团，不限员工修为，那么把总部建立在下界，显然更方便招聘员工。

故此，黄竹最后把位置定在了招摇山。

一面通过《凌霄新语》发布招聘信息，黄竹一面去谈发行的事情。这样一个大集团要成立，涉及的方方面面太多了，真是恨不得分身千万，太多的事情要他亲自来做。

---

① 中二病，日本俗语，比喻青春期少年过于自以为是的特别言行，现已成为网络语言。

目前天庭的发行还不够专业，渠道也不够宽。

在现代，出版发行渠道有好几种，网络电商暂且不提，反正在洪荒也做不到。实体销售，也就是地面渠道分为两种，一渠道是新华书店这样的，二渠道则是报刊亭之类的。

放在洪荒的话，黄竹认为应该再增加一下:“嗯……除了‘地面’，还有‘地底’的嘛！”

地府，基本是没有被覆盖的，这不是歧视吗，难道成了鬼就不可以有娱乐活动了？

所以，黄竹跑了一趟地府，和十殿阎罗谈了一下在这边设立销售点的事情。十殿阎罗也拿不准，大家又一窝蜂跑去孟婆神那里，问平心娘娘的意见。

平心娘娘大度得很，顺手就在冥府旁划了一块地，给黄竹以后建书店用。

黄竹记了一笔，不过地府官方不像天庭，他们不会做经销商，天庭可以通过各地城隍和土地将人界的地面渠道铺好。

于是黄竹千恩万谢后，去找了冥河。之前因为红云的事情，他们还有些摩擦，不过两人还挺看得开，或者说黄竹不和冥河计较，冥河也有心交好。

冥河与他的阿修罗族就住在这一块儿，是土著，找阿修罗族来做地府的经销商当然是最稳妥的。冥河一听是这么个事，很爽快就答应了，拨些阿修罗族来给黄竹打工，两人聊了聊薪酬的事情，把事情敲定了。

如今在洪荒，仍然是以物换物最为流行，无论是什么炼器材料、吃的用的之类的，大家心里都有个差不离的标准。

“多谢教主，且留步，我自行去。”黄竹笑呵呵地和冥河道别。

“真人慢走，祝集团发展顺利呀，我当年那也是上过《紫霄散录》的，到时候少不得也给你投个稿了！”冥河和黄竹聊完这么一通，已经迅速又熟络起来，找到了亲近点。

“那是肯定的，正式创立那天还请您来剪彩。”黄竹又在笔记本上记了一笔，地府，搞定。

因为就他一个到处谈业务，也不按照什么类别分了，就按照路线来，哪里近先去哪里。

接下来是昆仑山，跑到昆仑山找三清，讲一讲到时候支持天庭出版集团成立的事情。

“是这样的，我们这个集团呢 blah blah blah，会有很多的 blah blah blah，希望大家 blah blah blah”黄竹口若悬河地把天庭出版集团的规划说了一番，这些天他一直在给人解释这些，都快背下来了。

通天是最乐见其成的，他本来就一直在投稿：“嗯，师弟，你这个事业真是越做越大啊！”

“还是各位大大支持，”黄竹客气地说，“另外，我们也会开展这个广告业务。”

三清疑惑：“何谓广告？”

广告，顾名思义，就是广而告之。在现代，很多报刊、网站，本身做的内容是不盈利的，或者赚不到多少钱，他们靠这些内容吸引流量，流量大，广告商就趋之若鹜，这些报刊、网站正是以投放广告来获取利润。

不同的广告位，也有不同的价格。黄竹着重介绍了一下这项业务，他是比较有侧重点的，在地府重点忽悠人先做了经销商再说。昆仑山呢，就介绍广告业务：“老子师兄啊，你看你有时候炼丹，无论是缺少了材料，还是炼出来想和人以物易物，都可以刊登一则广告，昭告洪荒，方便体面。”

虽说圣人可以传音叫天下人知晓，但是你一点鸡毛蒜皮的事，怎么好意思说给三界听嘛。

三清立刻举一反三：“那么我们还有什么其他想昭告洪荒的事情，不是交易类、公告类的也可以？”

“当然了，征婚、讣告、道歉声明……那都是可以的，我们把广告位租出去，不管内容是什么，你就算在上面只登一个‘贺本人突破金仙境界第一百三十八年’都无所谓。”

通天望天想了想：“那我就来做这第一个登广告的人吧。黄竹啊，你帮我拟一个收徒广告，给我来个好点的位置。我这边想收五十个新徒弟，性别不限，要求呢，修为呢，天仙及以上，其他条件特别优秀可以适当放宽。根脚吧，最好是眼睛大的，长得比较萌，具体可以我门下弟子为例……”

元始：“……”

黄竹奋笔疾书：“好的，天仙……萌……报名方式呢？直接到昆仑山山门登记怎么样？”

“好的好的，”通天点头，“联系我大弟子多宝就可以了。”

“嗯，联系人……多宝道人。”黄竹收笔，“我回头组织一下文字，润润色给你看。师兄第一次登广告，我就不收取费用了，给你看看效果。”

其实真正的第一个广告，是他的招聘启事，不过要是以天庭出版集团的成立来算的话，通天的就是第一个了。

黄竹也发现元始的脸色不是很好了，连忙转换话题：“我们正式成立那天要办一个宴会的，三位师兄可要给我个面子。”

三清道：“那是自然的。”

三清，搞定。

黄竹在笔记本上再记一笔，看一看，下一个该去东海了。

这时还收到昊天的来信，新一期《凌霄新语》发行之后，已经陆续有人找上门来了。昊天那边派人接待着，并进行第一轮面试，叫他快回去参加最终面试。

“事情这么多，这是要急死人啊！”黄竹还是得先去东海，只是时间要压缩一下了，希望跑一趟能解决掉，然后再赶回天庭面试员工。虽说天庭已经调了人组成临时人事部，但是这刚开头，重要职位还是要他来定夺。

（略）

黄竹这些天谈了这么多桩业务，就数敖光最精明了，难怪能做了东海龙王。恐怕他也自知，他虽然机智，无奈并不了解出版，不如把儿子送过去学习一下，知己知彼。

这是无妨的，反正敖光注定完全归顺天庭，黄竹一口应下了。

敖光便唤了一声：“灵泽何在。”

殿外便进来一名龙族少年，一身碧色，眉目俊秀，稚气未脱：“孩儿在此。”

敖光指着他道：“这是我儿，小名灵泽，便使他和道友一起回去领个差事吧。”

黄竹心说怎报个小名，说灵泽我哪知道是谁，便点头道：“那感情好，灵泽太子一表人才啊，不知这是龙君第几子？”

# 第四十一章　筹备（下）

主题：觉得我隔壁新搬来的邻居可能是位作家，怎么办，好想问问他的笔名！

内容：长辈算到我有情劫将至，于是搬到人间来躲躲。在这里住了三十年，天天都在看小说。最近隔壁搬来个人族小帅哥，看打扮就是读书人，很少出门。

自从他搬来了，每个月月中都有那么几天这块儿天上狂打雷，催得不要太紧，有次差点劈着火了，街头的大妈一直在抱怨是哪个天打五雷轰的拖稿了，害得整条街的人都睡不安稳233。

我觉得很可能就是隔壁的书生，好想去问问他的笔名，总感觉我看过他的文，但是又不好意思……求破，有没有比较自然的搭讪方式呢？

1L：这有什么不好意思的，你既然不是人族，活了那么多年脸皮就不能厚一点吗？弄阵妖风，把肚兜飘他们家去，然后去敲门捡肚兜==[①]。

LZ：……我是男的，哪来的肚兜啊！

3L：==！擦，男的你不早说，搞得那么少女情怀！男的更简单了啊，冲上去请他喝酒！

4L：惊恐脸，楼主，大哥，你们都没注意到吗，楼主你是为了躲情劫下山的啊！你还敢玩搭讪！！

5L：+1[②]，楼主也是牛逼！

LZ：……男的也不能搭讪吗？

7L：劝你去三霄娘娘庙拜拜咯，叫她们晚上入梦给你传道。年轻人实在太天真了。

8L：只有我在关心楼主邻居到底是哪位坑王吗？？

---

① ==，常用于网络，表情符号。一个"="可看作眼睛。含义很多，可耻笑，可沉默，可思考，可眯眼，可无奈，可鄙视。

② +1，网络用语，常见于论坛或贴吧，表示附和某人的看法。

9L：楼上等等我，哈哈哈哈哈，人间的坑王是不是最少啊？他们住得这么密集，老是拖稿一直被雷公提醒的话，会被其他人族谴责到不敢拖的吧。

10L：9哥你太天真了，你知道什么叫避世而居吗？

敖光听得黄竹之问，笑答道："灵泽是本王第三子，他母亲生他之时，正出去访客，当地百年不曾有过雨水。灵泽一出生，便有大雨如注，可见身上祖龙血脉强盛，是以小字灵泽，大名称丙。"

"原来是三太子……"黄竹心中暗道，竟是你个倒霉孩子！

敖灵泽，敖丙，封神之战时被灵珠子那杀星的转世哪吒抽筋扒皮，径直上了封神台，后来被封为华盖星。

华盖星象征清高、孤傲，单看敖丙的外貌，倒真有些符合，难怪会被封作此星。听起来敖光对他也甚是喜爱，否则怎么一口一个小名，还把他派出去。

就是命也太苦了，人家是三太子，他也是三太子，论起来他还正宗一些，结果落得那么个下场，死得特别冤。虽说敖丙在龙族里，也算得上是少年英杰，可偏偏撞见了哪吒。灵珠子是生来的杀星，还在娲皇宫待过，转世后也脾性不改，生犯杀戒。

一句话，就是倒霉催的。

敖光怎知黄竹在想些什么，还在那里给儿子介绍："此乃原道祖宫中秘书长黄竹真人，如今受法旨要办一出版之机构，你跟在黄竹真人身旁，也可长进长进。"

敖丙不动声色地看了黄竹一眼："是，孩儿遵命。"

敖丙被抽筋扒皮时已是青年，现在看上去，也就十五六岁，嫩得跟棵葱一样，即便脸上带了些高傲，也丝毫不让人觉得讨打。于是敖丙来见礼时，黄竹也微微笑着回了半礼。

敖光和他平辈论处，又一口一个让敖丙向黄竹学习，黄竹当然是以长辈自处了。

敖丙自知一去，难以时常回来，于是去和母亲、兄弟姐妹告别。这龙宫里，不只住着他亲兄弟姐妹，还有堂表兄弟姐妹。龙性本淫，那真是拉拉杂杂一大堆亲戚，黄竹心想，难怪龙族要出世为官了，不然海里再富饶也经不住这么个消耗法啊！

一个小龙女还拉住敖丙的手，哭着问："灵泽哥哥，你去那个什么天庭，有水吗？”

敖丙哭笑不得：“嘉泽妹妹，是天庭的出版集团，却不在天上的。”

又有一个愣头愣脑的小子说：“不过，天上也是有水的，天河弱水，没听说过吗？”

敖光板着脸道：“好了，不过是出去游历一下，至于这样吗？莫让黄竹道友等久了。灵泽，将你铠甲武器收好，这便去吧！”

“是，父王。”敖丙应诺，将东西一收，就此暂别龙海龙宫了。

黄竹带着敖丙，出了东海，向着九重天外去，不忘对敖丙解释：“我们的总部虽然设在招摇山，但是尚未建好，现下还需在天庭住上一阵，招齐人手。”

敖丙低头应了：“真人，不知孤要做些什么？”

一条龙，能用来做什么呢？

黄竹喃喃道：“你东海龙族司水掌雷，我私心觉得，叫你来催稿是很合适的。总有那么几个作者，到了死线还不交稿，不劈一劈还以为拖稿很光荣……”

敖丙愕然。“这样合适吗？”

“合不合适另说，”黄竹回过神来一般，他刚刚在畅想让小青龙用雷电劈那些拖稿作者的画面，“现下各部门还在组建中，你还是先跟在我身边做助理吧，也可先笼统地了解一下。”

“是。”

不过日后他的催稿部建立起来了，也的确让敖光去统筹过一段时间。毕竟这是洪荒，要是躲起催稿来，比人类可用的方法多多了，若是作者修为比较高，还得借昊天镜来照。通常响雷只是提醒，也只是最初步的，接近截稿日了就催一催，越拖响的频率越高。

而且还得各有细分，人族作者，要小心点，一不小心会劈死的，动静大点吓唬吓唬就得。若是修道者，那就好说了，超过截稿日还没交稿，五雷轰顶没商量。

所以说经过天道公证的作者合约里也会特别把催稿的条款加上去，事先声明好，你拖到什么样的时候，如何耽误了我们的上市，会有怎样的措施。

倒也有皮厚的，就是拖，五雷轰顶也要拖，大不了就当月月渡雷劫。

催稿部也是心累，每次编辑部送来催稿名单，他们就要忙得跟陀螺一样了。更不要提还得经常出外勤，远程提醒不管用啊，得亲自上天入地上门要稿子。这个活，修为不行的还真干不了。

黄竹进了南天门，便有仙娥将他和敖丙迎至了遣云宫，这里正是为应聘者面试的地方。

黄竹悄无声息进去了，昊天任命的考官便将一沓简历递给他。这是应聘者们来了后按照天庭给出的格式填写的，黄竹一掂，短短时日竟有几百份。

那考官说道："这其中我等已筛选初试过一次，皆做了标记。"

黄竹迅速浏览了一遍，这来面试的，大多是《紫霄散录》《凌霄新语》的读者，凤衔书的粉丝占了大半，应聘理由都很诚实地写着想和喜欢的作者亲近一点。这些人应聘的岗位，多是编辑。也有一些应聘者，以他们的修为考不上天庭的公务员，但是又想投靠天庭，于是辗转选择了这里。

于是，黄竹将那些通过了初试的都面试了一遍，花了十几天工夫，招齐了基本人手。

接下来，就是培训。

面试通过的，只是黄竹认为有潜质胜任职位的，但是这些人都没有真正工作过，所以还需要进行一段时间的培训，从零开始，灌输给他们。

黄竹再次客串讲师，每天奔波于各个部门培训班之间。前半程在天庭，后半程招摇山装修好了，就搬到招摇山去上课了。

这时他的教鞭鸿钧那边也炼好了，遣人送来，黄竹拿来，当空一甩，紫电雷火吱啦啦一阵动静。

教室里的员工都"哇"了一声："真人，这是什么呀？"

黄竹道："哦，教鞭，学不会就是一鞭子。"

员工们："！！！"

"开玩笑的，"黄竹把教鞭收了起来，"好了，继续讲课。"

他身后放着一面白板，上面密密麻麻写着些字，他偏头示意，敖丙就将那些字擦去，然后他化出原形，速度极快地写板书，三秒钟即成。

因为还要画图形和公式，倒是不能完全口述，下面的员工纷纷做笔记。

敖丙一开始看到他的原形时，还有些别扭。因为他本是凤翎苦竹笔，那凤翎还就是当初龙汉初劫时，受伤的凤族的羽毛。敖丙虽然没有参加过，可是那场量劫导致龙族对凤族、麒麟族的印象，已经是刻在血脉里了，天生很敏感。

不过好在也只是有那么一点点气息，他又不是凤族。

……

培训筹备的这段时间，黄竹在思考，如何让天庭出版集团一鸣惊人，如何让阅读渗入到每个生灵的生活中，把这个市场完全开拓出来，建立起品牌。

他是打算全面开花的，目前已经给培训中的员工都分了组，到时候要作为不同的出版社发展起来，分别主攻不同的书刊类型。那么，这些出版社的第一个书系，都要非常能够体现出他们各自的特色，非常具有吸引力。

举例说明，教育出版社该怎么打出自己的品牌呢?

洪荒之中，大家最关心的是什么?

当然是修为。

修为低，分分钟被打杀，别提去享受什么娱乐了。修为高了，就想更高一点，再高一点，这样才能横着走，不受气。

那么就请圣人作为顾问，大罗金仙或准圣来主笔，编教材，《三千年修行五万年证道》。

还有实用类的，《斗法实践一级指导》，太一如果没陨落，他是最好的作者。没有太一，那就请常仪披马甲上——毕竟她现在要保持形象，只能披马甲。

黄竹还准备了一个大杀器，他要再拿出一缕鸿蒙紫气，叫人根据这个，写一系列学术著作，剖析、研究、全方面介绍鸿蒙紫气。

另外，以后天庭招考，也可以由教育出版社来出教材。想考天庭公务员？来买参考书啊!

教育出版社的奋斗方向就是，让“问道”这个习惯转变为买教材!

还有美术出版社，第一本书必须是出写真，黄竹都选好题了，他和常仪商量妥当了的，暂定名《香浮广寒》。

说起来，黄竹也找了师侄们帮忙，研究了一下家用型法宝，别的不说，先把照相机弄出怎么样……求的就是一个高还原，真的照相机应该是没有办法弄出来的。

但是黄竹见识过昊天镜，见识过鲲鹏的水镜，所以他相信，一定可以制造出比现代的照相机更方便的法宝。

在昆仑山那几千师侄里面，黄竹觉得太乙真人是比较有这个天赋的，动手能力很强啊，女娲是捏手办，太乙真人也不差，用莲花做手工，给哪吒塑身。

如今常仪三界第一美人的名头已经渐渐坐稳，每期《凌霄新语》里的画像也是被广大单身修道者珍藏的，因为太受欢迎，现在还时常会加赠一张海报。早就有呼声，让天庭给她出一本画集了。

《香浮广寒》的出版，应该是稳赢不输的。

文学出版社那边，以后会百花齐放，但初时就要多倚仗凤衔书了，从《不周山缺》到她后来所有书的重制版，弄个大礼盒，做成一整套。

其实小说类应该是最有前景的，黄竹也很看好这方面。只是到目前为止，仅有凤衔书一个撑得起大场面的作者，唯一的大神。《凌霄新语》并不对外收稿，他们的稿子都是向有限的作者约来的，而且内容也有一定局限性，这可能也是没能有新的大神起来的原因之一。

所以，在推出首批书的同时，黄竹还要策划一个三界范围内的征文比赛，用丰厚的奖励吸引大家的目光，使得更多人投入到创作中来。

优胜者除了获得奖励外，当然还可以和天庭出版集团签约，出版作品。

这个征文比赛后来也延续了下去，成为一项盛事，并且随着发展，奖励也更加多样化，还会针对各族写手的特点给予不同的奖励，使得人人趋之若鹜。

目前黄竹设想的那些书暂时只是选好了题，这第一批书，黄竹要亲自带着编辑们一起实践，手把手教他们如何完成一本书从选题、制作到包装推出的每一个环节，包括和作者的沟通。

他以后不可能还一直自己做女娲、通天他们的书，要转交给下面的编辑，他自己只把握大局就行了。

之前《凌霄新语》的编辑在和大神作者沟通时总是唯唯诺诺，不知道怎么做，那是肯定不行的，不能因为对方是圣人就一味听从，也不能狗胆包天揪着圣人领子要人修稿，这其中需要一些技巧。

第一批书做完之时，就是培训完成的时候。

## 第四十二章　女娲脱马（上）

主题：这届凌霄文学奖的海报出来了，要疯啊啊啊！！！

内容：天庭出版集团这是要上天了啊！这届是瑶池书社主办的是吧？6666666[①]！

奖品居然有女娲大神亲手捏个新身体，材料还可自选？卧槽啊啊啊啊妈妈呀为什么我不会写文！我嫌弃自己的鼻子好久了不用全身给我捏个鼻子就好了啊！！用泥巴就够了圣人的水平我相信的！！！

1L：……我擦，真的假的？能帮我照着广寒仙子捏个脸吗？！

2L：［昊天大帝目瞪口呆.jpg］[②]好像是真的，个人表示这个奖品的吸引力最大……女娲大大可是证造化之道成圣的，品味也一直很好，她捏出来的身体肯定很好看啊，而且不会担心半点后遗症，不会有任何排异反应，可以做到比原装还原装！

那些化形术算！什！么！女娲大大的造化术才是真绝色！

3L：喂喂，你们为什么重点都在颜上啊？这个奖品的意义难道不是给了资质不好者一个希望吗？材料任选，圣人帮你搞定，那就是想要什么资质都行了啊！

4L：啊啊啊啊啊啊，不要拦着我我要去参加！！

5L：呵呵，已报名。

6L：三哥你别说了，我有预感今年的竞争会前所未有的激烈……

天庭出版集团正式成立，招摇山大宴七日，洪荒各方皆来道贺，未能出席者也派来了代表。

宴上，黄竹发表了讲话，感谢道祖的关爱，感谢各位圣人的支持，感谢天庭天帝、王母的帮助，以及各方读者的期盼。

---

① 666，谐音“溜溜溜”，在贴吧里多指“牛”“很好”“赞”的意思。通常是三个6，如果感情激烈，可在后面随意加6。

① jpg格式是一种图片格式。这里是用文字的形式表示昊天大帝表情的图片，生动形象。

他将天庭出版集团的构成与职责为大家讲述了一遍，又提出了天庭出版集团的第一个百年目标。

七日宴并不是结束，在七日宴开始的同时，黄竹不但宣布了第一批即将出版的书单，还表示，在宴会结束之后，将立刻举办凤衔书的现场签售会，无缝衔接，为时三日。

这将是天庭出版集团也是其旗下文学出版社的第一波作品，凤衔书著作合集。这些书是现场首发，只有在签售会现场能够买到。签售会结束后，各渠道才会三界统一上市，要想最早拿到它们，只能亲自来现场购买，每个人还限购一套。

重点，凡以物代购整套合集者，即可获得签名资格，到时还将进行现场采访！

此言一出，全场皆惊！

凤衔书，洪荒最早的畅销书作家，当之无愧的大神，其身份从出道起就被揣测至今，众说纷纭，始终没能揭晓谜底。

《凌霄新语》就靠这个遛粉遛了几百年，都没玩脱过！

现在黄竹说要举办签售会，还有采访，凤衔书会亲自露面？真不是开玩笑吗？一瞬间无数人开始传讯给亲友，闭关的快出关，斗法的都停下来，凤衔书要露面了，快来招摇山啊！！

连昊天和瑶池也不得不承认，师兄真是太会玩儿了，有了凤衔书脱马这一出，天庭出版集团在很长一段时间内，恐怕都将成为洪荒八卦的中心。

就连他们，也都产生了留下来看看凤衔书真身的念头，要知道后来虽然也有玩神秘主义的作者，但都不如凤衔书马甲捂得严实，这也是他们唯一不知道其真身的作者了。

一时之间，整场宴会都没人离开，反而还有人源源不断地赶来招摇山，最后山上都坐不下了，绵延数里。

有的人还是携家带口来的，一把鼻涕一把泪："从我爷爷那辈就开始追凤衔书大人的书了，爷爷三百年前陨落，死之前最惦记的，就是凤衔书大人真身究竟是谁。我还以为，他老人家的遗憾再也无法弥补，没想到凤衔书大人居然要自曝身份了！"

类似情况数不胜数，简直成了一场狂欢。

幸好黄竹早有准备，和天庭借调了天兵天将维持秩序，敖丙也被他派到天上巡视了。

黄竹自己穿梭在酒桌间招呼来宾，没错，酒桌，他当年酿的酒经过数次改良实验，已经去除了副作用，出紫霄宫时在天庭埋了很多坛，就是预备这一天用。

女娲不必说，虽然大家还不知道她就是凤衔书，她带着灵珠子来了。

三清，连着门下弟子也几乎都来了，单是他们就占了一大片地方，十分给面子。

紫霄宫，加菲做代表来的。

灵山西方教，准提和接引压根不想来，但是面上又要过得去，所以派了……水火童子来，这会儿一个人坐在角落里安静如鸡，恨不得立刻逃离这个充满了三教弟子的地方。

地府托冥河教主搭了贺礼来，四海龙王也各有贺仪。

五庄观那边镇元子和红云一道来了，镇元子还送了一些自己种的蔬菜，并几颗人参果。

还有其他各种人物，满满当当坐了一堂。

黄竹挨桌寒暄敬酒，几乎被每一个人拖住问："凤衔书到底是谁？"

黄竹只好说："留下来，等到签售会你不就知道了？"

那么多年都等了，就这么一会儿，难道还等不了了吗？

由于《凌霄新语》已经移交给了天庭出版集团进行办理，也早就有了出版社的人在逐渐接手，正在进行改版。这会儿有几个编辑也在里里外外地记录着，到时候连同之后凤衔书的签售会要整理出一份报道。

虽说赶来的人已经很多，但是这件事的余波可想而知会很大，下一期《凌霄新语》打出宣传有现场报道以及事件分析，绝对要破销售记录。黄竹没有把举办征文比赛的消息现在就放出来，也是为了在《凌霄新语》新版第一期上公布。

用凤衔书签售会来吸引读者购买第一批书和新版《凌霄新语》，从而注意到《凌霄新语》改版后的变化，还有那场征文比赛——已经确定，女娲也就是凤衔书会作为最终评委之一。

这征文比赛的奖励也已经定了，什么先天灵宝、在广寒宫与常仪共进晚餐、《不周山缺》手稿、人参果、蟠桃……丰厚到令人咋舌。

日后这发展为"凌霄文学奖"的征文比赛，有一个特点是每届奖品轮流换，每样都无比吸引人，使得无数生灵走上文学路。很多日后成名的作者在接受采访时，都提及最开始他们只是冲着奖品去的，谁知道一写就写了这么久。

通天不满地道："别人也就罢了，连我也瞒……"

通天也特别好奇凤衔书的身份，他一个劲费力推演，却推不出凤衔书的身份。因为最初他们还未成圣的时候，是鸿钧遮掩了天机，后来女娲最早成圣，就成了两个圣人一起遮掩。

通天想要老子和元始一起帮他推演，不过被元始呵呵了一声拒绝了，作为对他不满的宣泄。

所以，唯一有机会知道凤衔书身份的他，也没能探听到消息！到后来鸿钧合道，就更是失去机会了。

"对不起对不起，我敬师兄一杯。"黄竹打着哈哈跟通天碰杯，喝了一杯后，又捏着酒杯去女娲那桌。

女娲正在浅斟，脸上带着神秘的微笑。

如果说一开始保密身份是出于不自信，那么到了后来，就渐渐成为一种恶趣味了。看着大家苦苦猜测而不得的样子，到了这一刻，这种愉悦感即将在脱马的一瞬间达到巅峰……

灵珠子坐在她旁边，他也不知道现在万众话题的焦点就坐在自己旁边，正在小心翼翼地一口口品尝着酒。

看到黄竹过来，女娲顺手提起酒壶给自己满杯，再把黄竹的酒杯也斟满，两人不发一语，交换了一个心知肚明的微笑，干杯满饮。

灵珠子看两人神神秘秘的样子，也没想那么多："这个还挺好喝的。"

"小孩子不要喝多了。"黄竹瞥他一眼，提醒了一句。

灵珠子道："小孩子？"

好吧，少年人。黄竹换了句："喝太多会醉，难道还要娘娘抱你回宫吗？"

女娲微笑道："我倒是无妨的，只怕灵珠子面上不好看。"

灵珠子果然黑着脸把酒杯放了下来。

这时敖丙匆匆从天上下来，化为人身，穿过席间，走到黄竹身边。

黄竹问道："怎么了，灵泽？"

敖丙看看左右，附耳低声说道："外面有太阴星君的追随者在闹着要进来……"

那三教门下还不是每一个都能坐进正殿来的呢，今天来的大人物实在太多了，黄竹不动声色地道："这一类的，都处理一下，不要让他们惊动了大家，今日不宜扫兴。”他想了想，将火弩箭拿出来：“你拿这个，封了他们的六感，常仪走了后再解开。”

“是。”敖丙接过火弩箭，因一开始就在天上维护秩序，未曾与女娲见礼，于是说完又自觉有些冒失，对女娲躬身，“失礼了，圣人。”

女娲今日心情好，微微颔首，示意无妨。

敖丙抬起头，不经意却对上女娲右手边灵珠子的眼神，灵珠子把玩着一只酒杯，正抬着下巴，头有点偏，用一个侧斜的角度漫不经心一般打量他。

这个姿态敖丙熟悉啊，他平时也这么看人的。

敖丙冷冷淡淡地看灵珠子一眼，也没打招呼，装作没看见出去了。

灵珠子在后面露出一个嘲讽的笑。

一句话，相看两厌。

女娲注意到这暗潮汹涌，捂着嘴笑了一下：“那条小青龙好可爱，叫灵泽？”

黄竹也发现了那一幕，不愧是未来的生死仇人，第一次见面就莫名其妙充满火药味儿：“是的，那是东海龙君敖光的三太子敖丙，小字灵泽。”

“灵泽……”女娲又看了灵珠子一眼，“看来也是天生奇才，方取了个‘灵’字。”

“是的，据说出生之时大旱之地降下甘霖。”

灵珠子听得多不爽啊，看这泥鳅，修为也不怎么样嘛，一副忙忙碌碌的样子给谁看呢。

灵珠子发出了一声微不可闻的哼声。

黄竹一想这不行，灵珠子对敖丙这么大意见，难保他转世之后扒了敖丙的皮没有个人情绪。

太祖说过，没有无缘无故的爱，也没有无缘无故的恨，灵珠子和敖丙互相看不顺眼，绝对不是没有缘由的，不就是因为……人设撞了吗？！

看他们俩这性格，这形象，再到名字，重合率好像都有点高哦。

“咳咳，不过要论战力，还是灵珠子更胜一筹，敖丙虽在龙族里还是少年，年纪比他却大上许多呢。”黄竹着实安抚了灵珠子一下，“你们二人各有所长，日后有机会当是要亲近一下。”

黄竹说得有点明显了，灵珠子并不是很能接受，还侧了侧身体，摆出推拒的姿态。

这些太子党怎么这么难伺候，年轻人真是没法好了，敖丙，灵珠子，陆压……有一个算一个，傲得要上天了，怎么就没有懂事一点的小孩呢，洪荒的未来真是堪忧啊！

黄竹和女娲交换了一个无奈的眼神，灵珠子的想法要是那么容易改变，他就不是灵珠子了，想想夜夜以泪洗面的太乙真人吧！

……

为时七天的宴会结束之后，招摇山周围，天上地下都是乌泱泱的人群，到这时还有脚程慢的在陆续赶来。好在大家都是修道者，就算站得比较远，丢个神通出来也能看清楚招摇山上。

凤衔书的读者们激动得要哭了，不少都捧着祖传的凤衔书的书。

黄竹作为策划兼现场主持人，调度人维护秩序，又安排大家把签售台搭建起来，打出了早就准备好的横幅招牌。

这场地搭在半空，下面一片云托着，偌大的签售台上，暂时只站着黄竹一个。

他给自己施加了一个术法，不必每一句都凝着法力，也可以保证讲的话传出很远："感谢大家来参加凤衔书大人的第一次签售会，这也是我们天庭出版集团首次推出产品，非常感谢大家的支持。再次重申，签名资格需要以物换购凤衔书全套作品礼盒才能获得。

"从《不周山缺》开始，凤衔书陪伴我们度过了漫长的岁月，难以数清到底有多少年……

"我们还记得每一个人物带来的感动，还记得……"

黄竹先实力煽情了一番，然后进入重点："相信大家对凤衔书大人的真身期待已久了，现在，就让我们请她现身！"

千万人在场，天地之间却是寂静无声，每一个人都屏息凝视着那一方签售台。

仿佛所有人都凝成了石像。

此时，有一个人动了。

女娲轻移莲步，仅仅一小步，即从下面走到了签售台上，黄竹的身旁。

她微微一笑，朱唇轻启，漫不经心地扔下一个惊雷："大家好，我就是凤衔书。"

## 第四十三章　女娲脱马（下）

主题：被打脸是怎么样的体验？

内容：很好奇大家被打脸打得最狠的一次，都是什么样的情况。

43L：（匿名）很多年前，我曾经是一个评论家，很喜欢点评别人的文章。那时候我很喜欢挑一位大神作者的刺，也不是大神写得不好，只是挑大神的刺，我也能受到一些关注。而且，高高在上的大神作者总会让人忍不住找些缺陷的。

有一次，这位大神在小说里细写了主角的修行之道。我看后兴致大发，写了一万字的打脸评，阐述这样的描写如何不合理，作者如何傻 ×，居然写出这种情节。这个评论引发了不少关注和争议，正在我扬扬自得的时候，有消息传来，这个作者要举办签售会。

这位大神之前从来没有暴露过真身，想必说到这里已经有很多道友猜到我说的是谁了。

没错，我到了现场才发现，那作者是女娲圣人。［手动拜拜］

不知道是不是从三霄那里传出去的，如今洪荒之中，管凤衔书都是叫大神，那人气再低一些的作家，则叫作大仙、小仙之类的，最末等和透明相对应的，就是“游魂”了。

然而任谁也没想到，凤衔书大神的真身，也是个货真价实的“大神”！

女娲这一脱马，台下寂静了三息后，便像开了锅的水一般沸腾起来。

说真的，就在女娲刚一步站上去，尚未开口的时候，甚至还有人在想，女娲圣人为什么上去了？

然后，女娲说出了那句话，他们才反应过来。

女娲就是凤衔书，凤衔书，是女娲，是个混元圣人？！

远的不说，近的，就连老子那么沉稳的人，嘴巴都张得大大的；通天就更不必说了，眼珠都要瞪得脱眶了：“师……师妹……你！”

太过分了，通天想起自己有一次还边翻《凌霄新语》边和女娲讨论，那凤衔书的真身到底会是谁，当时女娲还笑嘻嘻地说："你看会不会是平心？"

平心个鬼啊！！亏他当时居然还认真思考了一下平心在地府投稿的可能性！

灵珠子也一脸震惊，娘娘连他这座下童子都瞒过去了啊。

还有那水火童子，也是双脚发软，立刻传讯给灵山。他可算是知道为什么女娲圣人老是坚定地站在黄竹那边了，这俩人的关系不只是他们灵山，很多人都探讨过！

有人说是姐弟之情，有人说是发展出了暧昧关系，还有人说是知己，可就是没人猜出来，是责编和作者的关系，三天两头的交流情节，还捧出了个畅销大神，那感情能不好吗？

恐怕最淡定的就要数敖丙了，他本就对凤衔书不是很了解，这段时间粗浅地知道了一些，却是远远不如那些看凤衔书小说长大的修道者来得深刻。

那些赶来参加签售会的读者都陷入了几近癫狂的状态，每个人都凌乱得差点说不出话来，当场晕过去的都有。缓过气后，又陷入了另一种疯狂。

有几个大罗金仙趴在地上泪流满面："原想凤衔书一出场便劫了去洞府中，从此圈禁起来为我一个人写文，万万没想到……"

万万没想到圣人们都留下来围观了，连凤衔书自己也是一个圣人，真是扑街！

"道友！我也是这样想的呀！原本想象中的敌人都是天庭的，还以为多少有点胜算，谁知道……"

似三霄那般的忠实读者，更是互相搀扶着。

早就设想过见到凤衔书大人时，应当如何表白，可是现在发现凤衔书是威严的女娲大神，一时之间，好像有点无法开口……

人族的修士们更是心情复杂，原来他们从小听的故事，作者就是圣母，凤衔书就是他们的圣母，女娲大神，难怪，难怪凤衔书当初写过一本以人族为主角的意淫文。

更有甚者想到了《不周山缺》与现实中的不周山之倾塌，简直细思极恐啊！

最惨的是，来现场的不只是凤衔书的读者，还有凑热闹的，当然也有凤衔书的黑。

他们数百数千年如一日地批判凤衔书，认为凤衔书江郎才尽，写的东西烂，难看，不知道为什么能红，快过气了，装神秘，装逼……

这下好了，人家不是装逼，人家是真牛逼！

这会儿凤衔书的小黑黑们都开始痛苦了，掐着自己的脸大骂，你干吗要这么贱？骂谁不好呢你骂女娲娘娘？匿名点评就有用了吗？圣人有脾气好吗？

圣人根本就没有脾气好一说，只有心情好不好。

就他们这些蝼蚁，圣人心情好了就不计较，心情差点挥挥手也就变成飞灰了。

招摇山，沸腾了。

三界，沸腾了。

……

众生百态，众生百态啊。

黄竹一眼看过去，在心里念诗：待到女娲脱马日，家祭无忘告乃翁。

这里可不知有多少修道者，是背负着先人的遗愿来的。

看着现场一片混乱，女娲露出了一抹愉悦的微笑……

黄竹在旁边瞥了一眼，暗自无语，他等了好一会儿，给大家平复心情的时间，然后才说：“请各位少安毋躁，少安毋躁，我们争取不要让凤衔书大大亲自维护现场秩序。”

顿时，签售现场安静下来了。

让圣人亲自维护秩序？找死呢？

黄竹：“看得出来，现场的各位都有些惊讶。”

底下的人纷纷腹诽，这是有些吗？那边吓得晕过去的，你是眼瞎没看到吗？

“呵呵，我们的工作人员一开始知道凤衔书大人的真身时，也是很惊讶的。”

这就更扯了，工作人员纷纷在心底咆哮，并没有啊，我们也是刚刚知道的啊，知道她真身的工作人员只有你一个吧，董事长！

而且别说什么知道时也惊讶了，就你，一开始和女娲串通披马甲还差不多！

黄竹把女娲请入座：“那么下面也不说废话了，我们直接进入签售环节，同时大家可以把问题记录下来，统一放进我们的问题箱里。等进入采访环节后，我们会随机抽选问题，请凤衔书大人作答。”

顿时现场又出现了一阵小骚动，黄竹甚至看到通天已经开始找纸笔了……

于是接下来，就是浩大而不混乱的签售时间。

由于只有三天时间，而来的读者实在太多，所以非但不可能每一个都签到，甚至要严格控制接触时间，读者也不可以要求女娲签什么赠言。

不过，倒是有一个抽奖活动，挑选出一个幸运读者，获得特别签名，或者是免费赠送套书，已经购买了的可以退还原物。

还有比较珍贵的礼物，是由女娲亲自提供的，用泥巴捏成的各种灵兽十只，有十位幸运读者可以获得。

这十只泥巴捏的灵兽可不是普通的泥偶，而是用造化之道捏出来的，平时是只活灵活现的泥偶，需要的时候捏个法诀，就能现出灵兽真身，进行战斗、负重等。或者你爱好特殊，也可以召唤出来卖萌……

在现代，黄竹都没举办过这么长时间的签售会，就一个人一支笔，也亏了是洪荒世界。

三五个天庭出版社的编辑围在女娲旁边，有的端茶倒水，有的帮女娲翻书，还有的负责引导读者，这些自有人做，黄竹也就轻松地坐在一旁控场，抽空还能和女娲聊聊天。

读者们的话……

其实他们也想了很久，该用什么姿势求签名？

先前女娲没脱马的时候还有人想，是不是能和凤衔书大人握握手，拥抱一下啊，但是知道是圣人之后，哪还有人有这个念头。

第一个上来的读者，走到签售台上面，女娲的桌子前，扑通一下就跪了下来，然后双手把书呈上去。

女娲：“……”

黄竹咳嗽一声：“也不必行此大礼……”

那读者是个妖族，他战战兢兢地说：“在娘娘面前不叩拜，太无礼了……”

好吧，一个妖族，也不能强逼人家面对本族圣人不准行礼。

第二个是个人族，更夸张了，直接五体投地：“求圣母签名。”

这就更不能怪他了，人族呢，一般看到女娲，都是在庙里，金身偶像都要拜，何况真身乎？

这些妖族和人族太实在了，可能也是受的惊吓太过，黄竹觉得要是签售会多办几天，他们能把这块地方跪出俩坑。

其他种族的倒还好点，但也免不了稽首之类的。

黄竹从一开始都以凤衔书来称呼女娲，但是仍然无法使知道真相后的大家稍微冷静，将这个状态下的女娲当作一个单纯的大神作家来对待，再喜欢也没人会对着喜欢的作者磕头啊。黄竹只能放弃这个想法了。

等到三日之后，终于到了签售环节结束的时候，黄竹毫不留情地把最后一个读者之后的人都拦住：“本次签售已经结束，各位，日后有缘再参加吧。”

众人一片哀号。

在最初的凌乱之后，那种复杂的情绪就悉数转变为了兴奋！

凤衔书的签名，同时也等于女娲的签名，一份签名，双重意义啊，三十三天外的圣人，多少年能签售一次？从凤衔书出道开始算起，说是万年一遇也不夸张了吧。这次是为了天庭出版集团成立的盛事，以后都不知道还有没有机会了。

不过接下来的节目也不错。

“下面我们请凤衔书大人稍事休息，然后将进入采访环节。现在我们的提问箱早已经满了，请拿到台上来。”黄竹一说，那小小的箱子就被人拿了上来，虽然小，里面却很大，装了不知道多少张纸条。

接下来黄竹还要客串记者，他坐在了女娲的旁边。

敖丙则站在那箱子后，随时准备抽问题。

待到女娲闭目养神一会儿之后，黄竹宣布，采访正式开始，首先由他来向女娲问了几个无关紧要的问题，比如从什么时候开始写作，写作的契机是什么，最满意的一本小说是哪本，印象最深的又是哪本，还有写得最艰难、最开心的等等，如何分配写作与修炼的时间，有没有比较喜欢的其他作者和作品……

如此问完一些常规性的问题之后，也算是初步满足了大家的好奇心，不要说如今洪荒大多数都是晚辈，便是前辈，也不会如此了解女娲的创作心路和私人情况。

接下来就是抽取读者提问的时候了。

黄竹示意敖丙：“那下面请工作人员为我们随机抽取第一个读者问题，并念出来。”

敖丙把手伸进箱子里，开始摸纸条。

通天在不远处竖起两根手指头，冲着箱子念念有词。

敖丙摸出了一张纸条，大声念出来：“请问凤衔书大大，为什么你当初要骗通天，你是平心娘娘。”

现场读者：“……”

一半人看向女娲，一半人看向通天。

通天做出一副惊讶的样子，嘴里说出：“啊，这是怎么回事呢？是谁问的？”

女娲嘴角抽动了一下，当初通天和她探讨这个问题的时候，现场只有他们两个人，这张纸条分明就是通天写的，也肯定是他动了手脚，才会第一张就被抽到。

女娲看了通天一眼，咳嗽一声回答：“当时我只是和通天教主开了个玩笑，因为还不想暴露身份，所以说了句‘难不成是平心’，并非直指平心。”

敖丙又摸了张纸条出来，迟疑地念道：“……那你为什么要瞒了大家那么久，是黄竹教唆你的吗？”

女娲：“……”

黄竹：“……”

靠，通天，你以为这是私聊吗？

黄竹对台下的灵珠子招了招手，灵珠子跑过来，他小声对灵珠子说：“你去告诉通天圣人，他要是再破坏采访，我就要赶人了。”

换了个人，恐怕还不敢去呢，即便只是传话。但是灵珠子就不一样，他后来转世，就曾经说过一句话：吾当生长不记年，只怕尊师不怕天。

如今，他还没得师父呢，自然是天不怕地不怕。

灵珠子跑到通天旁边把这句话传达了，通天哼了一声：“真是小气！”

老子说：“通天你也够了，黄竹办点事不容易，你在这里拆他的台算什么？”

通天嘀咕道：“他骗了我那么久……”

元始嘲笑：“告诉了你，还不等于告诉了全洪荒。”

通天道：“二哥你……”

……

黄竹看着通天那边好像没动静了，心里也松了口气，实在是不想把采访变成斗法现场。还有敖丙，实在是有点不机灵，居然直愣愣地就把问题念出来了。看到问题不对，应该立刻就现编一个无关紧要的嘛！

看来之后得和敖丙好好说一说关于变通的事情。他这次也是看着是女娲签售，料想无人敢捣乱，才没有找托在里面放早就准备好的问题，谁知道捣乱的居然是自己人。

现在已经问出来的问题还是要回答的，黄竹给女娲使了个眼色，女娲就在大家精彩的目光下回答：“自然不是黄竹教唆的，黄竹身为我的责编，这么多年来，对我的帮助非常之大。我的第一部作品《不周山缺》就是在黄竹的细致指导下完成的，他教了我很多写作技巧……”

女娲直接把话一带，变成了夸赞她的责编。

黄竹就在旁边一副脸红的样子谦虚了几句，说还是凤衔书大大有天赋，两人一起将这个小插曲抹平了。

通天不捣乱，也就没人敢捣了，接下来的问答顺顺利利地进行了下去，不过其中也有一些问题比较出人意料，比如问女娲现在的感情生活，也不知道是哪个不要命的……以为匿名就算不出来你是谁吗？

到了结尾，还要打个广告，请大家去购买新版《凌霄新语》第一期，有全场全方位记录和幕后揭秘哟。

至此，天庭出版集团成立宴会暨当家大神凤衔书的首次签（tuo）售（ma）会，圆满结束！

［节选自晋江文学城］

【粉丝评论摘编】

@容夏：洪荒文自从梦入神机的《佛本是道》之后，大体的流程便是龙汉初劫，巫妖大战，封神，西游，这本书也是按照这个时间线来写的。作为一个穿越者黄竹，他的运气是好的，抱到了最最粗的大腿，鸿均；他的理想是远大的，天庭出版集团；他的人生是幸福的，因为他的红鸾星落，收到了一枚帝皇鸟，帝俊。甚至，他的胆子肥起来，联合众大能，跟天道斗！

黄竹身为鸿均的小弟，天生跟西方教过不去，对应天道他的目标是让道门在应劫之下保留元气，总觉得为了衬托主角阵营，把反派阵营弱化了。总体来说我挺喜欢这文的，但这文或多或少也是有各方面的问题的，这几天看了好多文完结得都蛮突然的，总感觉好多支线暗线还没讲清楚就结束了，希望这篇能够完满地完结。

@叫朕璐璐：1. 童子界的一代大神

黄竹身为圣人鸿钧第一童子，该效死力就效死力，该仗势就仗势。

2. 天庭出版集团的梦幻开局

整本书是按照时间顺序来安排剧情的，首先黄竹出世就是龙凤初劫末期，伴随着鸿钧成圣，传讲大道，黄竹结识了一群未来圣人和洪荒顶尖人物。

3. 合理的逗比属性肿么破

很多人物在维持人设的基础上，加上了合理的逗比属性。

@MissSuperCute：洪荒科普文，总算给我撸了一把那些圣人大神大仙的顺序！作者笔力不错，文章搞笑却不小白，是文荒时候消耗时间的好读物。

《天庭》人物众多，但作者叙述杂而不乱，条理清晰。文章里涉及现代出版业的东西多，但总感觉很大一部分还是在写洪荒开始到后来华夏古代的剧情，真正讲出版的也是穿插着来，会让人有重点错乱的感觉。文章里萌物众多，看着也总是容易被逗笑，也算难得的搞笑文？

@攸息：个人观点，我觉得太一的戏份不太出彩，感觉就像是只有哥哥出场了，弟弟才会在一样。这篇文里面除了主角我最喜欢的角色就是通天教主啦。绒毛控太萌辣。教义也很棒，有教无类，截取一线生机。

文里面我不是太喜欢红云这个角色啦。个人感觉有点太圣母了，好心得过了头。不过，我倒是很喜欢红云的基友镇元子。他对红云真的不是一般的好。而且很机谨。感觉每次红云犯事了都是他兜着。

很佩服黄竹的脸皮，竟然可以把群殴当成去春游，还发可以掩藏面目身份实属作案最佳帮手的夜行衣作为校服。

@寐思：实在接受不了了！本来朋友变情人就不太喜欢，帝俊喜欢黄竹也太突兀了，之后也没有一点恋爱的感觉，完全是硬凑！帝俊喜欢就要立马上手连个追求都没有，还不如无CP，要不你来个新人也好，这种之前一点都不喜欢的那么多年的好朋友突然喜欢对方，完全是作者硬让两个人凑一起，我要是黄竹就是绝交都不会和帝俊在一起。

［导引：彭笑笑；简介：杨采晨；节选：叶栩乔；粉丝评论摘编：金灿熙、杨采晨］

# 神话也能萌萌哒

## ——评拉棉花糖的兔子《天庭出版集团》

陆正韵

倘若洪荒年间的天庭出现了一座完全现代化的出版社，它将会出版什么样的作品？倘若大神们不再修炼斗法而是创作起了小说，三界又会是个什么模样？拉棉花糖的兔子在其处女作《天庭出版集团》(以下简称《天庭》)内就描述了这样一个崩坏又可爱的天庭世界。作为一部洪荒题材的同人作品，小说中无处不在的“梗”和段子生生“玩坏了”其作为背景和依托的上古神话，将高高在上的天庭具象为正在创业期的小出版社，大神小仙都成了编辑和作者，主人公黄竹站在一旁摇旗呐喊，忙着数钱和吆喝。

2016年里约奥运会后，“洪荒之力”成为热词。洪荒指的是地球的早期状态，“洪荒文”书写的是远古时期的神话传说、历史故事等，在网络文学中早已出现，一直被归在修仙小说一目，真正将其独立成为以“洪荒文”命名的类型题材，则可追溯至梦入神机的《佛本是道》(2006)。正是这部作品在修仙小说中开辟了“洪荒封神”这一子类，从此以创世神话、《封神演义》《西游记》等为背景的，拥有洪荒元素的小说都被归入门下。女频的“洪荒文”受到男频影响，在时间上稍晚出现。由于女频的修仙类型向来偏弱，此处的“洪荒文”多仅采用洪荒的世界设定和其中的人物设定，并不重视修仙过程的书写。比较特殊的是，在晋江文学城，借鉴古典文学(如《封神演义》《西游记》)和正史、野史等泛文本的作品都被划入了同人区，“洪荒文”也概莫能外。在2014年前后，“洪荒文”曾在晋江短暂勃兴，其后便一直成绩平平。《天庭》在“洪荒流”已然没落之际脱颖而出，靠的应该是“天庭出版社”这一出奇的设定，以及“全篇段子”式的欢乐行文风格。

对于习惯了传统小说的读者们而言，《天庭》或许是一部难以进入的作品。作者刻意回避了一个完整的、符合传统叙事的故事，而是致力于创造一个个段子。这样的写法并不意味着小说完整故事的缺失，因为，对《天庭》的读者而言，“洪荒”

的每个人物、每段历史都已先于小说存在，因此他们并不期待小说提供人物的背景故事——这些在元文本中已有；读者更为期待的是这些熟悉的名字会被如何花样翻新，已有的精彩情节会被怎样重新编排。属于“二次元同人写作”的《天庭》是“挑读者”的：他们要在一定程度上懂历史，对“洪荒世界”不陌生；他们要深受ACG[①]文化熏陶，对跳脱的故事走向与碎片化的写作方式接受良好；他们还要足够年轻，是网络文化的生力军，热门的段子能迎来会心一笑，作者埋的梗能被一个不漏地快速认出，并戳中集体笑点。

既然《天庭》基本以梗和段子作为写作的基础，“抛梗”加“解梗”便成了小说最主要的写作方式。如选文第四十一章，整章分为一段讨论区的话题与其后的正文，讨论版主题为“觉得我隔壁新搬来的邻居可能是位作家，怎么办，好想问问他的笔名”。版主发现邻居家上空每月定时打雷，应该是天庭出版集团在催稿，于是很想知道隔壁住了哪位作者。小说埋下了天庭出版集团用雷劈的方式对挖坑不埋的作者催稿的梗，而四十一章的正文正是黄竹培训出版集团新员工并请来东海司职水掌雷的龙王三太子敖丙担任助理的故事。整个正文部分都可以被看作是对篇头讨论区话题的解释。

这样的写作手法贯穿了整部《天庭》。总的来说，小说结构、行文方式直接受到了论坛、贴吧、知乎等网络平台的影响，内容更是同步更新。《天庭》文本中埋满了大量与年轻人生活息息相关的梗，如考证、“老司机”、死线、公务员考试等。此外，小说也能被视作网文的大展台，各路大仙们也正是各种类型文的大神：神农的“种田文”（《我有特殊的种田姿势》）、黄竹亲自策划的总裁文（《霸道天帝爱上我》）、墨竹的反鸡汤文（《招摇广记》上的段子）……此外还有女娲原创小说的同人文、孔宣常仪的写真集，等等。这些内容并非独创，而是让当下的网络文化经历了一次穿越和改造。面对这些披着马甲上阵的熟悉桥段，读者在拍案大笑之余也忍不住赞叹——原来洪荒文还有这样的玩法。

然而，这样的写法也是有风险的，最大的危险便是OOC[②]。不过《天庭》的处置却很得当，大部分的人物在保持不走样的基础上还被加上了一个撒手锏——“萌”。作者在继承神话的基础上，将原有洪荒人物的特点不断放大，创造出了一

① ACG，为英文Animation、Comic、Game的缩写，是动画、漫画、游戏的总称。
② OOC，Out of Character，人物脱离原型。

组“萌”人物的群像，成功实现了在原始人设上的“二设”[①]。如在《封神榜》原著中，通天教主门下有大量原型为兽类的徒弟，这是该人物自带的设定。在《天庭》中，这样的设定被再次强化，通天教主成了“绒毛控”，以“萌”为收徒标准，一看到可爱的小动物就走不动路。当“洪荒”的大历史已经被消解，从中被抽取出的要素代替深刻和意义成了写作的中心，于是“萌”不仅成了人物的特色，更成了刻画人物的宗旨。

不过，对于这种段子式的写作方式，作者显然不够自信。在小说的后半部分，作者又重拾早已扔在一旁的主线，重述漫长、复杂的洪荒故事。尽管如此，这篇欢脱的小说仍向我们展示了一种“天庭”的“二次元”打开方式——神话也能萌萌哒。

① 二设，原设定下的追加设定。

# 有匪

priest

priest，作者积分在晋江文学城位居全站前三的大神级作家，以创作纯爱小说闻名，偶尔涉足言情。此前创作的小说，题材包括都市、玄幻、修仙、机甲等，因善于在作品中营造宏大细腻的世界观而在纯爱创作领域独树一帜。

《有匪》2015 年 11 月 15 日至 2016 年 5 月 16 日连载于晋江文学城，全文共 171 章，约 70 万字。连载期间在晋江言情 VIP 金榜上始终名列前茅，截至目前更在霸王票总榜（以全站所有小说被打赏金额排序）上暂列第二。

本文是作者创作生涯中的第一篇言情类武侠小说。武侠这一类型在网文时代早已日渐式微，罕有佳作。《有匪》充分发挥了作者驾驭宏大历史题材的能力，纵向上延续该类型的经典脉络，横向上与女性向网文中的女性主义面向相互勾连，在旧的类型传统中，开辟了新的可能性。

**【标签】武侠　言情　架空**

## 【简介】

小说的故事发生在一个架空的历史朝代中，天下大乱，南北分治。二十年前，丞相曹仲昆谋逆上位，十二老臣护持幼主避走江南。各路江湖英雄群起讨贼，大侠“南刀”李徵率四十八寨“奉旨为匪”。

二十年后，前辈大侠们早已陨落，中原武林凋敝，伪帝鹰犬“北斗”横行江湖。南刀传人、四十八寨大当家李瑾容的女儿周翡原在寨中过着慈父严母、捣蛋练功的日子，一封来自南朝帝师的信让她与送信人谢允初次谋面，也让父亲周存离寨出仕南朝，临走前父亲不顾她的哀求，留下一句残酷的“取舍乃强者之道”。自此周翡苦练三年，终于在第一次随长辈出寨前得到母亲传授的南刀“破雪刀”法。周翡懵懂下山，却在阴差阳错中与寨中长辈失散，并同谢允、吴楚楚等人一起被卷入一系列江湖恶斗与追杀，她一次次拔刀直面“北斗”“活人死人山”四主等当世顶尖高手，也在机缘巧合之中得“枯荣手”段九娘、齐门道长冲云子、“北刀”段云沉等前辈传授一流武功。在无数生死关头绝境逢生，周翡心中的破雪刀法日益精进，而恶斗与追杀背后更大的谜团也慢慢向她展开。各路江湖、朝堂势力追寻的“海天一色”那段神秘的水波纹将众人引向二十年前的一段旧事，同时，伪帝曹仲昆日渐衰老，南朝幼主春秋日盛，南北之战也渐渐拉开了帷幕……

选文第九十一至九十三章，讲述了四十八寨被叛徒出卖，遭逢大变，周翡在危难之际扛起重担，与北军奋勇周旋的故事。选文第一百一十五至一百一十六章，则是周翡误以为男主身亡之后，与男主师傅的一段关于人生意义的对话。

【节选】

## 第九十一章　突变

谷天璇面沉似水，狠狠剜了办事不利的陆摇光一眼，可惜投鼠忌器，只能让路。

面前大军整整齐齐地分立两边，让出道路，乍一看，活像是杀气腾腾的夹道欢迎。

行脚帮众人专精坑蒙拐骗，脸皮比寻常人厚实不少，权当是人家在欢迎自己，一时间个个原地长了三寸高，挺胸抬头地跟着周翡往前走，神气得不行，享受了一回万众瞩目的待遇。

四十八寨中了曹宁之计，与北朝大军一照面便损失惨重，本以为坚不可摧的三道岗哨半个时辰之内便被人家长驱直入，一举突破，连未出师的弟子都只能勉强上阵，林浩甚至以为今日算是交待在这儿了，谁知这节骨眼上，敌人突然莫名退到了山脚之下。

林浩不明所以，又不敢怠慢，一边趁着这一点空隙，将寨中能当人使的几百号全部集中了过来，一边紧着叫人去打探情况。

探子闻听山下异动，立刻如临大敌地准备继续迎战……结果就在第一道岗哨门前看见了这一幕。

林浩腿上被流矢所伤，伤口还在往外渗血，听说消息，当即金鸡独立地一跃而起："什么？阿翡？"

林浩比较周全稳重，可也毕竟是个年轻人，先前是存了必死的心，才显得越发沉稳有度，乍一听见这从天而降的转机，当时就坐不住了，单腿蹦起来便要出来查看。

正在给他看伤的大夫暴怒道："混账，你给我坐下！"

旁边马吉利连忙按住他。

马吉利也十分狼狈，不过好在他一直总领后勤与各寨各岗哨联络，伤得并不重。

马吉利道："赵长老重伤，张长老……唉，眼下这边全靠你一个人撑着，你先乱了算什么？阿妍，过来看着你师兄，我先出去打个头阵。”

林浩方才那么一蹦，腿上的伤口崩裂，将金疮药都冲走了，疼得眉头一皱。旁边李妍闻声，忙又拿金疮药来堵，和泥似的往他腿上倒。

“够了够了，嘶——师兄跟你有仇吗？”林浩一边叫唤，一边尽量躲开没轻没重的李妍，疼得冷汗直流，只好咬着牙冲马吉利道，“那……那就麻烦马叔先去一步，我随后就到。”

李妍慌手慌脚地将药瓶扔在一边，委屈地叫道：“我也要去，我也要去见阿翡！”

林浩怎会不知她是怎么想的，这些备受宠爱的少年少女从小偷奸耍滑越是理直气壮，遇上事的时候，便会越是痛恨自己……大人们总觉得她还小，自己还中用，还能替她撑起一片天，可世事如潮，孩子们总觉得长辈们如山似海，怎么靠都靠不塌，谁又知道这些遮风挡雨的背影，有时候也只是一块单薄且障目的糟木板呢？

这些事来得太快了。

林浩叹了口气：“去可以，你不要往前凑，听师叔的话，小心点。”

李妍偷偷抹了一把眼泪。

马吉利等人脚步极快，一路风驰电掣地便狂奔到山下第一道岗哨外，老远便看见被周翡挟持的北端王——没办法，谁让这位王爷千岁富贵逼人，还偏偏身处一帮穷酸掉渣的江湖人中呢。

北朝官兵自然不敢妄动，但曹胖子的几个近卫与谷天璇、陆摇光等人还是跟了上来，隔着数十步跟着他们，虎视眈眈地盯着周翡。

马吉利见了这阵仗，目瞪口呆地盯着曹宁：“阿翡，这……”

周翡用力推了曹宁一把，将他那贵重的脑袋按了下去，一路走到寨门岗哨里，说道：“马叔，这位就是那敌军主帅曹宁……”

谢允低声提示道：“曹仲昆的儿子，老二。”

“是那狗皇帝曹仲昆的儿子。”周翡道，“这胖子诡计多端，我没别的办法，只好使了笨办法，干脆将他捉来。”

走动的时候，望春山不可能一直别在曹宁喉咙上不让动，曹宁总算有了些能说话的机会，忙见缝插针地一笑道：“哪里笨，姑娘太自谦了。”

马吉利仍然有点找不着北，一边让人将周翡他们放进来，一边又看着行脚帮的众流氓们，问道：“那这些……”

李妍从他身后冒出头来，大叫道：“杨黑炭！”

杨瑾愤怒地瞪过去，看清了李妍，却是一愣。

只见她形容十分狼狈，一张小脸上黑灰一片，脏兮兮的，眼圈还是红的，委屈得仿佛下一刻便能哭出来。他到嘴边的怒斥突然便说不出口了，终于只是爱答不理地哼了一声，认下了“杨黑炭”这名号。

“不得无礼。”周翡随口数落了她一句，又对马吉利道，“这是我在外面认识的几个朋友，行脚帮的，还有这位是擎云沟的……”

“杨瑾。”杨瑾一听她说起“擎云沟”，就想起在邵阳的时候周翡那句“那是什么玩意”，当下新仇旧恨一同涌上心头，愤愤地扫了周翡一眼。他一见周翡和李妍这俩丫头就火气上涌，简直不知道自己是干什么来的，忙没帮上什么，倒是把自己气成了一块愤怒的黑炭。

大概因为四十八寨这些年来真的不怎么与外人来往，马吉利见了这些赶着“拔刀相助”的人，还颇有些疑虑，他眉心微蹙，不过随即又打开，面子活还是做到了。

马吉利一揖到地道：“诸位雪中送炭，如此高义，四十八寨日后定当铭记于心。”

说着，他一边命人将行脚帮的人放进去，一边透过人群打量着对面。

谷天璇、陆摇光虎视眈眈，身后跟着一水的北斗黑衣人，还有以寇丹为首的鸣风楼刺客……虽然关键时刻，周翡用一句话挑拨了寇丹和曹宁，但此时双方利益毕竟还一致，这一点嫌隙不足以让他们彻底翻脸。

马吉利目光微动，心里飞快地掂量着眼前的情况。

陆摇光对上他的目光，上前一步，正要说话，谷天璇却一抬手止住了他。

这俊俏书生似的北斗彬彬有礼地开了口，说道：“我知道诸位劫持王爷，是想让我等退兵，退兵不是不可以，只是诸位也须得讲理——我们退了，端王爷的安全谁来保证呢？当年贵寨大当家便曾北上刺过圣驾，如今王爷落到诸位手中，我也实在不能指望你们对殿下礼遇相待。若是王爷有什么闪失，我们这些人也不必回朝，直接抹脖子便是。数万大军南下，诸位让我们就这样收场，想也知道我们不肯的吧？”

谷天璇该狡猾狡猾，该实在也实在，三言两语点出了双方的僵持，他轻轻地摇了摇手中折扇，又道：“咱们面对面，不如敞开天窗说亮话，诸位手上除了端王殿下，断无别的筹码，端王殿下少一根汗毛，尔等必死无葬身之地，只要我军还在山下，你们也不敢伤了王爷，是不是？我看不如咱们各退一步，商量出个都能接受的章程来，如何？”

谢允见谷天璇拿着一把扇子，立刻也不甘寂寞地摸出一把，哗啦一下展开横在身前，跟“巨门”对着扇。

这没溜的南端王笑道：“这个确实难办，四十八寨都这样了，退一步也是不可能的。依我看不如这样，二殿下留在寨中做客，你们不愿意撤就不撤，在山下老实待着也一样，只要不让我们管饭，待上三两个月也没问题，大家正好一起过年。”

谷天璇：“……”

谢允又道：“到时候呢，估摸着大当家也该回来了，还有霍连涛什么的，我听说自从被沈天枢一把火烧了霍家堡，霍连涛正在南朝四处纠集人马预备着要报仇，闻听这么大的热闹，他能不来掺一脚吗？还有我大昭——当年江湖谣言说，曹仲昆为了对付南军，无暇他顾，方才放任了四十八寨，按这个想法，现在北朝岂不是‘有暇他顾’了？那可大大地不好，金陵那边听见恐怕要睡不着觉了……何况我听说甘棠先生的老婆孩子都在四十八寨，闻煜将军过来也不太远。”

他每说一句话，谷天璇的脸色就难看一分。

谢允扇了两下，发现实在是冷，偷偷摸摸打了个寒战，为防自己变成一只瑟瑟发抖的鹌鹑公子，他只好将扇子重新合在手心，总结道：“到时候天下英雄齐聚一堂，更方便大家评理了，肯定比我们这样僵持着好。”

曹宁听谷天璇被谢允堵得哑口无言，不由叹了口气。

寇丹察言观色，忽然上前一步，说道：“王爷受匪人所制，是我护卫不利，殿下，这事您怎么说？”

“我没有棋差一招。”曹宁慢吞吞地说道，“只是快要收官的时候，有人不讲规矩，过来把棋盘掀了——我能说什么？我无话可说，寇楼主，看来咱们已经输了。”

马吉利好像被他们这一来一往提醒了，上前道：“别人先不必说，但寇丹乃是我四十八寨叛徒，欺师灭祖，天理不容，还请将此人交回。”

寇丹看着他，殷红的嘴角露出一个诡秘的笑容，像一朵徐徐绽开的罂粟：“成王败寇罢了，那么个老废物整日里以长辈自居，我到现在才动手清理了他，便是我鸣风楼的列祖列宗见了，也能夸我一句仁厚了，我欺了谁，灭了谁？”

鱼老的尸体还在长老堂中横陈，在春回镇上的宅子里，倘若不是看见陆摇光已经回来，机不可失，周翡还不知要用多大的意志力控制着自己扑向曹宁，而非趁机摘了寇丹的脑袋。

寇丹这一笑中充满了轻慢不屑，周翡只觉得额角的青筋都跳了起来，身后四十八寨的众弟子也不由得群情激奋。

马吉利面色铁青，抬手指向寇丹："你这贱人！"

他说到"贱"的时候，已经运力于掌，似乎便要向寇丹扑过去。

周翡的全部精力本来都在对方身上，那一瞬间，她却突然有种汗毛倒竖的危机感，她来不及想，多次生死一线间的直觉却在催促她闪开、后退，可她手里抓着曹宁。

此时整个四十八寨的山坡保持着一个随时能倾覆的平衡，而准星就在这个胖子身上，她不能放开这个人。

千钧一发间，周翡犹豫了。

她犹豫过很多次，但没有一次像这次一样致命。

就在周翡在进退之间摇摆的时候，马吉利原本指向寇丹的手掌凭空一转，竟然拍在了周翡的后心偏右处，她是右手持刀，这一掌落了个结结实实，周翡右半身整个麻了，她眼前一黑，望春山怎么落的地都不知道。

曹宁仿佛早知道有这么一出，毫不犹豫地一弯腰——

两条牵机线凌空甩了过来，旁边两个试图伸手的行脚帮中人齐齐惨叫一声，各自被牵在寇丹手中的牵机线斩断了一条手臂。

马吉利一击得手，人已经退到数丈之外。

随即，谷天璇运起"清风徐来"，身如鬼魅，眨眼间已掠至曹宁身前，出手如电，一拉一拽，那曹宁仿佛不再是个足足有几百斤的人，而是一团棉絮，身轻如燕地被他抛至身后。随即谷天璇面露狞笑，折扇一架荡开杨瑾挥过来的雁翅刀，又一抬手，直直拍向正在自己面前来不及躲闪的周翡，打算顺手将她毙在面前。

北斗巨门乃是当世顶尖高手之一，能在四十八寨长老张博林与赵秋生两人夹击中丝毫不露败象，就算周翡全须全尾地站在面前，也未见得禁得住他当头一掌，何况她刚刚挨了马吉利一掌，手中刀已落地，这会几乎连气都提不起来。

周围无人可施救，李妍尖叫了一声，她离得实在太远，连扑上去都来不及。

就在这时，一只苍白的手伸过来，凌空架住了谷天璇一掌。

周翡眼前一片模糊，马吉利那一掌震伤了她的肺腑，一呼一吸间气息仿佛只能下到嗓子眼，再往下便是剧痛。她满口血腥味，只觉得有人抓住了她的后颈，将她往后一甩，几个师兄七手八脚地接住了她。

那手在她后颈上蹭了一下，凉得好像冰雕……

周翡耳朵里轰鸣一片，听不见，看不清，意识在拼命下沉，她却下意识地死死攥住旁边人试着想扶她的胳膊，死也不肯晕过去。

这一系列的事发生在电光石火间，众人反应过来的时候，曹宁已经被北斗牢牢地护卫了起来。

谷天璇一击不成飞身后退，在几步以外盯着眼前的人——方才拦住他的，竟是手无缚鸡之力的谢允。

## 第九十二章　挣扎

谷天璇正想开口，谁知刚一提气，便觉得胸中一阵气血翻涌，他忙咬住牙，暗暗打量着谢允，不由得有些心惊，不知从哪儿冒出这么个不显山不露水的高手来："你……"

谢允将他那把可笑的扇子收起来，一言不发地挡在周翡面前。

谷天璇惊疑不定道："你是什么人？"

曹宁终于在好几个人七手八脚的搀扶下站了起来，他气喘如牛，狼狈不堪，却依然慢吞吞的，此时看了谢允一眼，他摇头道："赵……"

谢允截口打断他道："鄙姓谢。"

曹宁好似十分理解地点点头，从善如流地改口道："谢兄擅用推云掌，你不要命了吗？图什么？"

谷天璇听见"推云掌"三个字，整个人猛地一震，脱口道："是你，你居然还没死！"

谢允先是瞥了周翡一眼，见她居然还能站着，便笑道："我还没找着合适的胎投，着什么急？"

原本跟在马吉利身后的弟子们都呆住了，直到这时，才有人晕头转向地问道："马师叔？这……这怎么回事？"

李妍挤开挡着她的几个人："阿翡！"

那姑娘的声音太尖了，平时就咋咋呼呼的，这会扯着嗓子叫起来，更是好像一根小尖刺，直挺挺地戳进了周翡耳朵里，生生将周翡叫出了几分清醒。她抬手挡了李妍一下，扭头吐出一口血来，右半身这才有了知觉。

对了。

还有李妍，还有吴楚楚，她怀里还有吴楚楚相托的东西，身后还有个风雨飘摇的四十八寨。

这是她外祖用性命换来的二十年太平，大当家不在……

周翡忍着伤急喘了几口气。

她想，就算是要死，也得忍着，等会再死。

倘若李妍的头发能短上几尺，此时想必已经根根向天了，她就像暴怒的小野兽一样跳了起来，指着马吉利道："马吉利，你说谁是贱人？你才是贱人！"

马吉利脱离了四十八寨，却也并未站在曹宁一边，那众人看惯了的慈祥圆脸微微沉着，平素总是被笑容掩盖的法令纹深深地垂在两颊。

他面色有一些苍白，似乎陡然老了好几岁。

李妍指着他的鼻子大骂，他也只是微微转动着眼珠，漠然地看了那女孩一眼。

杨瑾方才被谷天璇一扇子震开断雁刀，一侧的虎口还微微发麻，见状提刀在侧，伸手拦了李妍一下，防止马吉利暴起伤人。

李妍激动之下，将杨瑾伸出来的胳膊当成了栏杆，一把抓住，依然叫道："临走时我姑姑说你是她的左膀右臂，让我在外面什么都听你的，还说万一遇上什么危险，你就算舍命不要，也会护我周全——她瞎！我爷爷也瞎！当年就不该收留你！"

寇丹如释重负地上前，站在马吉利身后，露出妍丽的半张脸，伸手搭在马吉利肩膀上："小阿妍，好大逆不道啊。"

李妍骤然闭嘴，少女的神色冷淡下来，一时竟仿佛凭空长大了几岁。

马吉利之于李妍，大概好像是华容城中突然的围困之于周翡。

总有那么一些人、一些事，要让养在桃花源中的少年明白，世上还有比被长辈责骂，比跟兄弟姊妹们争宠怄气更大的事，还有比整天给她起外号的大哥更可恶的人，有比明知过不了关还要硬着头皮上的考校更过不去的坎坷……

"马叔，"李妍低低地说道，"前几天在山下，你同我们说老寨主对你有生死肉骨之恩，是假的吗？”

马吉利整个人一震，涩声道：“阿妍……”

谢允却忽然道：“那日客栈中，我听马前辈与阿翡提起令公子，他如今可好？”

马吉利紧紧地闭上了嘴，寇丹却笑道：“好得很，马夫人和龙儿我都照看着呢。”

“要不是老寨主，你马叔早就变成一堆骨头渣子了。”

“你说一个男人，妻儿在室，连他们的小命都护不周全，就灌了满脑子的‘大义’冲出去找死，有意思吗？”

“我要是早知道有这一出，当初在邵阳，就不该答应把你带回来。”

他答应李瑾容送李妍到金陵的时候，心里想必是不愿意搅进寇丹和北朝的阴谋里，想要干脆避嫌出走，一了百了的。然而路上大概是因为诸多犹豫，才走得那么慢，让李大当家以为是李妍贪玩，还专程写信训斥侄女。

他在蜀中茶楼中听惊堂木下的前尘往事，在少女们叽叽喳喳的追问里强作欢颜，左胸中装着恩与义，右胸中是一家妻儿老小，来回掂量，不知去处。

周翡异想天开，执意下山，他知道山下的阴谋已经成型，所有的消息都会经他的手，而这个他从小看到大，从来桀骜不驯的小姑娘很可能一头扎进北斗与寇丹手中，连同她身边百十来个不知天高地厚的年轻人一起葬身于此，他下意识地追上来，跟她说了那一堆隐晦的废话……可惜周翡全然没听出来。

终于逼到了这一步。

一面是区区千八百人的江湖门派，一面是处心积虑的数万大军，此乃卵与石之争。

“人得知道自己吃几碗饭。”

马吉利太知道了。

从他当了这个内线开始，便是开弓没有回头箭，就算四十八寨侥幸留存，将来李瑾容会容忍他这一场背叛吗？

此时岗哨前未曾干涸的血迹、排在长老堂前的尸首会让他浪子回头吗？

哪怕之后周翡竟然成功挟持了北端王，哪怕四十八寨竟有一线希望能起死回生……他也只能将错就错。

周翡推开几双扶着她的手，吃力地弯腰捡起蒙尘的望春山，当成拐杖拄在地上，堪堪稳住了自己的身体。

她声音非常轻缓，因为稍不注意就会牵动伤处。

“谢大哥跟我说身后有叛徒的时候，我们谁也没怀疑叛徒会在山上。”周翡哑声说道，“都以为消息走漏是因为我身边的人。我甚至一个人都没带，独自闯了春回镇，抓了那姓曹的——因为我知道，消息事关军情，必然是由马叔你们这样的老人亲自接收送到长老堂的……”

周翡一口气说到这里，实在难以为继，她小脸上没有一丝血色，微微弯下腰去，轻而急地连换了数口气。

谢允抬手按在她后背上，将一股带着冷意的真气缓缓地推了进去，周翡轻轻地打了个寒战，多少好过了一点。

为什么谢允这随便一个阿猫阿狗都能拎走的“书生”突然成了个高手？此时，周翡已经无暇去想这些了。

她方才趁李妍跳脚骂人的时候，悄悄遣了个弟子进四十八寨中报讯——曹宁虽然暂时跑了，但他的数万大军没有跟上来，此地只有两个北斗和一帮黑衣人，不知寨中还剩下多少战力……倘若拼了，未必没有留下他们的可能。

周翡想到哪儿说到哪儿，本来是想刻意拖时间，可是说到这里，一股突如其来的难过却后知后觉地冲进了她火烧火燎的胸口。

“马叔，”周翡扶着自己的长刀，吐出一口带着凉意的气息，闭了闭眼，“四十八寨是你们一手建成，一手维系的，我们都是从秀山堂，从你眼皮底下拿到名牌的，你回头看看，满山的后辈都是你的弟子，都曾经从你口中第一次听见三十三条门规，你背了无数次，自己还记得吗？”

她说到这里，感觉到从望春山上传来的、地面隐隐的震颤。

非常时期，林浩的反应是极快的。

曹宁的反应也是极快的，无声无息地一挥手，便要令人撤。

杨瑾大声道：“站住！”

这愣头青也不管对面是“巨门”还是“狗洞”，当下便要追上去，跟着他的行脚帮见状，连忙上前助阵。周翡微微避开谢允的手，谢允瞬间就明白了她的意思，他深深地看了她一眼，转身抓向曹宁。

“过无痕”独步天下，他几乎是人影一闪便已经追上了曹宁。谷天璇、陆摇光与寇丹同时出手，谢允近乎写意地后退一步，十文钱买的折扇仿佛瞬间长出了铜皮铁骨，先后从谷天璇的手掌、陆摇光的长刀与寇丹的美人钩上撞过去，竟然连条裂痕都没有。

他心道："罢了，痛快这一回也是痛快。"

谢允身法快到了极致，从北斗面前掠过，竟叫谷天璇都有些眼花。同时，他手中折扇转了个圈，直入寇丹的长钩之中，寇丹狠狠地吃了一惊——几次旁观，谢允竟将周翡破雪刀的"风"一式学了个有模有样。

寇丹对这一招几乎有了阴影，当即要甩脱他。

谁知谢允学的只是个形，并不似真正的破雪刀那样诡谲，那折扇在他手中转了半圈，轻轻一卡，接着，一股厚重的内力透过扇子当胸打来，寇丹情急之下竟弃钩连退数步，甩出一把烟雨浓。

谢允的扇面唰一下打开，扇面上"生年不满百，常怀千岁忧"的题字将一把牛毛小针接了个结结实实，扇面随即分崩离析。他头也不回地将那扇子一丢，飞身跃起，躲开谷天璇与陆摇光的合力一击，把寇丹的美人钩拎在手中。

这时，林浩亲自带人赶到，只见他一挥手，四十八寨众人一拥而上，将北斗团团围在中间，足有百十来人——已经倾尽寨中战力。

周翡耳畔尽是刀枪相抵之声，她却头也不抬，一动不动地站在原地，一字一顿地将当年马吉利说给她的三十三条门规背了一遍，念一条，她便问马吉利一句"对不对"，及至三十三条门规尽数念完，马吉利仿佛被人当面打了无数巴掌，眼圈通红。

周翡盯着他，又说道："天地与你自己，你无愧于哪个？你说令尊不自量力，将来马师弟提起你来，该怎么说？"

马吉利闻言，大叫一声，已经泪如雨下。

周翡缓缓站直了，仿佛在攒力气，在等着什么。

马吉利果然懂了她的意思，突然掉头冲进了战圈。

寇丹被谢允夺了兵刃，短暂地退开片刻，手中扣紧了一大把烟雨浓，打算趁着谢允被谷天璇等人缠住的时候偷袭，余光扫见马吉利突然靠近，她本来没太在意，谁知马吉利一掌向她拍了过来。

寇丹没料到自己的狗这么快就反水，忙飞身往后退去，马吉利一掌快似一掌。

这么多年，在武功上，马吉利一直难以真正地跻身一流，这才日复一日地在秀山堂中背门规，说不出是天分还是心性上，他始终差了一点。但此时，他却仿佛突然迈过了某一道门槛似的，掌法中骤然多了种不顾一切的凶狠，失了兵刃的寇丹一时竟有些狼狈。

可是鸣风楼主终究不是那么好相与的，寇丹连退七步，大喝一声道：“马吉利，你将四十八寨卖成了筛子，现在才反水有什么用？不要你老婆孩子性命了吗？”

马吉利手下一滞，寇丹立刻要反击。

这时，一柄长刀横空插入，险些将她手掌削下去。寇丹吃了一惊，蓦地移步退开，却见那方才好似连站都站不稳的周翡竟然再一次拎起了望春山。

由于受伤，她的刀无可避免地慢了不少，劲力更是跟不上。可寇丹出身鸣风楼，对杀意最是敏感，此时却觉得周翡的刀再一次产生了微妙的变化。

周翡仿佛眨眼光景便将那些虚的、浪费力气的、技巧性的东西都去除了，每一刀都致命。

寇丹心里微沉，陡然从袍袖中甩出两根牵机线。这东西周翡本来再熟悉不过，然而一提气，胸口就跟要炸了似的，她身形不由得微微一滞，竟是慢了一步。周翡当机立断将望春山往身前一横，打算用硬刀直接扛上这软刀子。

突然，马吉利扫向寇丹的下盘，寇丹怒喝一声，牵机线回手扫了出去，一下缠住了马吉利的胳膊。

马吉利竟然不管不顾，同归于尽似的扑了上去，他的胳膊瞬间便被牵机线搅住了，血像六月的瓢泼雨，喷洒下来。马吉利看也不看，一把抓住了寇丹，全身的劲力运于掌中，往她身上按去，寇丹手中的烟雨浓在极近的距离里一根不差地全扎在了马吉利身上，他脸上陡然青紫一片，掌中力道登时松懈，却死死地拽着她没撒手。

寇丹怒道：“你这……”

她话没说完，望春山没有给她机会，一刀从她那美丽的颈子上划了半圈。

寇丹周身狠狠地抽搐了一下，似乎想用尽全力扭过头去。

“不杀你，我还是意难平。”周翡低声叹道。

马吉利整个人开始发冷、僵硬，他像冻上了一样，隔着几步望着周翡。

寇丹死了，今日在此地的鸣风大概一个也跑不了，便不会再有人为难他们母子了吧？

便是……一了百了了吧？

周翡看了他一眼，没说什么，转身走了。马吉利眼睛里的光终于渐渐暗下去，渐渐熄灭了。

像一簇狂风中反复摇摆的火焰。

周翡深吸了一口气，转身险些撞在林浩身上。林浩忙扶了她一把，他自己腿上有伤，两人一起踉跄了一下。

“我把人都带来了，”林浩道，“剩下的……小孩子，不会武功的，还有那位吴小姐，我让他们趁机从后山走了。你放心，咱们这些人，死就死了，就算落到曹狗手里，起码还有自尽的力气。”

周翡问道：“张师伯和赵师叔呢？”

“死了，还有一个生死不知。”林浩道，“没事，你刚才不是杀了寇丹吗，还有北斗和北端王……这些人杀一个你就够本了，杀两个能赚一个，咱们不过是一帮不值钱的江湖草莽，谁怕谁？就算他们山下大军上来了又能怎样？”

周翡觉得他说得相当有道理，缓过一口气来，她竟然露出了一点笑容，毫不迟疑地朝那被重重北斗围在中间的曹宁冲去。她渐渐不知道身上多了多少伤口，血流得太多，渐渐也察觉到了蜀中深秋的严寒，可是全不在意，一时间，眼里只剩下这么一把望春山，破雪刀好像融入了她的骨血。

## 第九十三章　绝处

北斗们当然看得出他们擒贼擒王的意图，众多黑衣人用人盾围成了一个圈，紧紧地将曹宁夹在中间。曹宁淡定地看着外圈的护卫一层一层地死光，却似乎丝毫也不在意，好像那些人都不过是他衣服上的小小线头。

厚实些更好，没有也不伤筋动骨。

曹宁甚至有暇彬彬有礼地冲林浩一笑。

林浩都被他笑出了一身鸡皮疙瘩，整个人激灵一下，当即觉出不对来，喝道：“当心，有诈！”

“哪有，”曹宁负手笑道，“只不过若是我能顺利脱逃，自然会亲自下山；若是我无法脱身，被押进寨中，陆大人与谷大人之一也必然下山主持大局。可是现在，我们都被困在此地，山下的大军迟迟等不到消息，是不是只能说明一种情况呢？”

他的话音未落，山谷中便送来整肃的脚步声与士兵们喊的号子声，那声浪越来越近，像一圈圈不祥的涟漪，往四面八方蔓延出去。

“就是我们需要人。”曹宁低声道，随即他的目光跳过林浩，转身望向那被谷天璇与陆摇光两人夹在中间的谢允，朗声道，“谢兄，我看你还是跑吧。”

谢允哈哈一笑，本想嘴上占点便宜，然而在两大北斗手下，他也实在不像看起来那么轻松，谢允险而又险地躲过了陆摇光一刀，只来得及笑了一声，一时居然无暇开口。

曹宁摇头道：“怎么都不听劝呢？你们现在跑，我还能让人慢点追——唉，如此钟灵毓秀之地，诸君之中英雄豪杰又这么多，陨落此地岂不可惜？何不识时务？”

林浩眼眶通红，冷笑道：“屠狗之辈字都识不全，哪会识时务？只可惜今日连累了千里迢迢来做客的朋友，都没来得及请你们喝一杯酒。”

杨瑾一刀将一个北斗黑衣人劈成两半：“欠着！”

一个行脚帮的人也叫道：“你这汉子说话痛快，比你们寨里那蔫坏的丫头实在多了！”

周翡无端遭到战友指桑骂槐，却无暇反驳。

她眼前越来越模糊，几乎是凭借着本能在挥刀，身上的枯荣真气几乎被迫与她那一点微末的内力融为一体。

华容城中，她被那疯婆子段九娘三言两语便刺激得吐血，如今想来，心性也是脆。

那么现在，是什么还在撑着她呢？

蜀中多山、多树，周翡记得自己曾经无数次地从那些树梢上熟视无睹地掠过。

那些清晨的枝头上坠满了细碎的露珠，她可没有谢允那样雁过无痕的轻功，总是不小心晃得树枝乱颤，凝结的露珠便会扑簌簌地下落，时常将路过的巡山岗哨弄得一头一脸。

好在师兄们多半不跟她一般见识。

她也曾无数次地蹿到别家门派“偷师”，其实不能算偷，因为除了鸣风，大家都敞着门叫人随意看。只是周翡有点孤僻，尤其看不惯李晟那一副左右逢源的样子……也不对，其实仔细算来，应该是她先看不惯李晟，才故意反其道而行之，变得越来越不爱搭理人。

千钟、赤岩、潇湘……有些门派精髓尚在，有些没落了。

她每每像个贪多嚼不烂的小兽，囫囵看来，什么都想摸上一把，反而学得不伦不类，直到周以棠头也不回地离开，她才算真正地定下心神，懵懵懂懂地摸索起自己要走一条什么样的路。

周翡曾经觉得，直到她出师下山，人生才刚刚开始。

因为过往十几年实在日复一日、乏善可陈，一句话便能交代清楚，根本算不上什么“阅历”。可是忽然间，她在深秋的风中想起了很多过往未曾留意的事——

她那时是怎么跟李晟明里暗里斗气的，又是怎么百般敷衍李妍也挣脱不开这跟屁虫的……

无数个下午，她在周以棠的书房中睡得一脸褶子苏醒，瞥见小院中风景，看熟了的地方似乎每天都有细微差别——渐次短长的阳光、交替无常的晴雨、岁岁枯荣的草木……还有周以棠敲在她头上的脑瓜嘣。

她甚至想起了李瑾容。

李瑾容不苟言笑很多年，除了在周以棠面前能有一点细微的软化，其他时候几乎都是不近人情的。

但是她会偶尔对李晟点个头，对李妍无奈地叹口气，还有就是……有长辈夸她天赋高武功好的时候，她虽然从不附和，却也从不说些“小畜生差得远”之类自谦的话来反驳。

周翡觉得自己可能是死到临头了，那桩桩件件的事一股脑地钻进她的脑子，走马灯似的不停不息，她好像从来未曾刻意想起，然而原来却也一直不会忘却。

训练有素的北朝大军终于拥了上来。

此时，整个四十八寨已经空了，所有的软肋都已经悄然从后山走了，能不能逃脱，便要听天由命了。而被大军围攻重创后的岗哨间，所有能拿得起刀剑的……稀松二五眼如李妍都站在了这里，预备着以卵击石。

伪朝领兵大将大喝道：“保护王爷，拿下贼寇！”

话音未落，前锋已经一拥而上，即便是训练有素的精兵，每个人都不过是受训了几年便拿起刀剑的寻常人，都好像一捧泼在身上也不伤一根汗毛的温水，可他们凑在一起，却仿佛成了一阵排山倒海的巨浪，顷刻便将四十八寨最后的精锐与行脚帮冲得四下离散。

谢允将寇丹的长钩横在胸前，震开陆摇光的一刀，手掌隐藏在宽袍大袖中，侧身一掌推向谷天璇，不管他是否已经竭尽全力，推云掌永远都带着股举重若轻的行云流水意味，谷天璇竟没敢硬接，避走半身后方才低喝一声，伸手攻向谢允腰腹，却不料谢允只是虚晃一招，几步间竟从他们两人围攻中信步晃出，脱离开去。

周翡只觉得身后有人飞快靠近，想也没想便挥出一刀，被人一把抓住手腕。

她被那熟悉的手冰得一哆嗦，随即反应过来身后人是谁，中途便卸了力道，这一口气骤然没提起来，她踉跄了一下，被谢允堪堪扶住。

谢允的手从未这样有力过，他把着周翡的手将望春山划开半圈，一圈围上来的北军纷纷人仰马翻地被他逼退，不消片刻，又疯狂地拥上来。

“阿翡，”谢允轻声说道，“我其实可以带你走。”

这一句话灌入周翡嗡嗡作响的耳朵，好像凭空给她软绵绵的身体灌了一股力气似的，原本顺着谢允力道随意游走的望春山陡然一凝，随即，她居然一摆手臂挣脱了谢允。

周翡那张巴掌似的小脸上布满业已干涸的血迹，嘴唇白得吓人，眼神很疲惫，仿佛下一刻眼睛便要合上，然而瞳孔深处却还有光亮——微弱，又似乎能永垂不朽。

那一瞬间，她的长刀又有了回光返照一般的活气，刀锋竟似有轻响，一招“分海”凌厉地推了出去，相比“山”与“风”两式，“海”一式她最后才领悟，使出来总是生涩，虽渐渐像模像样，却依然差了点什么似的。

没想到此时千军万马丛中，竟让她一招圆满。

那刀尖上一点光近乎炫目。

接着，周翡回手探进同样布满血迹的前襟，摸出一个小包裹，薄薄的丝绢包裹着坚硬的小首饰，从她沾满血迹的指缝间露出形状来。

“替我把这个还给楚楚，”周翡没有回答他的话，只说道，“再找个可靠的人帮她保存。”

谢允在两步之外看着她，周翡已经是强弩之末，他本可以轻而易举地把她强行带走……

他伸手将周翡的手和那小小的绢布包裹一同握在手心，随后一把将她拉到怀里，躲过一排飞流而过的箭矢，侧头在她耳边低声道：“这里头有一件东西很要紧，是‘海天一色’的钥匙，甚至是最重要的一把钥匙，你看得出我一直在追查海天一色吗？”

周翡道：“看得出。”

谢允的目光沉下来，这时，他忽然不再是山谷黑牢里那个与清风白骨对坐的落魄公子了，浑身泛起说不出的沉郁，像是一尊半面黑、半面笑的古怪雕像。

即使带着个人，凭谢允洗墨江来去自如的轻功，也游刃有余，他瘦削的下巴轻轻蹭过周翡的头发，漠然问道：“那你这是什么意思，考验我会不会监守自盗吗？”

周翡手中望春山一摆，连挑了三个围过来的北军，听了谢允隐含怒意的话，她不知为什么有一点“扳回一城”的开心。

不过周翡什么都没说，只是将东西塞进谢允手里，抽出自己被他攥得通红的手指，看了谢允一眼。

一个人，是不能在自己的战场上临阵脱逃的。

而此物托有生死之诺，重于我身家性命。

这一副性命托付给你，还有一副，我要拿去螳臂当车。

堪称井井有条。

远山长黯，落霞似血。

她转身冲向洪流似的官兵。

谢允从骨头缝里往外冒着压不下去的凉意，神魂却似乎已经烧着了。

就在这时，一声突兀的马嘶声蛮不讲理地撞入满山的刀剑声中——此地都是崎岖的山路，谁在纵马？

紧接着空中一声尖鸣传来，一支足有少女手腕粗的铁矛被人当箭射了过来，将一个士官模样的北军钉在了地上，入地半尺，长尾犹自震颤不休。

林浩散乱的长发贴在了鬓角，盯着那铁矛怔了半晌，魔怔了似的低低叫道：“师……师叔……”

随后他蓦地扭过头去，只见一队武功极高的人分海似的逆着人流杀了上来，所到之处睥睨无双，活活将北军的包围圈撕开了一条裂口。

不知是谁叫道：“大当家！”

这三个字登时如油入沸水，陡然炸了起来，谷天璇立刻如临大敌，再顾不上其他，三步并作两步地冲到曹宁身边：“王爷！”

曹宁的神色也是一凛：“李瑾容本人吗？”

“想必是。”谷天璇一声长哨，所有的北斗都聚集在了曹宁这格外圆的“月亮”身边，小二十年的光景，当年旧都那场震惊九州的刺杀余威竟然依然在！

陆摇光也飞身撤回来：“王爷，纵然区区几十个江湖人不足为虑，也还是请您先行移驾安全的地……”

曹宁一抬手打断他。

北端王看似笨重的身躯里裹着常人所不能想象的技巧，他脑子里简直好像有一座环环相扣的险恶牵机，他越过陆摇光等人，目光落到了那分外显眼的行脚帮身上，突然下令道：“前锋撤回，弓箭手准备！”

陆摇光倏地一怔，一时没弄明白他要干什么。

“天亡我楚，非战之罪。”曹宁在周围人一头雾水之中低低地感叹一声，随即猛地一挥手，肃然道，“集中精锐，向山下冲锋，立刻下山。”

谷天璇等人一开始还怕这年轻的王爷不把李瑾容当回事，听了这命令，一时都莫名其妙——他这不是不当回事，而是太当回事了。

纵然李瑾容带走的是四十八寨真正的精锐，可也不过百十来人而已，他手握几万北军，居然要在这突然杀回马枪的百十来人面前撤退，为防追击，还要佯装气势汹汹地撤。

这不是匪夷所思吗？

可王爷毕竟是王爷，他一声令下，别说撤退，哪怕让他们这些人集体就地自尽，他们也不能违令。

北军登时调转刀口，竟孤注一掷似的冲李瑾容等人压了过去，倾覆而至。

纵然是一帮一流高手也丝毫不敢轻慢，当即被北军冲散了些许，只能各自应战，战局登时激烈起来……

后来的事，周翡就不记得了。

她眼前一黑，心里想着不能倒下，身体却不听使唤，长刀点地，恰好撑住了她，她就这样站着晕过去了。

（**略**）

## 第一百一十五章　船僧

周翡听见水声，强一阵弱一阵的，从她耳边潺潺而过，当中裹着一个苍老的男人声音，正断断续续地哼唱着什么，和着桨划水声。

唱的似乎是渔歌，不知用的哪一方的土话，周翡听不大懂，只觉颇为悠然。

她以为自己尚在梦中，可是随即，几颗冰凉的水珠飞溅到她脸上，周翡蓦地睁开眼，宏大的星河旋转着撞进她眼里，顺着远近山峰，穹庐一般地倾覆落下，盖了她满头满脸。

周翡艰难地把自己撑起来，手脚发麻得不听使唤，才一抬头，便涌上一股说不出的头晕恶心，她眼前一黑，又仰面倒了回去，好一会，才借着星辉看清周遭。

原来她在一条小船上，小船不紧不慢地在起伏的碧水中缓缓而行，水面澄澈，一把星子倒映其中，随水流时聚时散，虽然煞是好看，周翡却被晃得更晕了。

她趴在船边干呕了几下，可惜肚子里前心贴后背，什么都没吐出来。

周翡死狗似的在船边待了片刻，耳畔轰鸣作响，满脑子空白，记忆好似断了片，莫名其妙地寻思道:“我刚才干什么来着？怎么会在这儿？”

这时，有人出声道:“小姑娘，你这命是捡来的吧？怎么一点也不知道惜着？”

周翡愕然地眯起眼望过去，见船头有个瘦高的影子，那人头上戴着斗笠，赤着脚，年纪有六七十岁了，后背佝偻，一双瘦骨嶙峋的手正不紧不慢地撑着船，举手投足间有种老人特有的轻缓。

那老人嘿了一声，又道:“你中了蛇毒，自己不知道吗？手里就攥着解药，偏不吃，想试试自己能活多长时间是不是啊？”

蛇毒？

周翡愣了片刻，随后，她脑子里嗡一声炸开了，好像一道生锈的闸门被轰然炸开，闹剧一样的征北英雄会、活人死人山、楚天权、应何从……纷至沓来地从她眼前闪过，最后落在一个长身玉立的人身上。

谢允……

对了，谢允呢？

周翡直挺挺地跳了起来，小船本就不过是一叶扁舟，被她这重重地一踩，立刻稀里哗啦地左摇右晃起来。

那老人哎哟一声，将手中大船桨左摇右晃地轻轻摆了几下，也不见他有多大动作，便将小船稳住了："慢点啦，慢慢来……阿弥陀佛，你们这些慌里慌张的小施主啊。"

周翡这才看见，撑船的人是个老和尚，身上穿一件打着补丁的破袍子，留一把花白的小胡子，脖子上挂了一串被虫啃得坑坑洼洼的旧佛珠，一双洗得发白的僧履放在一边。

周翡扶住船篷，指节扣得发白，艰难地问道："老伯，跟……跟我一起的那个人呢？"

老和尚没回答，只是一手夹着船桨，一手提掌竖在胸前，低低地诵了一声佛号："阿弥陀佛。"

周翡呆立原地，整个人僵成了一座石像，然后突然瑟瑟地发起抖来。

漫天的星光似一下子跌落水中，黯淡成了铁石，周遭山鸣与水声都离她远去。

来时，周翡身边有李晟李妍，有杨瑾吴楚楚，她要看着谢允防着他溜走，要在百忙之中匀出时间来捉弄杨瑾，要保护吴楚楚，要和李晟吵架，还要看着李妍不让她闯祸，整天被吵得一个头变成两个大。

而今，她在千山万水中，独自站在一叶扁舟之上，忽然觉得天地无穷大，两岸寂静得连猿声都没有。

周翡手上有刀，心里装着练不完的功夫，连坐在马车上闭目养神的片刻光景都忙碌得很，从来不会没事做，她有时候会觉得整个世界都很吵闹、很麻烦，可是忽然之间，她心里繁忙的楼阁便倾颓了一半，砸出了一片旷野荒原似的废墟，她茫然四顾，有生以来第一次尝到孤独的滋味。

老和尚却不看她，依旧不紧不慢地划水，问道："姑娘要往何处去，老衲送你一程。"

周翡说不出。

老和尚见她不答，便不再追问。小船顺着时宽时窄的江流往前走，他操着沙哑的嗓音，悠然地哼起渔歌来。

周翡晕得有点站不住，不知是凝露的后遗症还是她天生晕船，顺着落了帘子的船篷颓然坐在船板上。

她不知道自己应该往什么地方去，也不知道自己要去做什么。

人的一生中，好似总有那种时候，觉得自己过去的若干年都活到了狗肚子里，一瞬间便被打回了原形。

周翡突然觉得过去一年多来，她从北往南，遇见的无数人与无数事都是浮光掠影的一场梦，如今夜幕之下，她大梦方醒，独当一面的魄力和纵横千里的勇气都是她的臆想，她浑浑噩噩，依稀还是被关在四十八寨门里的小女孩。

她胸口堵得难过极了，吐了一场吐不出什么，也从未学过大哭大叫，而此时身在这摇摇摆摆的小舟上，更是连挥刀乱砍都做不到，那些痛苦好似暴虐的洪水，盘旋在她浅浅的胸口里，竟是无从倾吐。所幸她自小心志坚定，即便这样，倒没想从船上跳下去，泡成一具浮尸拉倒。

周翡突然开口道："老伯，你有酒吗？"

老和尚答道："酒乃八戒之一，老衲倒不曾预备，船篷上挂着个水壶，里头煮了些水，姑娘若不嫌弃，可自取饮用。"

周翡便伸长了胳膊，摘下船篷上的酒水壶，凑在鼻尖闻了闻，闻到水壶里有一股清凉的草药味，她懒得去想里头有些什么，也不在意陌生人给的东西入不入得口，便直接灌了半瓶。发涩的苦味顺着喉咙下去，一直灌入她胸口，药味冲得周翡直皱眉，但头晕的症状却似乎缓解了不少，人也终于清醒了一点。

老和尚看了她一眼，见她眼珠终于会转了，便同她说道："咱们已经出了永州城了，再往前走，便彻底离开这方地界啦，你想好自己要去何处了吗？"

周翡交代过杨瑾要在永州城外碰头，本该往回走，可是话到了嘴边，她又懒得说了。

碰了头，然后呢？大概要继续追查海天一色，但周翡已经没有兴趣了，她一条腿懒散地伸着，另一条腿蜷缩在身前，随意地将胳膊肘搭在上面，一时间，觉得自己对什么都没兴趣，连刀都懒得琢磨了，只想随着这条破船漫无目的地呆坐。

老和尚背对着她，说道："想不出来也不要紧，你记得自己为何而来便是了。"

周翡把玩着铁壶，低着头说道："我为一个人而来。"

可是那个人已经没了。

老和尚道：“不对。”

周翡莫名其妙地看了他一眼。

老和尚一撑船桨，后背凸起的肩胛骨就好像两片快要折断的蝶翼，一缩一展地上下移动着。

周翡见他似乎吃力，便道：“我帮你吧。”

老和尚也不推辞，将一人高的大船桨递给她，自己把斗笠摘下来放在一边，一丝不苟地将鞋穿好，又对着水面整了整自己那身袍子，从容不迫，十分讲究，好像他穿的不是补丁摞补丁的破僧袍，而是大有神通的圣袍法衣似的。

周翡将船桨在手里掂了掂，发现这东西还怪沉的，比她惯常用的刀还压手。她学着那老和尚的动作，将船桨斜插入水中，往后划水。

谁知她把式学得挺像，却不知哪里不得法，那小船在原地转了七八圈，然后就长了尾巴似的，一寸都不肯往前走。

周翡道：“大师，怎么让这玩意往前走？”

老和尚盘腿坐在一边，不指导也不催促，答非所问道：“怎么往前走？你不如再好好想想——你是为什么而来的？想通了，你就知道怎么往前走了。”

小船又歪歪扭扭地与她想法背道而驰，周翡手忙脚乱地摆弄着这根大船桨，怀疑自己碰上了一个疯和尚：“我……”

老和尚端坐默诵佛号，一粒一粒地掐着佛珠，笑道：“你所说的那人，也不过是途中一段起落聚散皆无常的缘分，既然是偶遇，怎能说是为他而来呢？”

周翡拎着不得要领的船桨，皱着眉在船头上伫立片刻，说道：“也算吧，刚开始我是为了长辈交托的一桩跑腿事上路的。”

李瑾容叫她去接晨飞师兄和吴将军家眷，谁知晨飞师兄半路殒命，吴氏三口人也只剩一个孤女，一路跟着她风餐露宿地被追杀回四十八寨。

老和尚听了，依然摇头道：“不对。”

周翡哭笑不得：“大师，你又不认识我，你知道什么？”

老和尚将佛珠绕到四根并拢的手指上，说道：“老衲别的不知，只知道跑腿不过一段路，跑完就完了，不是开头，也不是结尾，你必然还有别的来意。”

大概是她心里空空如也、无事可做的缘故，周翡发现自己的脾气居然变好了，听了老和尚这番故弄玄虚的车轱辘话，竟也没有翻脸，反而饶有兴致地跟着他扯起淡来。

她耐心地说道："我没有别的来意了，那是我这辈子头一回出门，以前就是在山里随便练练功，有什么开头结尾？"

老和尚便问道："在山里练功，那么你练功是为了什么呢？"

周翡不假思索道："喜欢，不然干什么去？书我肯定是读不下去的。"

老和尚道："你既然跑完了腿，又找不到人，回去继续练功岂不理所当然，为何跟我说不知往何处去？"

周翡一时语塞。

"阿弥陀佛，"老和尚又不依不饶地追问了一遍，"姑娘，你练功是为了什么呢？"

练功是为了什么呢？

最开始，只是为了孩童的好胜心，博大当家一点头而已，后来幻想着总有一天能超越李瑾容……这倒不太执着，因为在当时看来，这目标太过遥远，几乎只是个妄想。

后来，周以棠用"强者之道"给她以当头棒喝，推着她走上步步惊心的牵机丛中，终于得以走出那扇山门，让她离开桃源似的四十八寨，被江湖中险恶的腥风血雨吹打了一圈，见识了恶人横行、公义销声、小丑跳梁、英雄末路……她时常看不惯，时常悲愤交加，却大多只能随波逐流地独善其身，无能为力。

渐渐地，她想要磨出一把真正的破雪刀的意愿一天强似一天。

尽管周翡从未见过她那位生活在传说中的外祖父，李瑾容等人也很少与她提起，但自从流言蜚语将"南刀传人"这不副实的声名强加给她的时候，她却无端感觉到了一种与他一脉相承的联系——并非出于血脉，而是系在刀尖。

周翡愣怔良久，喃喃道："为了……为了我先祖的刀吧。"

老和尚眯起皱纹丛生的眼，和蔼地看着她。

"双刀一剑枯荣手的故事都过去了，"周翡说道，"我们这些不肖子孙拿着先人留下来的刀剑，连苟且尚且艰难，也太窝囊了。总觉得不该是这样的。"

老和尚点头道："名门之后。"

周翡摇摇头——至今别人问她是谁，她都态度很差地搪塞过去，不敢说她姓周名翡，出身四十八寨，是李家破雪刀的传人。一方面是出于谨慎，不想给家里找事；一方面也是隐约觉得自己配不上"南刀传人"这假名号，报出来未免太羞耻了。

周翡长长地舒了口气，觉得心中痛苦并未少一分，魂魄却苏醒过来。

她揉了揉眉心，心想："是了，家里眼下还不知怎么样了，霍连涛闹的这事也不知对战局有什么影响，何况如今霍连涛一死，往后丁魁之流不是更加肆无忌惮？"

她得回去将来龙去脉和李瑾容说清楚，如有必要，说不定还得继续追查这个搅得中原武林天翻地覆的海天一色。

而四十八寨中人才凋敝，虽有大当家坐镇，万一有事，必然还是捉襟见肘，她无论如何也该接过一些责任了。

这么一想，方才还空空如也的心里顿时被满满当当的事塞了个焦头烂额，周翡叹了口气，对老和尚道："那便劳烦大师送我回永州城外吧，我这个……这个船实在……"

老和尚看着她笑，接过她手里不听话的船桨，吩咐道："你去船篷里看看。"

周翡以为他支使自己帮什么忙，便小心翼翼地踩着左摇右晃的船板走过去，掀开厚厚的船篷往里一看……

她倏地怔住了，只见船篷中有一个她以为终生难以再见的人，安静地躺在那里。

周翡膝盖一软，险些直接跪下，踉踉跄跄地扑了进去，她的手哆嗦了几次，方才成功地放在谢允鼻息之下。

虽然依然冰冷，虽然微弱得几乎感觉不到，但居然还有一口气！

周翡跪在小小的船篷里，不知不觉便泪流满面。

## 第一百一十六章　蓬莱

周翡哭的时候，老和尚也不管她，他不再摇桨，小船却好似生出两鳍，自己破开水面往前行去。一只不知从哪儿飞来的水鸟落在了船舷上，歪着头打量了老和尚片刻，竟不怕他，缓缓放下奓起来的羽毛，悠然地伸长了鸟喙，梳起毛来。

不知过了多久，周翡才掀开船篷上的帘子出来，那水鸟见了她，却受了好大一惊，梗着脖子尖叫一声，扑棱棱地飞走了。

老和尚头也不回地叹道："刀锋外露，算是有小成了。"

（略）

［节选自晋江文学城］

【粉丝评论摘编】

@沉闇：阿翡打动我的正是她身上那种被淡去了性别意识的独立和向上，皮皮（作者昵称）没有过多地强调她作为女性的特质，反而在有意无意地淡化……不管是周翡还是谢霉霉，他们都是超越了性别意识的存在——不是说他们没有性别意识，而是说他们呈现在读者面前的形象不具有一般认知中男性女性的特质……每个人都有选择道路的权利，不应该被外人和舆论绑架。我觉得这才是真正意义上的平权。

@一点墨：主角周翡展示出一种蓬勃的作为"人"的生机，以及一种作为"社会人"的成就。她是女性之身，却以少有的平等"人"的身份，在社会，或者说江湖中，扮演"人"的角色……周翡告诉我们，人的天赋和能力，从来都不仅仅来源于性别。我们能在人类社会扮演的角色，也取决于我们的能力和努力，不应该被性别所约束。

@era："有匪君子，如切如磋，如琢如磨。"可是，没有谁一开始就是君子。孩子们总要一点点长大……在《有匪》里，人人都被动或者主动地雕琢着自己，隐隐都有了或多或少君子的品质。……（《有匪》）的所有角色几乎没有一个随随便便放弃过努力。他们都汲取着彼此的养分，各自成长着，有了君子的影子。大概现世也是如此，莫急莫慌，少年郎切磋琢磨，终能长出些君子模样。

@槐枝：殷沛是一个很富有情感张力的角色。他所做的一切，是有情感驱动在的……殷沛的情感需求，在他最后的一次出场中，已经被清楚地摆到了读者面前——他想报仇……为了这份执着，他宁愿堕落，宁愿一条险路不回头，宁愿把自己活成形容可怖的蛊母。周翡、谢允都能明白，执着痛苦本身并无意义，他们要做的是通过观察痛苦与痛苦搏斗，从而跳出自我局限。可这恰巧就是殷沛做不到的。他把自己活在了过去那场家破人亡的惨剧里，不肯醒，也不肯向前看、向前走。他给自己画了一个首尾相连的圈，然后在其中占地为王，固执任性。

@槐枝：当我站在一个读者的角度，去打量《有匪》这个庞大世界时，其实是常常心生欢喜的。这样一个血雨伴随喜乐的江湖，有精于谋算之徒，亦有端方君子之辈；有人在老去，亦有人在成长。每时每刻，这世界的每一角落，都有人向自己所选的道路艰险前行。每一副附上血肉的白骨，每一副拥有灵魂的躯壳，他们混迹于偌大世界中，为这个世界注入生机与活力，使它有趣起来。

［导引：高寒凝；简介：黄馨怡；节选：王博雅、张琳；粉丝评论摘编：王月］

# “女侠”形象中的“女”与“侠”

## ——评 priest《有匪》

高寒凝

倘若梳理长篇武侠小说中“女侠”形象的源流，自不免从侠女十三妹（《儿女英雄传》清文康）讲起。初登场时，她携一身江湖豪侠气，路见不平拔刀相助，是超然的拯救者；到终章处，却变得温良贤淑，成为男人坐享“齐人之福”的理想对象。十三妹人物形象的前后断裂，最终转化为两个迥异的人格侧面，或指向“女”，或指向“侠”，互为表里、此消彼长，构成传统武侠小说中“女侠”形象的基本框架。并经由民国武侠（王度庐、还珠楼主）和港台新武侠（金庸、古龙、梁羽生）的一系列精彩演绎而发扬光大。

从十三妹到《有匪》中的周翡，“女侠”们似乎仍是一边锄强扶弱，一边谈谈恋爱，但细细品味下来，终是皮囊虽似，筋骨已改。

在这个过程中，第一次微妙的变革发生在大陆新武侠（直接传承自港台新武侠）女性写作的实践里。当女作者们涉足武侠创作，开始书写她们心目中的“女侠”，女性自身的需求与欲望便无可避免地从文本中浮现出来。于是，在这个以武侠类型元素包裹言情内核的创作脉络中，“女侠”中的“女”字所包含的性别意识和内在关切，终于得以崭露头角。

此后，网文时代到来，“女性向”大历史写作［代表作有倾泠月《且试天下》（2006）、祈祷君《木兰无长兄》（2014）等］承接此前大陆新武侠女性写作的传统，在爱情故事之外另辟天地，试图向历史纵深处探寻女性历史主体性的所在。却也同时脱去了武侠的类型躯壳，不再着意塑造“女侠”式的女性形象。

在网络文学繁荣发展的十余年间，武侠类型式微，“女侠”亦凋零。直到纯爱大神 priest 回身武侠，类型传承中的新与旧、破与立，才得以跨过此前一系列不甚成熟的尝试，汇聚在周翡的双肩之上。

得益于“女性向”大历史写作的铺垫，周翡甫一出场便劈开了情与爱的小世界，去到广阔江湖游历渡劫。表面上看，这似乎是回归到了十三妹形象中“侠”的那一面，重新迎合了“女侠”身为“无所不能的拯救者”的想象。这一想象驱逐了“女侠”固有的性别属性所包含的弱者身份，也拒绝了一切探讨性别问题的可能性。而在大陆新武侠创作脉络之后，“女侠”形象已经经历了某种再诠释：她们首先是女性，其次才是侠客。《有匪》也并不回避这一点，反而剖开了“侠”的坚盔利甲，向读者展示女主人公内心的焦虑与不安全感。

即便是以慈父面目出现的周翡父亲，也曾谆谆教导“当今天下，豺狼当道，非苍鹰猛虎之辈，必受尽磋磨，生死不由己”，这句话几乎是小说前半部分的文眼。后来周翡将这句话转述给别人，自己又补了一句“我只好拼命练功”。在小说中，周翡为了保护四十八寨的亲友和无辜的百姓，不惜一次次身陷险境、绝地反击。而作者一边随时为她保留卸去重责、独善其身的选项，暗示她身为一个女孩子，本无须冲锋陷阵，却又从不曾安排她后退半步。此外，小说还用堪称吊诡的笔法构设了周翡“无所依傍”的现实处境：慈爱而权重的父亲远走边关，出身贵胄的男友成了“睡美人”，反而需要等待她的拯救。而看似最可堪依靠的长辈，母亲李大当家，却始终以“女强人”的冰冷形象示人，没有承担任何“慈母”的功能，反而成为周翡渴望超越的假想敌。

这种矛盾的笔法，对世道艰险的夸张和强调，对女主人公内心责任感与不安全感之间冲突的渲染，无疑包含着对当代女性生存境遇的某种隐喻，以及对女性弱者身份的坦承与超越。这意味着《有匪》正不可避免地与“女性向”网文中的女性主义脉络（“女性向”大历史写作亦是这一脉络的重要组成部分）发生勾连，并试图将“女侠”中的“女”字从性别符号拓展为性别议题。

有趣的是，《有匪》的作者 priest 向来以创作纯爱题材闻名，这也就意味着，她此前对性别问题的探讨往往并不涉及女权。因此在过往的纯爱书写中，priest 身为女性的性别意识和性别经验是无须显露的，纯爱文丰富的类型传统和类型元素已足够支撑整个创作。然而一旦作者开始透过“女侠”周翡的视角面对这险恶人间，她自身的性别经验便绝无可能被彻底排除在外。这一调用、整合的过程显然并不顺畅，甚至不免伴随着某种创伤性记忆。因此使得小说在行文和叙事上远不及作者此前的纯爱创作那样圆熟完满，却又更为深刻地唤起了部分女性读者与之相似的生命经验，激起某种直抵心灵深处的回响。

伴随着武侠小说类型传统与女性主义面向之间的撕扯与冲突，同时纠缠反复于作者的个人创作与性别经验，《有匪》在此复杂的背景之下，书写了“女侠”周翡鲜血淋漓的成长史，又或者，也是无数当代女性的个人成长史。

直到故事的结尾处，一代女侠武功初成，执三尺青锋之利，于广阔天地间来去自如。

但你不该被她的英气面容与夭矫身形迷惑，你要看她握刀的手：

那双手，手背是女孩子才有的白皙细嫩，手心里，满是练刀练出的伤痕和薄茧。

与每个追文至此，心有戚戚焉的读者一样。

# 2016 中国网络文学大事记

## 1月

1日，梦入神机新作《龙符》首发纵横中文网，打破了此前流传半年多的“跳槽”乃至“封笔”传言。2015年2月，《星河大帝》完结，此后梦入神机新书多次“跳票”，到8月更发微博表示“因为种种原因，新书没和网站谈拢，我暂时离开”，直到12月30日，才表示此前的各种变故都是因为网站动荡。据悉，百度在2015年一度想将纵横中文网出售给阅文集团，后经由梦入神机及其团队运作，最终完美世界注资百度文学并实现控股。

6日，由阅文集团联手老牌商业媒体福布斯中文版发布的“2015年度福布斯·中国原创文学风云榜”颁奖盛典在上海举行，该榜是国内首份年度IP价值排行榜，榜单包括男生作品TOP10：《我欲封天》（耳根）、《造化之门》（鹅是老五）、《一世之尊》（爱潜水的乌贼）、《天域苍穹》（风凌天下）、《星战风暴》（骷髅精灵）、《超品相师》（九灯和善）、《大宋的智慧》（孑与2）、《三界独尊》（犁天）、《完美世界》（辰东）、《择天记》（猫腻）；女生作品TOP10：《邪王追妻》（苏小暖）、《国民老公带回家》（叶非夜）、《金陵春》（吱吱）、《惊世毒妃》（白天）、《炮灰攻略》（莞尔wr）、《诛砂》（希行）、《绝世神医》（夜北）、《征服游戏》（公子如雪）、《倾世宠妻》（寒武记）、《爆笑宠妃》（梵缺）。2015年度人气作家，男性作家：忘语（代表作《魔天记》）；女性作家：叶非夜（代表作《国民老公带回家》）。2015年度新锐作家，男性作家：全金属弹壳（代表作《黄金渔场》），女性作家：北川云上锦（代表作《史上第一宠婚》）。2015年度原创作品改编奖，2015年度原创最佳电影改编：《寻龙诀》（原著作者：天下霸唱，出品方：万达影视），入围作品：《九层妖塔》《寻龙诀》《左耳》《何以笙箫默》；2015年度原创最佳电视剧改编：《琅琊榜》（原著作者：海宴，出品方：正午阳光），入围作品：《何以笙箫默》《琅琊榜》《花千骨》《芈月传》；2015年度原创最佳动画改编：《择天记》（原著作者：猫腻，出品方：阅文集团），入围作品:《莽荒纪》《择天记》《灵域》。2015 年度最佳游戏改编:《莽荒纪》(页游)(原著作者:我吃西红柿，发行商:妙聚网络)，入围作品:《武极天下》(手游)、《莽荒纪》(页游)、《九天星辰诀》(页游)、《大主宰》(手游)；2015 年度最佳网络剧改编:《盗墓笔记》(原著作者：南派三叔，出品方：欢瑞世纪、爱奇艺)，入围作品：《无心法师》《盗墓笔记》《校花的贴身高手》《纳妾记》；2015 年度最具改编潜力作品:《谁与争锋》(作者:乱)，入围作品:《谁与争锋》(作者:乱)《国民老公带回家》(作者：叶非夜)、《全职法师》(作者：乱)、《从前有座灵剑山》(作者：国王陛下)。本次发布会上，由阅文集团主持发起的“正版联盟”揭牌。阅文集团 CEO 吴文辉表示，将团结业内所有正版化的平台公司，并且呼吁在座的作家共同努力，“打造 2016 年网络正版元年”。

7 日，艾瑞咨询发布了《2015 年中国网络文学版权保护白皮书》，白皮书显示，2014 年盗版网络文学如果全部按照正版计价,PC 端付费阅读收入损失达 43.2 亿元，移动端付费阅读收入损失达 34.5 亿元，衍生产品产值损失 21.8 亿元，行业损失近 100 亿元。

23 日，由中国作协网络文学委员会主办、中国作家网承办的 2015 年度中国网络小说排行榜揭晓。该榜分为精品榜和新书榜。精品榜有《奥术神座》(爱潜水的乌贼，起点中文网)、《回到过去变成猫》(陈词懒调，起点中文网)、《木兰无长兄》(祈祷君，晋江文学城)、《匹夫的逆袭》(骁骑校，17K 小说网)、《从前有座灵剑山》(国王陛下，创世中文网)、《烽烟尽处》(酒徒，17K 小说网)、《凤倾天阑》(天下归元，潇湘书院)、《唐砖》(孑与 2，起点中文网)、《紫阳》(风御九秋，17K 小说网)、《女户》(我想吃肉，晋江文学城)。新书榜有《原始战记》(陈词懒调，起点中文网)、《诛砂》(希行，起点女生网)、《修真四万年》(卧牛真人，起点中文网)、《穿越者》(骁骑校，17K 小说网)、《碎星物语》(罗森，17K 小说网)、《厨娘当自强》(欣欣向荣，晋江文学城)、《巫神纪》(血红，起点中文网)、《万古仙穹》(观棋，17K 小说网)、《他知道风从哪个方向来》(玖月晞，晋江文学城)、《灭世之门》(黑暗荔枝，起点中文网)。

本月，北京大学网络文学研究论坛的“2015 中国年度网络文学排行榜”发布，该榜单坚持学院派研究者立场，所推选作品“蕴含某些经典的要素和指向，或者某种对既有类型的突破性和颠覆性”，同时又是“建立在不错的商业成绩和圈内口碑之上”的。榜单分男频、女频各十部。男频小说十部分别是:《清客》(贼道三痴，创世中文网)、《宰执天下》(Cuslaa，纵横中文网)、《从前有座灵剑山》(国王陛下，创世中文网)、《异常生物见闻录》(远瞳，起点中文网)、《重生潜入梦》(第十个名字，起点中文网)、《回到过去变成猫》(陈词懒调，起点中文网)、《问镜》(减肥专家，纵横中文网)、《一世之尊》(会潜水的乌贼，起点中文网)、《剑王朝》(无罪，纵横中文网)、《择天记》(猫腻，创世中文网)。女频小说十部分别是:《木兰无长兄》(祈祷君，晋江文学城)、《制霸好莱坞》(御井烹香，晋江文学城)、《快穿之打脸狂魔》(风流书呆，晋江文学城)、《诛砂》(希行，起点女生网)、《帝师》(来自远方，晋江文学城)、《女帝本色》(天下归元，潇湘书院)、《他与月光为邻》(丁墨，腾讯云起书院)、《我家徒弟又挂了》(尤前，起点女生网)、《红楼之宠妃》(Panax，晋江文学城)、《金玉王朝》(风弄，米国度)。排行榜的实体书《2015 中国年度网络文学》(男频卷、女频卷)加入历史悠久的“漓江年选”于 3 月由漓江出版社出版，其中包含了选文、简介、评论等内容，这是网络文学首个实体出版的年选本。

## 3月

1 日，墨香铜臭在晋江文学城连载的《魔道祖师》完结(2015 年 9 月开始连载，2016 年 8 月更新精修版)。伴随作品人气的上升，网络上出现大量同人小说、漫画、视频等二次创作，为原作聚集了超高人气。随后，晋江论坛等平台陆续爆出墨香铜臭种种营销炒作手段，引发了关于网络文学推广营销的巨大争议，成为 2016 年女频网文的热门事件。同年 11 月 4 日，晋江文学城公布《魔道祖师》与非天夜翔的《二零一三》共同列入腾讯动漫百万级改编计划，一定程度上肯定了这部作品的 IP 价值。

2 日，被网文圈戏称为“能把读者看太监的神作”的有史以来最长的网络小说《从零开始》(雷云风暴，起点中文网)完结，该作从 2005 年 2 月 15 日开始连载，连载时间长达 11 年之久。小说共 3429 章，2018.08 万字，在起点中文网累计获得了超过 1300 万张推荐票。

3日，全国人大代表、腾讯公司董事会主席兼CEO马化腾在媒体沟通会上回答记者提问时表示，腾讯有责任和义务去思考如何将IP泛娱乐化和多角度开发，今年将重点关注文学与动漫。在其向全国“两会”提出的《关于以创新为驱动，促进我国数字内容产业发展的建议》中指出:“网络盗版仍然是产业挥之不去的‘阴霾’，极大地制约了数字内容产业生态良性发展。”

22日，广西作家协会八届主席团会议决定成立广西作家协会网络文学委员会。网络文学委员会主任由广西作协专职副主席朱山坡兼任，副主任由网络作家卢国政、朱泽瑞、赵又仪、蒋晓平担任。

24日，由青罗扇子的《重生之名流巨星》(2009—2010，晋江原创网)改编的同名网络剧播出，该作是较早的女频“重生”之作，开启了晋江延续至今的“重生”风潮，也是女频“娱乐圈文”的早期代表作，同年11月被2016中国泛娱乐指数盛典评选为“中国网生内容榜·网络剧榜top10”。

25日，由《华西都市报》和作家榜团队大星(上海)文化传媒打造的“第十届作家榜”子榜单“网络作家榜”发布，榜单前三继续被上届三甲唐家三少、天蚕土豆、辰东所占据，其中唐家三少被报年度版税收入达1.1亿元，成为第一位年度版税过亿的中国作家。

28日，国家新闻出版广电总局公布“2015年优秀网络文学原创作品推介活动”的作品名单，推介作品共21部:酒徒《烽烟尽处》、蒋胜男《芈月传》、骁骑校《匹夫的逆袭》、陈词懒调《回到过去变成猫》、唐慧琴《日头日头照着我》、万派《网络英雄传Ⅰ:艾尔斯巨岩之约》、萧炳正《萧家媳妇》、苏诗桂《宁子墨那代人》、天下尘埃《星星亮晶晶》、邱德昌《郭公传奇》、林跃奇《黄道周》、古筝《青果青》、三月王屋《宝贝，向前冲》、携爱再漂流《因为相爱才上演》、宁国涛《两个人的婚姻，七个人的饭桌》、小如的爱情《装修毁了我十四年婚姻》、我吃西红柿《莽荒纪》、唐家三少《斗罗大陆II:绝世唐门》、风舞天下《不朽神瞳》、沧月《忘川》、笑谈天涯《古瓷谜云》。

本月，上海浦东新区人民法院对上海玄霆娱乐(阅文集团旗下起点中文网)起诉神马搜索及UC浏览器侵权一案做出一审判决:一、判决认定UC浏览器内搭载的神马搜索提供转码阅读是侵权行为;二、由被告神马搜索立即停止对原告阅文集团文学作品13部小说的网络传播权，判决被告神马搜索赔偿原告侵权损失及其合理支出共计 54 万元。

本月，愤怒的香蕉正在连载的历史小说《赘婿》在当月仅更新十二章，更新量只有正常作品三分之一甚至五分之一的情况下，获得起点中文网月票榜第六名。这一反网文一般商业规律的成就，正是《赘婿》在网文评价体系内部“巅峰”地位的最佳注脚。

## 4 月

7 日，由《羊城晚报》主办的“2016 年花地文学奖”公布获奖名单，酒徒的《烽烟尽处》(2012—2014，17K 小说网)获年度网络小说大奖。

8 日，根据八月长安的小说《最好的我们》(2010 年 3 月起在晋江文学城连载时名为《流水混账》，实体出版改名为《最好的我们》)改编的同名网络剧在爱奇艺播出。11 月，该剧荣获 2016 中国泛娱乐指数盛典“中国网生内容榜 · 网络剧榜 top10”。

9 日，全国公安网络文学学会在无锡成立。

11 日，上海首份网络文学批评电子刊物《网文新观察》上线。该刊为双月刊，由上海市作家协会主管，上海网络作家协会主办，上海网络作家协会会长、作家陈村主编，华语文学网出版，免费赠阅。主要内容包括追踪网络文学的发展，溯及网络文学历史，开展文学批评，介绍网络作家，提供资讯和相关图片等。

12 日，跳舞现身知乎社区，对一个询问起点白金作家跳舞是否已经封笔的帖子进行回应，并解释封笔的原因和心态。据跳舞介绍，在其创作的过程当中，虽然有很多充满善意和友爱的铁杆粉丝一直在身边陪伴，但也遭遇到了很多的黑粉，有些还以谩骂、诅咒、命令的形式进行催更，对其本人的写作动力和创作心态造成了非常大的打击。不过，跳舞后来删除了回应帖。

16 日，由《南方都市报》《南都周刊》发起主办的第十四届华语文学传媒盛典颁奖典礼揭开帷幕。典礼上阅文集团与南都传媒达成战略合作，并举行了阅文平台文学大数据授权仪式。还评选出了六位“年度网络作家”：纳兰内拉、叶非夜、吱吱、圣者晨雷、定离、若菀。

18日，根据阿耐的小说《欢乐颂》（该作于2010年9月28日在阿耐的新浪博客和晋江文学城上连载，2012年由四川文艺出版社出版实体书）改编的同名电视剧在浙江卫视、东方卫视首播，引起热评。

18日，中国新闻出版研究院发布《第十三次全国国民阅读调查》。报告显示，2015年我国成年国民图书阅读率为58.4%，同比上升0.4个百分点；数字化阅读方式的接触率为64.0%，同比上升了5.9个百分点。不同人口特征群体的手机阅读接触率不同，年龄越小的群体，手机阅读接触率越高，呈阶梯递增趋势，18—29周岁群体的手机阅读接触率最高，为89.6%；其次为30—39周岁群体，该群体的手机阅读接触率为82.2%。在手机阅读接触群体中，都市言情类电子书成读者最爱，其次为文学经典。其中，都市言情类电子书的选择比例为18.2%，文学经典类电子书的选择比例为14.3%，历史军事类电子书的选择比例为13%，武侠仙侠类、玄幻奇幻类以及悬疑推理类电子书的选择比例分别为12.7%、12.6%和12.3%。

19日，国务院新闻办公室在京举行新闻发布会，介绍2015年中国知识产权发展状况。国家版权局副局长阎晓宏认为，虽然版权秩序在改善，但网络文字作品在传播中存在的版权问题仍不少，特别是网络文学领域依然是侵权盗版的重灾区，还需要持续加大治理力度。

21日，愤怒的香蕉在微博上贴出自称"免费章节承包商联合体"的盗版者发布的公开消息的截图，声讨盗版。愤怒的香蕉称自己"曾考虑过，等到下本书专为赚钱而写的时候，就拿出一半的钱来，专门请律师跟盗贴者打官司，不告组织，就告个人，告到他没有办法正常生活，告破产一个算一个"。

23日，重庆网络作家协会成立。协会名誉主席张兵（小桥老树），顾问张恒（zhttty）、林庭锋（宝剑锋）、侯庆辰（意者）、周运、庄秦、向林（司徒浪子），主席袁锐（静夜寄思）。

25日，中国作家协会网络文学委员会、湖南省作家协会、中南大学三方联合设立中国作家协会网络文学委员会中南大学研究基地，这是首家国家级网络文学研究基地。由欧阳友权教授领军的中南大学网络文学研究团队是我国最早开展网络文学研究的学术群体。该团队1999年即涉足网络文学研究领域，2000年开始发表论文，2004年建立湖南省社科重点研究基地网络文学研究基地，2012年、2013年先后组建成立湖南省和全国网络文学研究会，成为这两个学会的会长单位和秘书处单位。16 年来，该研究团队已出版 5 套网络文学研究丛书，有 25 位教师发表网络文学研究论文 250 余篇，出版该领域著作 43 种。

26 日，由国家版权局主办的中国网络版权保护大会在京举行。工信部、公安部、国家网信办等相关部门负责人及来自版权产业界的代表，探讨了网络转载版权保护、网络文学版权保护等议题。国家新闻出版广电总局数字出版司副司长宋建新提出了五条工作思路。北京知识产权法院法官张玲玲在专题分会上指出，目前，网络文学是网络盗版的重灾区。北京法院在 2015 年共审计了 2.62 万件案件，里面 70% 是网络著作权案件。网络文学作品侵权有三个特点：第一，案件数量非常大，串案非常多。一般以作品不同进行分案，所以有些案件往往是成批量的，有几十件甚至上百件，因为涉及的侵权行为是一模一样的，只是涉及不同的作品。第二，被诉的主体与经营模式是紧密相关的。一开始各大网站成为被告，接下来是专门的文学网站，而现在更多的是专门做阅读的 APP。第三，被诉行为与网络技术发展息息相关。

## 5月

6 日，视频网站爱奇艺同时启动了爱奇艺文学和中国好故事文学大赛，宣布“未来一年里，将以一个亿的资金寻找 100 个好故事”。爱奇艺文学的成立意在打通 IP 从文学创作到后续改编的产业链，将爱奇艺从 IP 开发的下游改编平台，转型为兼具上游源头功能、能够自主创造 IP 的“一体机”。

10 日，由河南省作协主办的第二届杜甫文学奖公布获奖名单，庚新以《宋时行》(2012—2013，起点中文网）获杜甫文学网络文学奖。

19 日，阅文集团 CEO 吴文辉在新浪微博上转发了自己就网文被盗版情况接受北京电视台采访的视频，该条微博得到了唐家三少、丁墨等众多网络作家的转发声援。23 日，吴文辉在微博上发布长文《把这场不该发生的战争打到底》，公开讨伐网络文学盗版，并发起了“对盗版 SAYNO”话题，很快得到包括网络作家在内的无数网友回应，最终发酵成为当日微博分类榜最热话题。24 日，胜己、小刀锋利、猫腻、月关、南派三叔、唐家三少、林海听涛、我吃西红柿、辰东、石三、高楼大厦、蚕茧里的牛、骷髅精灵、不信天上掉馅饼、录事参军、天使奥斯卡、乱、傲无常、七十二编、犁天共20位网络作家录制了“对盗版SAYNO”的短视频。作为QQ阅读代言人的演艺明星胡歌也录制视频支持该活动。

20日，前盛大文学CEO侯小强创立的“火星小说网”上线测试版PC端。

23日，百度发布公告，宣布将陆续关停百度贴吧文学目录下的全部贴吧，进行全面整顿并清查其中的盗版侵权内容。

23日，改编自常书欣小说《余罪》（2013—2014，创世中文网）的同名网络剧在爱奇艺播出。该剧不仅收获了良好的口碑，还斩获了金骨朵网络影视最佳网络剧、2016中国泛娱乐指数盛典网络剧榜top10、第七届澳门国际电视节金莲花优秀网络剧大奖等多项荣誉。

26日，《人民日报》第19版用较大版面发表记者郑海鸥的《网络文学，找回被盗走的尊严》一文，关注网络文学繁荣背后的盗版问题，呼吁保护网络作家、网络平台的合法权益。

## 6月

3日，由中国文艺评论家协会青年委员会、中国当代文学研究会新媒体文学委员会、中国文艺理论学会网络文学研究会主办的“首届网络文艺评论大赛”启动。

6日，网络文学作家林海听涛发布一条微博：“#支持正版，从我做起#正版化是一个阵痛的过程，需要全体网民的共同努力。只要话题讨论量破万，我来买单一个月请大家在QQ阅读上免费阅读《胜者为王》。”此条微博一经发布，立即引起了众多网络作家的积极响应，包括骷髅精灵、耳根、血红、叶非夜、流浪的蛤蟆、打眼、高楼大厦、丁墨等作家在内的20位大神作家表示也将加入到免单行动中。最终，“支持正版，从我做起”话题在两天后冲破10000次讨论量。“大神买单阅读”行动得到了移动阅读应用QQ阅读的支持，QQ阅读官方微博发表声明表示将无条件支持正版、支持作家，将由QQ阅读提供20位参与活动作家的代表作、共计20部作品的限时免费阅读，限免时段长达一个月。

7日，由猫腻小说《择天记》（2014— ，创世中文网）改编的同名电视剧在上海举办开机发布会，这是腾讯影业成立后推出的首部电视剧作品。《择天记》成为腾讯互娱打造泛娱乐生态链的突破之作。

中旬，潇湘书院CEO鲍伟康、小说阅读网CEO刘军民、红袖添香CEO孙鹏、言情小说吧CEO宁辉等阅文集团旗下多家子公司CEO集体离职，不久，阅文集团多位核心高管已分别接管各网站。

24日，起点中文网时隔数年之后再次进行页面整体改版，网站整体架构趋于扁平化，有利于增强移动端读者的体验。

26日，江苏省网络作家协会成立。该协会主席为陈彬（跳舞），副主席为丁凌滔（忘语）、马季、王辉（无罪）、卢菁（天下归元）、朱洪志（我吃西红柿）、刘晔（骁骑校）、刘华君（寂月皎皎）、杨晨(314)、吴正峻、徐震（天使奥斯卡）。

## 7月

4日，完美世界集团正式宣布与百度旗下文学业务开展合作，对百度文学注资并实现控股。而成立于2008年的纵横中文网最早就由完美世界投资，直到2013年，完美世界将其出售给百度。

4日，根据南派三叔的同名作品改编的电视剧《老九门》在东方卫视和爱奇艺同步上映，截止至2016年9月27日，《老九门》网络播放量突破100亿，成为全网史上首部播放量破百亿的自制剧。11月，该剧荣登2016中国泛娱乐指数盛典“中国网生内容榜 · 网络剧榜top10”。

12日，国家版权局、国家网信办、工信部和公安部四部门联合开展的“剑网2016”专项行动启动，重点打击网络侵权盗版，并将网络文学纳入2016年网络版权重点监管工作。同年8月16日，国家版权局通报了“剑网2016”专项行动第一批网络侵权盗版案件查办情况，包括北京“顶点小说网”、江苏苏州“风雨文学网”、重庆“269小说网”、四川双流“轻之国度”“轻之文库”、广西南宁“皮皮小说网”等网站涉嫌侵犯著作权案。据同年12月22日反馈消息，在“剑网2016”专项行动中，各地共查处行政案件514件，行政罚款467万元；移送司法机关刑事处理案件33件，涉案金额2亿元；关闭网站290家。

18日，中国作协在其官方网站中国作家网公布了中国作协2016年新会员名单，其中包括29名网络作家及从业者，阅文集团负责作家与内容方面的两位副总裁林庭锋（宝剑锋）与侯庆辰（意者）也同时入会。

31日，根据萧鼎小说《诛仙》（2003—2007，幻剑书盟）改编的古装仙侠剧《青云志》在湖南卫视超级独播剧场播出。

## 8月

2日，中国文联网络文艺评论家协会成立。协会主任为尹鸿，副主任为欧阳友权、关玲，秘书长为庄庸。

2日，河南省网络文学学会成立，何弘当选为河南省网络文学学会首届会长，庚新（原名刘峰晖）当选为秘书长。

3日，中国互联网络信息中心（CNNIC）发布第38次《中国互联网络发展状况统计报告》，报告显示，截至2016年6月，中国网民规模达7.10亿，半年共计新增网民2132万人。互联网普及率为51.7%，较2015年年底提升1.3个百分点。中国手机网民规模达6.56亿，较2015年年底增加3656万人。网民中使用手机上网人群占比由2015年年底的90.1%提升至92.5%。网络文学用户规模达到3.08亿，较去年年底增加1085万，占网民总体的43.3%，其中手机网络文学用户规模为2.81亿，较去年年底增加2209万，占手机网民42.8%。报告指出，经过近两年的大规模并购重组，网络文学市场目前已经形成了较为清晰的市场格局，产业生态化和版权正规化是2016年上半年网络文学市场变化的主要特征。

5日，由南派三叔等担任编剧，李仁港导演的电影《盗墓笔记》上映。

16日，阅文集团宣布与科幻世界杂志社达成战略合作，并签署"银河奖"冠名协议，从2016年起连续三届冠名"银河奖"。

31日，烽火戏诸侯的东方玄幻小说《雪中悍刀行》完结。这部首发于2012年，共450余万字的小说是以挖坑不填、被戏称为"大内总管"的烽火戏诸侯迄今为止最长的完本小说。

## 9月

1日，由中国文字著作权协会主办的“2016剑网行动·原创文字作品保护月”在京启动。

13—14日，全国第二届网络文学论坛在佛山召开，该论坛由中国作协主办、广东省作家协会承办，聚集主流文学界、网络作家、网站负责人、网络文学专家等多方人士，是目前由官方主办的网络文学界最高规格最大规模的会议。此次会议讨论了加强网络文学规范管理、IP转化、网络版权保护等话题。会上，邵燕君做了“全球媒介革命视野下的中国网络文学”的主旨发言，介绍中国网络文学在包括北美地区在内的海外传播情况，其中涉及中国文化走出去、软实力文化输出，以及中国网络文学的定位等问题，引起各方高度重视。

19日，由国家版权局指导、中国版权协会主办的网络文学版权保护研讨会在北京举行，会议宣布中国网络文学版权联盟成立，掌阅科技创始人张凌云代表联盟发布自律公约。

29日，由张嘉佳的《从你的全世界路过》同名改编的电影在大陆上映，其票房迅速突破8亿人民币，刷新了国产爱情片的票房纪录。《从你的全世界路过》（湖南文艺出版社，2013）是张嘉佳2013年7月开始在新浪微博上连载的“睡前故事”的实体版。

## 10月

8日，吉林省作家协会网络文学委员会成立，王永庵当选主任。

10日，金庸状告江南，认为江南的小说《此间的少年》（2001，清韵书院）涉嫌侵犯了其著作权。

10日，根据烽火戏诸侯的《陈二狗的妖孽人生》（2009—2010，起点中文网）改编的同名网络剧在腾讯视频上线播放。

13日，改编自秦明的小说《第十一根手指》（2013年7月开始在新浪博客连载，2014年由湖南文艺出版社出版）的《法医秦明》在搜狐视频上映。《第十一根手指》曾荣获2015年首届网络文学双年奖。

14日，网易云阅读在杭州为更俗新作都市小说《大地产商》召开发布会，证实更俗已从纵横中文网转战网易云阅读。

本月中旬，阿里旗下移动阅读APP书旗小说上线直播功能，定位于“作家直播”。

本月中旬，艺恩数据报告显示，截止10月7日，2016年网络剧TOP50中IP改编数量为21部，比重上升至42%，流量在20亿以上的5部网络剧《老九门》《太子妃升职记》《最好的我们》《余罪》《重生之名流巨星》全部由网文IP改编。

24日，根据丁墨小说《如果蜗牛有爱情》（2013，晋江文学城）改编的同名网络剧在腾讯、东方卫视上映。至12月12日大结局时，收视率持续排名同时段第一，网络播放量突破19亿。

26日，水千澈的《重生之国民男神》（2015年6月1日开始在潇湘书院连载）完结，该作第一次把目光从舞台上的明星转向了舞台下的粉丝，把“饭圈”生态搬进“娱乐圈文”，给近年来在青少年间火爆升温的“爱豆（idol）”文化以文学赋形，成为粉丝追星文的成功开端。

## 11月

3日，河北省网络作家协会成立。王万举任主席，成龙（九戈龙）、苏明哲（随轻风去）、寇广平（梦入洪荒）、崔浩（何常在）、张伟（录事参军）、聂丹（聂昱冰）任副主席。

4日，国家版权局发布了《关于加强网络文学作品版权管理的通知》。《通知》进一步明确了通过信息网络提供文学作品以及提供相关网络服务的网络服务商在版权管理方面的责任义务，细化了著作权法律法规的相关规定。

11日，根据秦简的同名小说（2013年连载于潇湘书院，起初书名是《庶女有毒》，后更名《锦绣未央》）改编的电视剧《锦绣未央》在北京卫视、东方卫视播出，立即在网络上陷入“抄袭门”争议。早在2013年2月小说连载期间就已经陆续出现质疑小说抄袭的声音，但纸质书仍于2013年7月由江苏文艺出版社出版，2013年8月有网友贴出了《庶女有毒》与21部其他网文作品的调色盘对比，至2016年7月根据新浪微博账号“言情小说抄袭举报处”的整理，《锦绣未央》涉嫌抄袭的书目已经增加到219部。书目整理微博被网友转发数万次，并得到了著名编剧汪海林的声援，开始走法律诉讼程序，但电视剧仍如期播出。网文抄袭，进行IP改编的影视剧制作方是否需要负担相应的责任，开始成为网文圈不得不考虑并解决的问题。

21—25日，国家新闻出版广电总局在上海举办了2016年网络文学网站主要负责人暨骨干编辑培训班，来自全国43家网络文学网站的80多人参加培训。

29日，由艺恩主办的2016中国泛娱乐指数盛典ENAwards颁奖典礼在北京举行，艺恩根据泛娱乐大数据平台的多元洞察分析，结合近一年来中国文化娱乐产业发展的整体态势，发布了“企业榜”“明星榜”“内容榜”三大榜单，“内容榜”中有许多网文作品。“中国网生内容榜·网络大电影榜top10”有《山炮进城2》《死神的假期》《猎灵师之镇魂石（上）》《老九门番外之二月花开》《宠灵实验室I狸奴艾莉》《拯救汪星人大作战》《深宫遗梦》《僵尸英雄之魔王与公主》《超能联盟》《痞子兵王之特种使命》。“中国网生内容榜·网络剧榜top10”有《法医秦明》《最好的我们》《余罪》《太子妃升职记》《超少年密码》《九州天空城》《十宗罪》《一起同过窗》《重生之名流巨星》《老九门》。“中国IP价值榜·网络文学榜top10”有《完美世界》《微微一笑很倾城》《最好的我们》《盗墓笔记》《诛仙》《择天记》《三生三世十里桃花》《斗破苍穹》《大主宰》《太子妃升职记》。

30日，中国作协第九次全国代表大会在京召开，中国作协党组书记、副主席钱小芊在工作报告中透露中国作协将成立全国性网络作家组织。唐家三少、蒋胜男、血红等8名网络作家被选举成为中国作协第九届全国委员会委员，唐家三少更被选举为主席团成员。

## 12月

2日，由中国新闻出版传媒集团有限公司、中国全民阅读媒体联盟主办，浙江升华拜克生物股份有限公司联合主办的首届中国网络 IP 大数据发展研讨会在京举行。

5 日，国内版权领域的最高奖项“中国版权金奖”在广州颁发，《琅琊榜》获得金奖。

6 日，由上海市新闻出版局指导，阅文集团旗下多家知名原创文学网站主办的网络原创文学现实主义题材征文大赛颁奖典礼在上海举行。大赛共评出 14 部获奖作品，wanglong 的《复兴之路》获特等奖，唐四方的《相声大师》获一等奖。

13 日，中国作协网络文学委员会上海研究培训基地在上海大学挂牌，该基地由中国作协网络文学委员会、上海市作协、上大中国创意写作中心、阅文集团共同创办。第一期网络文学高级研修班同日开班。府天、孑与 2、希行等 24 名历史类网文作者成为网络文学高研班首批学员，参加了首期网络文学（历史类）高研班培训。

15 日，山东省作家协会网络文学创作委员会成立。高楼大厦（曹毅）、风凌天下（张荣会）、周志雄、飞天（徐清源）等 19 人为网络文学创作委员会成员。

19 日，根据天下霸唱的《鬼吹灯》（2006，起点中文网）改编的《鬼吹灯之精绝古城》在腾讯视频首播，同月 26 日在东方卫视播出。

23 日，由中国文艺评论家协会网络委员会、光明网文艺评论编辑室、中国青年出版社新青年读物工作室联合策划，资深网文研究者庄庸与著名网文“土著”评论家安迪斯晨风共同主持的“中国网络小说好看榜”开始发布。该榜单的评选标准为“好看”，具体是“文笔要好”“情节要精彩”“人物要写活”。榜单作品将陆续发布于微信公众号“网络文艺日报”，已入选作品包括《末日乐园》《拔魔》《修真门派掌门路》《七根凶简》《文艺时代》《有匪》等，所选作品多数来自安迪斯晨风组织的“晨曦杯”（后文有介绍）所评选出的 2016 年内更新或完结的作品。

27 日，国家新闻出版广电总局公布《全民阅读“十三五”时期发展规划》。规划指出，“十三五”时期（即 2016—2020 年）将做好“中国好书”“向全国青少年推荐百种优秀出版物”“优秀老年人出版物”“大众喜爱的 50 种图书”“优秀民族图书”“中华优秀传统文化普及图书”“优秀少儿报刊”“精品文学期刊”“优秀网络文学原创作品”等推荐工作。“十三五”期间将建设 3 至 4 家国家级公益性数字化阅读推广、优质阅读内容数字化传播、移动阅读数字化传播平台，与各类图书馆、农家书屋等终端联网，向读者提供数字化阅读服务。

本年度下半年值得注意的是网文“土著”评论圈的活动。著名网文“土著”评论家安迪斯晨风（曾担任山坡网编辑，先后创建“推遍天下”自媒体团队和知书网）在9月份组织发起了针对“原创通俗小说”（不限于网络小说）的评选活动——“晨曦杯”。组织方认为“小说好不好，专家说了不算，粉丝最知道”，因此准备“邀请到至少65名来自社会各界、各种年龄段的网络小说阅读者，请他们从2016—2017年有过更新的小说中选出最新最好的书，也从一个粉丝读者的角度对这些作品做出评论和评价”。整个评选活动分三个阶段，第一阶段是提名预征集和评委预邀请（2016年9月15—2016年10月7日），征集活动全程在知书网（微博协助）上进行，在10月7日选出了获得提名最多的20部作品进入最后榜单：《拔魔》（冰临神下，2014—2015，起点中文网）、《从前有座灵剑山》（国王陛下，2013—2015，创世中文网）、《惊悚乐园》（三天两觉，2013— ，起点中文网）、《临高启明》（吹牛者，2009— ，起点中文网）、《魔道祖师》（墨香铜臭，2015—2016，晋江文学城）、《末日乐园》（须尾俱全，2014— ，起点女生网）、《木兰无长兄》（祈祷君，2014—2015，晋江文学城）、《女帝本色》（天下归元，2014—2015，潇湘书院）、《七根凶简》（尾鱼，2015— ，晋江文学城）、《清明上河图密码》（冶文彪，2015—2016，北京联合出版公司）、《师姐的剑》（吃书虫子，2014— ，晋江文学城）、《十州风云志》（知秋，2012—2015，起点中文网）、《文艺时代》（睡觉会变白，2014—2016，起点中文网）、《相见欢》（非天夜翔，2015—2016，晋江文学城）、《修真门派掌门路》（齐可休，2014— ，创世中文网）、《修真四万年》（卧牛真人，2015— ，起点中文网）、《雪中悍刀行》（烽火戏诸侯，2012—2016，纵横中文网）、《有匪》（priest，2015—2016，晋江文学城）、《宰执天下》（Cuslaa，2010— ，纵横中文网）、《制霸好莱坞》（御井烹香，2014—2015，晋江文学城）。第二阶段是评委阅读、打分与评论阶段（2016年10月8日—2016年12月20日），评委需在对小说已有充分了解的基础上进行打分，一般须阅读某部作品的前10万字后才可以打分。评分将分为1分—10分这10个分档，不得出现小数点。所有书评都将在知书网依次公布。第三阶段是评分整理与结集总结阶段（2016年12月25日—2017年1月15日），对评委们做出的打分和评论进行整理，选出最佳小说前3名以及其他值得推荐的作品，并做出总结报告。第二阶段公布书评时引发了争议，评委袁从嘉给《雪中悍刀行》《女帝本色》《从前有座灵剑山》等小说都打了0分，为之所写评语也很尖锐，这些书评被公布后，引起了作家及其读者粉丝的不满。12月24日，烽火戏诸侯在微博上转发了袁从嘉批评《雪中悍刀行》的微博，并加了一个“咦”。次日，他在微博上回应袁的批评，后来其粉丝对袁展开了回击。此事件是网文圈“土著”评论者与网文作家及其粉丝群体的正面交锋。

本年度，中国网络小说的海外传播成为热门话题。2015年年初，中国网络小说就开始在北美流行，并以北美为基地辐射全球，在一年半的时间里就征服了百万级的英文读者。中国网络小说在北美的翻译和传播，目前的主要阵地是专门翻译中国网络小说的网站 Wuxiaworld。该网站自 RWX 于 2014 年 12 月 22 日建站至今，在不到两年时间里，Wuxiaworld 就成了全球 Alexa 排名前 1500 的大型网站，每日来访人数在 30 万以上。网站的读者来自全球 100 多个不同国家和地区，其中人数排在前五位的国家分别是美国、菲律宾、加拿大、印度尼西亚和英国，而北美读者约占总数的三分之一。年底，网络文学的海外传播情况引发媒体的关注。12月1日，阅文集团与 Wuxiaworld（武侠世界）宣布，签署 10 年翻译和电子出版合作协议，初步达成 20 部作品的合作协议，开启了中国网络小说对外输出的新模式。对于中国网络小说的海外传播情况的发现和研究，是由“北京大学网络文学研究论坛”率先做出的。邵燕君老师在 9 月 13—14 日于广东省佛山市召开的全国第二届网络文学论坛上，做大会主旨发言——《全球媒介革命视野下的中国网络文学》，后有论文《“征服北美，走向世界”：老外为什么爱看中国网络小说？》（吉云飞）、《美国网络小说“翻译组”与中国网络文学“走出去”——专访 Wuxiaworld 创始人 RWX》（邵燕君、吉云飞）发表于核心学术期刊《文艺理论与批评》2016 年第 6 期。

## 本年度重要网络文学研究成果

重要著作：《网络文学符号学研究》（王小英著，中国社会科学出版社，2016年1月）、《中国当代网络文学研究》（胡淑琴、杨萍萍、阮丽著，吉林出版集团有限责任公司，2016年2月）、《网络文学发展现状及其评价体系研究》（张立主编，中国书籍出版社，2016 年 3 月）、《网络文学经典解读》（邵燕君主编，北京大学出版社，2016 年 3 月）、《网络文学及其批评研究》（唐迎欣主编，人民日报出版社，2016年6月）。12月15日，邵燕君的《网络时代的文学引渡》（广西师范大学出版社，2015 年 12 月）获得了中国文联、中国文艺评论家协会评选的 2016 年度优秀文艺评论著作奖。

重要论文：欧阳友权的《网络文学批评史的建构逻辑》（《求是学刊》，2016 年第 3 期）、马季的《IP 的实质：网络文学知识产权漫议》（《文艺争鸣》，2016 年第 11 期）、周志雄的《兴盛的网络武侠玄幻小说》（《小说评论》，2016 年第 3 期）、邵燕君的《从乌托邦到异托邦——网络文学“爽文学观”对精英文学观的“他者化”》（《中国现代文学研究丛刊》，2016 年第 8 期）、汤哲声的《网络小说入史与中国当代文学史价值取向的思考》（《小说评论》，2016 年第 2 期）、黎杨全和李璐的《网络小说的快感生产：“爽点”“代入感”与文学的新变》（《海南大学学报・人文社会科学版》，2016 年第 3 期）等。

［李强、肖映萱、吉云飞整理］

# 后 记

本书是我们北京大学网络文学研究论坛编选的第二个年选本，今年虽然稍有经验，仍不免心有忐忑。

2015 年的年选，网文圈整体评价还不错，基本被认为是“老白”的眼光。最大的批评是针对《女帝本色》（天下归元）的。其实，收入潇湘当家大神的热门新作，这并不是什么问题，问题在于，相关点评没有把自己和粉丝圈区分开，显得学生腔了，说明我们的评价机制还不够成熟，尺度没有拿捏好。今年，我们有所改进。虽然没有评级打分，但尽量每部作品都说了缺点，期望以批评的方式建立尺度。其实，“年选”本来就不是“典藏”，即使是经典，也要“好处说好，坏处说坏”。

经过两年的实践，我们觉得最初锚定的两个基本点是站得住的，一个是学者粉丝的自我定位，一个是学院榜的评价标准。

几周前，我们有幸请到著名的网络文学“土著”评论家安迪斯晨风先生莅临课堂，传经送宝。安总自称是“美食家”，而称我们为“营养师”。这个比喻生动而有见地，指出了学院研究者的职责所在。我们需要有“营养师”的专业性，但也怕选出的“营养食品”干巴巴的，中看不中吃。我们这些人首先是粉丝，有不少是“看网文长大的孩子”。做网文研究首先是因为喜欢，这份初心是无论如何不能忘记的。所谓学者粉丝，就是要有粉丝的情感立场，学者的视野方法。“老白”的眼光是难得的，但光有“老白”的眼光是不够的，还要有对粉丝心态的自省意识和理论的复杂度——这些都是说起来容易做起来难，真要心里整明白，下笔有分寸，不知要摔多少个跟头才行。

所谓“学院榜”就是要立足文学性，落实到年榜，就是要有文学史的目光。我们的选文，除注重口碑外，也特别注重其在网络类型文发展史上的价值，更注重那些突破了网络文学和所谓传统精英文学的楚河汉界、可以放置在整个文学史脉络上讨论的作品。所以，除了重推猫腻、愤怒的香蕉这样代表目前网文创作巅峰水准的经典性作家之外，也注重推荐有类型探索意义的小众作品——这里面既有知秋、徐公子胜治这样“远古级大神”的新作，也有小透明的处女作——这其实是不无遗憾的，如果带头创新的都是成熟大神，年选本的风光会很是不同。

其实，每一种选本都是挂一漏万，我们努力做到的是，无论选什么还是不选什么都有说法。选目之外附有大事年表，希望对本年度网文大事有一个更全面的观察记录。

特别遗憾的是，几年来一直指导、陪伴我们论坛的庄庸老师今年因工作繁忙而离开，在此郑重致谢！庄老师现任中国文联网络文艺评论家协会秘书长，创办的《网络文艺报》风风火火，网文圈人称“庄主”，年末又与刚刚创立知书网、启动“晨曦杯”的安迪斯晨风先生联手，推出“中国网络小说‘好看榜’”，打出“土著粉丝评论”的旗帜。如此，商业榜、政府榜、学院榜、粉丝榜终于四角俱全，这样多元共存的评论格局无疑有助于网络文学的健康发展。

本年度执笔年选点评的大都仍是论坛的元老们，也有新鲜血液加入。秋季学期的网文课基本以做年选为主，本来以为会枯燥乏味，没想到选课人数是开课六年来最多的。30 人的教室要挤下将近 60 人，直到最后一课，都坐得满满的，让我们的讨论特别有劲。谢谢大家！

欢欢乐乐又一年，小伙伴们继续努力！

邵燕君

2016 年 12 月 30 日

图书在版编目(CIP)数据

2016中国年度网络文学 · 女频卷 / 邵燕君主编.
一 桂林 : 漓江出版社, 2017.3
ISBN 978-7-5407-8051-7
Ⅰ. ①2… Ⅱ. ①邵… Ⅲ. ①中国文学 - 当代文学 - 作品综合集
Ⅳ. ①I217.1
中国版本图书馆CIP数据核字(2017)第059085号

2016 ZHONGGUO NIANDU WANGLUO WENXUE [ NVPIN JUAN ]
2016中国年度网络文学 [ 女频卷 ]
主编：邵燕君　副主编：肖映萱
选编者：北京大学网络文学研究论坛

责任编辑：张谦　辛丽芳
书籍设计：石绍康
责任监印：杨东

出版人：刘迪才
漓江出版社有限公司出版发行
广西桂林市南环路22号　邮政编码：541002
网址：http://www.lijiangbook.com
全国新华书店经销
销售热线：0773-2583322　010-85893190
北京大运河印刷有限责任公司印刷
[ 北京市通州区潞城镇大营工业区　邮政编码：101117 ]
开本：710mm × 960mm　1/16
印张：19.75　字数：324千字
2017年3月第1版　2017年3月第1次印刷
定价：45.00元